그 후의 거리

그 오후의 거리

초판 1쇄 찍은 날 ㅣ 2014년 01월 21일
초판 3쇄 펴낸 날 ㅣ 2016년 12월 02일

지은이 ㅣ 박지영
펴낸이 ㅣ 서경석

편집책임 ㅣ 조윤희

펴낸곳 ㅣ 도서출판 청어람
등록번호 ㅣ 제1081-1-89호
등록일자 ㅣ 1999. 5. 31
어람번호 ㅣ 제11-0003호

주소 ㅣ 경기도 부천시 원미구 부일로 483번길 40 서경B/D 3F (우) 420-822
전화 ㅣ 032-656-4452 팩스 ㅣ 032-656-4453
http://www.chungeoram.com
E-mail ㅣ chungeorambook@daum.net

ISBN 978-89-251-3667-7 03810

장편 소설

박지영

그 오후의 거리

청람

Contents ▶ ▷ ▶

나른한 오후

포근하다. 포근한 오후다.

훈훈한 따스함이 뺨을 간질이며 미소 짓는다. 푹신푹신한 솜털이 가득 깔린 아늑한 바닥에 누워 있는 듯 몸이 한없이 나른하다. 뚝뚝, 아래로 떨어지는 턱을 감당하지 못한다. 천 근의 돌덩이가 매달린 듯 무겁게 가라앉고, 가라앉는 눈꺼풀을 이겨낼 수 없다. 억지로 깨어나려 애쓰지 않고 나른함에 몸을 맡긴다. 엄마 품 같은 포근함이 감싼다.

따스하다. 따스한 오후다.

"아이구, 춘곤증엔 장사없다 하더만 우리 사장도 예외는 아니네."

문이 미끄러지는 소리와 함께 다정한 음성이 들려왔다. 뻣뻣한 눈꺼풀이 겨우 졸음을 벗고 일어났다. 쑥스러움에 웃음이 흘러나왔다.

"봄은 봄이여. 시장에도 봄나물이 어찌나 많이 나왔던지, 뭘 골라야 할지 고민을 한참 했어."

주방과 근접한 테이블에 시장보따리를 힘겹게 올려놓으면서 아줌마가 이어 말했다. 괸 주먹에 얹혀 있던 턱을 떼고 몸을 일으켰다. 삼거리 모퉁이에 자리 잡고 있는 식당을 운영한 지 올해로 2년째에 접어들었다. 대부분의 손님이 인근 대학교 학생인지라 해지기 전엔 근처에서 놀던 할 일 없는 파리가 날아와 느긋하게 한숨 돌릴 정도로 한산했다.

한가한 시간이 되면 아줌마는 장을 보러 나가시고, 나는 언제나 홀로 식당을 지키며 창가 테이블에 앉아 밖을 내다보기 일쑤였다. 식당 오른편에 위치한 창은 한가로이 밖을 내다보기에 적당했고, 벽이라고 불려도 이상하지 않으리만큼 컸다. 창문 밖에는 거리가 있었다. 신호등이 쉴 새 없이 깜빡이는 횡단보도를 마주 보고 있는 거리가 창을 통해 한눈에 다 들어왔다.

오후의 거리를 보는 일은 내게 평온을 준다. 보도블록을 지나치는 나그네들, 횡단보도를 건너기 위해 기다리는 인파들, 건너는 사람들, 도로를 질주하는 자동차, 건너편 사람들, 문지기처럼 도로를 지키는 은행나무, 밤이면 감고 있던 눈을 부릅뜨는 은빛 가로등, 도미노처럼 규칙적으로 세워진 건너편 빌딩숲……

거리는 가장 흔하지만, 가장 정겨운 풍경이다.

아줌마는 분주한 손길로 찬거리를 꺼냈다. 얼굴은 안 보이고 털실을 꼬아놓은 실타래 같은 둥그런 머리통만 보였다. 작고 두루뭉술한 체형인 그녀는 얼마 전 질긴 파마를 새로 했다. 그녀의 헤어스타일은 2년 전이나 지금이나 변함이 없다.

웨이브가 조금이라도 풀릴라 치면 그녀는 미용실로 달려가 삼만 원짜리 싸구려 파마를 말고 왔다. 꽃무늬 스카프로 머리통을 만 채, 한달음에 달려와 김치를 담거나 찬거리를 만들다 꼭 중화제 뿌릴 시간이 지났다며 부랴부랴 미용실로 달려가곤 했다. 그리고 몇십 분 후 독한 파마약 냄새를 풀풀 풍기면서 흡족해하며 돌아왔다.

내가 미용실에서 아예 머리를 끝내고 오라고 한마디 잔소리라도 하면, 그녀는 머리되길 기다리는 시간이 아깝다며 끝끝내 스카프를 만 채 오곤 했다. 파마를 갓 풀고 온 그녀의 머리통은 마치 작은 스프링들이 줄 맞추어 꽂혀 있어 퉁퉁 튕기는 것처럼도 보였고, 새로 사서 이제 막 포장을 뜯은 알루미늄 철수세미처럼도 보였다.

"편하고 좋잖어."

제발 그렇게 파마하지 말라고 잔소리라도 할라 치면 아줌마는 지지 않고 덧붙였다.

"짠순이 사장도 헤어스타일엔 신경 쓰나 벼, 옷은 제대로 갖추어

입지도 않음서. 그놈의 청바지만 해도 벌써 몇 달이여. 갈아입기나
하는 겨?"

　그녀는 올해로 쉰다섯이 되었다. 2년 전 식당을 인수한 후, 혼
자서 운영하는 것이 벅차고 암담해 문 앞에 구인광고를 붙였었다.
'주방 아줌마 급구'라고 써놓은 밑에 '가족처럼 지낼 따뜻한 분'
이라고만 덧붙였었다. 구인광고를 붙여놓은 지 이틀째 날,

　"나같이 늙은 아줌씨도 괜찮혀요?"

　보라색 천 가득 흰 꽃무늬가 그려진 고무줄 치마에 늘어진 검은
니트를 받쳐 입은 아줌마의 품 안엔 커다랗고 낡은 가방이 안겨
있었다.
　그녀의 남편이 오래전 죽고 하나밖에 없던 딸이, 사위가, 그리
고 손자가 죽은 것은 3년 전이었다.
　주말에 가족나들이를 다녀오겠다고 나갔던 그녀의 딸과 사위와
손자는 영영 돌아오지 못했다. 아닌 밤중에 홍두깨 같은 사고였다.
고속도로에서 중앙선을 넘은 화물트럭과 충돌한 교통사고였다. 나
중에 밝혀진 바에 의하면 졸음으로 화물트럭 운전사가 깜빡한 사
이에 중앙선을 침범했고, 마주 오던 딸 일행의 자동차와 충돌했다
고 했다. 화물트럭 운전사는 구사일생으로 살았지만, 사위와 딸은

그 자리에서 즉사했고, 손자는 응급실로 가던 중 사망했다.

같이 가자는 것을 굳이 사양하고 배웅만 했던 그녀였다. 그녀는 자신도 따라나서지 않았음을 후회했다. 그들과 함께 가지 못한 것을 후회했다. 그러면서,

"그년이 살아 있었으면 사장님 또래혀요."

하며 서럽게 흐느껴 울었다. 자식들을 보낸 후, 그녀는 황량함이 견디기 괴로워 주변을 정리하고 서울로 상경했다. 농사만 짓던 그녀에게 서울은 삭막하고 매정한 도시였다. 그녀는 공사판 주변 함바집을 전전했고, 얼마 전까지도 함바집에 있었는데 공사 중단으로 인해 문을 닫아 부득이하게 갈 곳을 잃었다. 그러다 기거할 곳을 찾아 헤맸고, 식당 문에 붙여진 구인공고를 본 것이었다.

나는 울었다. 그녀의 세월도 서러웠고, 내 세월도 서러웠고, 그녀도 서러웠고, 나도 서러웠다. 그래서 많이 울었다. 그리고 난 그녀를 채용했다.

그녀는 그날부터 주방 구석에 마련된 작은방에서 기거했다. 한 사람 누우면 꽉 찰 법한 좁은 방만으로도 그녀는 흡족해했다. 다른 방을 알아보자고 했지만, 그녀는 고집스럽게 나를 만류했다. 나는 그녀의 고집을 꺾지 못했다. 그리고 혼자였던 나는 그녀와 한 식구가 되었다.

"그래서 결국 선택한 나물이 이 녀석이에요?"

검은 비닐봉지에는 흔한 나뭇잎 비슷한 모양새의 나물이 그득 담겨 있었다.

봄나물 특유의 향기도 나지 않고, 밋밋해 보이는 나물 생김새에 난 실망했다. 낯익지만 아무리 쥐어짜도 이름이 떠오르지 않았다. 난 나물의 이름을 잘 모른다. 편식을 해서 나물을 먹지 않는 탓에, 이름을 알고 있는 나물의 종류는 손가락으로 꼽을 정도였다. 아줌마가 주방에서 초록색 플라스틱 바구니를 가져왔다. 난 얼른 신문을 깔아놓고 나물을 비닐봉지에서 쏟아냈다.

"그려. 취나물 저놈이 어찌나 싱싱하게 나를 보는지 안 사고는 못 배길 지경이었어."

"아, 맞다. 이게 취나물이었지."

"어째, 식당 사장이믄서 취나물도 모르는 겨?"

맞은편에 앉아 취나물을 다듬으며 아줌마가 핀잔을 주었다.

"식당 주인이면 나물 이름 다 알아야 하나요? 모를 수도 있지."

"틀려도 살살거리고 웃어제끼니 밉진 않어."

아줌마의 말에 난 킥킥거렸다. 그때 식당 문이 열렸다.

문을 향해 고개를 돌리는 내 입에서 자동으로 어서 오세요, 가 나왔다.

봄 햇살처럼 화사한 노란색 투피스 위에 실크스카프를 멋스럽게 두른 여자가 들어섰다. 고급 선글라스로 눈을 가린 여자의 이 목구비가 야무져 보였다.

일어나던 나의 엉덩이가 허공에서 주춤했다.

여자가 선글라스를 벗었다.

입고 있는 옷만큼이나 친구의 화장도 화사했다. 친구는 답답하다는 듯 낮은 한숨을 쉬더니, 내가 아줌마와 마주 앉아 다듬던 취나물로 한차례 시선을 주면서 눈살을 찌푸렸다. 머뭇거리다가 친구에게 다가가,

"왔니?"

라며 어설픈 웃음을 흘렸다.

그런 나를 친구는 겨울처럼 한기가 흐르는 눈초리로 흘겼다. 난 못 본 척하며 그녀에게 창가 테이블을 가리키며 앉으라고 권했다. 친구는 하이힐을 또각또각 거리며 그 자리로 갔다.

"커피 줄까?"

앉는 친구에게 쪼르르 다가가 물었다.

"여기에 커피가 있니?"

빈정대는 친구의 말에 난,

"있어. 헤이즐넛도 있는 걸? 물론 인스턴트지만."

헤헤 웃으며 대꾸했다. 친구의 입에서 마른 한숨이 또 한 번 새어 나왔다.

"헤이즐넛으로 줘?"

"됐어. 여기서 커피 마실 시간 없으니까 나갈 채비나 해."

그녀의 손에 들려 있던 검은 선글라스가 테이블 위에 놓여졌다. 고가품인 선글라스가 초라한 테이블에서 한껏 도도한 시선으로 나를 올려다보았다. 난 뻣뻣하게 그녀의 맞은편에 앉았다.

　"안 간다고 했잖아."

　"너 내가 여기까지 왔는데도 그런 소리 할 거니?"

　짜증이 섞인 그녀의 어투가 귀에 첨예하게 꽂혔다. 말없이 취나물을 다듬던 아줌마가 흘끔거리며 그녀와 나를 번갈아 바라봤다. 신경질적인 친구 앞에서 죄지은 사람마냥 풀이 죽은 내가 마냥 신기한 듯했다.

　"우선 나가자. 난 여기가 싫어."

　그녀가 내 의사는 묻지도 않고 몸을 일으켰다. 그러더니,

　"너, 겉옷만 걸치면 되지?"

　라고 말하고 서슴없이 문으로 향했다.

　"윤혜야."

　난 어물어물거렸다. 그녀는 미적거리는 내게 시선조차 주지 않고 아줌마에게 고개를 돌렸다.

　"여기 아줌마 혼자서도 괜찮죠?"

　그녀의 말속엔 이 비좁은 식당에 둘이나 있을 필요 없지 않느냐, 라는 비아냥거림도 내포되어 있었다. 아줌마가 영문을 모르겠다는 듯 멀뚱거리며 그녀를 빤히 보다가 멍청히 있는 내게 말했다.

　"괜찮어. 갔다 와."

간명한 아줌마의 말에 괜스레 서운함이 몰려왔다.

안 돼, 라고 해주길 기다렸는데, 갔다 오라는 아줌마가 냉랭한 친구보다 더 야속했다. 친구는 의기양양하게 팔짱을 끼고 얄밉게 나를 주시했다. 그녀의 속이 훤히 들여다보였다. 버티고 있어봤자 득 될 건 없어.

암담한 심정으로 재킷을 집어 들었다. 친구는 기다렸다는 듯 밖으로 휑하니 나갔고, 나는 기죽은 아이마냥 그녀의 꽁무니를 졸졸 뒤따랐다.

식당 앞 보도블록 위에 그녀의 외제차가 주차되어 있었다. 친구는 오토 키로 시동을 걸면서 운전석에 올라탔다. 어물쩍거리다간 또 한소리 들을 참이라서 군소리 없이 조수석에 올라탔다.

"지지리 궁상, 꼭 그렇게 티 내면서 살 필요 있니?"

미끄러지듯 도로로 빠져나가면서 윤혜가 신랄하게 내뱉었다. 내 행색에 대한 말이었다. 난 빛이 바랜 황토색 티와 해질 대로 해진 청바지 차림이었다. 걸치진 않고 손에 쥐고만 있는 재킷도 3년 전 동대문에서 구입한 싸구려였다.

"구제가 유행이기도 한걸."

속닥거리듯 작게 얼버무렸다.

"구제 좋아하시네."

그녀가 걸치고 있는 병아리 색 투피스는 백만 원쯤, 그녀가 뒷좌석에 아무렇게 던져놓은 핸드백은 이백만 원 이상, 액셀을 밟아대는 그녀의 킬힐 하이힐도 백만 원 이상, 그녀가 걸치고 있는 액세서리는 기백만 원부터 천만 원대. 저절로 계산이 나왔다. 나도 한때 잠깐은 걸쳤던 것들이니까. 그녀의 눈에 과거와 다른 내 행색이 초라하고 보기 싫음은 당연했다.

"네가 그렇게 티 내지 않아도 네 궁상은 세상 사람들이 다 알아. 그러니까 작작 좀 해."

잔뜩 일그러진 얼굴로 그녀가 연속적으로 쏘았다.

"운전하면서 화내지 마. 조수석에 있는 사람 불안하다."

난 너스레를 떨며 빙그레 웃었다. 기도 안 찬다는 듯 눈을 가늘게 뜬 그녀가 힐끗 노려봤다.

"잘도 웃음을 흘린다. 넌 어쩜…….."

나란히 달리던 오른편 차가 불쑥 그녀의 주행도로로 끼어들면서 아슬아슬하게 추월했다.

"뭐야! 저 개자식!"

말을 끊고 그녀가 흥분하여 욕설을 내뱉었다. 순간, 나는 참지 못하고 쿡 웃었다.

"신은령, 너 웃지 마."

엄한 시선으로 윤혜가 나를 힐끔거렸다. 한번 터져 나온 웃음을 제어할 수 없었다. 아무리 참으려 해도 연신 쿡쿡거리는 웃음이 새어 나왔다.

"너 예전엔 안 그랬으면서 왜 그렇게 웃음을 못 참니? 못 참을 거면 아예 크게 웃던가!"

욕설을 내뱉은 것이 창피한지 윤혜는 목소리 톤을 올리며 성깔을 부렸다.

"안 웃는다고 타박할 때는 언제고."

겸연쩍음에 웃음을 거두며 투덜거리듯 혼잣말처럼 중얼거렸다.

"그때가 나았어야!"

버럭 윤혜가 소리쳤다.

나는 참 많이 변했는데, 너는 정말 변함이 없다. 말을 속으로 삼키며 낮게 심호흡했다.

내가 웃음을 그치자 윤혜는 더 이상 신경을 곤두세우지도, 잔소리를 하지도 않았다.

차 안에 가라앉은 침묵이 감돌았다. 무겁지도, 가볍지도 않은 차분한 침묵이었다.

차창 밖으로 보도블록에 즐비한 은행나무가 띄엄띄엄 보였다. 헐벗은 은행나무의 앙상한 가지가 가여웠다. 날짜로 치자면 봄이었지만 피부에 와 닿은 공기는 아직 겨울이었다. 나무가 아직도 옷을 입지 않고 준비만 했다. 겨울도 봄도 아닌 계절. 한기를 담은 바람이 불다가도 약 올리듯 금세 푸근한 바람이 살랑거리는 어중간한 계절이다. 난 눈을 감았다.

"나, 안 보고 싶었어요?"

그 순간, 아득한 음성과 함께 길게 늘어난 서글서글한 눈매가 뇌리에 스치고 지나갔다. 흠칫 놀라 눈을 떴다. 눈앞에 보이는 건 오후의 도로를 꽉 채운 자동차 행렬이었고, 곁에 있는 건 운전하며 담배를 꺼내 입에 무는 윤혜였다. 갈비뼈 안쪽에 서늘한 바람이 들었다.

"왜?"

나의 불퉁거리는 표정을 눈치챈 윤혜가 넘겨보며 라이터로 담뱃불을 붙였다. 익숙한 손놀림이었다. 매캐한 담배 향과 함께 흰 연기가 차안에 퍼졌다. 그녀가 운전석 차창을 열자, 시끄러운 밖의 소음이 침범했다.

"……아니야."

내장을 서늘하게 한 바람을 외면하려, 눈을 다시 감았다.

"자지 마."

"너 심기가 불편해 보여. 기분 안 좋은 일 있어?"

타박이 섞인 윤혜의 목소리에 눈을 뜨고 조용히 물었다.

"좋지도 나쁘지도 않아. 그냥 공허해. 그걸로 더 심란한 건가?"

"무슨 말이야?"

"남편이 어제 팬티를 거꾸로 입고 퇴근했더라. 그런데 아무렇지도 않은 거야. 그게 더 허탈하고 웃긴 거 있지? 남편이나 나나 우린 왜 이 지루하고 무료함을 끝내지 않을까?"

윤혜가 차창 밖으로 팔을 뻗어, 담뱃재를 털었다. 많이 해본 솜씨였다. 2년 전까지만 해도 그녀는 담배를 피우지 않았다. 그런데 언제부터인가 그녀의 입술에서 담배가 떠나지 않았다. 새삼 불안해졌다. 그녀가 위태롭게 보였다.

"그 쿨한 사람이 이혼 얘기를 꺼내지 않는 걸 보면, 불편하지는 않다는 의미겠지?"

"이혼하고 싶어?"

"나도 아직은 크게 불편하지 않아."

씁쓸한 듯 그녀가 길게 담배를 빨았다. 그녀의 입안에서 길쭉한 담배 연기가 흘러나왔다. 공기로 퍼지는 담배 연기가 허무하게 소실되었다. 난 입술을 담담히 다물고, 시선을 내리깔았다. 그녀의 속을 알기에.

그녀가 우회전을 했다. 예쁘게 치장된 건물 앞에 그녀의 차가 섰다. 어리둥절한 시선을 건물 간판으로 돌렸다. 'Mr. 브라운 멀티 스타일' 블루가 은은히 감도는 전면유리 건물에 커다란 간판이 걸려 있었다. 건물만큼이나 간판에 새겨진 글씨도 휘황찬란했다.

"걱정 마. 무작정 끌고 갈 정도로 내가 양심 없진 않아."

내 표정을 읽었는지 그녀가 생색내듯 턱을 치켜들었다.

"윤혜야."

"옷은 머리하고 메이크업한 후에 백화점 가서 사자."

완전 우이독경이었다. 윤혜는 내 말을 듣는 척은커녕 아예 눈길한 번 주지 않았다. 그녀가 차에서 내려도 난 조수석에서 꿈쩍하지 않았다. 윤혜가 차를 빙 돌아와 조수석 문을 열었다.

"내려, 시간 없어."

"윤혜야, 난 정말 안 가."

가차 없는 윤혜를 애원하듯 올려다보았다.

"질끈 틀어 올린 머리, 정말 부스스하고 보기 안 좋아. 화장기 없는 네 얼굴이 얼마나 늙어 보이는지 아니? 늙어 보이는 네 얼굴 자랑하고 싶어 그러고 나갈래?"

"내 말 좀 들어. 나 안 가."

도통 내 말 같은 건 그녀의 귀에 꽂히지 않았다. 답답함이 확 밀려왔다.

"그건 머리하고 화장한 후 결정하자고."

"안 갈 거니까 할 필요도 없어."

내가 거절하자, 윤혜가 신경질적으로 팔짱을 끼고 한쪽 발을 까딱거렸다. 도로에 부딪치는 그녀의 하이힐이 딱딱딱 하고 딱따구리처럼 울어댔다.

"너 오늘 안 가면, 네 휴대폰번호, 네 식당, 집 번호는 물론 주소까지 싹다 알려줄 거야."

일말의 동정심도 없는 결정적인 협박이었다. 나의 턱이 떡 벌어졌다. 어이없고 기막혀 눈꺼풀만 끔벅거리자, 윤혜가 승리감에 젖은 미소를 입가에 지었다.

"너, 나 협박하니?"

"협박만으로 끝나게 해줘. 연락처는 네 스스로 알려주게 되길 난 진심으로 바라니까."

"이러지마, 윤혜야. 네가 이럴 필요는 없잖아?"

승자 없는 말싸움에 지쳐 미간을 찌푸리며 화를 냈다.

"너도 적당히 고집 부려. 그냥 만나는 것뿐이야. 난 만남까지 거부할 건 없다고 보는데? 네 이런 민감한 반응 오히려 이상해. 왜? 네 이 구질구질한 몰골을 보여주기 싫어서 빼니?"

"난 만날 필요성을 못 느껴."

단호하게 대꾸했다.

"사람을 만나는 데 필요성까지 운운하지 말자. 그냥 오랜만이야 하면 될 정도의 만남일지도 모르는데 너 너무 움츠러드는 것 아니니? 설마 그 녀석이, 너의 손을 잡고 우리 다시 시작하자. 뭐, 이러길 기대하니?"

"사람 놀리지 마."

"그러니까 그만 피곤하게 굴어. 쿨하게 만나면 돼."

미간을 좁히며, 윤혜가 딱 잘라 말했다.

"난 쿨한 사람 아니잖아."

"안 해본 것도 해야지. 삶이란 원하는 대로만 살 수 없다는 걸 그 누구보다도 뼈저리게 알고 있는 사람이 왜 이래? 오늘 한번 쿨해지자고. 어서 내려."

그녀가 조수석으로 몸을 집어넣더니, 강압적으로 내 몸을 묶은 안전벨트를 풀려고 했다. 난 그녀의 손목을 잡았다.

"알았어, 갈게. 하지만 이렇게 티 내고 싶지 않아. 그러니까 그냥 평소 모습처럼 갈래."

난공불락 같은 내 고집도 그녀 앞에서는 여지없이 무너지고 만다. 난 결국 그녀에게 졌다.

"지금의 이 꼴로?"

윤혜가 끔찍할 정도로 추루한 몰골이라는 듯 노골적으로 훑었다. 사실 행색에 별 신경 쓰고 싶지 않았고, 그녀가 내 스타일의 점수를 최악으로 매겨도 개의치 않았다. 그러나 질겁하는 시선으로 연신 위에서 아래로, 아래에서 위로 나를 훑는 그녀가 왠지 안쓰러워, 조금은 미안한 감정이 들었다.

"집에 가서 씻고 옷도 차려입고 나갈게."

"약속할 수 있어? 화장도 할 거지?"

그녀가 못 믿겠다는 듯 심드렁하게 물었다. 난 확신을 주듯 강하게 고개를 끄덕였다.

우리는 각자 한 발씩 양보했다.

버스정류장

　윤혜는 마치 적진으로 돌진하는 특수부대 요원처럼 저돌적으로 집 안까지 쫓아 들어왔다. 그녀의 거침없는 참견에 내가 진저리를 쳐도 소용없었다. 현관으로 들어오면서부터 끊임없이 잔소리를 늘어놓았다.

　이렇게 좁은 현관으로 들어와, 이렇게 좁은 거실과 이렇게 좁은 방에서 살면 좋으냐. 이 화장대 꼴이 이게 뭐냐. 아예 여자이길 포기했냐. 그녀의 입술과 혀는 쉴 새 없이 종알댔다. 끝내 난 폭발했다.

　"너 자꾸 이러면 난 절대 안 가. 안 가. 절대!"

　내가 소리치자, 그녀는 움찔하더니 스스로 물러나는 현명한 판단을 했다. 윤혜가 돌아가자, 비로소 들썩거리던 집 안이 안도의 한숨을 내쉬며 평온해졌다.

물을 마시며 겨우 막힌 숨통을 트인 후, 속옷을 챙겨 들고 욕실로 들어갔다. 윤혜의 말처럼 질끈 틀어 올린 부스스한 머리를 한 초췌한 여자가 세면대 거울 속에 비춰졌다. 틀어 올린 머리를 풀자, 긴 머리카락이 어깨 밑까지 흘러내렸다. 난 낯선 이방인을 보듯 얼굴을 꼼꼼히 훑었다.

낯설다. 늙어버린 얼굴 때문만은 아니다. 눈동자가 낯설다.

초췌한 얼굴이었지만, 눈동자만은 이상야릇한 촉촉함으로 윤기가 꿈틀대고 있었다. 무엇을 의미하는 꿈틀거림인가. 설마 들뜬 건가.

"무조건 내일 7시야. 너 올 때까지 기다린다고 했어. 그렇게 알아."

어젯밤 윤혜는 다짜고짜 전화를 하더니 그렇게 말했다.

나는 안 된다고 말했으나, 그녀에겐 먹히지 않았다. 약속 장소와 시간만 반복하더니, '무조건 기다린단다'라고 강조했다. 난 간다는 말을 한 적이 없었다.

분명히 가지 않는다는 확고한 의사를 밝혔었다. 그 덕에 오늘 윤혜의 방문을 받았지만.

사실 가지 않는다고 외쳤지만, 가슴속 깊은 곳에서 울리는 동요

와 설렘으로 밤새 한잠도 못 잤다.

"나, 안 보고 싶었어요?"

오래전 그가 지그시 내려다보며 묻던 말이 자꾸 떠올라 날 괴롭혔다. 어쩌면 그가 오래전 그날처럼 내게 저렇게 말할지도 모른다는 허망한 망상을 떨쳐내려 애썼다.

"난 보고 싶었는데."

돌아눕다, 그의 말이 이어 들렸다.
눈을 질끈 감고, 억지로 잠에 청했지만 정신이 놔지지 않았다. 연신 뒤척거려도 내 주위의 모든 것이 불편했다. 베고 누워 있는 극세사솜 베개가 목을 뻣뻣하게 해 불편했고, 솜털처럼 가볍게 몸을 누르고 있는 차렵이불도 거치적거렸다. 벽에 걸린 시계초침은 왜 이렇게 크게 째깍째깍 신경 거슬리게 하냐며 엄한 시계 탓만 했다. 그렇게 최소한의 기억 한도에서 서른 번은 뒤척이다 새벽녘에 간신히 잠이 들었다.
그의 소식을 처음 접한 일주일 전에도 그랬다. 잠을 설쳤다. 아니, 뜬눈으로 밤을 보냈다는 말이 맞았다.

"은성이 한국에 있대. 어제 윤석이 만났다더라."

까딱했다간 휴대폰을 떨어뜨릴 뻔했다. 무뎌질 대로 무뎌져 바짝 말라 버렸던 심장이, 시뻘건 피를 수혈 받아 불끈하고 흥분하여 요동쳐댔다. 휴대폰을 잡은 손아귀에 힘을 꾹 쥐고 버텨야 했다.

"널 찾는단다."

전율은 부글부글 끓어 금방이라도 심장을 태울 듯 활활 타올랐다. 코끝이 시큰해지고 커다란 바늘로 찔린 듯 눈이 아프게 아려왔다. 숨 쉬기조차 힘들어 난 헐떡거리는 것을 막기 위해 입술을 악다물었다.

"은령아?"

내가 묵묵부답이자 윤혜가 불렀다. 그러나 입을 열 수가 없었다. 강력 접착제로 붙인 듯 윗입술과 아랫입술이 딱 달라붙어 떨어지지 않았다. 후들거리는 다리는 몸을 지탱하지 못하고 무너져 나를 쓰러뜨렸다. 바닥에 주저앉아 쏟아지려는 눈물을 가까스로 참았다. 그가 돌아왔다는 사실보다 냉정을 잃고 흔들리는 내가 더 충격적이었다. 진정하자, 진정하자. 진정해라를 열 번쯤 센 후에야 겨우 입을 열었다.

"내 소식 모른다고 해주겠니?"

라고.

이번엔 윤혜가 침묵을 지켰다. 잠시 후, 그녀가 한심하다는 듯 깊은 한숨을 쉬어댔다.

"언제까지 도망만 다닐래?"

아무리 친구가 타박하고 핀잔을 줘도 어쩔 수 없는 일은 어쩔
수 없는 일이다. 안 되는 일은 안 되는 일이라고 못 박은 이상, 빼
도 박도 못하고 안 되는 일이라 결론 내릴 수밖에 없다. 난 그렇게
생각하고, 그렇게 만들었고, 그렇게 믿었다.

"하지만 어쩌니? 이미 네 소식 전했는데."

태평하게 윤혜가 말했다.

그 말에 놀라,

"뭘 전했는데?"

급하게 묻자, 윤혜는,

"잘살고 있다고 했어."

하더니,

"둘의 이야기는 둘이 만나서 직접 해. 날 중개자 역할 시키지
마."

라고 덧붙이고 성가시다는 듯 전화를 끊었다.

윤혜와 통화가 끝난 후, 휴대폰만 쥔 채 미동도 못하고 넋을 놓
았다. 주위는 고요한 정적뿐이었다. 시계초침 소리가 요란하게 들
려 정신이 깨었을 때는 벌써 자정이 넘어서고 있었다.

넋 나간 년. 스스로에게 욕하며 일어나다 다시 한 번 미친년을
반복했다. 그러나 미친 정신은 나를 잠 못 이루게 했었다.

그렇게 일주일을 넋 놓고 지냈다. 떠올리지 않으려 해도 불쑥불쑥 그의 존재가 아지랑이처럼 뇌리에 스멀스멀 올라왔다. 피어오른 아지랑이의 뿌리 끝까지 뽑아 질근질근 밟아버리고 싶은 충동이 일었지만, 눈에 보이지 않은 실체는 강했다. 강하게 자극하는 존재를 억지로 떼어낼 수 없었다. 그래도 현실은 바쁜 일상의 반복이므로 나는 서서히 그의 존재를 망각할 수 있었다.

그런데 어제 윤혜는 불쑥 전화해,

"은성이가 너 보잔다."

라고 전했다.

그리고 오늘 나에게 그와의 재회를 강요했다.

그리고 결국 나는 그와의 재회를 위해, 준비를 한다.

샤워를 끝내고 몇 개 안 되는 화장품이 키 순서대로 진열되어 있는 화장대 의자에 앉았다. 오랜만에 누군가를 만나기 위한 화장을, 외출을 위한 화장을 어색하고 낯설게 시작했다.

눈썹이 짝짝이로 그려져 몇 번이나 수정하고, 비뚤어지는 아이라인을 시도하다 포기했다. 다홍색 립스틱을 발랐다가 어울리지 않아 지우고, 투명 오렌지 립밤만 발랐다. 세련되고 화사하고 싶었던 희망과 달리 한 듯 만 듯 성의 없는 화장을 하고 말았다. 시계가 6시를 가리켰다. 약속 장소까지는 어림잡아도 30분은 걸리는 거리다.

7시라고 윤혜는 반복했었다. 7시까지 시간을 맞추려면 늦어도 6시 30분에는 나가야 한다. 시간이 촉박하지만 코미디 영화 분장 같은 얼굴이 끔찍했다. 욕실로 달려가 클렌징을 하고 화장을 다시 시작했다. 화장에 애쓰던 마음을 비우고 차분하게.

촉박한 시간을 쪼개어 화장을 끝내고, 젖은 머리를 드라이기로 말리고, 옷장으로 다가가 활짝 열어젖혔다. 속을 활짝 드러낸 옷장을 들여다보자 한숨만 나왔다. 그동안 세상과 단절하고 살았던 탓에 변변한 옷 한 벌 없었다. 뒤늦은 후회가 찾아왔다.

"지지리 궁상."

윤혜의 타박이 들렸다.

내가 누구를 위해, 무엇을 위해 나를 꾸미냐, 난 그저 여자가 아닌 인간일 뿐인데, 라고 변명하고 싶었다.

그런 내가 7년 만에 여자가 된다. 7년 만에 여자가 되려고, 화장을 하고 옷을 입는다.

심장의 쓸쓸함이 메마른 핏줄의 물결을 따라 올라와, 나의 뇌리에 위태롭게 침범하며, 나의 어깻죽지를 내려뜨렸다. 애써 감정을 외면하며 옷장 구석에서 심플한 디자인의 검은색 스커트정장을 꺼냈다. 2년 전에 산 옷이었다. 옷을 꺼내 낡은 곳은 없는지, 행여 빛바랜 구석은 없는지 꼼꼼히 살폈다. 다행히 새 옷처럼 반짝거리지는 않아도 2년 동안 방치한 옷답지 않게 깔끔했다.

안도한 후 갈아입었다. 2년 전보다 체형이 축소가 되었는지 스커트 허리둘레가 빙빙 돌아갈 정도로 벙벙했지만, 보기 흉할 정도는 아니었다.

시계가 6시 30분을 넘어섰다. 초침이 방정맞게 늦었다며 비명을 질러댔다. 집에서 나와 버스에 올라탄 시간은 6시 45분이었다. 늦었음에도 택시를 타지 않고 버스를 탄 것은 몸에 밴 습관 때문이었다. 버스를 타면서 그제야 아차, 싶었다. 윤혜가 봤다면 지지리 궁상 소리를 한 번 더 했을 것이다.

비어 있는 자리에 앉자마자 안 가겠다며 버텼음에도 불구하고 길이 막히지 않길 간절히 빌었다. 모순덩어리인 자신이 우스워졌다.

차창 밖 거리로 시선을 돌렸다. 봄의 오후다. 저만치 불그스름한 석양을 부드럽게 안은 하늘이 보였다. 땅으로 꺼져가는 태양을 보듬는 하늘은 온화하고 숭고해 보였다. 붉은 기운이 점점 퍼지면서 확장되어 갔다. 절로 흐뭇한 미소가 떠올랐다.

앞좌석에 앉은 여학생이 휴대폰으로 통화하며 크게 떠들었다.

"그래, 걔가 나를 좋아한대."

상대방에게 말하더니 여학생은 깔깔거렸다. 경박해 보였지만,

유쾌하게 들려왔다. 전화 통화하는 친구가 재차 묻는지 여학생은
연속해서,

"정말이야. 정말이라니까."

를 반복하며 깔깔거렸다. 행복한 깔깔거림. 듣기 거슬리긴 했지
만, 흉하진 않는 것이 사랑으로 인한 반짝거림 때문일까?

내가 저렇듯 좋아한다는 말 한마디로 단순히 깔깔거렸던 적이
있던가. 그저 그 사실 자체만으로도 행복했던…….

행복했음에도 한껏 입을 벌리고 까르르한 적은 없는 듯 아득하
다. 흔들리는 차창에 머리를 기대며 홍색 하늘로 시선을 돌렸다.
저녁이, 밤이 느긋하게 다가오고 있었다.

"나, 안 보고 싶었어요?"

숨을 헐떡이며 달려와, 와락 내 어깨를 끌어안던 그.

"난 보고 싶었는데."

널찍한 그의 품에서 난 소리 없이 웃었다. 속내는 표현하라 재
촉했지만, 입술을 떼진 않았다. 그저 턱을 그의 가슴팍에 대고 올
려다봤을 뿐이었다. 그런 내 입술에 짧게 입을 맞추고, 그 특유의
눈꼬리를 늘어뜨리며 서글서글하게 웃던 그.

"나만 너무 좋아해서 가끔 억울해."

깊게 날 안으며, 투정부리듯 속닥이는 그의 말에 난 싱그레 웃기만 했다. 나도 네가 너무 좋아. 그 말을 끝내 하진 못했다.

❖ ❖ ❖

아련한 기억 속의 나는 선뜻 좋아한다는 말조차도 어렵던 암울한 사람이었다. 깔깔거리며 호탕하게 웃어젖힌 적도, 호들갑스럽게 수다스러웠던 적도 없는 가라앉은 아이였다. 내가 언제부터 웃음을 잃었던가? 오래된 기억의 끄트머리를 억지로 끄집어내면 나도 무념하게 잘 웃던 때가 있었다.

초등학교 땐, 윤혜과 깍지 낀 손을 흔들어대며 까르르거렸던 적도 있고, 마주앉아 실뜨기하며 킥킥거리고 했다. 윤혜와는 초등학교 1학년 같은 반 친구였다. 여덟 살인 주제에 거만하고, 당당한 윤혜였다. 직설적인 솔직한 윤혜가 난 처음부터 좋았다. 윤혜는 우리 동네 아줌마들이 흔히 말하는 윗동네 아이였다. 엄청난 부자들이 사는 윗동네. 집을 짓기 위해 산을 깎았다는 풍문이 있는 윗동네. 윤혜는 부잣집 중에서도 손에 꼽히는 부잣집 딸이었다. 윤혜는 학교를 데려다 주고 데리러 오는 운전기사도 있었다. 오매불망 귀한 딸이었다.

그런 배경이기에 그녀의 당당함은 자라온 습관 같은 것이었다. 윤혜는 나와 친해진 후 등교는 나를 데리러 오면서 시작했고, 하교는 나와 손을 잡고 걸어서 했다. 처음엔 그녀 부모님의 강력한 반대가 있었지만, 그녀의 고집을 꺾진 못했다. 고집보다는 고약한 성질 때문이라고 말하는 게 맞다. 난 때론 고약해도 윤혜가 좋았다.

그렇게 우린 하굣길에 놀이터에서 놀기도 하고, 분식집에서 떡볶이도 사 먹고, 시장도 구경 다니며 즐거운 나날을 보냈다. 어리고 해맑은 우리들에겐 많은 것은 필요 없었다. 작은 실타래 하나만 있어도 실뜨기를 하면서 종일 놀 수 있는, 우리 엄마 말을 빌리면 낙엽만 굴러가도 까르르거릴 나이였다.

무엇이 먼저였는지 지금에 와선 중요하지 않지만, 굳이 짚고 넘어가자면 그를 처음 보았을 때만 해도 난 웃음을 잃지 않은 상태였다. 그때까진 평화로운 나날이었으니까.

그런데 얼마 후, 나의 무념한 평화는 끝났다.

웃음도 잃었다.

그 사건 이후에…….

내려야 할 정류장이다.

버스가 정류장에 미끄러지며 멈췄을 때서야 깨달았다. 부랴부랴 핸드백을 챙겨 뒷문으로 갔다. 닫히려 하던 버스 뒷문이 귀찮다는 듯 신경질적으로 확 열렸다. 공중에 떠 있던 버스에서 낮은 바닥으로 발을 내딛자,

"조심해요."

하는 낮고 아득한 음성이 들렸다.

소리가 아닌 뇌에서 울린 환청임에도 난 순간, 당황해서 중심을 잃고 휘청거렸다. 한 대 얻어맞은 어린아이처럼 볼멘 얼굴로 주변을 둘러보았으나 낯익은 이는 없었다. 낯선 인파들만이 세상과 단절된 표정으로 기계적으로 길을 걷고 있었다.

고개를 떨어뜨리고 발밑을 보았다. 마름모 조각 퍼즐이 맞추어진 보도블록이 무표정하니 올려다봤다. 보도블록을 차분히 디디자, 아스라이 지나간 흔적이 스멀거리며 올라왔다. 묻혀 있던 기억의 뿌리가 양분을 받아 되살아나는 것처럼 잔잔히 피어올랐다.

난 맥없이 꺾이는 무릎을 주체하지 못하고 버스정류장 벤치에 털썩 주저앉았다.

수만 가지의 생각을 가진 사람들이 하루에도 몇 번씩 이 보도블록을 밟으리라. 무심코 흘린 감정들이 보도블록에 떨어지고 묻고 하리라. 나만이 아니리라. 그런데 왜 이렇게 몰래 사탕 훔치다 들킨 아이처럼 심장이 벌렁거리고 죄짓는 심정일까.

발끝에 숨어 있는 보도블록을 내려다보았다. 기억이 묻어 있는 낯익은 보도블록.

7년이라는 세월이 흐르는 동안 이 보도블록은 몇 번이나 파헤쳐졌을 것이다. 아니, 수없이 파헤쳐졌을 것이다. 만약 그렇지 않다면 7년 전 그 보도블록 그대로일 것이다. 만약 그 보도블록 그대로라면 내 얼굴을 기억하고 있을까.

너, 알고 있니? 무턱대고 길에게 물었다.

길은 대답이 없었다. 그러나 알고 있다, 길은 알고 있다는 것을. 길은 잊지 않는다는 것을.

피로감이 몰려왔다. 방금 마라톤을 끝낸 사람처럼 지치고 노곤했다.

나른한 바람이 살랑거리며 다가와 뺨을 어루만졌다.

목적지가 코앞인데도 불구하고 난 보도블록을 내려다보며 7년 전 이 자리로 되돌아갔다. 7시가 넘어선 지 한참인데도, 나의 해이는 그렇게 나를 멈추게 만들었다.

"조심해요."

비틀거리며 차도로 발을 내디딘 나를 은성이 잡았다. 나사가 풀린 로봇처럼 휘청거리며, 초점이 흔들리는 시선을 흩뿌리며 난 방황하고 있었다. 정신은 멀쩡한 것 같은데, 몸이 뜻대로 움직이질 않았다. 걱정스러움을 가득 담고 날 잡고 있는 은성을 올려다보며 난 자조적으로 피식거렸다. 나의 뜻 모를 웃음에도 은성은 가만히 있었다.

"내버려 둬."

한마디를 내뱉으며 거치적거리는 그의 손을 뿌리쳤다.

발이 나를 지탱해 주질 못했다. 어기적어기적 버스정류장 벤치로 다가가 풀썩 꺼졌다. 떨어지는 머리를 푹 숙이고 가쁜 숨을 토해냈다. 몸을 뜨겁게 달군 알코올이 훅훅 입 밖으로 새어 나왔다.

내 앞에 선 그의 바지가 보였다. 구겨지고 비에 젖은 청바지가 떡 버티고 시야를 가로막고 있자 답답함이 밀려왔다. 괜한 심술에 그의 다리를 손바닥으로 탁 때렸다. 반응이 없었다. 원인 모를 화가 치밀어 올랐다. 손바닥으로 연신 다리를 때렸다.

그의 무릎이 구부러졌다. 내 앞에 무릎을 꿇고 앉은 은성의 얼굴이 동공에 가득 찼다. 두 손바닥으로 그의 뺨을 딱 가볍게 때렸다. 손바닥이 퉁기면서 양 볼에서 차갑고 날카로운 소리가 났다.

"아파요."

은성이 잔잔히 웃었다. 맞으면서도 웃는 그의 뺨을 징을 치듯 또 한 번 탁 쳤다. 그런데도 그는 웃었다. 그만하라고 해. 깊숙한 곳의 울림은 내 손을 다시 들게 했다. 그는 피하지 않고, 내 양 손목을 낚아챘다.

"정말 아파요."

내 손목을 잡은 채 은성이 웃었다.

신호를 받은 듯 나의 눈에서 굵은 액체가 뚝 떨어졌다.

"눈물샘이 고장 났어."

뚝뚝 굵은 눈물을 떨어뜨리며 난 중얼거렸다. 손목을 놓지 않고 지그시 바라보던 은성이 몸을 들어 올렸다. 그의 차가운 입술이 내 입술에 닿았다.

이곳이었다. 이 벤치였다. 7년 전 그 벤치가 맞다면, 교체되지 않았다면 이 벤치였다.

여름이었다. 초여름 비가 촉촉이 내리던 날이었다. 늦은 밤이었다. 자정이 넘어선 지 한참이 된 후였다. 새벽이 가까이 오던 시각이었다. 버스는 끊긴 지 오래된 후였다. 버스정류장엔 아무도 없었다. 거리도 사람이 없었다. 떨어지는 빗소리만 고요한 정적을 깨고 있었다.

그가 내 입술에 짧은 입맞춤을 했을 때, 귓가에 들려오는 소리는 버스정류장 부스를 두드려 대는 청청한 빗소리뿐이었다. 아주 짧은 입맞춤이었고, 긴 여운을 남기는 입맞춤이었다. 내 입술에서 잠깐 머물다 그의 입술이 떨어져 나갔을 때 애틋함이 그림자처럼 일렁거렸다. 입술이 떨어지면서 그가 애잔하게 웃었다. 잡았던 손

목을 놓고 유리 인형을 만지듯 조심스럽게 내 눈가의 눈물을 손가락으로 닦아주며,

"많이 힘들어요?"

그가 물었다. 난 웃었다. 웃으며 고개를 흔들었다. 거짓된 흔들림이란 걸 그는 간파하고 있었다. 그럼에도 나를 그윽하게 보며 말없이 내 젖은 머리카락을 쓰다듬던 그였다.

친구들과 모임을 가졌던 날이었다. 나와 윤혜를 제외하곤 여지없이 친구들은 연인을 동반한 자리였다. 유쾌한 자리였다. 그래서 더더욱 힘들었던 자리였다. 그를 보여주지 못하고, 동반하지 못하며, 심지어는 그의 존재조차 밝힐 수 없는 내가 싫었던 자리였다. 무엇보다도 그에게 미안했으며, 그가 보고 싶었다. 그도 여기에 앉아, 같은 화제로 웃고 떠든다면 얼마나 좋을까란 생각을 수십 번 메아리처럼 되풀이했었다. 그러지 못함이 참담한 심정으로 옆자리의 허전함을 가중시켰다.

술을 한두 잔 기울이다 보니 시간이 꽤 흘렀다. 친구들이 하나둘 얼큰하게 취했고, 나도 중심을 잃을 정도로 알코올에 젖어들었다. 요란스러운 댄스음악이 가득 찬 술집도 한창 분위기에 취했다. 그래서 몰랐다, 부재중 전화가 다섯 개나 되는 것을. 핑계를 대자면, 주변이 너무 시끄러웠고 취해 있었다. 그리고 여섯 번째서야 전화를 받았다.

은성이었다.

"취했어요?"

그의 전화를, 그의 질문을 화장실에서 받았다. 화장실 벽에 비틀거리며 기대어 흔들리듯이 받았다.

"걱정돼?"

"당연히 걱정되죠."

저 너머에서 부드러운 음성이 들려왔다. 취기가 더 오르는 듯했다. 내가 이성을 잃고 취해서, 사리분별도 못할 정도로 취해서 네 앞에 섰으면 좋겠다. 그리고 상황 같은 건, 과거 같은 건 모두 묻어버리고 너를 안고 싶다. 너와 있고 싶다.

"걱정되면 데리러 와."

"그래도 돼요?"

"아니, 안 돼."

짧은 통화였다. 무턱대고 전화를 끊었다. 이기적인 내가 싫어 화장실 거울 속에 비친 나를 한참 동안 노려봤다. 그리고 자리로 돌아와 숨 쉴 틈도 없이 맥주를 마셔댔다.

술자리가 끝나 밖으로 나오니 비가 촘촘히 내리고 있었다. 초여름의 소나기 같은 비였다. 친구들은 연인들과 가고 윤혜와 둘이 남았다.

택시를 잡으려면 횡단보도를 건너야 했다. 건물의 지붕 아래에서 윤혜와 하릴없이 비를 바라보았다. 횡단보도 신호등이 파란색이 되어도 그녀나 나나 꿈쩍하지 않았다. 비가 그치길 기다리는 것은 아니었다. 그저 각자만의 상념에 빠져 묶인 발을 움직이지 못했다. 그제야 들었다, 가방 안에 들어 있던 휴대폰이 삑삑 울고 있는 것을. 문자메시지가 와 있었다.

[술집에서 나오면 전화해 줘요. 꼭이요.]

45분 전에 온 메시지였다. 메시지를 슬쩍 훔쳐본 윤혜가 전화 하라며 재촉했다. 통화버튼을 누르자 은성이라는 글자가 액정 화 면에 떠올랐다.

[술 다 마셨어요? 나 근처 버스정류장이에요.]
그의 음성은 다정했다. 그가 와 있었다. 신경질적인 내 투정을 들은 그가 내게 달려와, 왔다는 소리도 못하고 한 시간 가까이 기 다린 것이었다.
윤혜가 어서 가보라며 쏜살같이 횡단보도를 건너갔다. 은성은 건너편 버스정류장에 있다고 했는데, 같이 건너도 될 횡단보도를 윤혜는 서둘러 혼자 건너갔다. 그녀를 뒤쫓으려는데, 성질 급한 신호등이 금세 붉은 눈을 치켜떴다.
윤혜는 마침 지나가던 택시를 잡아탔다. 그녀는 손가락으로 30m 전방에 있는 버스정류장을 가리키더니, 손을 휘휘 흔들어주 곤 택시 안으로 사라졌다. 그녀의 오지랖에 쿡 웃음이 나왔다. 택시가 눈앞에서 사라졌다.

길 건너 버스정류장에 검은 그림자 하나가 아른거렸다. 다시 신호등이 푸른 눈을 떴을 때서야 난 길을 건넜다. 그리고 버스정류장으로 향했다.

빗속을 걸어오는 나를 발견하고 부스에서 황급히 달려 나온 그가 우산을 씌워줬다.

"우산 없었어요? 그럼 말하지. 내가 건너갔을 텐데."

내 옷에 달라붙은 빗방울을 털어내는 그를 난 말없이 응시했다. 내 젖은 머리카락에 그의 손길이 닿았다. 난 그의 손등을 쳐버리고 우산에서 나왔다. 그리고 무작정 차도로 내려갔다.

"조심해요."

나를 쫓아와 잡던 그.

❖ ❖ ❖

"서대문 가려면 건너서 타야 해요?"

불쑥 들려온 음성에 난 화들짝 현실로 돌아왔다. 우리 아줌마처럼 보글보글 파마머리인 작은 중년여자가 몸집만 한 가방을 들고 서 있었다.

"네."

고개를 끄덕여 주니 중년여자가 고맙다하며 허름한 가방을 힘겹게 들었다. 부담스러울 정도로 무거워 보이는 가방이었다. 난 벤치에서 일어나 중년여자를 따라갔다.

"횡단보도 앞까지 같이 들어드릴게요."

"아이구, 괜찮은데."

내가 가방의 끈을 잡자, 그녀가 괜찮다 하면서도 거부하지 않았다. 가방의 무게는 만만치 않았다. 두 여자가 나란히 들었는데도 어깻죽지가 쑥 빠지는 것처럼 밑으로 꺼졌다.

"너 좀 있다가 이 핑계, 저 핑계대면서 안 간다고 하면 나 정말 화 낼 거야."

가까스로 집에서 내보냈을 때, 윤혜는 엄포를 놓았다.

그래, 난 지금 딴청을 부리고 있다.

7시가 훨씬 넘어 8시가 다가오는데도, 바로 코앞에 그가 있는데도, 나는 엉뚱한 선행을 하고 있다. 도망칠 수만 있다면 도망치고 싶다. 할 수만 있다면 모든 기억과 모든 시간을 지우고 싶다. 말려들고 싶지 않다. 다시 한 번 소용돌이가 가슴에서 피어올라, 혼란 속에서 헤매게 될까 봐 두려웠다. 나는 겁쟁이니까.

버스정류장에서 횡단보도까지의 거리는 멀지 않았다. 그 빗속을 걷던 날은 이 거리가 천 리처럼 멀고멀게 느껴졌었는데.

횡단보도 앞에 도착하니 때마침 신호등이 보행자 신호로 바뀌었다.

중년여자는 고맙다고 재차 꾸벅거리며, 가방 끈을 힘껏 움켜쥐고 횡단보도를 건너갔다. 그녀의 발목이 불안하게 휘청거렸다. 여자의 몸집은 너무 작았다. 하지만 여자는 보물단지를 안은 양 끝끝내 가방을 높이 들고 걸었다. 건너서도 바닥에 한 번 내려놓지 않았다. 소중한 것이 들어 있는 모양이었다. 어떠한 의미가 있는 가방일까. 여자의 삶에 중요한 물건일까? 2년 전 식당 문을 열고 들어온 가방도 꼭 저랬다. 아줌마의 품속에 소중하게 안겨 있었다.

여자의 등을 멀거니 응시하며 난 우두커니 있었다. 눈 깜빡할 사이에 어스름하던 거리가 짙게 어둑해졌다. 휘황찬란한 네온사인이 하나둘 켜지면서 도시의 불을 밝혔다.

재회

자동차 한 대가 폭주하듯 도로를 지나쳤다. 타이어와 도로의 마찰음이 도시의 모든 소음을 죽였다. 길이 깎이면서 내지르는 비명 소리가 가슴을 후려쳤다. 그 비명 소리는 나의 정신을 채찍질했다.

횡단보도 앞에 갈 길을 잃고 헤매는 사람처럼 도연히 서 있는 나를 간혹 보행자들이 호기심 어린 눈길로 힐끔거렸다. 다른 이의 눈동자가 나를 어떻게 보든, 어떻게 판단하든, 어떻게 상상하든 관심 없다. 그런 하찮은 것에 신경 쓸 여유는 없다. 아직 풀지 못한 문제가 있는데, 시험 시간은 자꾸 흘러갔다. 차라리 시간이 끝나길 빌었다. 그러나 영원히 시험 시간이 끝나지 않음을 안다. 문제를 풀지 못한다면 영원히 끝나지 않을 시간.

횡단보도에서 물러나 목적지로 몸을 돌렸다.

8시가 넘은 저녁의 거리는 낮의 거리보다 혼잡했다. 불야성을 이루고 있는 건물에서 흘러나오는 걸그룹의 노래로 거리가 들썩거렸다. 친구와 팔을 감고 지나가는 여자가 주변의 시선은 아랑곳하지 않고 노래 한 소절을 크게 따라 불렀다.

목적지로 걸으며 그녀를 빤히 주시했다. 이제 스물한두 살 된 듯 젖살이 빠지지 않은 촉촉한 얼굴이었다. 나도 저런 시절이 있었다. 저렇게 촉촉하던 때가. 나의 입가에 쓴웃음이 올라왔다. 황혼의 나이에 접어들어 소싯적을 회상하는 노인네처럼 '저런 시절'이라고 하고 있다.

서른넷이면 나 많이 늙은 건가? 정말 늙은 건가?

목적지가 있는 건물 앞에 도착했다. 건물로 들어서지 않고, 턱을 들어 위를 올려다보았다.

2층 벽은 유리벽이었다. 거리 방향의 통유리는 7년 전에는 불투명하고 푸르스름한 블루였다. 밖에서 올려다봤을 때 내부가 보이지 않는 불투명함이 좋아서 난 꼭 창가 자리에 앉았었다. 그런데 지금은 내부가 훤히 보이는 투명한 유리벽이었다. 유리벽 위에 파란 네온등으로 환하게 켜져 있던 간판은 온데간데없고, 심플하게 『cafe of sealiy』가 써진 검은색 간판이 달려 있었다.

세상이 심플을 지향하니 샐리의 카페도 심플해진 모양이었다. 나도 세상 변화에 맞춰 가벼워지면 좋을 텐데. 심플은 내게 있어 너무 어렵다.

7년 전 샐리의 카페 주인은 여자였다. 언젠가 그녀에게 왜 샐리의 카페라 지었느냐고 물었던 적이 있었다. 혼자 선 여자의 이름이 샐리일까? 넘겨 상상한 적도 있었다.

"샐리의 법칙 아시죠? 머피의 법칙 반대말이요. 우리 카페에 다녀가면, 무엇을 하든지 다 잘 풀린라고요."

세련되고 도회적인 인상의 여자였다.

그런 인상에도 불구하고 다정한 미소를 가지고 있던 여자였다. 그녀가 아직도 이곳의 주인이라면 나를 알아볼까. 그녀의 얼굴에서도 세월이 보일까.

창가 자리는 커플들이 모두 차지하고 있었다. 은성의 모습은 보이지 않았다. 창가 자리가 비어 있지 않아서인지, 이미 자리를 뜬 건지 올라가지 않는 한 확인이 안 되는 상황이 불편했다.

끄트머리 테이블에도 20대 커플이 단란한 대화를 나누고 있었다. 행복한 듯 입가 가득 미소를 떠올리며 마주 보는 그들이 아름다웠다. 저 자리는 내가 즐겨 앉던 자리였다. 저 자리에 앉으면 건너편 화려한 네온사인 거리가 한눈에 다 들어왔다. 아릿할 정도로 환상적인 밤의 전경이 한눈에 다 들어왔다.

그는 왜 하필 이 카페를 선택한 것일까.

❖ ❖ ❖

블루는 내게 안정감을 주는 색이었다. 샐리의 카페는 요란하지 않는 깔끔하고 심플한 인테리어와 도회적인 블루의 색채가 어우러져 있었다. 첫눈에 난 이곳이 좋았다. 특히 창가 테이블은 거리가 한눈에 들어와 도시의 전경을 편안한 마음으로 즐길 수 있었다. 창가엔 네 개의 테이블이 있었는데, 가운데 두 테이블이 유독 거리의 풍경이 잘 보였지만, 난 구석진 자리의 끄트머리 테이블이 좋았다. 전부를 다 보지 못한다 해도, 일부만 볼 수 있다 해도 그것만으로 충분히 여유로웠다.

심란한 오후에 가끔 거리를 배회하다 샐리의 카페를 가곤 했다. 그곳은 나만의 장소였다. 혼자만 즐기는 공간이었다. 책도 보고, 음악도 듣고, 가져온 노트북으로 글도 쓰며 하릴없이 하루를 보내기 좋은 공간이었다. 카페 주인여자는 헤이즐넛 커피 한 잔만 시켜놓고 전망 좋은 창가 자리를 차지하고 있는 내게 싫은 기색을 하지 않았다. 그녀는 반나절이 지나도록 자리를 뜨지 않는 내게 다가와 접시에 담은 쿠키를 내밀면서,

"친구가 호주에서 가져왔는데 맛있네요."

라며 수줍은 듯 웃기도 했다.

때론 요구하지도 않았는데 식은 헤이즐넛 커피를 리필해 주기

도 하던 세심한 여자였다. 그녀의 친절이 부담스럽지 않았다. 그렇기에 난 반나절을 그곳에서 보내는 날이 늘어났다.

[어디예요?]

카페에 와서 아이스티 한 잔을 주문한 지 얼마 되지 않았을 때, 그의 전화가 왔다. 늦은 오후였다. 더운 오후였다. 초여름 소나기가 내린 후 도시는 후끈거렸다. 초여름이라는 말이 무색할 정도로 무더위가 진득거리며 기승을 부렸다. 카페에서도 음악 소리를 뚫고 가끔 에어컨의 시끄러운 엔진 소리가 들려오곤 했다.

"넌 어디니?"

[집에 들어가는 길이에요. 밖이에요?]

"응."

[좋은 음악 소리가 들려요. 나 거기 가면 안 돼요?]

"친구들과 있어."

심술궂게 거짓말을 했다. 휴대폰 저편이 잠시 침묵했다.

[그래요? 그럼 내가 가면 안 되겠네.]

아쉬운 듯 말끝을 흐리는 그에게 울컥 미안함 감정이 솟았다. 그에게 애꿎은 심술을 부리는 내가 어리광쟁이가 된 듯했다. 입술을 깨물었다. 주문했던 아이스티를 들고 카페 주인여자가 다가왔다. 그녀는 여느 때와 마찬가지로 부드럽게 웃으며 아이스티를 내려놓고 돌아섰다.

[언제 올 거예요? 오래 걸려요?]

"왜?"

[잠깐 봤으면 좋겠어요, 괜찮다면.]

"……여기로 올래?"

결국 나는 그를 불렀다. 그는 '가도 돼요?' 하면서 웃었다.

바보 같은 남자. 천연덕스럽게 웃는 그에게 속말을 전하지는 않았다.

전화를 끊고 몇 십 분이 지났다. 읽고 있던 책의 진행이 중반에 접어들었다. 환했던 밖이 어스름해졌다. 그때, 유리문에 달린 종이 딸랑거렸다. 종소리로 눈을 돌리니 은성이었다. 여느 대학생과 마찬가지로 가벼운 티셔츠와 청바지 차림의 그가 어깨에 가방을 메고 대학생 티를 팍팍 내며 들어섰다.

"혼자 있어요?"

맞은편에 앉으면서 그가 의아하다는 듯 물었다.

"내 친구들이 있었어도 상관없었겠어?"

나의 물음에 그 특유의 지긋한 눈으로 응시하던 그.

"누나가 상관없으면 나도 상관없어요."

카페 주인여자가 메뉴판을 들고 다가왔다. 그가 속닥이듯 '뭐 시켰어요?' 라고 물으며 내 앞에 놓인 아이스티를 물끄러미 응시했다. 콜라 같은 검붉은 빛 액체 사이로 얼음이 둥둥 떠다녔다. 난 그와 마찬가지로 톤을 낮춰 아이스티라고 말해줬다. 그가 그녀에게 '아이스티 주세요' 라며 주문을 했다. 그는 언제나 나와 같은 것을 공유하고 싶어 했다.

"학교 갔다 오는 길이야?"

"네. 도서관에서 대출받을 게 있어서요. 그런데…… 친구들 보낸 거예요?"

"아니야. 원래 혼자 있었어. 거짓말한 거야."

"그랬어요?"

원망 같은 눈빛 한 번 보내지 않고 그는 웃었다. 자조적인 웃음도 아니었다. 깊숙한 곳에서 우러나오는 기분 좋은 미소였다.

"왜 웃어? 넌 왜 웃기만 해?"

"웃어도 미워요?"

"누가 밉다고 했어."

내가 퉁명스럽게 내뱉자 그는 입술을 더 크게 벌려 웃었다.

그가 주문한 아이스티도 나왔다. 카페 주인여자는 관찰하듯이 그를 힐끔거렸다. 샐리의 카페에 혼자 왔다가 혼자 가고만 하던 나를 찾아온 첫 남자였기 때문이다. 지금까지 단 한 번도 관심 어린 눈동자로 나를 지켜보지 않았던 그녀의 시선이 그에게 고정되었다. 그 시선이 순간 불편해졌다. 나는 분명 학생이 아닌 나이였고, 그는 분명 학생인 나이여서 그와 나의 관계가 호기심을 자극한 모양이었다.

"나 옆으로 가도 돼요?"

그녀의 시선이 불편하고 불쾌해 억지로 외면하며 아이스티를 빨대로 쭉쭉 빨아대고 있는데, 돌연 그가 물었다.

"안 돼."

내 대답을 들었을 것이다. 그러나 그는 못 들은 양 주저 없이 옆으로 왔다. 그러더니 능청스럽게 오른쪽 팔을 쭉 뻗어 내 어깨를 감싸며,

"좋다."

하고 크게 웃었다. 어이없어 나도 모르게 쿡 웃었다.

"아, 웃었다."

웃는 나를 보며 그가 기뻐했다.

그 사건 이후 웃음을 잃은 나였지만 그로 인해 가끔 웃게 된 내가 나쁘지만은 않았다.

카페 주인여자의 시선 같은 건 이제 상관없었다. 난 그의 어깨에 머리를 살포시 기대었다.

'미안'이라고 속삭이며. 목소리가 젖어들었다.

"나도 미안해요."

머리 위로 낮게 그의 음성이 울렸다. 난 눈을 감았다.

너만 있으면 돼, 이렇게 상투적인 말이라도 할 수만 있다면……. 다른 것은 다 필요 없어, 하고 그를 위로하고 나를 위로할 수만 있다면……

얼마나 좋을까.

❖ ❖ ❖

그와 같이 샐리의 카페에 있던 날은 그날이 처음이자 마지막이었다. 내가 샐리의 카페를 간 날도 그날이 마지막이었다. 그날 이후로 난 혼자서 그곳을 가지 않았다. 무작정 집에서 나와 몇 걸음 걷다, 쉬고 오던 그곳이 부담스러워졌다. 연고도 없는 카페 주인 여자에게 그를 보여줬다는 것이 거북해서인지, 아니면 혼자만의 공간을 그에게 들킨 연유 때문인지, 아니면 식상해진 건지 나도 이유는 몰랐다. 굳이 이유를 만들자면, 그저 안 가게 된 것뿐이었다. 그리고 저절로 샐리의 카페는 잊혀졌다.

그런데 어째서 샐리의 카페일까. 7년이 지난 지금, 7년 만에 만나는 자리를 그는 왜 샐리의 카페를 선택한 것일까. 그를 만나면 물어볼 수 있을까. '왜 여기야?' 라고 물을 수 있을까.

2층으로 올라가는 계단 앞에서 난 손목시계를 확인했다.

8시 23분.

시계초침은 거북이처럼 느릿느릿 움직였다. 더디게 가는 주제에 어느새 약속 시각에서 한 시간 이십삼 분이나 벗어나 있었다.

그가 아직도 나를 기다리고 있을까.

차라리 기다리다 지쳐 가길 바라면서도, 또 한편으로 기다릴지도 모른다는 설렘이 솟구쳤다. 이중적인 감정에 진저리가 쳐졌다. 그가 가버렸다면……

나중에 윤혜에게 한차례 잔소리를 들어도 '차가 막혀서 늦었어' 라고 변명하며 넘길 수 있을 것이다. 그러나 만약 그가 여태까지 나를 기다리고 있다면 첫인사는 어떻게 해야 할까. 오랜만이야, 하고 웃어주어야 하나. 크게도 아닌, 작게도 아닌 적당한 미소를 지을 수 있을까. 혹시나 그가 입구 쪽 문을 보고 있다면 문을 열고 들어가는 순간 눈이 마주칠 텐데, 그때 나는 어떻게 해야 하나. 눈이 마주치면 그 눈길을 그대로 마주 보아야 하나. 눈을 살포시 내리깔면서 피해야 하나. 자리로 가는 동안 내내 그 눈길을 어떻게 해야 하나. 그는 어떨까. 나를 보며 미소 지을까? 나와 눈이 마주치면 그 눈길을 피할까? 아님 지켜볼까?

오만 가지의 생각이 릴레이를 하면서 연결되었다. 끝없이 질문하고 묻고 하는 생각의 꼬리가 점점 길어졌다. 언제까지 계단 앞에서 꼬리의 꼬리를 연결할 수만은 없는 노릇이었다. 행동을 실행해야 했다.

계단이 조롱하듯 나를 응시했다. 유리로 된 입구가 보였다. 지금 도망쳐도 돼. 윤혜가 나중에 추궁한다면 그럴듯한 핑계를 둘러대면서 무마시키면 될 거야.

왼쪽 귀에서 낮은 음성이 유혹하듯 속삭였다.

정말 교통사고가 났어. 늦어서 택시를 타고 가는데, 뒤차가 후미추돌을 한 거야.

이렇게 둘러대면 믿어줄까? 어림도 없는 변명이다. 윤혜는 포악하게 나의 목덜미를 움켜쥐고 은성이 앞으로 질질 끌고 갈지도 모른다.

뭐, 그땐 그때의 상황에 맞게 처리하면 되는 거 아닌가? 유혹의 음성이 속삭였다.

여기까지 와서 그를 보지 못하고 돌아선다. 돌아선다. 돌아설 수 있다.

그러나 나를 자극하는 것은 그였다. 그를 본다는 것이었다.

난 이성적이지 못한 인간이다, 7년 전이나 지금이나. 유혹의 음성을 뿌리치고 난 옷매무새를 추슬렀다.

긴 호흡으로 심장을 안정시킨 후, 계단을 밟았다.

유리문이 부드럽게 미끄러졌다. 7년 전에 매달려 울리던 종소리는 들리지 않았다. 유리문에 앙증맞게 매달려 있던 종은 사라져 있었다. '어서 오세요' 통통 튀는 젊은 여자의 인사가 들려왔다.

목소리가 들려온 곳으로 시선이 돌렸다. 카운터도 없어졌다. 대신 주문과 메뉴를 고를 수 있는 주문바가 차지하고 있었다. 바 너머로 종업원이 친절한 미소를 지었다. 스물 서넛쯤 되어 보였다. 이름은 그대로인데 인테리어는 변해 있었다. 1층의 대형 브랜드 커피전문점 틈에서 살아날 방법은 독특하거나 비슷하거나일 것이다.

7년 전의 카페 인테리어는 벌써 아날로그 인테리어이므로, 카페는 커피전문점의 모양새를 갖춰야 했나 보다. 7년 전 카운터를 지키고 있던 카페 주인여자는 보이지 않았다. 카페는 원목의 심플한 의자로 딱딱하게 바뀌어 있었다. 내가 좋아하던 창가 자리의 폭신한 소파도 사라졌다. 차갑고 이지적인 분위기였다. 내가 알고 있던 샐리의 카페가 아니었다. 완전 다르고 낯설었다. 역시 주인이 바뀌었나.

하긴 7년이라는 세월은 짧은 듯 긴 세월이니까.

시선이 느껴졌다. 돌리기가 겁이 났지만 그곳으로 뻣뻣한 목을 움직였다.

그였다.

은성.

커플들이 차지한 창가 자리에서 떨어져 중간 자리에 그가 앉아 있었다. 소란스럽지 않은 자리를 골라 앉은 듯했다. 약속 시각에서 벌써 한 시간 삼십 분이나 지났는데, 그는 나를 기다리고 있었다. 그가 나를 보고 있었다. 그와 눈이 마주쳤다.

싸한 전율이 심장을 뚫고 나와 전신으로 퍼졌다. 너무 뜨거워서 번개를 맞은 것처럼 아찔했다. 불끈거리는 전율에 몸서리 쳐졌지만, 어렵사리 덤덤함을 유지하며 초연함을 가장했다.

그에게 천천히 다가갔다. 다리 아래에 천근의 모래주머니가 묶여진 듯 발걸음을 떼는 게 어려웠다. 한 걸음, 한 걸음 뗄 때마다 무릎이 저렸다.

그는 변해 있었다. 청바지나 티셔츠를 즐겨 입던 그는 깔끔한 슈트 차림이었다. 세련된 재색 슈트를 입고 있는 그가 낯설었다. 헤어스타일도 변해 있었다.

7년 전 그는 자연스러운 헤어스타일이었다. 남자치곤 긴 머리였지만, 치렁치렁하게 길지는 않았다. 바람 부는 날이면 전체 머리카락이 살짝살짝 흔들렸다. 부드러운 머리카락이었다. 난 그의 머리카락을 쓰다듬는 걸 좋아했다. 그도 내 머리카락을 자주 쓰다듬었다.

난 아직 긴 머리를 유지하고 있었다. 그러나 그의 머리는 짧게 다듬어져 있었다. 분위기도 달랐다. 좀 더 어른스러운 느낌. 허긴 그도 벌써 서른이다. 내가 서른넷이니 그가 서른인 것이 당연했다. 하지만 낯설었다. 은성을 만나는 것이 아니라 낯선 사내를 만나러 온 기분이었다. 그도 지금의 내 모습에 낯선 아줌마를 만난 듯 실망했을 것이다.

거리가 차츰차츰 가까워지자 두근거림이 증대했다. 긴장으로 머뭇거리다간 자칫 오해를 받을 성싶어, 태연한 척 빠른 걸음으로 다가갔다. 그가 몸을 일으켰다. 표정도 예전의 은성이가 아니었다. 한없이 다정하게 날 보던 은성인 없었다. 철저하게 포장된 듯 무표정한 얼굴이었다. 그의 생각을 읽을 수 없어 다가가는 내내 두려웠다.

"왔어요?"

내가 자신 앞에 서자 그가 말했다. 놀랍게도 그의 입가에 부드러운 미소가 떠올랐다. 좀 전까지 무표정하게 나를 관찰하던 시크한 은성은 소멸됐다.

너무나도 낯익은 웃음에, 너무나도 낯익은 음성에 순간 긴장이 풀리면서 가슴이 벅차올랐다. 조금만 더 긴장을 놓쳤다면 왈칵 눈물을 쏟았을 것이다. 그러나 난 아릿아릿한 눈에 힘을 주며 무기력하게 쓰러지려는 감정을 부여잡았다.

그의 웃음을 배려하기 위해 나도 미소를 지었다. 그처럼 편하게 지을 자신은 없었지만, 최대한 노력했다. 나도 널 보는 게 어렵지 않아라고.

얼굴을 마주 보자 그제야 그의 존재가 실감났다. 정말 나는 그를 만났다.

"……여태 기다렸니?"

그는 내가 앉을 때까지 선 채 기다렸다. 그와 나는 한동안 서로를 멀뚱하니 바라보며, 어물어물 있었다.

"커피 마실 거죠?"

주문바에서 물끄러미 주시하는 종업원의 시선을 느낀 은성이 의자 밖으로 나왔다.

"아니야, 내가 사올게."

"괜찮아요."

그가 서둘러 몸을 주문바로 틀었다.

"아, 그럼 나는……."

무의식에 눈길이 저절로 테이블 위에 놓인 그의 커피에게로 갔다.

"아메리카노예요."

마치 듣기라도 한 듯 그가 말했다. 7년 전 말하는 이만 바뀐 그날의 상황처럼. 이번엔 그가 자신의 메뉴를 내게 전달했다.

"나도……."

말을 끝맺지 못함은 울컥함이 밀려와서였다. 잊었던 추억이 어제의 일처럼 선명하게 다가와서였다. 다행히 은성은 눈치채지 못하고 알았다는 듯 고개만 주억거리고 주문바로 갔다. 몸에 밴 자신감에서 우러나오는 시원스러운 걸음걸이였다. 남자 냄새를 물씬 풍기는 그의 행색 때문에 머리가 지끈거렸다. 나 좀 위험하다. 정신을 부여잡으며 의자에 앉았다.

"실은 나도 조금 늦었어요, 회의가 늦게 끝나서. 혹시 먼저 와 있으면 어쩌나 걱정 많이 했어요. 다행이에요, 늦게 와서."

아메리카노를 두 잔 가져온 그가 한 잔은 내 앞에 놓았다. 그리고 맞은편 자리에 앉으며 말했다. 한 시간 반 남짓 늦은 사람에게 늦게 와서 다행이라고 말하는 그를 슬쩍 훑었다.

7년 만인데도 은성은 어제 만났던 사람처럼 나를 보고 있었다. 변했네요. 오랜만이네요. 그런 딱딱한 인사말은 일절 꺼내지 않았다. 나도 하지 않았다.

잔잔한 침묵이 흘렀다. 그는 조급하게 서두르지 않았다. 찬찬히 커피를 마시고, 지긋하게 나를 보았다. 느긋한 여유가 몸에 밴 듯했다.

"한국엔 언제 온 거야?"

침묵을 깨고 물었다.

"2월에 왔어요."

두 달 전에 왔다는 소리였다. 윤혜에게는 일주일 전에 연락받았다고 들었는데……. 두 달이라는 공백 기간 동안 그는 무엇을 했을까. 순간, 두 달의 시간만 궁금해하는 내가 우스웠다. 지난 몇 년간도 해외에 나갔다는 사실만 알 뿐 까맣게 모르면서.

"그랬구나."

뇌리가 희뿌연 공기로 오염되었다. 하고픈 말이 없진 않은데, 어떤 말을 꺼내야 할지 갈피를 못 잡았다. 그가 대화를 이끌어주길 은근히 바라며, 난 소심하게 시선만 떨구고 커피를 홀짝거렸다.

"새로운 생활에 적응하느라 그동안 바빴어요. 시차 적응보다도 한국이 새삼 낯설게 느껴지더라고요. 내 나라인데도 이방인이 된 것처럼."

내 속을 읽은 사람처럼 그가 입을 열었다. 그와 나 사이에 대화가 시작되었다. 7년 만에.

"외국 기업에 다닌다는 소리는 들었어."

유학을 가기 전 그는 컴퓨터공학 전공이었다. 그는 외국 IT기업이 목표였다. 나중에 윤혜를 통해서 그가 목표를 이뤘다는 소식은 전해 들었었다.

"LA에서 취직을 했거든요. 운이 좋은 편이었죠. 한국 지사로 발령을 받아서 오게 되었어요. 덕분에 돌아오는 시일이 많이 앞당겨졌죠."

"더 오래 있을 작정이었니?"

나의 질문에 그의 미소가 사라졌다. 갈증이 나는 듯 커피로 목을 축인 그가 단조로운 어조로 말을 이었다.

"가능하다면 돌아오지 않을 생각이었어요."

그는 다시 커피를 마셨고, 나도 커피잔을 들었다.

"하지만."

그가 말을 멈추었다.

난 기다렸다.

카페 안에는 잔잔한 팝송이 흐르고 있었다. 침묵 속으로 애잔한 노래가 은은하게 울려 퍼졌다. 그나 나나 애수가 깃든 노래의 틈이 오길 기다리듯 차분히 침묵했다.

"후회했어요."

짧은 침묵을 깨며 은성이 나지막하게 말했다.

"뭘?"

"더 일찍 돌아왔어야 했는데……. 늦게 돌아온 것을 후회했어요."

어째서일까. 특별한 이유가 있어서 후회한 것일까. 아니면 돌아오고 나니 한국 생활이 그리웠다고 말하는 걸까.

묻지 못하고 난 연신 커피만 한 모금씩 나눠마셨다.

"얼마 전 윤석일 만났어요."

"들었어."

"그래요?"

"……일주일 전에 만났다면서. 난 네가 그때 온 줄 알았어."

"자리를 잡고 연락하고 싶었거든요, 아무리 친구라 해도."

그의 입가에 자조적인 미소가 잠시 머물렀다.

"이번에 녀석 만나면서 제일 미안한 일이 결혼식에 참석 못한 것이었는데, 녀석이 아니나 다를까 핀잔을 주더군요. 한 소리 들었어요."

"그 남매가 원래 잔소리꾼이잖아."

나란히 따발총처럼 잔소리를 해대는 윤혜와 윤석이 선하게 떠올랐다.

윤혜의 잔소리 못지않게 윤석도 잔소리가 많은 편이었다. 아니 윤석이는 윤혜보다도 더하면 더했지 덜하진 않았다. 솔직하고 고약한 누나와 달리 윤석은 부잣집 아들 같지 않은 순수함이 있었다. 집안의 배경은 다 집어던지고, 하고 싶은 대로 살았다. 정도 많고, 마음도 따뜻한 오지랖쟁이였다.

"윤석이가 이렇게 빨리 결혼할 줄은 몰랐어요. 다른 녀석들은 몰라도 윤석이 결혼식에는 꼭 참석하고 싶었는데…… 놓쳐 버렸네요."

"신부가 참 예쁘더라."

윤석은 작년 겨울에 결혼했다. 스물아홉이라는 나이였다. 신부는 스물여섯이었다. 세 살 연하의 예쁜 신부였다. 평범한 중산층 가정의 맏딸이었다. 조신하고 착한 신부는 임신 4개월이었다. 시어머니 될 분의 반대가 있었다. 성품보다도 집안의 차이가 문제였다. 그래서 윤석이는 저질렀다.

제멋대로라고 시어머니의 더한 반대가 있었지만, 살아 숨 쉬는 태아의 존재는 위대했다. 할 수 없이 시어머니는 고집을 꺾었다. 그래도 결혼식 당일 날 시어머니는 참 즐거워하셨다. 윤혜의 성향이 그대로 엄마를 빼닮았다. 거부했지만, 인정하면 쿨하게 받아들이는. 와자지껄하고, 즐거운 결혼식이었다. 나는 중간에 빠져나왔었다. 윤석이 친구들 틈에 섞여있는 환영이 자꾸 보여서.

"네, 봤어요. 녀석이 아내 자랑하고 싶었는지 같이 나왔더라고요. 사진보다 실물이 훨씬 더 예쁘더라고요. 예정일이 다음 주래요. 겁도 없이 만삭 아내를 대동한 걸 보고 어이없었어요."

"오죽 너한테 자랑하고 싶었을까."

나의 말에 즐거운 듯 그가 웃었다. 웃는 모습이 보기 좋은 그였다. 웃음이 보기 좋은 그였다. 처음 그를 봤을 때도 그는 웃고 있었을 것이다. 기억엔 없지만, 분명 해맑게 웃었을 것이다. 아마 그때도 웃는 게 보기 좋았을 것이다.

내가 그와의 첫 만남을 기억 못하는 건, 어린 나이였고, 그도 어렸기 때문이다. 첫 만남이라고 지칭할 수도 없는 만남이었기 때문이다.

❖ ❖ ❖

윤혜의 생일날이었다. 윤혜의 생일파티는 정원에서 화려하게 치러진 가든파티였다. 부잣집 딸내미였던 이유도 있지만, 초등학생의 마지막 생일파티라는 이유도 있었다. 반 친구들과 함께 초대되어 파티에 간 나는 화사한 드레스를 입은 공주님 같던 윤혜를 한껏 부러워했었다.

파티가 있기 며칠 전 윤혜는 단짝친구인 내게도 드레스를 같이 맞추자고 했었다. 그런데 평범한 집에서 태어나 평범하게 사는 나에게 있어 드레스는 유치원 잔치 때나 단체로 입어본 것일 뿐이기에 부끄러워 거절했었다. 반 친구들 앞에서 드레스를 입는 건 쑥스러웠다.

"아, 지루해. 우린 나가서 놀면 안 돼?"

파티가 한창 무르익을 때, 친구와 뛰어놀던 윤석이 엄마에게 매달려 투덜거렸다. 네 살 터울인 윤혜의 남동생은 누나의 파티가 샘나기도 했고 지루하기도 했다. 그때 투정 부리던 윤석과 같이 어울려 뛰어놀던 친구가 은성이었다.

　그땐 은성이 네 살이나 어린 남동생의 친구였을 뿐이다. 이름도 몰랐고, 대화해 본 적도 없었다. 그 당시 은성의 얼굴도 기억나지 않는다. 기억에도 없는 만남이었으나, 처음 만난 것은 분명하므로 첫 만남이 맞긴 맞았다. 어쨌든.

　그리고 그를 다시 만난 것은 우리 집 대문 앞이었다.

　그 사건이 일어난 후에.

　폭우가 쏟아지던 늦은 봄이었다.

그 사건

"잘못했어요. 제가 잘못했어요."

골목길은 폭우로 인해 침체되어 있었다. 요란한 빗소리를 뚫고 아이의 울부짖음이 들려왔다.

"너 집에 가! 여기가 어디라고 함부로 와서 이래?!"

엄마의 절규에 가까운 소리침이 빗속을 뚫고 골목 어귀까지 쩌렁쩌렁 들렸다. 지치고 고된 하루였다. 하늘에 구멍이 뚫린 듯 거세게 쏟아지는 폭우 속을 걷고 싶었던 날이었기에, 기사아저씨가 운전하는 차로 데려다 준다는 윤혜의 호의를 거절하고 작은 우산 하나로 버티던 길이었다.

어기적어기적 골목 어귀를 들어섰을 때, 우리 집 대문 앞에 초등학생 남자아이가 비를 쫄딱 맞으며 무릎 꿇고 있는 모습이 시야에 들어왔다.

"제가 대신 빌게요. 잘못했어요. 용서해 주세요."

폭우보다도 더하게 흐느끼는 남자아이의 어깨가 크게 들썩거렸다. 빗속에 한참 있었는지 머리카락은 이마에 착 달라붙어 있었고, 입고 있는 얇은 티셔츠로 살갗이 다 비쳤다. 아이의 피부는 한기로 닭살이 오돌오돌 돋아 있었고, 부들부들 떨리는 입술은 새파랗게 질려 있었다.

"가라고! 내가 니네 집안 사람하고 만나고 싶겠니?! 네 엄마가 어린 너를 보내디? 니가 와서 이러면 내가 불쌍해서 얼씨구나 하고 합의해 줄 것 같다디? 난 못한다. 절대 못한다. 그러니 당장 가!"

달달달 추위로 떠는 아이에게 엄마는 눈썹조차 까딱 안 하고 매정하게 소리쳤다. 이웃집들이 창문 틈으로 흘끔거리며 구경만 했지, 말리려 밖으로 나오는 사람은 없었다. 사정을 아는 만큼 나서기도 애매했을 것이다.

난 대문 가까이 갔다. 큰 우산을 들고 아이를 질책하던 엄마가 나를 발견하곤 몸을 휙 돌려 안으로 들어갔다.

난 아이 곁에 섰다. 그리고 나도 매정하게 아이를 내려다보았다. 우산을 씌워주지도 않았다.

"너 가."

차갑게 말했다. 아이가 애처로운 눈을 들어 나를 올려다보았다.

"한 번만 봐주세요. 네? 제가 뭐든 할게요. 용서해 주세요."

아이는 내게 엄마에게 하듯 처연하게 매달렸다. 마음이 울컥했다.

"가."

난 울컥거리는 마음을 외면하고 빗속에 아이를 두고 들어와 대문을 쾅 닫았다.

폭우 속에 아이를 내버려둔 채.

그 아이가 은성이었다.

오빠는 우리 집의 대들보 같던 존재였다. 의협심도 강하고 바르고 착했다. 엄마의 꿈이고 희망이었다. 어디서 이런 게 나왔누, 내 새끼. 틈만 나면 엄마는 등굣길을 나서는 오빠의 엉덩이를 두들기며 흐뭇해했다. 아이, 엄마. 창피하게. 오빠는 부끄러운 듯 앙탈을 부리며 도망쳤다. 아이구, 내 새끼. 입버릇처럼 엄마는 오빠를 그렇게 불렀었다.

나에게 있어 오빠는 하늘같던 오빠였고, 아빠같던 오빠였다. 어려서 지병으로 돌아가신 아빠 대신 우리 집의 남자 역할을 톡톡히 하던 오빠였다. 나는 오빠가 좋았다. 오빠가 있어 좋았고, 오빠라서 좋았다. 하나밖에 없는 나의 든든한 오빠였다.

사고는 예측하지 못하고 언제 일어날지 모르는 일이라곤 하지만, 사고란 흔한 일이 아니라서 우리에겐 먼 나라만큼이나 먼 일이었다. 그 사고 전까진.

　별안간 불길한 전화벨이 울렸고, 수화기를 들었던 엄마는 선 채로 쿵 기절을 했다. 따뜻한 봄의 일요일이었다. 중학교 3학년이 되었지만, 학기 초였기에 나는 한가로이 마룻바닥에 누워 대여점에서 빌려온 만화책을 쌓아놓고 보고 있었다. 고등학교 2학년인 오빠는 지금이 아니면 당분간은 놀지도 못한다며 주말에 친구들과 강원도 계곡으로 놀러 가고 없었다.

　"엄마!"

　기절한 엄마를 급하게 일으켜 세웠지만, 엄마는 깨어나지 못했다. 엄마를 한 팔로 안고 TV 테이블에서 떨어져 대롱거리는 수화기를 들었다.

　[여보세요! 여보세요! 괜찮으세요?]

　수화기 너머에서는 낯선 아저씨가 애타게 부르고 있었다. 엄마의 충격을 예상이라도 한 듯, 안타까움과 불안함이 실려 있었다.

　"네……."

　무서움에 겨우 대답만 했다.

　[아, 괜찮으세요?]

　남자는 엄마의 목소리와 나의 목소리를 착각한 듯 말을 황급히 이었다.

[다시 한 번 말씀드리겠습니다. 신영훈이 아드님 맞으시죠? 오늘 오전에 계곡에서 사고가 있었습니다. 안타깝게도 그 사고로 댁의 아드님이 그 자리에서 사망했습니다. 빨리 오셔야 될 것 같습니다.]

청천벽력 같은 소리가 들려왔다. 방금 전에 들은 말임에도 믿기지 않은 탓에 뇌에 기억되지 않았다. 엄마처럼 나도 그대로 쓰러질 것만 같았다. 정신줄을 놓지 않으려 안간힘을 쓰면서, 수화기 너머 남자가 전하는 사고의 내용을 간략히 들었다.

친구들과 계곡에서 장난치던 와중에 한 친구랑 엉켜 놀다 떨어져 튀어나온 돌에 머리를 충격 받고 사망했다는 내용이었다. 목격자와 피의자의 증언에 따라, 지금 신영훈이라는 고등학생의 시신은 강원도 S병원 안치실에 있으니 확인을 바란다는 내용이었다.

혼절한 엄마를 흔들어 깨웠다. 울부짖으며 엄마를 깨웠다.

"엄마, 오빠가 아닐 거야. 동명이인일 거야! 엄마, 일어나! 정신 차려!"

잠시 후, 정신이 돌아온 엄마와 부랴부랴 강원도로 내려갔다. 강원도로 향하는 총알택시 안에서 엄마와 나는 사색이 되어 아닐 거야만 연발하며 겁먹고 덜덜 떨었다. 하지만 강원도 S병원 안치실에 도착했을 때 우린 바닥에 주저앉고 말았다. 믿고 싶지 않던 현실이 사실화되었다.

현실이 너무 가혹했다. 하늘이 무너지는 순간이었다.

"영훈아! 이게 무슨 일이냐……."

"오빠…… 일어나…… 거짓말하지 마."

시간이 멈춰 버린 오빠의 시신을 부여잡고 우린 현실을 부정하며 오열했다.

과실치사 사고라고 했다. 계곡에서 물놀이를 하다 텐트가 쳐진 물 밖으로 나가면서 친구랑 같이 장난을 쳤고, 그런 와중에 친구가 실수로 오빠를 밀쳤고, 발이 젖었던 오빠는 미끄러져 공중으로 붕 떴다가 떨어지면서 뾰족하게 튀어나온 돌덩어리에 뒷머리를 부딪쳤다고 했다. 같이 갔던 다른 친구들의 신고로 현장에 도착했을 때 오빠는 이미 사망한 후였다고 했다.

사고와 관련된 친구는 경찰서로 연행되었고, 다른 친구 둘도 목격자 진술을 위해 경찰서에 있다고 했다. 피의자 진술과 목격자 진술이 일치하고, 정황으로 봤을 땐 고의성이 전혀 없는 과실치사 사고라고 했다.

싸늘하게 식어버린 오빠를 두고 비틀거리는 엄마를 부축하여 경찰서로 갔다. 한순간에 피의자가 된 오빠의 친구 또한 얼이 빠져 파리하게 유치장 안에 있었다. 엄마를 본 순간, 넋 놓고 있던 친구가 폭풍 같은 눈물을 터뜨리며 죄송해요를 연발했다. 아는 얼굴이었다. 윗동네 사는 오빠의 단짝이었다. 이름이 강민성이었던 기억이 났다.

엄마는 바닥에 털썩 퍼지게 앉아 아이고아이고, 하며 통곡했다.

얼마 후 민성의 부모도 경찰서에 도착했다. 아들들끼리 단짝이라 엄마는 민성의 부모와도 안면이 있었고, 어쩌다 길에서 마주치면 눈인사하는 사이였다. 그런데 한순간의 사고로 단짝친구는 피의자와 피해자로 갈라져 있었다.

아무것도 눈에 뵈지 않는 건 피해자인 우리였다.

우린 아들을, 오빠를 잃었다. 친구가 고의로 했든, 실수로 했든 원인은 중요치 않았다.

엄마 아들이, 내 오빠가 죽었다.

그것이 전부였다. 엄마는 민성의 아버지의 옷자락을 움켜쥐고서 금쪽같은 내 새끼 살려내라고 실성한 여자처럼 미친 듯 소리질렀고, 민성의 부모는 죄송합니다만 중얼거렸다. 유치장 안에서 민성은 무릎에 고개를 파묻고 흐느꼈다.

끔찍하고 긴 날이었다.

그리고 오빠의 장례를 화장으로 치르고, 엄마는 며칠 동안 시름시름 앓았다. 까무러치기도 몇 번 했고 맨발로 우리 아들 왔어? 하면서 대문 밖으로 뛰쳐나가기도 했다. 우리 집은 암울한 암흑 속에 묻혀 하루하루 보냈다.

애끓던 모정으로 하루하루 서글피 울던 엄마의 슬픔이 분노로 바뀌던 시점에 과실치사 혐의로 구속된 민성 때문에 민성의 부모가 집에 찾아왔다. 사죄로 인한 방문이었고, 합의를 원하는 방문이었다. 과실치사로 인한 사망사건은 엄연히 사망사건이기 때문에 합의를 하더라도 형량을 피하긴 어렵다고 했다. 그래도 피해자와 합의를 하게 되면 법원에서 정상참작은 해준다고 했다.

엄마는 합의라는 말도, 정상참작이라는 말도 질색했다. 금쪽같은 아들을 죽여놓고 합의를 원하고 정상참작을 받길 원하느냐고 그들을 내쳤다. 입에 담기도 힘든 욕지거리를 해대고, 바가지로 소금을 퍼다 그대로 쏟아붓기도 했다. 몇 번의 방문으로 수모를 겪은 민성의 부모님이 더 이상 찾아오지 않았다. 그 덕에 엄마의 분노는 차츰 가라앉았다.

그런데 그 아이가 찾아왔다. 시장 한 귀퉁이에 위치한 그릇 가게를 운영하던 엄마가 몸져누운 탓에 대신 가게를 보고 돌아오던 길이었다. 폭우로 파리가 날리는 가게로 심심하다며 윤혜가 햄버거를 사들고 방문했던 날이었다. 오빠의 사건으로 웃음을 잃은 내게 기분을 풀어주려 온갖 노력을 하다 실패로 돌아가자 윤혜는 짜증을 냈다. 그래도 가게 문을 닫는 내게 집까지 바래다주겠다고 오지랖을 떨던 윤혜였다. 내가 그녀의 친절을 거절하자, 못내 서운하다는 티를 내며 윤혜는 기사아저씨가 몰고 온 차를 타고 갔다.

그녀를 보낸 후, 버스를 타야 될 거리를 터덜터덜 걸었다. 시야를 가릴 정도로 강하고 굵게 쏟아지는 거친 폭우로 작은 우산은 무용지물이었다. 머리부터 발끝까지 홀딱 젖어갔다. 시간이 갈수록 내 몸이 스펀지 같았다. 물을 흡수해 점점 무거워지는 스펀지.

걸으며 버스를 탈걸 하고 후회도 했다. 그러다 이까짓 거 하며 울었다. 걷고 또 걸었다. 몸을 때리는 차가운 빗줄기와 볼을 타고 흐르는 뜨거운 눈물이 교차되며 만났다. 그렇게 고된 길을 걸어 골목 어귀에 들어섰을 때 봤다. 폭우 속에서 무릎을 꿇고 있는 그 아이를. 형을 대신해 용서를 빌고 있는 그 아이를.

그것이 그 아이와 나의 두 번째 만남인 건 훗날 알았다.

그날, 울부짖는 그 아이를 뒤에 내버려 두고 대문을 닫고 들어와선 못내 미안해 편히 있지 못했다. 어린 그 아이가 걱정스럽기도 했고 안쓰럽기도 했다.

그래도 난 오빠를 잃은 불쌍한 동생이라고 자위하며 애써 외면했다.

엄마도 그랬던 것일까?

그 아이가 그러고 간 지 사흘이 되던 날, 별안간 드러누워 있던 엄마가 이부자리에서 일어나 외출을 했다. 그 외출의 연유는 합의를 하고 들어온 것이었다. 엄마는 내게 합의했다라고 간략하게 전하고 다시 이부자리에 누웠다. 난 대답하지 않았다. 그 아이를 보기 전까진 무조건 우리가 피해자라고 생각했던 것이, 그날 이후엔 민성도, 민성의 가족들도 피해자겠구나 싶었었다. 예기치 못했던 사고가 부른 피해자.

아마 엄마도 그런 생각 때문에 합의를 해줬나 싶었지만, 물은 적은 없었다. 그리고 나중에 안 사실이지만, 민성의 부모님이 합의금을 건넸지만 엄마는 받지 않았다고 했다. 합의를 해줘도 참작만 될 뿐 형량을 받게 되고, 민성이가 일부러 저지른 사건도 아니고 운이 나빴으니 받을 수 없었다고 하셨다. 한사코 합의금을 주는 민성의 부모에게 거절하고 돌아온 엄마는 다음날 이부자리에서 나와 묵혀 있던 집 안의 먼지를 탈탈 털어내며 대청소를 했다.

"산 사람은 살아야지. 다 좋아서 사나? 살게 되니까 사는 거지."

회의적인 결론을 내리며 담담하게 청소하는 엄마의 야윈 등이 서글펐다. 눈물을 흘리는 내게 엄마는,

"너도 울지 마. 계집애가 청승맞게 계속 울면 팔자가 사나워지는 법이여."

라며, 마른 눈물을 삼켰다.

얼마 후 민성은 고의성이 없고, 장난을 치는 과정에서 사고를 예상하기 어려웠던 점이 참작되고, 미성년자임을 감안하여 과실치사 혐의로 집행유예 6개월과 사회봉사 100시간을 선고받았다. 엄마는 법원의 결정에 항의하지 않았다.

엄마와 나는 다시 살기를 선택했고, 그때까지 놔주지 못했던 오빠를 하늘로 보냈고, 민성을 용서했다. 그리고 가슴 깊이 묻으며 서서히 오빠 없는 생활에 적응해 갔다.

그렇게 세월이 흘렀다.

같은 동네라곤 하지만 윤혜네는 부잣집이 밀집해 있는 부자 동

네였고, 우리 집은 근근이 먹고 살아가는 사람들이 밀집한 가난한 동네였다. 그 아이네는 적당히 잘사는 중상층에 속한 중간 동네였다. 그래서인지 몇 년 동안 동네에서 그 아이, 은성을 본 적이 없었다.

한편으론 그 아이와 단 한 번도 마주치지 않는 것에 안도했다. 대문 앞에 버려두다시피 두고 매정하게 돌아섰던 그 순간이 가슴 깊숙이 낙인처럼 새겨져 이상한 죄책감을 남겼기 때문이다. 그래서 난 그 아이를 다시 보고 싶지 않았다.

그런데 그 아이를 만났다. 그것도 엄마와 함께, 다시 한 번 불편하게.

엄마와 함께 집에 가던 길이었다. 엄마는 대형마트로 인해 상권을 잃어가는 시장에서 어렵게 그릇가게를 유지하고 있었고, 우리 가족은 적은 수입으로 하루하루 근근이 버티고 있었다. 내색은 하지 않았지만, 엄마의 고단함을 알고 있어 난 고등학교 졸업하면 취업하려 했었다. 하지만 엄마는 용납하지 않았다. 하나뿐인 딸내미가 원하는 대학에 진학하길 바라셨다. 엄마의 고집을 꺾진 못했다. 그래서 난 국문학과 입학이 예정된 졸업반이었다.

그날은 돈도 없고 한량처럼 있기 싫어, 엄마의 말벗하며 가게 일을 도왔던 평화로운 날이었다.

그날따라 저녁 시간에 찬거리를 사러 오는 사람들도 없어 시장은 텅 비었다. 그릇가게 앞길은 더더욱 인적 없이 한산해 엄마는 집에 가서 밥이나 해 먹자며 서둘러 문을 닫았다.

엄마와 팔짱을 끼고 이런저런 수다를 떨며 길목 편의점 앞을 지날 때였다.

편의점에서 나오는 남중학생과 마주쳤다. 일면식이 있는지 엄마를 보자 중학생은 주뼛거리며 고개를 숙여 인사했다.

"너 봐도 인사하지 말랬지?"

엄마는 인사하는 학생에게 신랄하게 쏘았다. 남학생은 기죽어 죄송합니다, 라고 대답하며 조심스레 한편으로 비켜섰다.

"니네 집은 돈도 있는 집이면서 왜 이사를 안 간다니?"

엄마가 남학생의 옆을 지나치며 불만스러운 듯 투덜거렸다.

난 그제야 남학생이 그 아이임을 인지했다. 스치듯 남학생의 곁을 지나며 흘낏 얼굴을 훑었다. 낯익었다. 어릴 적 그 아이의 얼굴이 언뜻 보였다. 그 순간, 흘낏거리는 내 눈과 그 아이의 눈이 마주쳤다. 흠칫 놀라 후다닥 시선을 돌렸다. 훔쳐보다 들킨 것 같아 창피했다.

그 남학생을 뒤에 두고 걷는 내내 등이 의식되었다. 미묘하게도 뒤에 있는 녀석이 신경 쓰였다. 뒤돌아보고 싶은 걸, 억지로 억눌렀다. 그 후엔 다시 그 아이를 만난 적이 없었다. 그렇게 또 몇 년이 흘렀다.

그리고 나는 어느새 스물일곱, 20대의 후반 줄에 들어섰다. 그 시절의 나는 평범하게 국문학과를 졸업하고 작은 출판사에 취직

하고 대리 직책까지 달았지만, 어려워진 출판사의 사정으로 백수
가 된 상태였다. 겉으로는 작가 지망생이라서 습작 중으로 포장된
반 백수였다. 그릇가게를 폐업하고 반찬가게로 업종을 변경한 엄
마가 예상외로 성공한 덕에 취직이 급할 것이 없던 나는, 마음껏
반 백수 상태를 즐기고 있었다.

　나는 그때 그 아이를 다시 만났다.

　그 아이, 은성.

　그리고 그 아이의 이름이 은성이라는 것을 알게 되었다.

　첫 번째 마주쳤을 때 난 열세 살, 그 아이는 아홉 살. 두 번째 마
주쳤을 때 난 열여섯 살, 그 아이는 열두 살. 세 번째 마주쳤을 때
난 열아홉 살, 그 아이는 열다섯 살. 그리고 네 번째 만났을 때 난
스물일곱, 은성은 스물셋임을 알게 되었다.

　"신기하네요."

　별안간 재미있다는 듯 은성이 피식 웃었다. 묵혔던 기억에서 깨
어나고 짧은 침묵이 깨졌다.

　"뭐가?"

　조용히 물었다.

　다섯 번째 재회한 우리는 어느새 나는 서른넷, 그는 서른이 되

었다.

"7년 만이죠? 우리."

"응."

"그런데 누나를 봤던 것이 엊그제처럼 느껴져요. 여기서 만났던 때가 어제 같아요."

부드럽게 웃는 은성도 과거를 회상한 걸까. 그에게도 우리의 과거는 잊히지 않는 추억의 일부일까? 궁금해졌지만 묻지 않았다.

"여기가 약속 장소란 소리를 듣고 좀 놀랐어. 너와는 한 번 왔었던 장소니까."

무덤덤하게 말했다. 나에게 있어 과거는 과거일 뿐이고 추억이 아니라는 듯, 감정을 실지 않았다.

"운전을 하고 지나치는데 이 카페가 보였어요. 아직 있구나 싶더라고요."

지긋한 그의 눈동자가 내게 머물렀다.

"그리고 잠시 여길 들렀어요. 세월만큼이나 이름 빼곤 모두 바뀌어 있는 이곳이 낯설었어요. 창가 자리도 달랐어요. 그런데……."

그가 눈을 내리깔았다. 그가 말하는 창가 자리가 어디인지 부러 눈을 돌리지 않아도 알았다. 내가 혼자 왔을 땐 하릴없이 시간 보내던 자리였다. 그와 나란히 앉아 도시의 전경을 보던 자리였다.

"그곳에서 보이는 풍경이 많이 달라졌지만, 그때와 같은 느낌인 건 여전하더라고요."

눈빛도 보이지 않고, 입도 가볍게 다물고 있어 표정을 읽을 수가 없었다. 어떤 같은 느낌인지 알고 싶다는 충동이 일었다.

"오늘은 먼저 온 손님이 있어 앉지 못했네요."

고개를 든 그의 눈엔 특별한 감정이 담겨져 있지 않았다.

휴대폰이 울렸다. 요란하지 않은 벨소리였다. 그가 슈트 안주머니에서 휴대폰을 꺼냈다.

나를 보는 그에게 어서 받으라는 신호로 턱짓했다. 그가 자리에서 일어나 문으로 걸어갔다.

"여보세요."

그가 전화를 받으며 문밖으로 나갔다.

누구의 전화일까? 여기서 받아도 되는데, 밖으로 나가는 그에게 문득 서운했다. 여자의 전화인가. 이런 생각을 하는 내가 우스워, 조소하며 남아 있는 커피를 마저 마셨다.

그날도 나는 혼자 샐리의 카페 끄트머리 테이블에 앉아 있었다. 노트북을 가져갔지만, 뜬금없는 공허함에 글이 막혀 넋 놓고 밖만 내다보고 있을 때, 윤혜에게서 전화가 왔다. 동생 윤석이와 호프집에 있으니 오라는 전화였다. 지루하던 참에 반가운 초대라 난 기꺼이 응하며 샐리의 카페에서 나왔다.

윤혜가 말한 호프집은 입구부터 시끌벅적했다. 천장이 들썩거릴 정도로 어수선했다. 자욱한 담배 연기 속에 경쾌한 음악과 웃음소리, 말소리가 어지럽게 섞여 있었다. 공허함을 채우기는커녕 혼란만 가중될 듯해 들어서기가 망설여졌다. 난 거부감으로 발길을 멈추고 돌아가고 싶은 충동과 싸웠다.

그러다 결국 어울리지 않기로 결심했다. 시끄럽게 웃고 떠든다면 그 순간만큼은 즐거울 것이다. 고뇌에 빠지지 못할 정도로 시간은 후딱 갈 테니 부담도 없었다. 그러나 파티가 끝나고 나면 여지없이 더 진한 허무감이 밀려올 것이다. 염세적이 된 나는 더더욱 절망하며, 더더욱 서글퍼 할 것이다. 겪고 싶지 않았다, 더 이상은.

"누나! 왔으면 얼른 들어가야지, 어딜 가시나?"

돌아서려는 찰나, 낯익은 음성이 내 어깨를 잡았다.

"너무 시끄러워."

음성의 주인공을 알기에 성가셔 쳐다보지도 않고 대꾸했다.

"누난 너무 폐쇄적이야. 지금 누나에게 필요한 건 뭔지 알아?"

흘깃 윤석을 올려다보며,

"알코올?"

하고 물었다.

"아니."

윤석이 씩 웃었다.

"그럼 뭐?"

"일탈."

윤석의 말에 됐다 하고 돌아서는데, 그가 내 목을 팔로 감으며

"이제 와서 도망갈 순 없어."

라며 날 질질 안으로 끌고 들어가려고 했다.

"알았어, 알았어."

하는 수 없이 포기하고 안으로 들어서니 저만치서 윤혜가 깔깔거리고 있었다. 그녀의 맞은편에 낯선 뒤통수가 앉아 있었다. 술을 많이 마신듯, 윤혜의 뺨은 취기로 불그스레한 꽃이 피어 있었다.

"신은령! 신은령이가 왔다."

나를 발견한 윤혜가 주변을 아랑곳하지 않고 크게 불러댔다. 민망함에 미간을 찌푸렸으나 소란스런 술집에서 나의 이름에 관심 두는 이는 없었다. 윤혜의 맞은편 남자만 내 쪽으로 잠시 고개를 돌렸다.

저 남자, 낯이 익는데…… 라고 생각하며 그녀의 옆자리로 갔다. 윤석은 맞은편 남자를 자신의 친구라고 소개하며 남자 옆에 앉았다. 강은성, 그의 이름이었다. 이름도 어디선가 들어본 듯했다. 꽤 좋은 대학을 다니는, 인기 좀 있겠네? 싶은 준수하고 훤칠한 친구였다.

"아주 불같이 섭취하시는군. 좀 쉬면서 드시지, 누나?"

윤석이 새로 사온 담배를 뜯어 입에 물며 누나를 타박했다. 윤
혜가,

"싸가지 없는 자식, 너나 누나 앞에서 담배피우지 마."

휙 그의 담배를 뺏었다.

"아, 새삼 왜 이러시나."

윤석은 윤혜의 질책은 무시하며 다른 담배를 꺼내 물었다. 윤혜
는 말리지 않았다.

남매의 대화에 웃는 나와 달리 은성은 웃지 않고 나만 뚫어져라
주시했다. 무슨 생각을 하는지 감정 없는 눈동자로 빤히 보는 그
의 시선이 의식되어 술자리가 불편했다.

얼큰하게 취한 윤혜를 데리고 술집을 나가고 싶었지만, 윤혜는
술을 더 시켰다. 상당히 기분이 좋아 보이는 그녀에게 무슨 일이
냐 물었더니, 윤석이 대신 선을 봤다고 토로했다. 그래서 기분이
더러워서 저렇게 오버라면서 투덜거렸다.

재력가의 딸은 아버지의 뜻에 따라 조건에 맞는 남자와의 정략
결혼을 해야 한다는 일반적인 규칙대로 윤혜의 삶도 흘러가고 있
었다. 윤혜는 크게 거부하지 않았다.

어차피 그 정도의 희생을 위해 이런 집에서 태어난 것이 아니겠
어? 대신 이런 호사를 누리고 있으니 보상은 받는다고 생각해야
지. 화려한 명품 백을 고르며 쓸쓸해하던 윤혜의 말이 떠올라, 말

없이 종업원이 배달한 맥주잔을 기울였다. 슬쩍 맥주잔에 가득 담긴 거품이 흘러 손등을 적셨다. 축축하다고 생각만 하고 닦지 않고 느긋하게 있는데, 불쑥 냅킨이 내밀어졌다. 얼떨결에 받아 손등을 훔치며 눈꺼풀을 드니 은성이 내게 희미하게 미소 지었다.

참 편안하고 부드러운 미소다, 라고 생각하며 난 그에게 물었다.

"우리 만난 적 있어요?"

나의 질문에 그가 당황한 듯 낯빛이 어두워졌다.

"아마 서로 본 적 있을걸? 누나, 우리 누나 생일파티에 왔었지?"

윤석이 끼어들었다.

"생일파티?"

윤혜의 생일파티는 초등학교 6학년 때 화려했던 가든파티 빼곤 기억에 없었다. 그 이후의 그녀의 생일은 아주 간소하게 패밀리레스토랑에서 치렀으니까.

"초등학교 때?"

그의 어두워지는 낯빛을 의아해하며 중얼거렸다.

"그래! 그때 은성이도 있었어. 그러니 둘이 만난 적 있지."

윤석이 빙고하며 즐겁게 웃었다.

"설마, 그때 봤다고 낯이 익을까……."

어처구니없어 피식거리며 난 은성에게 눈을 돌렸다.

"그때부터 이 녀석하고 친구였어요? 끈기가 좋네."

입을 다물고 침묵하는 은성에게 농담을 했다. 은성의 눈빛이 여릿하게 흔들렸다.

"끈기가 좋긴, 내가 어때서?!"

윤석이 짓궂게 버럭 하더니 말을 이었다.

"근데 말 놔, 누나. 한참 동생인데."

"그래도 오늘 처음 봤는데……."

불편함에 혼잣말처럼 작게 웅얼거렸다.

"그러세요."

은성이 재빨리 대답했다.

"오늘 처음 본 거 아니라니까."

윤석이 강조하며 재미있다는 듯 킬킬거렸다. 취한 윤혜가 너 시끄러워! 하고 소리쳤고, 남매는 다시 투덕거렸다.

화제가 바뀌었다. 편안한 자리였지만, 고개를 돌릴 때마다 눈이 마주치는 은성이 신경 쓰이는 이상한 자리였다. 내가 사람을 이렇게 의식한 적은 없었는데…… 낯익은 인상 때문일까? 나 스스로에게도 의아해하며 술잔을 기울였다.

얼마의 시간이 흘렀다. 시끌벅적했던 호프집의 손님들이 하나둘 떠나 들떠 있던 분위기가 한층 가라앉았다. 호프집을 가득 메우고 들썩거리던 음악도 차분한 팝송으로 바뀌었다. 나의 500cc 생맥주도 두 잔째가 되었다. 나른하게 풀어지는 편안함이 밀려왔다. 은은한 취기가 올라왔다. 시끄러웠던 분위기보다 잔잔한 분위기가 좋아 취하고, 술에 취했다. 기분 좋게 나는 느슨해지고 있었다.

화장실을 갔다 돌아와 보니, 윤석이 윤혜 옆자리에 가서 대화에 열중하고 있었다. 비어 있는 은성의 옆자리에 앉지 않는 것도 애매한 상황이라 난 빈자리에 앉았다.

앉는 순간, 은성과 팔이 스쳤다. 초여름 더위가 시작될 때라 반팔 차림이라서 서로의 살갗이 닿았다. 난 순간 진저리가 쳐질 만큼 오싹한 전율을 느꼈다. 반사적으로 흠칫 놀라 그에게서 떨어졌다. 나의 반응에 그가 고개를 돌렸다.

"불편해요?"

속삭이듯 그가 물으며 의자를 떨어져 앉았다. 괜찮아, 라고 태연히 말할 틈도 없었다. 그를 의식하는 걸 들킨 것 같아 민망해진 나는 급하게 남은 맥주를 들이켰다. 그리고 테이블 호출 벨을 눌러 맥주를 시켰다.

남매는 조건이 앞선 결혼을 강요하는 독단적인 아버지에 대해 엇갈린 의견으로 충돌 중이었다. 윤혜는 조건도 결혼의 일부이기 때문에 아버지의 뜻을 따라야 한다는 입장이었고, 윤석은 결혼은 조건이 아니라 무조건 사랑이 먼저라서 따를 수 없다는 입장이었다. 때론 친구처럼, 때론 연인처럼 다정한 남매는 집안 문제에 대해선 항상 대립하고 충돌했다. 그럴 땐 끼어들 수가 없었다. 섣부른 중재는 엄한 불똥만 맞을 뿐이라는 것을 아는 나는 무료함을 느끼며 맥주만 홀짝거렸다. 은성도 나와 마찬가지인 듯 초점 없는 눈으로 허공만 보고 있었다.

"술은 잘 안 마시나 봐?"

무료함을 깨고 그에게 조용히 물었다.

"안 마시는 것보다 잘 못 마셔요. 술이 안 받는 체질인가 봐요. 아예 못하진 않는데, 많이 마시진 못해요."

그도 나처럼 앞자리 남매의 대화를 방해하지 않으려는 듯 나직하게 대꾸했다.

"어떻게 되는데?"

특별히 관심 있어서 묻는 것이 아니라 의무적으로 대화를 이어 갔다.

"첫 번째는 얼굴이 빨개지고, 두 번째는 잠들어요."

그가 피식 웃으며 말했다.

"너, 웃는 인상이 참 좋다."

순간, 뇌리에 떠오른 말이 엉겁결에 튀어나왔다. 아차 했지만 이미 말은 목구멍을 타고 혀끝을 통해 입술 밖으로 나와 버려 그의 귀에 꽂힌 상태였다. 이런 주책없는 주둥이. 내 입술을 쥐어뜯고 싶었다.

"네?"

들었는지 못 들은 척한 건지 그가 반문했다. 실수라 얼버무리기

엔 이미 늦었음을 알고 있어,

"아니, 웃으니까 보기 좋다고."

겸연쩍음에 난 억지로 헤헤거렸다. 은성이 시선을 떼지 않고 나를 지그시 내려다봤다. 그의 눈동자가 내 눈에 들어왔다. 심연 같은 눈동자였다. 절대 꿰뚫어 볼 수 없는 검은 눈동자였다. 유난히 윤기가 흘렀다. 난 그의 눈을 피할 수가 없었다.

"둘이 분위기 왜 그래? 눈 맞았어?"

자기들만의 대화에 빠져 있던 윤석이 얼큰하게 취해 은성과 나를 번갈아 봤다. 그제야 그와 나의 초점이 떨어졌다. 흔들리던 시야가 안정을 되찾았다.

"누나한테 못하는 소리가 없어."

상황을 모면하게 위해 슬며시 윤석을 흘겼다.

"이렇게 보니까 둘이 잘 어울리네. 사겨!"

동생과 마찬가지로 많이 취한 윤혜가 손가락질하며 일갈했다.

"근데, 그럼 족보가 너무 꼬이는 거 아냐? 은성이가 나한테 뭐가 되는 거야?"

"형님. 형님이지."

윤석의 말에 윤혜가 흔들리는 고개의 중심을 잡기 위해 턱을 괴며 당연하다는 듯 대꾸했다.

"아, 나 은성이 형님이라고 죽어도 못 부르는데? 그럼 은성인 나한테 형님이고, 누나는 나한테 제수씨가 되나?"

"어. 제수씨. 제수씨."

바보 같은 둘의 대화에 잠자코 지켜보다 황당해 웃음이 나왔다. 그만하라는 말도 나오지 않았다.

"어? 은령이 좋아한다. 좋은가 보다."

윤혜가 히히거리며 더욱더 모자라게 웃었다.

난 기막혀 웃음만 흘렸다.

"누나, 웃는 모습이 더 보기 좋아요."

따라 웃던 은성이 살그머니 몸을 일으키며 내 귀를 간질이듯 작게 속닥였다.

그 순간, 나의 숨이 멎었다. 그는 화장실로 걸어갔다. 살며시 곁눈질로 그의 등을 흘끔거렸다. 그전까지 느껴보지 못했던 야릇한 두근거림이 심장에 느껴졌다. 미쳤나 봐, 신은령.

묘한 두근거림을 억누르며 난 눈을 내리깔았다. 맥주를 한 모금 마셨다. 쌉싸래한 맥주의 시원함이 목구멍을 적시며 뜨거움을 가라앉혔다. 그러나 쉽게 사그라지지 않았다. 더 마셨다. 이번엔 벌컥벌컥, 목말라 갈증이 나는 것처럼.

"윤석이에요."

문과 등을 돌리고 앉아 있어 돌아온 그의 기척을 못 느끼고 넋 놓고 있다 불쑥 들린 음성에 흠칫하며 과거에서 깨어났다.

"친구들하고 모였다면서 오라고 하네요."

"가야겠네?"

차디차게 식은 아메리카노는 씁쓰레한 향기조차 소실되었다. 찬 기운이 퍼지는 잔을 손바닥으로 매만졌다. 얼음장 같은 냉기가 흐르는 것도 아닌데, 손가락 끝이 따끔거리며 시려왔다.

"내가 갔으면 좋겠어요?"

은성이 물었다.

"나쁜 버릇은 아직도 안 고쳤구나."

무심결에 볼멘소리가 나왔다. 그는 언제나 내 의사만 물었다. 자신의 의사는 밝히지 않고 언제나 내 답만 기다렸다. 언제나 누나는 어때요? 누나는 괜찮아요? 힘들어요?

"내가 항상 이렇지 않다는 걸 알고 있잖아요."

그는 내 말뜻을 파악했다. 나도 그의 말뜻을 이해했다. 거북스러움에 시선을 회피하며 찬 커피를 마저 마셨다.

다시 고요함이 흘렀다. 서먹해진 공기를 깨버리고 싶었지만, 나는 대화의 갈피를 잡지 못하고 헤맸다. 그와 나 사이에 비집고 들어오는 음악만이 유일한 위안이었다.

알고 있다. 대화가 자꾸 끊기는 것은 내 탓이다. 내가 대화를 이끌지 못한다. 아무리 노력해도 되지 않는다.

대범하게 태연한 척하고는 있지만, 막상 뇌는 뜻대로 움직이질 않았다. 예전에 나는 좀 더 독하고 매정했는데. 어느새 기죽은 겁쟁이가 되었다. 내 속을 들킬까 봐 전전긍긍하는 겁쟁이.

내게 웃는 모습이 보기 좋다는 말과 함께 화장실에 간 은성은 한참 만에 돌아왔다. 그의 한 손에는 휴대폰이 들려 있었다. 의식하지 않으려 무던히 애쓰는데, 계속 실패로 돌아갔다.

"너 누구랑 통화하고 왔지? 여자지?"

자리에 앉는 은성에게 윤혜가 캐물었다.

은성은 대답하지 않고 모호한 웃음만 흘렸다. 아니라고 부정하지 않는 걸 보니 여자와의 통화가 맞긴 맞나보다. 그렇게 단정 지으며 못내 아쉬워하는 내게 별안간 화가 나 무의식중에 씩씩거렸다.

엄밀히 말하면 처음 본 것이나 매한가지인 주제에, 은연중 그의 행동 하나하나가 신경 쓰였다. 그가 나를 보지 않아도 그에게 옭매어져 있는 기분을 느꼈다. 보이지 않는 투명한 사슬이 존재해, 나를 그에게 묶어놓은 것 같았다. 알 수 없는 찜찜함에 사로잡혀 헐떡거리고 있을 때, 다행스럽게도 술자리가 끝났다.

그런데 빌어먹을 윤혜 남매는 은성에게 나를 바래다주라고 엄명하고 택시를 타고 가버렸다.

은성은 한사코 거절하는 나를 따라왔다. 그런데 걷다 보니 그가 나를 따라오는 건지, 나란히 걷는 건지 헷갈렸다. 그는 마치 우리 집 가는 길을 아는 양 자연스럽게 움직였다. 이상한 것은 나였다. 대화도 없이 걷고 있음에도 대화를 하는 것처럼 편했다. 그저 걷고 있는 것뿐인데 전부를 하는 것처럼 좋았다. 어느 틈에 나는 이상야릇한 설렘의 이 느린 시간을 즐기고 있었다.

"나 정말 기억나지 않아요?"

집 앞 골목 어귀에 들어서면서 은성이 차분히 물었다. 목소리가 흔들렸고 불안정했다.

"초등학교 때 얘기하는 거야?"

취기는 이미 사라지고 없었다. 그가 화장실을 다녀온 후론 그를 의식하느라 술을 마시지 않아 취기는 진즉 사그라졌다.

"……아니요."

그가 낮게 대답했다.

우리 집 대문이 보였다. 우리 집은 골목의 막다른 지점에 있는 작은 초록색 대문 집이었다. 대문 옆 귀퉁이에 세워진 가로등이 그림자를 드리우며 문 앞을 훤히 밝히고 있었다.

나보다 그가 먼저 대문 앞에 걸음을 멈췄다. 뒤늦게 멈추고 열쇠로 대문을 열던 나는 불현듯 그가 우리 집을 알고 있다는 사실을 깨달았다. 대문을 열다 말고 몸을 돌려 잠자코 기다리는 그를 올려다봤다.

그의 흔들리는 눈동자가 지그시 나를 내려다보았다. 그의 눈동자에 슬픔이, 애잔함이 묻어나왔다. 순간 그렁그렁했던 맑은 눈동자가 뇌리에 스치고 지나갔다. 마치 영상을 보듯 선명하게.

난 흠칫 놀라 뒤로 한 발 물러났다.

등에 차디찬 대문이 닿았다.

나의 두려운 시선을 받으며 그가 결심한 듯 조곤하게 입을 열었다.

"우리 형 이름이 강민성이에요."

심장이 덜컥 바닥으로 추락했다.

그 아이…… 그 아이였다. 11년 전, 대문 앞에 무릎 꿇고 앉아 폭우 속에서 용서해 달라고 울부짖던 아이.

"누나……."

그가 손을 내밀며 한 걸음 다가왔다.

난 치우라는 듯 그의 손을 거칠게 탁 치고 휙 몸을 돌려 집 안으로 들어갔다. 대문이 쾅 소리를 내며 신경질적으로 닫혔다. 닫히는 대문 너머로, 11년 전 그날처럼 애달픈 시선으로 날 보는 은성이 느껴졌다.

난 그대로 힘이 빠진 다리를 지탱하지 못하고 바닥에 쪼그리고 앉았다. 속에서 스멀스멀 피어오르던 이상야릇한 설렘이 일순간에 식어버렸다. 그제야 이상한 찜찜함의 원인을 깨달았고, 그의 어두운 낯빛의 의아함이 풀렸다.

어째서 몰라봤을까.

그래도 8년 전 잠시지만 얼굴을 봤었는데…….

기억을 더듬어보니 그때의 얼굴이 남아 있었는데…….

자정이 다가오던 시간이었다. 가로등이 어둠을 밝히고, 깜깜한 틈에 숨어 있는 새끼고양이의 울음소리만이 정적을 깨웠다. 내 대신 우는 소리를 내는 고양이에게 고마움을 느끼며 난 한참 만에 비틀거리며 일어났다. 그 순간, 대문의 틈으로 새어 들어오는 그림자를 인식했다. 가로등의 불빛으로 인해 드리워지는 사람의 그림자였다.

아직도 가지 않고 있다.

불끈 분노가 치밀어 올랐다.

난 벌컥 대문을 열고 밖으로 나갔다.

역시 은성은 가지 않고 그 자리에 얼어붙은 자세로 서 있었다.

"너 왜 안 가?"

바들바들 떨며 그를 쏘아보았다.

"미안해요."

그가 고개를 들지 못하고, 한없이 서글픔을 가득 담고 말했다.

"너 그냥 가."

소리치고 싶은 걸 억지로 꾹 누르며 물었다.

"미안해요."

고개를 들며 다시 한 번 은성이 말했다. 그만하라고 버럭 하려는데, 때마침 골목으로 사람이 들어와 입을 다물었다. 옆집에 사는 아줌마였다. 아줌마는 늦은 시각에 마주 보고 있는 남녀가 못마땅한지, 우리를 위아래로 훑으며 대문을 열고 들어갔다. 아줌마가 옆집으로 사라질 때까지 난 주먹을 꽉 쥐고 서서 낮게 숨을 몰아쉬며 그를 노려봤다.

"너 알고 있었지? 처음부터 나 알아본 거지?"

아줌마가 사라지고 침잠해지려 애썼지만, 노염은 가라앉지 않았다.

"네."

"그런데 왜 계속 있었어? 난 줄 알았으면 그 자리에서 갔어야지. 네가 어디서 감히……."

감히라니……. 맞는 표현인지 모르겠다. 그러나 틀리든 맞든 중요치 않았다. 난 이미 그를 원망하고, 미워하고, 증오하고 있었다. 명확히 말하면 그의 잘못이 아님에도.

단순히 그가 민성의 동생이라는 이유만으로도, 그는 내게 충분히 미움을, 증오를 받는 것이 당연지사처럼 여겼다.

"사과하고 싶었어요."

"네가 왜?"

마른침을 삼키며 솟구치는 분노를 억눌렀다.

"난 형의 동생이니까."

그가 떨리는 음성으로 말을 이었다.

"강은성은 강민성 동생이니까."

그의 눈가가 젖어들었다.

순간, 심장이 갈기갈기 찢기 듯 아팠다. 난 그 자리에 주저앉아 울음을 터뜨렸다.

나도 불쌍했고 그도 불쌍했다.

난 신영훈 동생이니까 불쌍했고, 그는 강민성 동생이니까 불쌍했다.

그는 내 앞에 서서 소리 없이 숨죽여 울었고, 나는 그대로 무릎에 얼굴을 묻고 흐느꼈다.

대문 옆 가로등만이 우리를 위로하듯이 서글프게 비추었다.

5

밀어내기

얼마의 시간이 지났는지 모르겠다. 얼마의 시간을 그렇게 울었는지 모르겠다. 울다 한 꺼풀 지친 나는 넋을 놓고 대문턱에 앉아 있었다. 은성도 목각인형처럼 굳은 채 꼼짝 않고 서 있었다. 턱에서 일어나 터덜터덜 골목에서 나갔다. 은성이 말없이 내 뒤를 따랐다.

난 집 근처 놀이터로 들어갔다. 어둑한 놀이터의 주인은 버려진 고양이들이었다. 고양이는 불청객의 침범에 대응하지 못하고 황급히 도망치기 바빴다. 아직은 열대야가 기승을 부릴 때가 아닌 탓에 새벽 공기는 선선하니 시원했다.

놀이터 입구와 멀리 떨어진 벤치에 앉았다. 은성은 앉지 않고 내 앞에 섰다. 그에게 앉으라고 했다. 은성이 말 잘 듣는 어린아이처럼 조심스레 앉았다. 나와 거리를 두고 벤치 끄트머리에 앉는 그를 씁쓸히 지켜봤다.

"네가 나쁜 건 아닌데, 네가 잘못한 건 아닌데 자꾸 못되게 군다, 내가."

천천히 입을 열었다.

"이해해요."

나직하게 그가 대꾸했다.

"오빠는…… 내게 있어 아빠 같은 존재였어. 아빠이기도 하고 오빠이기도 했어. 너무 듬직하고 좋은 오빠였어."

오빠라 부르는 것이 얼마 만인가……. 오빠 이야기를 꺼내는 것이 얼마 만인가……. 오빠 이야기를 꺼내자마자, 사무치게 그리워져 다시 목 놓아 울고 싶어졌다. 그래도 참았다.

"난 오빠가 좋았어. 이 세상에 하나밖에 없는 내 오빠라서 좋았고, 너무 좋은 오빠라서 좋았어."

은성은 죄지은 사람마냥 머리를 푹 숙이고 듣고만 있었다.

"그런데 어느 날 갑자기 오빠를 잃고 난 내 삶을 송두리째 잃은 것 같았어. 내가 태어나던 시점부터 오빠는 항상 함께였으니, 지난 내 삶을 잃은 것이나 마찬가지였지. 나는 아직도 사고인데, 사고인 게 맞는 건데 인정이 되지 않아. 나는 아직도 네 형이 원망스럽고 미워."

캄캄한 밤하늘로 시선을 올렸다. 별 한 점 없는 밤하늘은 칠흑처럼 어두웠고 쓸쓸했다.

고요한 정적이 돌았다.

"형은……."

잠시의 정적을 무너뜨리며 은성이 말을 이었다.

"형은 아직도 괴로워해요. 그래서 고달픈 삶을 살고 있어요."

어렵게 은성이 형인 민성 이야기를 꺼냈다.

민성은 집행유예 기간 동안 혼이 없는 사람처럼 살았다. 사회봉사 100시간을 마치고 집행유예 기간이 끝난 후, 두 차례의 자살시도를 했었다.

"결국 부모님이 불안한 형을 정신병원에 보내기로 했어요. 형은 1년간 정신병원에 있었어요. 그리고 안정을 좀 찾고 퇴원했죠."

몰랐다. 생각하지도 못했다. 우린 우리의 사정만이 중요했으므로 피의자인 민성의 사정은 생각해 본 적이 없었다. 우리는 사려 깊은 사람들이 아니었음으로 당연한 거였다. 충격으로 입만 벌리고 끼어들지도 못하고 그의 말을 들었다.

"그리고 형은 고모가 있는 미국으로 보내졌어요. 한동안 미국에서 방황을 했는데, 나이가 든 후 안정을 찾았어요."

그가 고개를 들어 나를 보았다. 그와 가만히 눈을 마주 보았다. 눈길을 피하진 않았다.

"형은 한국에 오지 않겠대요, 영원히. 죄지은 하늘 아래 있을 수 없다고. 대신 형은 영훈 형의 몫을 같이 살 거라 했어요. 그래서 그 누구보다 열심히 살아야 한다고 마음먹었대요. 지금은 LA

한인타운 세탁소에서 일하며 열심히 살고 있어요."

나를 보며 걱정하지 마세요, 괜찮아요. 하듯이 은성의 입가에 조용한 미소가 번졌다.

"……다행이네."

진심을 담아 말했다.

"그렇게 말해줘서 고마워요."

그도 진심으로 대답했다.

"영훈 형은 나에게도 좋은 형이었어요. 자주 우리 집에 놀러 와서 나랑 놀아줬었죠. 나도 영훈 형이 좋았어요."

그의 입에서 오빠의 이야기가 나왔다. 식었던 눈시울이 다시 울컥 뜨거워졌다.

"그래도, 저는 형이, 우리 형이 먼저예요. 그래서 용서를 빌러 갔어요. 합의를 해달라고 빌러 갔어요."

그의 목소리가 허스키해지며 젖었다. 그가 침을 꿀꺽 삼키며 힘겹게 눈물을 참았다.

"그게 너무 죄송했어요. 아픈 사람한테 우리만 봐달라고 하는 것 같아서, 너무 미안했어요."

열두 살밖에 안 되었던 어린 너는 참 어른스러웠구나. 파르르 떨리는 그의 입술을 보며 애달파 속으로 전했다. 열여섯 살이었던 나는 내 아픔만 보고 네게 매몰차게 등을 돌렸는데, 네 살이나 어린 너는 아픈 우리 마음도 삼키며 너의 형을 감싸 안았구나. 속엣

말을 전할 수 없었다.

　우린 더 이상 대화하지 않았다. 정적 속에 물들어갔다.

　그렇게 몇 분을 더 보내다 우리에게 보금자리를 빼앗겨 걷도는 고양이들에게 자리를 내주고 놀이터에서 나왔다. 그리고 나를 집까지 배웅한 은성은 무거운 발걸음으로 돌아갔다.

　다음날부터 예기치 않게 이른 장마가 시작됐다. 며칠 동안 나사가 빠진 것처럼 멍하니 집에 틀어박혀 있었다. 원인 모르는 고독감에 젖어 한나절을 자거나 한나절을 넋 놓고 있기 일쑤였다. 그래도 어김없이 해가 뜨면서 하루가 시작되고, 어김없이 해가 지며 하루가 갔다. 그리고 밤이 왔다. 거리가 어둑해지고 골목이 조용해지는 밤이 왔다. 난 그렇게 시간을, 생명을 단축시켜 나갔다.

　그러다 지긋지긋한 장마가 끝난, 돌연 답답함을 못 견디던 날, 윤혜를 불러 술을 마셨다. 신부수업 중이라는 타이틀로 백수인 윤혜와 작가 지망생이라는 타이틀로 백수인 나는 출근의 부담이 없어 마음껏 밤을 즐겼다.

　그날은 나도 무리해서 달렸다. 우리를 내리비추는 조명 빛이 뿌옇게 어른거릴 정도로 잔뜩 취기에 빠졌다. 앉아 있는 상태에서도 비틀거릴 때 낯익은 두 녀석이 테이블로 다가왔다.

　윤혜가 나 좀 데려가, 하고 취해서 전화를 한 사람이 윤석이었던 모양이다. 윤석은 테이블 앞에 서서 혀를 차며 한심한 누나들의 꼬락서니를 잔소리해댔다. 어른거리는 조명 빛이 점점 회색빛이 되어갔다. 윤석의 잔소리가 멀어졌다.

"놔."

잠깐의 필름이 끊기고 정신이 들었을 때, 은성이 어기적어기적 비틀거리는 내 팔을 잡고 있음을 인지했다. 더러운 것인 양 강하게 뿌리치는 내게 은성이 움찔하며 한 걸음 물러났다. 미안한 감정이 들었지만, 모른 척 앞으로 걸었다.

돌부리가 걸리는 것처럼 발끝이 걸려 앞으로 고꾸라졌다. 은성이 재빨리 쓰러지려는 내 팔을 붙잡았다.

"놓으라고!"

성질을 내며 난 일갈했다.

"조금만 더 가면 돼요."

이번엔 은성이 고집을 부렸다.

"네가 왜 있는데? 너 보기 싫다고."

미간을 찡그리며 난 은성의 어깨를 자유로운 손바닥으로 탁탁 때렸다.

"알아요."

맞으면서도 그가 날 부축했다.

"내가 말 안 했나? 너 보기 싫다고? 말 안 한 것 같다. 그치?"

잔뜩 취한 나는 사리분별 못하고 흔들거리고 있었다.

"네."

은성은 취한 내 말에 잘도 대꾸했다.

"이제 말할 테니까, 우리 보지 말자. 알았지? 나 너 싫어."

손가락으로 그의 얼굴 앞을 휘저으며 말했다. 다리가 땅바닥을 걷는 것인지, 물 위를 걷는 것인지 몸이 붕 떠 있는 기분이었다.

"알았어요."

은성이 대답했다.

"그럼 놔."

잡혀 있는 팔을 어린애가 투정하듯이 흔들어댔다.

"안 돼요. 또 넘어져요."

"나 넘어졌어?"

은성의 말에 순간 아팠나? 싶어 슬프게 물었다. 취한 탓이었다.

"네, 무릎이 까졌어요."

입술을 삐쭉이며 걸음을 멈추고 취해서 초점이 잘 잡히지 않는 눈을 무릎으로 내렸다. 반바지를 입고 있던 나의 무릎에 앙증맞은 뽀로로 밴드가 붙여져 있었다.

"응? 이 귀여운 건 뭐지?"

헤헤 바보처럼 웃으며 귀여운 밴드를 손가락으로 쿡쿡 찔러댔다.

"편의점에 다른 건 다 떨어지고…… 그것만 남아서……."

변명하듯 은성이 중얼거렸다.

"나 넘어져서 네가 사온 거야?"

주저앉아 키 큰 그를 올려다보았다. 네. 그가 고개를 끄덕였다.

난 다시 밴드로 눈을 돌렸다. 안경을 낀 귀여운 펭귄 녀석이 나를 보고 방긋 웃고 있었다. 고맙다는 말을 삼키며 몸을 일으켰다. 비틀거리지 않으려 애쓰며 그의 부축을 받고서 말없이 나머지 길을 걸었다.

"선물이에요."

대문 앞에서 그가 내 손바닥에 뽀로로 밴드 상자를 놓았다. 킥 웃음이 나왔다. 뽀로로가 나에게도 웃음을 주었고, 냉정함을 달랬다.

"가."

11년 전의 가는 매정했지만 그날의 가는 평온했다. 난 집으로 들어왔고, 그는 돌아갔다.

다음날, 숙취로 인해 깨질 것 같은 머리를 쥐어짜고 있는데 문자가 왔다. 낯선 번호라서 광고문자라고 단정 지으며 지우려던 찰나,

[강은성이에요. 집 앞인데 괜찮으면 잠깐 나올 수 있나요? 기다릴 테니까 편할 때 나와요.]

라는 내용이 보였다. 그였다.

얌전하던 심장이 벌렁거렸다. 이성이 그래선 안 된다고 질책했다. 그런데도 어느새 나는 부랴부랴 서둘러 세수하고 양치했다. 부스스한 머리를 질끈 말아 틀어 올리고, 대문 밖으로 슬그머니 나갔다.

은성의 모습은 보이지 않고 낯선 차 한 대만이 담벼락 아래 주차되어 있었다.

벌써 갔나? 슬쩍 고개만 내밀던 나는 그가 안 보여, 쓱 몸을 일으키며 휘휘 고개를 돌렸다.

그때, 자동차 운전석 문이 열리며 은성이 내렸다. 갑작스런 그의 등장에 질겁하여 그대로 대문 뒤로 도망치고 싶었다.

"속은 괜찮아요?"

그가 다정히 물으며 내게 다가왔다.

"어."

간단히 대꾸하며 시선을 회피했다.

그가 손에 들려 있는 쇼핑백을 내밀었다. 브랜드 죽의 쇼핑백이었다. 죽을 사온 건가? 안을 살며시 훑으니 죽과 숙취해소 드링크가 담겨 있었다.

"왜……"

흘리듯 중얼거렸다.

"걱정돼서……. 갈게요. 쉬어요."

그도 흘리듯 대답하고 몸을 돌렸다.

"너 내가 다신 보지 말겠잖아?"

오물거리던 말을 그가 운전석 문을 열 때 겨우 퉁명하게 꺼냈다. 똑바로 보지도 못하고 곁눈질로 흘끔거리며.

"알았어요."

그가 웃었다. 그냥 부드럽게 웃으며 대꾸했다. 그리고 운전석에 올라타고 후진해서 골목길을 빠져나갔다. 멀어지는 차를, 그를 지켜보면서 난 서 있었다. 그의 차가 골목길에서 완전히 빠져나가 사라졌다. 그래도 나는 그 자리에 서 있었다. 한 손엔 죽과 드링크가 담긴 쇼핑백을 들고서.

며칠 후, 다시 보지 말자고 했던 말이 무색하게 난 어쩔 수 없이 그의 차를 타고 이동했다. 난 팔짱을 끼고 입을 꾹 다물고 차창 밖만 봤고, 은성은 긴장한 상태로 말없이 운전에만 열중했다.

"너 내가……."

침묵을 깨고 버럭 소리를 지르려다가 씩씩거리며 입을 다물었다. 은성의 탓이 아니었다. 저 앞의 오지랖 남매 탓이었다.

카페에서 시원한 음료를 마시며 더운 여름의 열기를 식히고 있는데, 윤혜가 충동적으로 드라이브를 가자고 했다. 난 특별히 거부할 이유가 없어 그녀의 제안에 응했다. 윤혜는 드라이브의 목적지를 뜬금없이 제부도로 정했다. 그래도 묵혀 있던 암울함을 벗어던지고, 막혀 있던 숨통도 트이고, 마음도 힐링하자고 흔쾌히 승낙했다.

그러나 힐링 여행은 중간 지점부터 삐끗하고 말았다.

고속도로를 잘 가던 윤혜가 서해안고속도로 휴게소를 들르더니 화장실도 다녀오고 커피도 마시며 한껏 늑장을 부렸다. 이제 그만 출발하자는 내게 기다리라는 말만 하면서.

한참만에야 낯익은, 어디선가 본 듯한 차 한 대가 다가와 스르륵 멈췄다. 낯익은 남자가 조수석에서 내리자마자 윤혜가 버럭 일갈했다.

"왜 이제 와?!"

조수석에서 내린 윤석에게 성질내는 윤혜를 보다 황급히 운전석으로 눈을 돌렸다.

낯익은 차는 우리 집 담벼락에 세워져 있던 은성의 차였다. 역시 운전석에는 은성이 타고 있었다.

"갑자기 당장 서해안고속도로 휴게소로 오라고 했으면서 뭘 그래? 최대한 빨리 출발했다고."

다가오며 윤석이 툴툴거렸다.

은성이 운전석에서 내리며 나를 보았다. 그도 당혹스러워하는 걸 보니 지금 벌어지고 있는 상황을 예견하지 못한 모양이었다.

"어째서?"

난 따지듯 윤혜에게 물었다.

"우리 둘만 가면 심심하잖아."

천진난만하게 윤혜가 말했다. 그러더니 불끈 나의 손목을 잡더니 은성의 차 보조석에 끌어다 앉혔다.

"윤혜야?!"

그녀의 행동에 당황한 나는 어리둥절했다.

"넌 이 차 타고 가."

조수석 문을 닫더니 윤혜가 부리나케 자신의 차로 돌아갔다.

"박윤혜!"

뒤에 우리만 멀뚱히 두고 윤혜가 서둘러 윤석에게 차키를 던졌다. 남매는 쏜살같이 차에 올라타더니 휴게소를 떠났다. 멀어져 가는 윤혜의 차를 황당함에 가득 차 멍청히 지켜보는데, 휴대폰이 울렸다.

"너?!"

욕지거리를 한바탕 하려는데 윤혜가 선수 쳤다.

[어때?]

"뭐?"

[은성이랑 둘이 가면서 대화 좀 해봐.]

"뭘?!"

스멀스멀 화가 치밀어 올라 나도 모르게 크게 소리쳤다.

[둘이 그림이 딱 좋아. 네 살 어리면 어때? 은성이 어른스럽고 참 괜찮아. 대학생이면 어때? 군대도 다녀왔고.]

"어째서?"

왜 은성과 나를 묶느냐는 질문이었다.

[은성이가 아무래도 너한테 관심 있는 것 같아. 그때 술 마시면서도 널 얼마나 보는지…….]

그건 관심의 표현이 아니라, 이유 있는 관심일 뿐이라고 설명하고 싶었다.

[아! 그리고 걔네 집안도 괜찮다.]

윤혜가 덧붙였다.

집안이라는 말에 난 입을 다물었다. 싸한 기운이 흉부를 지나갔다.

운전석으로도 들어오지 못하고 자동차 밖에 내 눈치를 살피며 쭈뼛거리는 은성이 보였다. 깊은 한숨을 쉬며 너 이따 봐. 윤혜에게 짤막히 경고하고 전화를 끊어버렸다.

난 눈을 질끈 감았다.

"타. 출발해."

나의 짜증이 섞인 명령에 그가 얌전히 운전석에 올라타더니 시동을 걸었다.

"괜찮아요?"

시동만 걸고 은성이 물었다.

"출발해."

더 이상 말하기 귀찮다는 듯 차창으로 고개를 돌렸다. 은성이 힐끗 넘겨보더니 자동차 액셀러레이터를 밟았다.

가는 내내 불편한 침묵이 흘렀다. 은성은 본인의 잘못이 아님에도 미안한 기색이 역력했다. 답답함에 시원한 에어컨 바람보다 밖의 바람을 쐬고 싶어 차창을 살짝 열었다. 하지만 밖은 뜨거운 열기로 그득했다.

지루함이 가득해 눈꺼풀을 닫았다. 언젠간 도착하겠지, 하고 긴장하고 있던 어깨의 힘을 빼고 보조석에 푹 꺼져 등을 기댔다. 난 어느새 잠이 들었다.

깨었을 땐 목적지에 도착한 후였다. 주차장 너머로 불그스름한 일몰이 지고 있었다. 차 안에는 나 혼자 있었고, 은성은 자동차에 기대고서 바다를 보고 있었다.

"일어났어요?"

내리는 내게 은성이 물었다.

"깨우지 그랬어."

퉁명스럽게 말하며 윤혜를 찾았다. 해 질 녘인 탓인지, 주말이 아닌 평일이라 그런 건지, 성수기의 시작점이라서인지 제부도 바 닷가는 한산한 편이었다. 멀리서 철딱서니 남매가 넘실거리는 파 도를 맨발로 밟아대며 어린아이처럼 촐싹대고 있었다. 모래사장 을 마음껏 뛰노는 그들 곁으로 초등학생 아이들이 까르르거리며 뛰어갔다. 남매는 딱 하는 행동이 아이들과 별반 다를 바 없었다.

"쟤네는 대체 몇 살인 거야?"

한창 누나의 어깨를 잡고 거꾸로 허리를 휘게 해서 바다에 빠트 리려고 집중하는 윤석이 보였다. 긴 웨이브머리를 귀신처럼 거꾸 로 찰랑거리며 윤혜가 비명을 질러댔다. 그래도 한껏 들뜨고 즐거 워 보였다.

"부러워요."

나의 툴툴거림에 은성은 웃으며 말했다. 입은 웃는데 눈은 쓸쓸했다. 그저 아무런 상념 없이 뛰노는 그들이 부럽다는 소리일 것이다. 곁에 있는 나를 신경 쓰지 않고 자유롭게 놀고 싶다는 뜻일 것이다. 너와 내가 만약 이런 관계가 아니라면 우리도 지금 쟤들처럼 마음껏 웃어젖힐 수 있을까…… 묻고 싶었지만 묻진 않았다.

도착하자마자 실컷 바다를 즐긴 남매는 주차장으로 오자마자 배고프다고 칭얼거렸다. 그들과 함께 바닷가 앞 식당에 가서 가볍게 조개구이에 맥주를 마셨다. 닫힌 물길이 열리는 새벽녘에 출발하기로 했기에 과한 음주는 하지 않았다. 누구도 과한 술로 여행이 망가지는 걸 원치 않았다. 차분하고 가뿐히 즐기는 것으로 충분했다.

조개구이 식당에서 나왔을 때 바다는 암흑으로 덮여 있었다. 스산한 바람이 불었다. 잔잔한 파도 소리만 귀에 울렸다. 느긋하게 산책하는 사람들의 모습이 한둘 보였다.

"아침에 서둘러 왔으면 좋았을걸. 수영도 하고 말이야."

"그러니까."

윤혜의 말에 충동적인 당신 탓이오, 하듯 윤석이 대꾸했다.

"근데 제부도랑 제주도랑 한 끗 차이인데, 이 분위기 봐라. 너무 다르다."

"제주도랑 한 끗 차이라서 제부도를 선택한 거야?"

윤석이 기막혀하며 물었다.

"어."

윤혜는 기대했던 제부도가 조금은 실망스러운 모양이었다.

"우리 다음에 제주도 가자."

"내가 왜 누나랑 이런 여행을 와야 하냐? 그냥 연애를 해, 나 괴롭히지 말고. 난 여자랑 바다 오고 싶다고."

윤혜의 말에 윤석이 투덜거렸다. 윤혜가 윤석의 팔을 질질 끌고 저만치 앞으로 갔다. 윤혜가 윤석의 귀에 무언가를 속삭였다. 윤석이 정말? 하면서 뒤의 우리를 흘끔거렸다.

녀석이 윤혜에게 뭘 들었는지 뻔했다. 윤석이 킬킬거리며 윤혜의 팔을 낚아채더니 갑자기 모래사장을 달리기 시작했다. 윤혜도 까르르 거렸다. 그들의 의도가 훤히 보였다. 오지랖 남매는 설레발치며 우리에게서 멀리멀리 떨어져 갔다. 한숨이 절로 나왔다. 난 자포자기했다.

은성은 특별한 감정을 싣지 않은 표정으로 얌전히 옆을 지키고 있었다.

갑갑했다. 가슴을 울리는 파도 소리도 들리고, 짠 비릿함이 물씬 풍기는 바다 냄새가 나는 이곳에서 난 갑갑함에 터질 것 같았다. 신고 있던 단화를 벗어 맨발로 차갑고 고운 모래알을 발바닥에 느끼며 걸었다. 간간이 흘러들어 온 파도가 수줍게 발을 적셨다. 냉기가 서린 차가운 파도의 스킨십이 좋았다. 은성은 조용히 뒤를 따랐다.

우린 이미 멀어져, 보이지 않는 윤혜 남매가 지난 길을 느릿하게 걸었다.

그때였다. 따끔하더니 알싸한 통증이 발바닥에 느껴졌다. 나도 모르게 짧은 비명을 지르며 털썩 앉았다. 뒤에 있던 은성이 놀라서 달려왔다.

"다쳤어요?"

발바닥이 불에 덴 것처럼 뜨거워졌다. 축축한 액체가 피부를 뚫고 분출되기 시작했다. 은성이 무릎을 꿇고 앉아 발바닥을 살폈다. 발가락과 연결된 오독하게 튀어나온 발바닥의 살갗이 날카롭게 찢겨져 있었다. 상처의 벌어진 틈으로 피가 빠른 속도로 솟구쳤다. 그는 자신의 손에 피가 묻는 건 아랑곳하지 않고 지압할 것을 찾았다.

은성이 모래알 틈에서 날카롭게 깨진 소주병 조각을 발견했다.

"일어날 수 있겠어요? 피가 많이 나요."

지압할 것을 찾지 못한 그가 나를 부축해서 일으켰다. 발바닥이 너무 아파 중심을 잡기 어려웠다. 은성이 비틀대는 나를 잡고 업히라면서 허리를 숙였다. 됐다고 강하게 거절하며 몸을 트는데, 발의 통증으로 고통스런 비명이 절로 나왔다.

그러자 은성이 강압적으로 팔로 나를 안아 올리려 했다. 야! 난화들짝 놀라 소리를 지르며 강렬하게 거부했다. 덕분에 중심을 잃고 털썩 모래사장에 엉덩방아를 찧으며 넘어졌다.

"업히지 않으면 안을 거예요."

은성이 강하게 협박했다. 절대 물러나지 않겠다는 의지가 보였다.

"알았어."

하는 수 없이 난 은성의 등에 업혔다.

은성은 나를 업고 다급한 걸음으로 모래사장에서 나와 계단을 올라갔다. 상가들이 있는 도로로 나오니 멀리서 훤히 켜진 약국 간판이 보였다. 은성은 약국으로 달리듯 직진했다.

"여기 병원은 없어요?"

약국으로 들어서며 은성이 물었다. 약사가 무슨 일이냐고 물었다. 은성은 모래사장에서 유리에 베었다면서 날 약국 의자에 내려놨다. 병원은 없다고 말하며 약사가 다가와 나의 상처를 살폈다. 상처가 깊진 않은 것 같다고 다행이라며, 유리 조각이 있는지 살피겠다고 소독을 한 핀셋을 가져왔다. 친절한 약사는 꼼꼼히 나의 상처를 살폈다. 뜨끔뜨끔 아파왔지만, 참을 만해서 미간만 찌푸리며 아픔을 견뎠다.

약사는 나의 상처를 소독하고 지혈제를 바르고 연고를 발라줬다. 마지막으로 붕대를 감아주며 약사는 꿰맬 정도가 아니라 다행이라고 했다. 은성은 그제야 안도가 되는지 굳었던 낯빛의 긴장을 풀었다.

약국에서 나오면서 은성은 나에게 다시 업히라고 했다.

"됐어. 이제 갈 수 있어."

절뚝거리며 힘겹게 움직이는 나를 은성이 잡았다.

"됐다고. 너 왜 이래?"

"업혀요."

고집스럽게 은성이 내 앞에 무릎 꿇고 앉았다.

"비켜."

단호하게 말했다. 하지만 은성은 말을 듣지 않았다.

"비키라고!"

약사 아저씨가 약국에서 호기심 가득한 눈길로 내다보는 것도 신경 쓰지 않고 난 격하게 소리쳤다. 은성은 고집을 꺾지 않았다. 순간 욱하는 감정이 일어 그의 등을 손바닥으로 탁 쳤다.

"너 왜 말 안 들어?! 나 너 보기 싫다고! 보기 싫은데, 억지로 이러고 있는데 왜 이러는데? 나 너 싫어!"

그는 움직이지 않았다.

"가! 나 혼자 갈 수 있어! 비켜!"

그의 등을 또 때렸다. 아프게 손바닥으로 때렸다. 내 손바닥에 아프게 맞으면서도 그는 꼼짝 안했다.

"너는 왜 병신처럼 나한테 맞고 있는데?! 왜 이유 없이 맞고도 가만히 있는데? 네가 무슨 잘못을 했는데? 어? 어?"

내가 때리고 있는데 내가 아팠다. 그의 등이 맞고 있는데 내 등이 아팠다.

"너는…… 왜 나한테 이래…….."

털썩 바닥에 앉으며 고단하게 중얼거렸다. 정말 지친다. 너무 감정을 낭비하고 있는 듯, 진이 다 빠졌다.

"은령아!"

멀리서 윤혜가 나를 발견하고 달려왔다.

"한참 기다리는데 안 와서 다시 내려왔잖아. 둘이 어디 있었던 거야?"

윤석이 능글맞게 웃으며 어슬렁어슬렁 다가왔다.

그러곤 내 발에 감긴 붕대를 발견하고 소스라치게 놀랐다. 남매는 당장 병원에 가야 하는데 물길이 닫혀서 어쩌면 좋으냐. 병원도 없는 곳이 다 있냐, 하며 호들갑을 떨었다. 지친 나는 그들에게 나직하게 깊은 상처는 아니라고 안심을 시켰다. 한편으로 물러난 은성은 먼 암흑만 응시하고 있었다.

물길이 열리고 돌아올 때는 난 윤혜의 차에 탔다. 화가 난 듯 입술을 악다물고 침묵을 지키는 나를 윤혜는 귀찮게 하지 않았다.

우리의 짧은 드라이브 여행은 그렇게 끝이 났다.

고백

"지금 네 곁에 좋은 사람은 없니?"

언뜻 그의 현재가 궁금해 용기를 내어 물었다. 넌지시 머뭇거리며 조심스럽게.

창가에 자리하고 있던 커플이 일어났다. 7년 전 그와 내가 앉았던 자리였다. 그 자리가 비었다. 그래도 우린 그곳으로 시선도 두지 않았다. 서운하지도 않았다. 자리가 중요한 것이 아니었다. 그와 어디에 있든 함께라는 게 중요했던 거였다, 과거의 나는.

"있었으면 좋겠어요?"

대답은 하지 않고 그가 무표정한 눈으로 되물었다.

"응."

솔직한 심정이었다. 미소가 메말라 있었지만 진심이었다.

"큰일이네. 누나가 원하는 일인데 들어줄 수가 없어서."

농담처럼 그가 말하며 웃었다. 비아냥거리는 것처럼 느껴지기도 했다. 문득문득 냉랭해지는 그의 눈빛이 낯설었다.

우리가 만약 그때 서로를 모른 척했다면 어땠을까? 그저 평범하게, 그저 흐르는 세월대로 조금은 편하게 살지 않았을까? 우린 왜 서로를 긁히는 상처를 끌어안고서 그렇게 애달픈 모험을 했을까? 우리가 냉정히 서로에게 등을 돌렸다면 이렇게 오랜 세월 절실하지는 않았을 텐데. 우연히 이런 자리에 만났더라도 가뿐히 악수하며 인사하는 가벼운 사이였을 텐데…….

우린 그때 왜 그렇게 같은 자리에 있었을까…….

우린 왜 그런 무모한 꿈을 꾸었을까…….

7월 중순에 접어들자 도시는 불볕 같은 폭염 속에 파묻혀 버렸다. 제부도에서 다친 발바닥의 상처는 약사의 말대로 깊지 않아 수월하게 아물어갔다. 하지만 보행이 불편한 탓에 난 더위와 씨름하며 집에 갇혀 있었다. 오래된 구식 선풍기 두 대를 양 옆구리에 끼고 앉아, 노트북을 쳐대며 굴러가지 않는 뇌를 움켜쥐고 억지로 글을 써대다 지치면 그대로 고꾸라져 자기 일쑤였다.

윤혜는 이모들과 해외로 휴가를 떠나고 난 후였다. 소란스럽게 주위를 맴돌던 윤혜가 없으니 홀가분하기도 하고 섭섭하기도 했다. 고까짓 발바닥 상처쯤 어떠냐며 같이 가자고 졸라대는 윤혜를 거절한 건, 글이나 쓰는 백수 주제에 마음껏 놀러 다니기도 민망한 이유도 있었지만, 제부도에 다녀온 이후 당분간 윤혜네와 어울리고 싶지 않은 것도 있었다. 괜스레 은성과 얽힐 가능성에 대한 두려움이 컸다.

그날 나는 왜 그렇게 흥분했는지, 애꿎은 은성의 등이 뭐가 그리 야속해 그렇게 모질게 때린 건지 몇 번이고 자문하고 자문해봤다. 그러나 나는 답을 얻지 못했다. 그저 시간의 흐름에 따라 발바닥에 난 상처만큼 그날 아팠던 마음도 서서히 사그라졌다.

그리고 거의 상처가 아물 때쯤, 뇌리에서 떠나지 않던 은성의 등이 잊힐 때쯤 그가 찾아왔다. 별안간 불쑥, 원치 않는 방문이었다.

나는 그때 나가지 말았어야 했다.

[집 앞인데, 잠시 볼 수 있을까요?]

늦은 밤이었다. 자정이 다가오는 시각이었다. 털털거리며 돌아가는 선풍기의 소리 틈으로 안방에서 깊이 잠든 엄마의 코 고는 드르렁 소리가 열린 방문을 통해 들려오던 날이었다.

얼마 전부터 새로 집필을 시작한 소설이 막혀 돌아가지 않는 뇌를 쥐어짜 내고 있을 때였다.

왜 그런지 모르겠지만, 은성의 문자는 방금 전까지 날 미치게 했던 소설보다도 더 날 미치게 만들었다. 난 나가지 않았다. 문자가 온 지 10분이 지나고 30분이 흘렀다. 자정이 넘어섰다.

무시하면 될 것이라 생각한 주제에 온몸의 신경세포는 대문 밖으로 모두 쏠렸다. 갔을 거야, 신경 쓰지 마, 자기 최면을 아무리 걸어도 소용없었다. 나의 눈은, 나의 귀는, 나의 심장은 이미 저 멀리 은성 앞에 있었다.

40분이 지나서야 난 슬그머니 대문으로 갔다.

갔을 거야. 혼잣말로 중얼거리며, 진심으로 갔길 바라며 대문을 열었다. 대문턱에 쪼그리고 앉아 있던 은성이 문이 열리자 벌떡 일어났다. 틈으로 보인 은성의 모습에 아차 싶었다. 역시 나오는 게 아니었다.

"어쩐 일이야?"

냉정함을 가장하며 무뚝뚝하게 물었다.

"다친 발은 이제 괜찮아요?"

은성이 조용한 어조로 물었다.

"어."

나의 짧은 대답을 끝으로 침묵이 흘렀다. 그는 말없이 날 빤히 내려다봤다.

"……그거 물어보려고 온 거야?"

"아니요."

침묵의 불편함으로 물으니, 이번엔 은성이 짧은 대답을 했다. 이어 또 침묵이 흘렀다.

"그럼?"

못 참고, 내가 다시 침묵을 깼다. 은성은 대답하지 않고 여전히 내게서 시선을 떼지 않았다. 막상 날 불러낸 그는 대화하려고 온 것 같지 않았다. 그의 용건이 뭔지 의아했고, 그의 지긋한 시선이 부담스러웠다. 오늘따라 유난스레 짙게 보이는 그의 쌍꺼풀 없는 서글서글한 눈매가 내 심장을 오그라뜨렸다.

은성은 마치 기억을 해놓겠다는 듯 세세하게 내 얼굴을 들여다봤다. 자리의 불편함을 느꼈지만, 이상하게도 옴짝달싹할 수 없었다. 옅은 숨만 쉬며 그의 눈길을 받았다.

"봤으니까 됐어요."

한참을 날 보던 그가 부드럽게 웃으며 뒤돌아가려 했다.

"뭐야…… 너……."

가는 그를 붙잡으려던 의도는 아니었는데, 나도 모르게 볼멘소리가 튀어나왔다.

신은령. 내가 나한테 경고를 했다. 그냥 가게 두지…… 왜……. 가슴 저편 멘탈이 나를 비난했다. 은성이 내게로 천천히 몸을 틀었다. 차양처럼 아래로 내리깐 그의 눈가에 그늘이 졌다. 눈이 보이지 않았다.

그리고 그가 느리게, 낮게, 숨 막히게 입을 열었다.

"보고…… 싶어서 왔어요."

쿵. 심장이 떨어졌다.

그가 눈꺼풀을 들어 나에게 깊은 눈길을 보냈다.

"보고 싶었어요."

이번엔 강하게, 진심으로 말했다.

짧은 정적이 흘렀다.

"……돌았니? 너?"

돌은 건 내 심장이었다. 미친 듯이 요동을 쳐대는 심장을 쥐어 뜯어내고 싶었다. 답답하다는 듯 깊은 한숨을 쉬는 척하며 겨우 심호흡을 하고 신랄하게 내뱉었다.

"돌았나 봐요, 진짜."

그가 조소하듯 피식 웃었다. 나의 신랄한 반응을 예상했다는 듯.

"가."

매정하게 등을 돌렸다. 그의 고백 같은 건 아랑곳하지 않는다는 듯. 그런 주제에 손끝은 파르르 움찔거렸다.

그때였다. 은성이 쓱 다가와 내 팔을 낚아채 돌렸다.

"난 돌지 않았어요."

그가 단호하게 내뱉었다. 부드럽기만 했던 그에게서 거친 남자의 모습이 물씬 느껴졌다. 새삼 그가 낯설었다. 낯선 강함에 나는 당혹스러움을 감추지 못했다.

"너…… 취, 취했어?"

말까지 더듬으며 잡힌 팔을 억지로 풀려고 했다. 그러자 그가
더욱 강하게 내 팔을 잡고 끌어당겼다. 그의 거친 행동에 난 중심
을 잃고 약하게 비틀거렸다. 그의 눈동자는 흔들림조차 없었다.
너무 강하게 뚫어져라 내려다봐서 시선을 어디에 둬야 할지 몰라
내 눈동자는 허공을 헤맸다.

"취하지 않았어요."

"……놔."

강렬한 그의 시선을 회피하며 짧고 침착하게 겨우 뱉었다.

"정말 보고 싶었어요."

빠르게 화난 듯이 은성이 거칠게 말했다.

"보고 싶어서 미치는 줄 알았어요. 미쳐서 보고 싶은 게 아니
라, 보고 싶어서 미칠 뻔했다고요."

그가 한 발짝 더 내게 다가왔다. 한 팔을 잡힌 상태로 그가 가까
워지자 두려웠다. 난 뒤로 물러났다.

"왜 이래, 너……."

고양이에게 겁을 잔뜩 집어먹은 생쥐처럼 난 잔뜩 기죽어서 흐
릿하게 중얼거렸다.

"처음부터 그랬던 것 같아요. 처음부터 누나가 내 눈에 들어왔
어요. 나도 처음엔 누나에게서 눈을 뗄 수 없는 이유가 형 때문인

줄 알았어요. 그렇게 착각하고 헷갈렸어요. 그런데 아니에요. 아니었어요. 나는 이제 확신해요."

그의 발이 내 바로 앞에서 멈췄다. 온몸을 휘감는 전율 때문에 이번엔 발을 뺄 수도 없었다.

"누나가, 당신이 처음 본 순간부터 좋았어요."

쓰윽 그의 얼굴이 다가오더니 그의 입술이 놀라 벌어진 내 입술에 닿았다. 막을 틈도 없었고, 거부할 수도 없이 그의 입술이 몰아붙였다. 그의 입술의 감촉이 소름 끼칠 정도로 좋다고 느낀 순간, 반사적으로 나는 키스를 거부하며 뒤로 물러나려 고개를 젖혔다. 그러자 그의 자유로운 한 손이 강하게 내 뒷머리를 잡아당겼다.

거칠고 강력한 그의 키스에 나의 혈액이, 나의 세포가 금방이라도 터질 듯이 요동을 쳤다. 놀라울 정도로 뜨거운 전율이 등줄기를 타고 목덜미를 지나 뇌리 끝까지 차오르며 맴돌았다. 그 전율에 몸부림치듯 몸이 희미하게 떨렸다. 떨림을 억누르고자 옅은 숨을 몰아쉬면서 거부하는 몸짓을 멈췄다. 내가 얌전해지자 거칠게 시작한 키스가 부드러워졌다. 달래듯 내 입술과 혀를 탐했다. 섬세한 그의 혀가 나의 혀를 부드럽게 감자, 등골이 다시 움찔했다. 짜릿한 전율이 혀를 통해 목구멍을 지나 식도를 타고 나의 폐에, 심장에 와 머물렀다. 그 순간, 나는 그의 입술과 혀를 받아들였다.

강하게 잡았던 내 뒷머리를 그의 세심한 손가락이 다정히 안았다. 그리고 천천히 그의 입술이 내게서 떨어졌다. 나의 팔을 잡은 손이, 나의 뒷머리를 잡은 손이 조심스레 멀어져 갔다. 돌연 허전했다.

그가 내게서 한 발 물어났다.

"미안해요. 내가 내 감정에 취했어요."

허스키하게 가라앉은 음성으로 그가 말했다.

사과는 하고 있지만 진심이 아님이 느껴졌다. 그가 몸을 틀어 돌아섰다. 가려 했다.

"……어떻게 그럴 수가 있어? 우린 몇 번 만나지도 않았어."

애써 어이없다는 듯, 아무렇지도 않다는 듯 물으며 살며시 대문 가까이 물러섰다.

"만남의 횟수는 중요하지 않아요. 처음부터 좋은 거였으니까. 처음 봤을 때부터……."

내게 시선을 돌리지 않고 그가 속닥이듯 중얼거렸다.

"웃기지 마."

그의 말을 서둘러 잘랐다. 더 이상 들을 자신이 없었다.

"네가 착각하는 게 맞아. 지난 과거의 상처로 서로 묶여 있기 때문에 애잔해서 오는 착각이야. 설사 착각이 아니라 해도, 설사 네가 진짜로 나를 좋아한다고 해도 난 분명히 말했잖아."

똑바로 은성을 응시하며 매정하게 쏘아붙였다. 은성이 눈을 내게로 돌렸다. 그가 나를 뚜렷이 응시했다.

"난 너 싫어."

매섭게 흔들림 없이 말했다. 그의 눈이 일그러졌다.

"그러니까 다시는 내 앞에 나타나지 마."

난 돌아섰다. 그의 얼굴을, 눈을 더 이상 볼 수가 없었다.

곧바로 망설임 없이 대문 안으로 들어섰다. 난 전혀 흥분하지 않았다는 듯, 침착하게 대문을 소리 없이 닫는 데까지 성공했다. 그리고 털썩, 그 자리에 무릎을 꿇고 앉았다. 자제할 틈도 없이 폭풍우 같은 눈물이 터져 나와 얼굴을 적셨다. 흘러나오려는 흐느낌을 참기 위해 손바닥으로 입을 막았다.

깨달았다. 나는 이제야 깨달았다.

내가 두려워하는 것은 그가 아닌 나였음을. 내 숨겨진 마음이 도드라져 나오는 것이 두려웠음을.

내 입술에 아직도 그의 체온이 남아 있었다.

숨 막히는 키스의 여운이 남아 있는 입술을 깨물며 난 겨우겨우 울음을 삼켰다.

나였다. 내가 문제였다. 나도 문제였다. 우린 처음부터 문제였다. 이렇게 만나선 안 되는 사람들이었다. 그런데 우린 처음부터 어긋나고 삐끗거린 이 복잡한 관계에서 서로에게 통했다.

그래선 안 되는 건데…… 이래선 안 되는 건데…….

마음이, 멈춰야 하는 건데…… 내 마음을 각성해선 안 되는 건데…….

멀어지는 그의 발자국 소리가 희미하게 들려왔다.

그가 간다, 점점 멀리.

그가 간다, 내게서 점점 멀리.

그가 갔다.

화염 같던 밤이 지났다. 밤새 나는 뜨거움과 서러움으로 잠을 이루지 못했다. 난 자만하고 있었다. 중학교 때 겪은 고통으로 윤혜를 제외하곤 사람과의 관계를 단절시키고 살았기 때문에 더더욱 나에게 있어 감정이란, 특히 애정이라는 감정이란 중요치 않다고 자만하고 있었다.

그러나 아니었다.

애정이라 칭하는 감정은 노크도, 예고도 없이 불쑥 찾아와 눈치챌 틈도 주지 않고, 심장 깊숙이 버젓이 자리 잡아버린다는 것을 모르고 있었다. 사실 나는 인지하지 못하고 있었다. 그와 마찬가지로 나도 그가 내 몸 구석구석, 내 세포 하나하나에 스며들어 와 있다는 사실을 의식할 수 없었다. 아니, 의식이 된다고 해도 인정하진 못했을 것이다.

우린 만나선 안 되는 운명이었다. 물론 우리의 잘못은 아니었다. 그저 사고로 오빠가 죽고, 오빠를 죽인 사람의 죄 없는 동생들일 뿐이었다. 그러나 현실은 그렇게 녹록치 않음을 알고 있는 난 스물일곱 먹은 성인이었다. 그는 어쩜 스물셋밖에 안 된 철부지라 우리가 운명이라 되뇌며 그의 말마따나 자기감정에 취했을지 모른다.

그러나 나는 아니었다. 나는 현실이 보였다. 그보다는 그의 형, 그의 부모 그리고 우리 엄마…… 우리 오빠…….

엉킴의 실타래는 쉽게 풀 수도 풀리지도 않을 것임을 알기에…… 이 잔인한 현실을 알기에…… 난 심장에 솟아오르는 감정을 독에 메주 담듯 꾹꾹 눌러 버렸다. 영원히 묵혀 버리기로 작정했다. 그렇게 나는 심연 같은 감정에서 벗어나려 노력했다.

그런데 며칠이 지난 깊은 밤, 그가 또 나를 찾아왔다. 예측하지 못했던 만남이었다.

비틀거리는 감정으로 뇌가 혼란에 빠져 허우적거려 윤혜를 만나 늦은 밤까지 술잔을 기울였다. 진득하게 취하고 싶진 않아 깨작거리며 시간만 축냈다. 윤혜는 무슨 일이냐고 의아해했지만, 대답할 수 없었다. 고민 상담 같은 건, 한심하게 느껴져서. 그녀와 헤어진 것은 자정이 넘어서였다. 느리게 걸어, 느리게 집에 도착했다.

어둑한 골목길에 들어서고 가로등이 켜진 대문 앞까지 갈 동안 바닥만 보며 걸었다. 길바닥을 걷는 내 발길이 공허했다. 가는 길이, 걷는 길이 허무한 느낌이었다. 시간이, 삶이, 내 전부가.

길만 보고 걸었던 탓에 미처 못 봤다. 옆집 담벼락에 등을 기대고 서 있는 은성을.

대문 가까이에 다가갔을 때서야 기다란 그림자가 가로등 불빛으로 드리워져 있어 흠칫했다. 은성은 느적느적 걸어오는 날 잠자코 지켜보고 있던 참이었다.

담벼락 앞에서 눈이 마주쳤다.

심장이 터질 것처럼 팽창했다. 꾹꾹 눌러 가라앉히고 태연한 척 가장하며 무시하듯 대문 앞에 섰다. 그런 나를 은성이 입을 꾹 다물고 주시했다.

열쇠를 꺼내, 대문을 열려는 찰나였다. 그의 커다란 손이 내 손목을 덥석 잡아당겼다. 어떠한 대응도 할 틈 없이, 힘없이 몸이 돌려졌다.

"……뭐…… 뭐 하는 거야? 너?"

"못 견디겠어서 왔어요."

그는 단호했다. 저번처럼 기죽어 보이지도, 내 눈치를 살피지도 않았다. 단단히 각오한 듯 강경해 보였다. 갈비뼈 안쪽이 파르르 떨렸지만, 위축될 수는 없었다. 자칫 잘못했다간 감정을 들킬 수도 있기에, 난 최대한 침착해야 했다.

"놔."

냉담하게 그의 팔을 뿌리치려고 했다. 하지만 그의 손아귀 힘은 반사적으로 더 강해졌다.

"놓으라고!"

내가 거칠게 흔들자, 은성이 아랫입술을 질끈 악다물었다. 그러더니 결심한 듯 내 팔을 우악스럽게 잡아당겨, 날 담벼락으로 몰아붙였다. 등이 벽에 탁 닿았다. 그가 내 앞에 딱 버티고 섰다.

"내 얘기 좀 들어요, 제발."

행동은 거칠었지만, 눈빛은 애절했다.

"……뭘?"

일부러 화난 듯 노려봤다. 안 그러면 무너질 것 같았다. 와락 눈물이 쏟아질 것처럼 감정이 거세게 용솟음쳐서 연신 가슴이 오르락내리락 거렸다. 그도 크게 거친 숨을 내뱉었다. 그의 단단한 가슴팍은 쉴 새 없이 들썩거렸다.

"누나가…… 나에 대해서 감정 없는 건 이해해요."

"이…… 해하면서 왜 이러는 데?"

내 감정을 이기는 건, 신랄해지는 것밖에 없다.

"지금까지 그랬지만…… 이젠 좀 봐주면 안돼요? 나 좀 지켜봐주면 안돼요?"

그가 내게 부탁했다, 진심으로.

"누나에게 향하는 감정이 접어지지 않아요."

가슴이 흔들렸다. 물기가 흐릿하게 어린 검은 동공의 일렁거림을 바라보는 게 힘겨웠다. 나도 말하고 싶었다. 나도 각성했다고. 나도 너한테 반응한다고.

"넌…… 강민성…… 그 오빠 동생이잖아."

난 눈을 내리깔며 억지로 토해냈다. 감정을 들키지 않으려 그에게 잔인한 상처를 입히는 내가 끔찍해, 내장이 뒤틀리는 것 같았다. 입안의 살점을 깨물었다. 이빨을 벌린다면 속내를 드러낼 것 같았다. 얄팍한 살점이 날카로운 이빨에 찢겨져 비릿한 피를 배어나오게 했다.

은성의 손이 맥없이 스르륵 풀렸다. 그가 한 걸음 뒤로 물러나며 고개를 숙였다. 절망이 그의 전신을 짓누르는 것처럼 보였다. 안쓰러웠다. 손을 내밀어 그의 눈을, 그의 뺨을 만지며 달래주고 싶었다.

그대로 등 뒤에 그를 두고, 대문 안으로 들어왔다. 어릿어릿한 눈동자에 힘을 주고, 부들거리는 주먹을 동글게 말았다. 발자국 소리도 내지 못하고 마당을 걸어 집 안으로 들어왔다. 내 방에 들어가 진이 빠져 털썩 침대에 드러누우면서도 그의 기운이 감지되었다. 대문 앞에 죽은 듯이 서 있을 은성이.

억제하려 눈을 질끈 감았다. 감은 눈꼬리를 타고 또르르 방울진 액체가 흘러 귓구멍으로 들어왔다. 쓰윽 팔을 올려, 눈을 덮었다.

이제 제발 오지 마.

다시 만난다면, 다시 그가 찾아와 애절하게 매달린다면 무너질 것 같았다. 외면하자고, 무시해야 된다고 되뇌고, 되뇌었다. 그러면서도 밤이면 혹시 그가 골목에서 서성이지 않나, 집 앞이라고 문자가 오지 않을까 긴장하며 보냈다. 긴장한 건지, 기대한 건지 결론내릴 순 없었다.

그렇게 또 며칠이 흘렀다. 하지만 원치 않게도 얼마 후 큰 도로 변에서 우연히 은성과 마주쳤다.

나는 약속이 있어 지하철로 가던 길이었고, 은성은 지하철에서 나와 집으로 가던 길이었다. 그를 보자마자 속이 울렁거리는 날 질타했다. 아직 마음이 단단히 굳지 않았는데 하필…… 속으로 투덜거리며 난 무시하듯 그를 지나쳤다.

지나치는 나의 팔을 그가 잡았다. 덜컥, 난 굳었다.

"아는 척하기도 싫을 만큼 싫어요? 내가?"

나직하게 그가 물었다. 자신의 감정을 자제하려는 듯 낮은 저음으로.

굳어버린 몸을 성급히 해동시키고 난 냉랭함을 유지하며 그의 손을 뿌리쳤다.

"어쩜…… 지금까지 우연히 마주친 적도 없었는데, 왜 하필 이렇게 불편할 때 널 만났는지 모르겠다."

한껏 성가시다는 듯 악랄한 어조로 대꾸했다. 긴장한 탓인지 쓸데없는 말까지 덧붙이며.

그의 눈썹이 움찔했다.

"누난, 몰랐겠지만 우리 우연히 만난 적 많아요."

끊어지는 어조로 그가 딱딱하게 말했다. 그의 아랫입술이 파들거렸다. 어깨가 움츠러들었지만, 난 냉담함을 유지했다. 눈을 매섭게 치켜뜨고 그를 올려다보았다.

"누나가 몰라봐서 그렇지, 몇 번이나 마주쳤다고요. 난 누나를 알아봤어요. 첫눈에 누나인지 알아봤다고요."

이빨을 악다물 듯이 그가 말하며 눈에 힘을 줬다. 그의 눈매에 날이 섰다. 화가 나는 모양이었다. 이젠 자신의 감정을 무시하는 내가 야속해 화가 나는 모양이었다.

"그래서 뭐?"

난 오히려 당당하게 턱을 치켜들었다. 그를 밉다는 듯 쏘아보았다.

목 아래에 작은 물방울이 올라와 부글부글 끓었다. 금방 목구멍으로 통해 입안으로 들어와 빵 하고 터져 버릴 것 같았다. 속은 비명을 질러댔다. 이러지 마, 은령아. 심장이 외쳐 댔다. 그를 상처 주지 마. 제발.

"한 번만 나 좀 봐줘요."

나의 매정한 눈초리에 한 꺼풀 기가 꺾인 그가 애타게 보았다. 그의 눈이 서글프도록 그윽해 난 질 것 같았다. 그의 감정에, 내 감정에 질 것 같았다.

지나가는 보행자들이 모두 투명인간이 되어 공기 속으로 소멸됐다. 우리만 남겨두고 모두 사라졌다. 내 앞에는 은성만 있고, 은성 앞에는 나만 있었다.

"강민성의 동생 강은성이 아닌 그냥 강은성으로 한 번만 봐줘요."

그의 동공이 안타깝게 떨렸다. 금방이라도 눈물을 흘릴 듯, 그의 눈동자가 촉촉해졌다. 가슴이 어릿어릿 아파왔다.

난 입을 열었다.

"넌……."

그리고 눈을 내리깔며 그의 옆을 지나쳤다.

"11년 전 우리 집 대문 앞에 있던 그 아이야."

모질게 말하며 난 지하철역 계단을 내려갔다. 뒤에 그를 남겨두고.

바늘로 심장이 찔리듯 아려왔고, 살갗에 한기가 들어 닭살이 오돌오돌 돋았다. 지하철 플랫폼에 얼음처럼 서서 난 주먹을 들어 가슴을 짓눌렀다. 억지로 마른침을 삼키며 눈을 감았다. 나쁜 년. 나쁜 년. 나를 욕하며.

그를 버리듯 그렇게 지하철 출입구 계단을 내려온 그날, 나는 면접을 보기로 되어 있었다. 은성과의 일 때문에 글에 집중할 수 없어, 취직이나 해버릴까 고심하던 중 마침 출판사에서 연락이 왔었다. 오래전 이직을 생각하게 했던 출판사라 난 선뜻 면접에 응했다. 그런데 면접을 보러 갈 수가 없었다.

지하철역에서 되돌아 무턱대고 윤혜에게 찾아가 술을 마시자했다. 그리고 멍청한 나는 그만 윤혜에게 은성과의 관계를 토로하

고 말았다. 눈물까지 삼키며 그와의 감정을 털어놓고 말았다. 바
보처럼.

윤혜는 나를 타박했다.

"뭐 어때서 그래? 너 이상해. 물론 나는 오빠를, 소중한 사람을
잃은 적이 없어 모르겠다. 그래도 은성이 잘못은 아니잖아?"

"그래도 현실이 그럴 수 없어."

라고 내가 대꾸하자,

"너 웃긴다. 시작도 안하고 현실이라니, 무슨 현실을 말하니?
넌 벌써 은성이랑 결혼까지 생각하니? 결혼하면 집안끼리 엮이기
어려운 사이라 미리 선 긋는 거야?"

하고 윤혜는 빈정거렸다.

"감정이 있는데, 미리부터 겁먹을 필요가 뭐가 있어? 나중에 연
애하다가 너희들이 죽자고 못 헤어지겠으면 그때 가서 생각해. 혹
시 알아? 사귀자마자 정 떨어져서 헤어질지?"

윤혜는 쉴 새 없이 나를 질타했다. 그녀가 하는 말을 다 옳았지
만, 난 선뜻 인정할 수 없었다.

"그냥 이대로 묻히면 돼."

나의 마지막 말에 한심하다는 듯 윤혜가 혀를 차댔다. 그날, 뿌
리 끝까지 남아 있던 고민을 윤혜에게 털어놓고 난 은성을 접었
다.

그리고 며칠이 또 가고 보름이 지났다. 여름이 무르익어 한여름이 다가왔다. 대학 동창의 결혼식을 다녀온 토요일 저녁, 동네 큰 도로변 술집에 있다는 윤혜의 전화를 받았다. 윤석의 친구 네댓 명과 함께하고 있는 술자리였다. 내가 현재 어떤 상태로 있음을 알기에 윤혜는 먼저 은성의 부재를 알리며 오라고 했다.

　불편한 정장 차림이라 내키진 않았지만 매번 거절할 수 없어 잠깐 들를 양으로 술집으로 갔다. 넉살 좋은 윤석과 윤혜 덕분에 가끔 어울려 본 적이 있기에, 술자리에 있는 윤석의 친구들은 모두 일면식이 있었다.

　가볍게 몇 잔만 하고 일어서려고 윤혜 옆에 앉았다, 두 잔째가 되었을 때 윤석의 친구 경민이 말했다.

　"은성이에게 전화해 보니까 지나가는 길이라고 해서 오라 했어."

　맥주잔을 입으로 가져가다 움찔했다. 나의 반응을 윤혜가 눈치 챘다.

　"그냥 있어. 너 언제까지 피할 수 없잖아."

　동생들이 듣지 못하게 윤혜가 속삭였다. 그래, 난 태연함을 연기하며 아무렇지도 않다는 것을 보여줄 필요가 있어. 대답은 못하고, 속으로 난 결심했다.

　"근데 은성이, 걔랑 오냐?"

　윤석이 살며시 나를 곁눈질하며 경민에게 물었다.

"그럴걸? 죽자고 따라다니는데 안 오겠냐? 그런데 은성이가 결국 넘어간 모양이대?"

경민이 어깨를 으쓱하더니, 은밀한 어조로 말했다.

"사귀는 거야? 강은성이? 드디어 여자를?"

경민이 옆에 앉은 재경이가 호기 어린 투로 물었다.

"정말? 그런 얘기 못 들었는데?"

시큰둥하게 듣던 윤석이 의아하다는 듯 물었다. 녀석이 자꾸 내 눈치를 살폈다. 은성과 나의 진짜 관계는 윤혜에게 전달받지 못한 윤석이었다. 그렇다는 것은 제부도에서 언뜻 들은 윤혜의 설레발로 인해 신경 쓰는 게 분명했다.

"보면 안다니까. 아, 마침 오네. 저 봐라. 팔짱 끼고 오잖아."

경민이 입구를 보며 자신 있다는 듯 당당하게 말했다. 눈을 내리깔고 무심한 척 그들의 대화를 듣던 나의 턱이 반사적으로 올라갔다.

은성이 술집으로 들어서고 있었다. 작고 귀여운 여자아이가 손으로 그의 오른팔을 감싸고 있었다. 동그란 눈에, 애교 많은 오동통한 입술을 가진 여자아이였다. 나이가 열여덟, 열아홉 정도로밖에 보이지 않았다.

테이블을 다가오는 은성의 한쪽 눈썹이 신랄하게 치켜떠졌다. 그가 나를 본 것이다. 그와 나의 눈이 부딪쳤다. 메마른 나의 눈과 흔들림 없는 그의 눈이.

그가 가벼운 목 인사를 나와 윤혜에게 보냈다. 그리고 옆에 달고 온 여자아이와 나란히 의자에 앉았다. 그는 나보다도 훨씬 더 담담해 보였다. 굳게 다문 그의 입술이 냉해 보였다. 얼마 전 뜨겁게 내 입술을 탐하던 그의 입술이 차디차게 식어 있었다. 갈비뼈 사이에 찌릿한 전율이 흐르며 아프게 찔러댔다. 맥주로 눈을 돌려 마른 목을 축였다.

"안녕하세요."

얼굴만큼이나 여자아이는 애교스런 목소리에 말투였다. 그녀는 앉은 상태에서도 은성의 팔을 놓지 않고 꽉 붙들고 있었다. 도망 가지 못하게 묶어놓듯이. 은성은 그녀의 손을 거부하지 않았다. 울컥울컥 뜨거운 액체가 요동을 쳐대서 속이 울렁거렸다. 좀 전까지 흡입한 맥주가 거꾸로 올라와 토할 것 같았다.

경민이 내미는 술잔을 차가 아래에 있다면서 은성은 거절했다. 여자아이와 나란히 그의 차를 타고 왔다는 사실을 새겨들으며, 금방이라도 토할 것 같은 속을 억지로 짓눌렀다.

"몇 살이에요? 미성년자 아닌가?"

빈정대듯 윤혜가 그녀에게 물었다. 윤혜는 그녀의 등장으로 인해, 은성에게 불만스러워 화가 난 상태였다.

"아니에요. 스물한 살이에요."

여자아이, 아니, 스물한 살 여자는 해맑게 대꾸했다.

"아하…… 나이가 있네."

윤혜가 비아냥거리자 여자는 눈치채지 못하고,

"제가 좀 동안이에요."

라고 했다. 그러면서 여자는 은성에게 고개를 돌리며,

"그치, 오빠?"

하고 애교를 떨었다. 그 모습에 윤혜의 눈썹이 신경질적으로 꿈틀거렸다. 난 무덤덤하게 술을 마셨다. 그리고 의자에서 엉덩이를 떼었다.

"잘들 마셔."

"어? 누나 가요?"

경민이 나를 잡았다.

"약속 있대. 데이트 있어. 이러고 온 것 봐라."

나 대신 윤혜가 심술궂게 거짓말을 했다. 은성이 들으라는 듯. 그런데 우스운 건 그 와중에 은성의 반응을 살피는 나였다. 은성은 눈썹 하나 까딱하지 않았다. 못내 서운함이 드는 건 어쩔 수 없었다.

내 탓이야, 자책하며 난 쓸쓸히 그곳을 나왔다.

터덜터덜 집으로 향하는 길이 그렇게 멀고 무거울 수가 없었다.

태연자약하게 나온 주제에, 자꾸 서러워 굵은 눈물만 방울져 떨어뜨렸다.

끝내 나는 집에 가지도 못하고, 그와 앉았던 놀이터 벤치에서 감정을 추슬렀다. 어둑한 벤치에 앉아 시간을 보내며 못 견디게 괴로워하는 자신을 느꼈다. 아문 줄 알았던 상처는 곪아 있었다. 곪은 상처가 부풀어 올라 터졌다.

아파…….

은성아, 나 왜 이러니…….

은성아…….

조이는 심장의 통증을 주먹으로 움켜쥐고 참았다. 하지만 억제하려 하면 할수록 참을 수가 없었다. 숨이 막혔다.

나는 어쩌지…… 어쩌면 좋지…….

윤혜의 말이 맞는 건데…… 지레짐작 겁먹고 억지로 감정을 누르려 하니 아픈 거였다. 이미 각성한 나는 이제 와 자제하기엔 감정이 너무 커졌는데…….

생각했던 것 이상으로 가슴이 아팠다. 그가 다른 아이와 눈 마주치고, 다른 아이와 손을 잡고, 다른 아이를 안는다는 사실이 끔찍했다. 그의 옆에 내가 있을 수 없다는 사실이 증오스러웠다.

엄마 잃은 꼬맹이처럼, 갈 곳 잃은 도둑고양이처럼 삶의 전부를 잃은 듯 고통스러웠다. 너무 아파 숨을 쉴 수가 없었다.

결국 나는 살고 싶어졌다. 그래서 휴대폰을 꺼냈다.

[네.]

낮고 감정 없는 그의 음성이 들렸다. 휴대폰 너머로 시끄러운 술집의 소음이 함께 딸려왔다. 그의 옆에서 애교를 떨던 여자의 음성도 섞여 있었다.

“너······.”

입술을 축이며 말을 힘겹게 이었다.

“여기 올래?”

휴대폰을 들고 있는 손이 파르르 떨렸다. 아주 짧은 침묵이 전해졌다. 문득 나는 자신이 없어졌다.

그때,

[네.]

라고 그가 짧게 대답했다.

[지금 갈게요.]

그리고는 바로 강하게 말을 이었다. 전화가 끊겼다.

난 그제야 숨을 돌리며 안도했다.

7
한여름 밤의 꿈

난 그를 그리 오래 기다리지 않았다. 중간에 어디냐는 전화 한 통이 있었고, 그는 분명히 온다는 사실을 알고 안심하고 기다린 시간이었다. 그래서 기다리는 시간이 길게 느껴지지도 않았고, 불안에 떨지도 않았다.

짧은 기다림 후, 미끄러지듯 그의 자동차가 놀이터 앞에 멈춰 섰다. 운전석에서 내린 그가 다가왔다. 빠르지도, 느리지도 않은 걸음이었다.

"괜찮아요?"

조심스레 그가 내 앞에 무릎을 굽히고 앉았다. 한껏 걱정스러운 눈빛으로. 내가 취해서 자신을 부른 것이라 생각하는 건가? 싶었다.

"여자아이는?"

다른 것보다 입술 도톰한 여자아이의 안위부터 궁금한 내가 우스웠다. 질투심에 발정 난 암고양이 같았다.

"상관없어요."

은성이 무심하게 대답했다.

벤치에 앉은 나는 가만히 그를 내려다보았다. 그는 가만히 나를 올려다보았다. 조용한 침묵이 흘렀다. 조용하지만 부드러웠다. 무거운 침묵은 우리 곁에 더 이상 존재하지 않았다.

난 손을 들었다. 그의 머리카락에 손을 대었다. 손가락 끝에 부드럽게 찰랑거리는 그의 머릿결 느낌이 좋았다. 고개를 굽혔다. 그의 입술에 내 입술을 포개었다. 짧고, 얌전한 입맞춤이었다. 내가 그에게서 입술을 떼자 그의 동공은 놀란 듯 커져 있었다.

그 순간, 그가 망설이지 않고 굽혔던 무릎을 바닥에 꿇는 동시에 상체를 들었다. 그의 긴 팔이 올라와 내 뒷목을 끌어당겼다. 그의 부드러운 입술이 내 입술을 덮쳤다. 뜨거운 숨을 뿜으며 그가 나의 입술을 열었다. 뜨거운 숨을 뱉으며 나는 그를 받아들였다. 그와 나는 인적 없는 놀이터 벤치에서 그동안의 갈증을 모두 풀려는 듯 오랫동안 격렬하게 키스를 했다.

긴 키스를 끝내고, 그는 포근히 나를 한참 동안 안았다. 그의 두근거리는 심장의 파동이 느껴졌다.

"거짓말을 했어."

조용히 나는 실토했다.

"알아요."

그가 말했다.

"나도 네가 보고 싶었어."

"미치는 줄 알았어요."

나의 말에 내게서 떨어지며 그가 흘리듯 웃었다.

"내가 미웠지?"

"많이요."

솔직한 그의 대답에 난 피식 웃고 말았다. 그때 그가 내 손을 잡더니 몸을 일으켰다. 그를 따라 나도 벤치에서 일어났다. 그가 내 손을 잡고 자신의 차로 갔다.

"가고 싶은 곳이 있어요. 나한테 미안하면 같이 가요."

부담 갖지 말라는 듯 그가 가볍게 웃었다. 자정이 다가오는 시간이었지만, 상관없다 생각했다. 그와 함께 있고 싶었다. 그동안 꽁꽁 숨겨놨던 마음을 마음껏 내보이고 싶었다.

운전하면서 그는 내게 피곤하면 자라고 했다. 난 앉기만 하면 자는 사람이니? 하며 피식거리며 농담조로 말했다. 가뿐한 농담도 나오는 걸 보니, 내가 완전히 열렸음을 인지했다. 그도 느꼈는지, 자유로운 손을 뻗어 내 빈 손을 잡았다. 손이 보드랍고 따스했다. 섬세한 그의 긴 손가락을 내려다보며 난 입가에 번지는 미소를 참지 않았다.

틀어놓은 라디오에서 차분한 팝송이 흘러나왔다. 허스키한 남자가수 노래가 깊은 밤을 속삭였다. 그와 내가 함께 들었다. 어두운 고속도로를 달리는 차는 없었다. 마치, 그와 나만을 위해 세상의 모든 것이 잠든 것처럼 주위는 고요했다. 끝없이 펼쳐진 고속도로를 응시하며, 그와 나는 그렇게 달렸다.

대화를 하지 않아도 좋았고,

서로를 보지 않아도 좋았다.

그저 둘이 함께 있는 것만으로도 좋은 밤이었다.

무거웠던 모든 것을 놓고 둘만, 둘의 감정만 생각하고픈 밤이었다.

고요한 밤이었다.

그가 도착한 곳은 동해의 바다였다.

얼마 전 제부도에 갔다 왔음에도 그는 왜 나를 또 바다에 데리고 온 걸까, 왜 이곳에 오고 싶었을까…….

조수석에 내리는데 상큼한 밤바다 향이 코를 찔렀다. 짠 비릿함이 올라왔던 서해 바다와는 확연히 다른 시원 상큼한 바다 냄새였다. 파도 소리도 좀 더 거칠고 강했다.

"걸을래요?"

운전석에 내리며 그가 내게 손을 내밀었다.

난 그의 손을 잡았다.

"이게 하고 싶었어?"

검게 물든 모래사장을 걸으며 물었다. 발에 감기는 모래밭이 꼭 그의 손길처럼 부드러웠다.

"네."

그가 쿡 웃었다.

"정말? 농담으로 물은 거야."

의외의 대답에 난 놀라며 그를 올려다봤다.

"진짠데?"

그가 기분 좋은 미소를 지었다.

"그날, 진짜 손잡고 걷고 싶었어요."

은성이 말하는 그날은 제부도 바닷가 이야기를 하는 것이었다. 그때도 너는 각성 중이었니? 라고 묻고 싶었지만 입을 다물었다.

"그리고 같이 일출도 보고 싶어요. 왜 새해에 일출 보러 가서 지난해 묵힌 거 버리고 새로운 해를 맞이하며 새해 소망을 빌잖아요. 비슷한 거예요."

걸음을 멈춘 그가 나를 내려다보며 속삭이듯 조곤하게 말했다.

우리도 그랬으면 좋겠어요, 입으로 소리 내어 말하지 않아도 그의 말이 들려왔다. 우리가 그럴 수 있을까? 나의 속말을 들은 듯 그가 내 손을 더욱 꽉 잡더니 끌어당겼다.

그가 포근히 날 안았다. 그의 널찍한 가슴이 안기며 난 어지러움을 느꼈다. 행복한 기분에 취한 듯, 어지러웠다. 눈을 감았다.

"내일은 모르겠다."

난 행복한 취기로 울렁거리는 속을 달래며 입을 떼었다.

"오늘은 신은령도, 강은성도 아니었으면 좋겠다."

그에게서 떨어져 올라다봤다.

"그냥 남자, 여자로 있자. 우리."

바다여서일까? 바다 향에 한껏 취했나? 나는, 그는 취했다.

그가 몸을 숙였다. 그의 입술이 다가와 내 입술을 감쌌다. 그리고 오래도록 길게 서로의 마음을 전했다. 애달프도록 뜨겁게.

주위는 조용했다. 어둠 속에서 흰 거품을 뿜어내며 일렁이는 파도 소리만이 우리 곁에 사운드를 울렸다.

꿈같은, 환상 같은 순간이었다. 다른 것은 다 잊혀지고, 과거의 슬픔은 모두 묻어버리고 오직 둘만을 찾는 애틋한 키스였다. 희열과 두려움이 교차되면서 가련하게 떨며 서로를 보듬었다. 길고 긴 키스였다. 벅차오름으로 어지럼증이 올 정도로 애절한 키스였다.

우리의 모든 것이 소멸되길 바라며, 우리의 시간이 정지되길 바라며, 서로를 찾고 또 찾았다.

한여름 밤의 꿈이라고 했던가. 그날의 바닷가 밤은 7년이 지난 지금도 떠올리면 가슴이 벅차오르며 숨이 가빠질 정도의 떨림을 동반했다.

키스를 끝낸 우리는 한동안 서로를 부둥켜안았었다. 서로를 놓기 싫다는 듯, 그렇게 오래도록 안고 있었다. 철썩거리는 바다의 속삭임만 들으며, 서로의 흥부가 들썩이는 호흡을 느끼며 오래도록 멈춰 있었다.

그는 말했었다, 처음부터 나를 알아봤다고……. 어쩌면 나도 그랬는지 모른다.

11년 전 대문 앞에서 마주친 그렁그렁한 눈의 남자아이를 본 순간부터 어쩌면. 정해진 것처럼 이 모든 것이 우리의 운명이었을지도 모른다. 오빠가 떠난 나머지 삶에서 나는 11년 전 그 남자아이를, 편의점 앞에서 흘끗 봤던 남학생의 그림자를 언제나 내 가슴 깊숙한 곳에 묻어놓고 있었으므로.

그러나 결과적으로, 처음보다 더 최악으로 우린 이렇게 '따로'가 되었다.

이미 서로가 알고 있던 결론이었다. 그래서 더 가슴 아팠다. 그래서 난 아직까지도 그 아픈 가슴을 치유 못했다. 그도 그럴까?

"윤석이한테 들었어요."

내게 오래전과 같이 서글서글한 눈길을 보내는 그가, 7년 전 과거의 그와 오버랩이 되어 무의식중에 안타까운 시선을 보내다 부리나케 거뒀다.

"무슨?"

흘려버리듯이 물었다.

말을 잇기가 어려운지 그가 잠시 망설였다. 그의 망설임으로 윤석에게 들었다는 얘기를 가늠할 수 있었다. 내가 가볍게 먼저 꺼낼까 하다가도 주저하는데 그가 입을 열었다.

"누나…… 얘기요."

예상했던 대로다.

"……미안해요."

그의 사과에 난 놀랐다.

"네가 왜?"

"그냥…… 미안해요."

그의 눈가에 그늘이 졌다.

"……그러지 마."

겨우 평정심을 잃지 않으며 대답했다.

"그냥…… 다 미안해요."

그가 서글프게 말했다. 7년 전 그와 다시 오버랩이 되었다. 내 앞에 앉아 있는 서른 살 은성이 7년 전 스물세 살 은성과 같아 보였다. 변함없이 날 바라보던 그와 같아 보였다.

"내가 미안하고 면목 없는 거야. 네가 미안한 게 아니야."

시야를 가리는 착시 현상에 난 피식 웃으며 현실을 억지로 깨웠다.

"내가……."

난 마른침을 꿀꺽 삼키며 입을 열었다. 굳은 것처럼 혀가 말렸다.

"행복했어야 했는데……."

고개를 숙였다. 은성의 시선이 느껴졌지만 난 고개를 들지 않았다. 그의 눈을 마주 볼 수 없었다. 그렇게 널 두고 가버렸으면 내가 정말 행복했어야 했는데. 미안해, 미안해. 은성아.

그 바닷가에서 한참 만에 내게서 떨어지며 힘들지 않느냐, 그는 다정히 물었다. 괜찮다며 난 웃었다. 우린 나란히 모래사장에 앉았다. 그가 팔로 내 어깨를 감싸 안았다.

그가 고개를 돌려 내 입술에 달콤하게 입맞춤을 했다. 입술이 떨어짐과 동시에 우린 마주 보고 픽 웃었다.

우린 그곳에 앉아 일출을 기다렸다.

수평선 너머 드러누워 있던 태양이 기지개를 켜며 일어섰다. 검었던 세상이 환해졌다. 그때까지 일출을 한 번도 본 적 없는 나는 애국가 화면에서 본 멋진 일출을 기대했지만, 수평선 너머 구름이 낀 탓에 태양의 불그스레함이 세상에 퍼지는 근사한 광경은 구경할 수 없었다.

어느 순간 보니 태양이 벌써 두둥실 하늘에 띄워져 있었다. 검었던 모래가 황금빛으로 물들었다. 검푸르게 빛났던 물결도 선명한 하얀 거품을 담은 눈부신 청색을 찾았다. 시원했던 여름밤의 공기가 서서히 달구어졌다. 캠핑장에 텐트를 치고 있던 피서객들이 하나둘 밖으로 튀어나왔다. 밤새 한적했던 바닷가는 순식간에 소란스러워졌다.

우린 그 순간 약속한 듯 서로를 보고 웃었다. 그리고 손을 잡고 바닷가에서 나왔다. 해수욕장 근처 해장국집에서 아침 식사를 하고 주차장으로 갔다.

서울로 돌아오는 길은 차분하고 가라앉아 있었다.

서글픔을 모두 털어놓은 듯, 한결 가벼워진 것을 느꼈다.

이젠 어떠한 선택을 하든 상관없을 것 같았다.

서울로 들어서는 톨게이트를 지나면서 나는 잡고 있던 그의 손을 슬며시 풀어주었다. 앞만 보며 운전에 열중하는 그도 자유로워진 손을 거뒀다.

꿈에서 현실로 돌아올 시간이다.

"아니에요. 내가 잘못한 거예요. 내가 미안한 거예요."

7년 전처럼 그는 고집불통이었다. 무조건 자기가 미안한 거라고 그때처럼, 지금의 은성도 말했다.

"내가 다 잘못한 거예요."

어떤 걸 잘못했다는 의미인지 헷갈렸다.

내게 보고 싶다고 고백했던 순간을 말하는 걸까? 내게 시작하자고 했던 때를 말하는 걸까? 나와의 모든 순간 전부를 잘못했다고 말하는 건가?

❖ ❖ ❖

동해에서 돌아온 후, 은성은 내게 찾아와 남자로서 내 곁에 있고 싶다고 말했다. 그러나 나는 그를 받아들일 수가 없었다.

"그냥 꿈꿨다 하자."

회의적인 나의 대답에 그는 화를 냈다.

"그렇게 안 돼요? 내가 그렇게 안 되는 거예요?"

"너 하나만 보고 살 수 있는 세상이 아니잖아."

"나 하나만 보면 안 돼요?"

그가 나를 잡았다. 난 흔들렸다. 잡고 싶다는 욕망이 강렬해졌다.

"나도 할 수만 있다면 그러고 싶어."

"그렇게 해요, 우리."

단호하게 그가 말했다.

"안 되는 거 너도 알잖아. 너와 나만 보고 살 수 있는 세상이면 얼마나 좋아? 그런데 우린 어떻게 될까? 행여 네 부모님이 아시게 되면? 네 형이 알면?"

그리고 우리 엄마가……. 말을 잇지 못했지만 은성은 알아들었을 것이다.

"상관없어요."

"왜 상관이 없어? 말이 돼?"

"내 인생이에요. 내 삶이라고요. 언제까지 내가……."

형의 사고로 발목을 잡히고 있을 순 없어요…… 라고 그는 말하고 싶었을 것이라고 생각했다. 그러나 차마 그 말은 입 밖에 내지 못하는 가여운 은성이었다. 결론이 나는 말이었다. 우리에게 그건 벗어날 수 없는 낙인 같은 것임을 알고 있었다.

"이번에 나는 물러나지 않을 거예요."

결심한 듯 그가 고집을 꺾지 않았다. 지친 나는 벤치에 털썩 앉았다. 대화하기엔 인적이 드문 놀이터만 한 장소는 없다. 그러나 방해를 받았으면 좋겠다는 생각이 들었다. 그 핑계로 그와의 대화를 끝내고 도망치고 싶었다.

초조함을 동반한 침묵이 입술을 바짝 마르게 했다.

"은성아…… 나는 두려워……. 사람들이 우리에 대해서 알까 봐. 나는 두려워. 이상하잖아, 우리."

입술을 바르르 떨며 말을 이었다.

"알아, 나도. 우리가 이상한 거 아닌 거. 우리가 잘못한 거 없는 거······. 그래도 우린 아니잖아."

원치 않으면서 나는 그를 설득해야 했다. 나도 너의 손을 잡고, 너의 뺨을 만지며, 너의 머리카락을 쓰다듬으며 너와 함께하고 싶다. 나도 인간인데, 나도 여자인데 안 그러고 싶겠느냐고 말하고 싶었다. 하지만 난 부정하는 말만 해야 했다.

"내가 그림자처럼 있을게요."

잠시 후 결의에 찬 눈빛으로 나를 내려다보며 그가 말했다.

"뭐?"

"누나 가족도 모르게, 내 가족도 모르게, 누나 친구도 모르게, 내 친구도 모르게 내가 그림자처럼 누나 곁에 있을게요."

그는 조금의 흔들림도 없었다.

"은성아."

"살 수가 없을 것 같아요. 누나가, 당신이 내 곁에 없으면 살 수가 없을 것 같아."

그가 나를 안았다. 그의 몸이 부르르 떨렸다. 그의 안타까운 몸부림이 느껴졌다.

"나중엔 모르겠어요. 지금은······ 지금은 그렇게라도 곁에 있고 싶어요."

그 말은 나의 눈을 뜨겁게 달구었다. 솟구치는 감정을 주체하지 못하고 눈물을 떨어뜨리고 말았다. 그가 손가락을 뻗어 내 눈가를 닦았다.

그렇게 우리는 시작했다. 아무도 모르게, 속삭이듯.

우스운 건 매정하게 거부하려 했으면서도 난 그와의 만남에 그 누구보다도 행복감을 느꼈다. 둘만의 비밀연애를 시작한 지 얼마 안 되어, 그는 데이트하자면서 나를 자신이 다니는 대학교에 데리고 갔다.

"학교엔 왜 왔어? 누가 보면……."

"대학 친구들은 누나 모르잖아요."

주차장에서 내리며 주변을 살피는 나를 안심시키며, 그가 내 손을 잡았다. 방학기간인 탓에 캠퍼스에 학생들은 많지 않았다. 그는 강의실이며, 계단이며, 휴게실이며, 식당을 돌아다녔다.

"무슨 학교 투어 다니는 거 같아."

내 손을 꽉 잡은 그의 손을 놓지 않고서 난 쿡쿡거렸다.

"내가 다니는 공간을 보여주려고요. 그리고…… 누나가 다닌 흔적을 기억하고 싶고."

"응?"

무슨 뜻인지 몰라 턱을 들어 그를 올려다봤다.

"난 이제 강의실에 들어서면 이곳에 왔던 누나를 떠올릴 수 있잖아요. 복도를 걷던 누나를 생각할 수 있고, 계단을 오르던 누나를 상상할 수 있잖아요. 그럼, 언제나 함께하는 기분일 거야."

교사에서 나오며 난 뺨이 발그스레해짐을 느끼며, 쑥스러움에 고개를 숙였다. 그때, 뺨에 와 닿는 그의 따스한 입술 온기를 느꼈다. 누가 볼까 싶어 허리를 일으키는 그를 살며시 흘겼다.

"이리와요."

은성은 아랑곳하지 않고 내 손을 더욱 강하게 쥐고 이끌었다. 그는 교사 뒤편의 높은 산책로 길로 올라갔다. 빙 돌아, 구석진 벤치로 데려갔다. 그곳은 주위에 울창한 나무들이 둘러져 있었고, 한 편으로 캠퍼스가 한눈에 다 내려다보였다.

"여기 굉장히 중요한 곳이에요."

"왜?"

날 벤치에 앉히며 그가 말했다. 의아해 갸웃하며 주위를 살피는 나를 내려다보는 그의 서글서글한 눈매가 길게 늘어났다.

그의 손이 올라와 내 턱을 잡았다. 쓰윽 내 턱을 돌린 그의 입술이 숙여졌다. 따스한 입술의 온기가 내 수줍은 입술에 포개어졌다. 그의 따뜻한 혀가 부드럽게 입술을 벌리며, 미끄러지듯 쓰윽 들어왔다. 고개를 뒤로 젖히며 그를 받아들었다. 그의 혀가 내 혀를 감으며, 입안을 달콤하게 탐했다. 그의 한 손이 내 허리를 부드럽게 매만지며 뒤로 넘어가더니 지그시 누르며 끌어당겼다. 다정하고 부드러운 키스를 하던 그의 입술이 천천히 떨어졌다.

"여기 앉아 키스를 하면, 영원한 사랑이 이루어진대요."

허스키하게 쉰 목소리로 그가 나긋하게 속삭였다. 나는 입술을 늘리며 웃었다. 웃는 내 입술에 웃는 그의 입술이 다시 닿았다. 그의 입술이 내 윗입술을 물듯 포개었다 떨어지고, 아랫입술을 포개었다 떨어지며 달콤한 키스를 했다. 난 축 늘어뜨렸던 팔을 올려, 그의 목을 감았다. 내 손길에 그의 힘이 강해졌다. 그가 나를 더욱 강하게 끌어당겼다. 달콤한 키스가 깊게 이어졌다.

우리는 그날 같은 심정으로 소망했을 것이다. 우리의 사랑이 영원히 이뤄지기를. 아마 진심으로 소망했을 것이다. 두렵기만 한 미래를 잊고, 짐을 진 무거움을 벗어나고 싶어 하며.

우리의 비밀연애는 멈추지 못했다. 아무도 모르게 둘만의 사랑을 키웠다. 유일하게 알고 있는 윤혜만 빼고. 그녀에게는 우연히, 정말 예상하지 못했던 장소에서 목격을 당해 밝힐 수밖에 없었다.

그날은 북적거리는 사람들이 많은 곳으로 데이트를 하자는 은성과 지하철을 타고 명동에 갔었다. 평일임에도 많은 인파가 있는 곳에서 우리는 한가로이 서로에게 집중하며, 평범한 데이트를 즐겼다.

"난 이런 거 안 어울려."

"왜요? 예쁜데."

액세서리 가판대에서 치렁치렁한 귀걸이를 하나 집어 내 귓불에 갖다 대는 은성에게 손사래를 치자, 그는 태연하게 웃었다. 난 끝내 고개를 흔들며, 그의 손에서 화려한 귀걸이를 빼앗아 제자리에 놓았다. 그가 턱을 기울이며 나를 사랑스럽다는 듯 바라봤다. 가판대 주인아저씨가 오글거린다는 듯 노려봐도 신경조차 쓰지 않고.

"가자."

나는 민망해 그의 손을 잡고 끌었다. 그의 고개가 숙여져, 내 귀에 닿았다.

"누나가 제일 예뻐요. 알죠?"

귓가에 속삭이는 그의 달콤한 말에 내 입술이 가늘어졌다. 가판대 아저씨의 얼굴이 못 참겠다는 듯 붉으락푸르락해져서, 난 황급히 그에게서 떨어져 먼저 걸어갔다. 타다닥 빠르게 걷는 내 곁으로 보폭 큰 그가 금세 따라와 불끈 손을 쥐었다.

"원래 그렇게 닭살이야?"

"내가 뭐?"

은성은 내가 흘겨도 천연덕스럽게 능청까지 떨었다. 내가 툭 가슴을 치자, 그는 입을 벌리고 기분 좋은 듯 호탕하게 웃었다. 나도 웃고 말았다. 웃으며 우린 근처 커피전문점에 들어가, 나란히 앉았다. 잠시도 떨어지기 싫다는 듯 그는 의자를 끌어당겨 내 옆에 꼭 붙어 앉았다. 아는 사람이 없는 공간이라는 이유로 우린 마음껏 서로의 체온을 느끼며, 마음껏 감정을 표현했다. 자유로웠다. 감정이 자유로움에 행복해했다.

"주말에 우리 가까운 곳으로 여행 갈까요?"

"응? 어디?"

"어디든."

"……자고…… 오자는 거야?"

머뭇거리는 나의 질문에 그가 내게서 슬며시 떨어졌다.

"누나가 원한다면. 난 당일치기를 말한 거지만."

그의 동공에 반지르르하게 윤기가 흘렀다. 엄한 상상을 한 내 얼굴이 화끈 달아올랐다. 창피함에 난 휙 등이 보이도록 몸을 돌렸다. 그러자 은성은 뒤에서 내 허리를 팔로 감으며 끌어당겼다.

"원해요? 펜션 같은 곳 알아볼까요?"

장난치듯 짓궂게 내 어깨에 턱을 대며 그가 놀렸다.

"……아니야."

"아닌 것 같은데?"

내 어깨에서 턱을 갸웃 기울이며 그가 계속 놀렸다. 내 허리를 감은 그의 팔 힘이 강해졌다. 내 등이 그에게 착 달라붙었다. 그의 따스한 숨결이 목덜미에 닿았다.

그때였다.

"……신은령…… 강은성."

우리의 등 뒤에서 읊조리는 삭막한 목소리가 들린 것이. 기겁한 은성이 내게서 후다닥 떨어졌고, 난 심장이 멎을 듯 놀라 고개를 획 돌렸다.

"누나……."

"윤혜야……."

테이크아웃 해가려는 커피를 들고, 근사한 선글라스를 끼고서 내려다보는 윤혜의 눈썹이 신랄하게 치켜떠졌다.

"허."

그녀의 입에서 기막히다는 듯 탄성이 흘러나왔다.

어마어마한 질타와 핀잔이 있을 거라 예상했지만, 의외로 윤혜는 산뜻하게 인정해줬다. 그녀는 잘됐다는 말과 함께 덧붙였다.

"사랑하니까, 극복할 수 있을 거야."

"사랑이라 말할 단계는 아니야."

나는 그녀의 말을 바로잡았다.

은성과 내가 사랑하고 있다고 생각해 본 적은 없었다. 그저 곁에 있고 싶어 만나는 거라 생각하던 나였다. 그렇기에 자신이 없었을 것이다. 그렇기에 모든 것을 버릴 수 없었던 것인지도.

"사랑은 곁에 있을 때는 몰라. 떠나고 난 후의 자리가 더 크다는 것을 깨닫지. 그리고 사랑을 그리워하지. 인간은 평생 사랑의 굴레에서 벗어날 수 없음에도, 사랑이라는 것을 너무나도 단순하게 단정해 버리는 것이 문제야. 쉽게 사랑하고, 쉽게 사랑을 떠나보내고. 그것보다 더 나쁜 것은 사랑을 두려워하는 거야. 은성이를 사랑하는 것을 넌 두려워하는 거야. 하지만 이미 뼛속 깊숙이 그를 사랑하고 있을걸!"

"박윤혜, 너나 잘해. 사랑을 책으로 배운 주제에."

길게 조언하는 윤혜에게 야유하듯 쏘아붙였다. 그러자 무안한지 윤혜가 헤헤 웃었다. 그녀 또한 사랑 한 번 한 적 없었다. 우린 스물일곱이나 먹은 반푼이들이었다.

여지없이 시간은 흘렀다. 그의 곁에 머무른 채 여름이 가고 가을이 왔다. 뜨겁게 도시를 달구던 폭염이 지나고 기분 좋은 상쾌한 선선함을 전하며 가을이 곁에 왔다.

난 다시 출판사에 취직했다. 작가 지망생이라 칭하기엔 내 소설의 부족함을 너무 잘 알기에, 종전처럼 교정 작업이나 열심히 하는 출판사 직원으로 돌아가는 게 심간 편하다는 걸 깨달았다. 작가의 꿈은 훗날로 미루고 난 일상으로 돌아왔다. 은성 또한 캠퍼스를 누비는 학생이 되어 평일은 바빴다. 목표가 확실한 은성은 평일은 공부와 스펙 쌓기에 투자하고, 주말은 내게 투자한다면서 열심이었다. 대신 주말은 단둘이 데이트하는 날이 많았다. 시간이 갈수록 우리의 불안감과 두려움이 무뎌지는 걸 느꼈다. 그 자리는 설렘과 행복이 차지했다. 그에겐 내가, 내겐 그가 전부가 되어갔다.

그날까지는.

❖ ❖ ❖

"내 잘못은……."

그가 나직하게 입을 열었다. 그도 나와 마찬가지로 과거와 현재를 오가고 있는 듯했다. 그도 나처럼 과거의 상념에서 벗어나지 못하고 있는 건가?

"그때…… 누나를 포기한 거예요."

그의 말에 숙이고 있던 고개를 번쩍 들었다.

너, 지금 무슨 말을 하고 있는지 알고 말하는 거야? 라고 묻고 싶었다. 왜 7년 만에 나타나서 이렇게 내 마음을 송두리째 흔드는 말을 하는 거야? 날 왜 이렇게 헷갈리게 만드는 거야? 강은성, 너 너무 잔인해.

"내가 포기하지 않았다면……."

"아니야."

엄하게 그의 말을 잘랐다. 그가 입을 다물며 내 말을 기다렸다.

"네가 포기한 것이 아니라 내가 포기한 거야."

한 치의 망설임 없이 그의 말을 정정했다.

엄밀히 말하면, 내가 포기한 게 아니라 포기할 수밖에 없었다는 것이 맞았다.

그날은 그동안 은성이 중간고사 기간이라 도서관에서 살다시피 해서 거의 만나지 못했다가 2주일 만에 데이트를 한 날이었다. 하루 종일 같이 있는 게 너무 좋다며, 은성은 어린아이처럼 들떠 있었다. 그와 나는 서울 근교 수목원으로 데이트를 나갔다.

가을을 입은 수목원은 울긋불긋하게 물든 단풍으로 평화로웠다. 주말인 탓에 소풍을 온 사람들이 대부분이었다. 그와 잘 다듬어진 수목원 길을 느긋하게 걸었다. 대화하지 않아도 좋았다. 그 시간이, 그것만으로도 좋았다. 나는 우리가 함께하며 걷는 앞길이 이렇듯 평탄했으면 좋겠다고 생각했다.

느리게 천천히 걷다, 붉은 단풍나무 아래 유모차를 한 편에 놓고, 돗자리를 펴고 자리 잡은 젊은 부부를 지나쳤다. 잠든 어린 아기를 품에 안아 보듬는 엄마와 옆으로 팔 베고 누워 그런 모녀를 한가로이 지켜보는 아빠를 은성이 빤히 쳐다봤다.

먼 산에 걸쳐진 새하얀 구름 모양이 앙증맞은 토끼를 닮아 손가락으로 가리키는데, 은성의 시선이 돌아오지 않았다.

"왜 그렇게 봐?"

내가 쿡 찌르며 묻자, 그제야 은성의 눈이 내게로 돌아왔다.

"부러워서."

그가 멋쩍은 듯 픽 웃었다. 그의 말에 나도 그들을 뒤돌아 주시했다. 딸을 내려다보는 엄마의 흐뭇한 눈길이 들어왔다. 모녀를 올려다보는 아빠의 뿌듯한 시선이 들어왔다. 불현듯, 나도 부러워졌다.

그리고 우린 더 이상 대화하지 못했다. 둘 다 무슨 생각을 하는지는 무의식중에 감지하고 있었다. 내 손을 잡은 그의 손아귀 힘이 강해졌다. 그 힘의 강함이 애절해 가슴골에 따끔한 전율이 훑고 지나갔다.

잔디밭을 돌아 돌계단 아래로 내려가니, 왼편에는 맑은 물소리를 내는 작은 폭포가 있었다. 정면에는 탐스러운 연꽃이 가득 핀 수련들이 수놓아진 연못이었다. 둥당거리는 소리를 내는 나무로 된 길로 내려갔다. 연못 속에는 화려한 붉은 비늘을 품은 큰 잉어들이 한 가득이었다. 날이 좋은 탓에 잉어들이 수면 위로 커다란 입을 벙긋벙긋 거렸다. 그와 나무길이 끝나는 지점까지 쭉 걷다 천천히 되돌아왔다. 간간히 잉어도 보고, 간간히 연꽃도 살피며.

폭포로 다시 되돌아왔을 때, 은성이 발을 멈추었다. 꽃과 나무가 주위에 둘러싸여 있는 자리라, 사람들에게서 우리가 가려졌다.

나를 마주 보려 몸을 튼 은성이 한없이 그윽한 눈으로 내려다봤다. 그의 동공 끝엔 깊고, 깊은 간절함이 있었다.

우리의 바람이 이뤄질 수 있을까.

그를 올려다봤다.

그랬으면 좋겠어요.

그의 팔이 내 허리를 감고 끌어당겼다. 스르륵 그의 품에 안기며, 숙여지는 그의 입술을 고개를 젖혀 받아들였다. 자연스럽게, 익숙하게 그의 입술과 내 입술이 겹쳐졌다. 누가 먼저랄 것도 없이 입술을 벌리고 혀를 감으며 깊고, 부드러운 진한 키스를 나눴다. 서로의 마음을 깊고, 진하게 나눴다.

팔을 감았던 그의 한 손이 올라와, 내 뺨을 감쌌다. 쓰다듬듯 뺨을 감싸던 그의 손길이 귀 뒤로 넘어가 내 머리카락 속을 헤집고 들어왔다. 그의 키스가 깊고 격렬해졌다. 절대 놓치고 싶지 않다는 듯 내 뒷목을 감싼 손아귀의 힘도, 내 허리를 감은 팔의 힘도 강해졌다. 온 세상이 멈춘 듯 고요했다. 쉼 없이 쏟아지는 청청한 폭포소리만이 고요한 정적의 틈을 뚫고 들어왔다.

수목원에서 나와 늦은 저녁을 먹고 집으로 도착했을 때는 자정이 훌쩍 가까워져 있었다. 내리지 말라 했는데도 굳이 따라 내린 은성은 금방 놓을 거면서도 그 틈을 못 참고 내 손을 잡았다.

"내일은 뭐 할까요?"

초등학생처럼 잡은 손을 왔다 갔다 흔들어대며 은성이 물었다.

"집에서 쉴까 싶은데요?"

장난치듯 고개를 갸우뚱하며 쌜쭉하니 말했다.

"나도?"

능청스럽게 은성이 대꾸했다. 엉큼하긴, 하면서 난 그를 툭 건드렸다. 어여 가, 라며 몸을 돌리는데, 은성이 잡은 손을 끌어당겨 내 입술에 가벼운 입맞춤을 했다.

"도착해서 통화해요."

"응."

빙그레 웃으며 대문을 열고 들어섰다. 운전석에 올라타는 그에게 손을 흔들었다. 그의 차가 서서히 뒤로 후진했다. 후진하는 그의 차 옆으로 낯익은 중년여자가 느리게 지나쳐 다가오고 있었다. 그의 차를 향해 흔들던 손을 멈칫했다. 중년여자가 옆을 지나치는 자동차의 운전석을 유심히 들여다봤다.

반대쪽으로 고개를 돌리고 후진하느라 은성은 여자의 얼굴을 자세히 보지 못했다. 난 죄지은 사람마냥 흠칫 놀라 대문에서 한 발짝 떨어졌다. 은성의 차가 골목길을 완전히 빠져나갔다. 중년여자, 엄마가 대문 앞에 섰다.

"……엄…… 마."

겁이 났다. 엄마가 은성을 알아봤을까 지레 겁먹고 난 움츠러들었다. 엄마는 유난히 눈썰미가 좋은 사람이다. 한 번 본 사람의 얼굴을 잘 잊지 않는다. 오랜 세월 시장바닥에서 장사를 하고 있는 노하우이기도 했다.

"……너……."

엄마의 얼굴이 분노로 실룩거렸다.

엄마가, 알았다.

8
가혹한 선택

엄마는 오빠가 죽었을 때만큼 오열했다. 불끈 오므린 주먹으로 아프게 내 등을 때리면서 연신 미친년 소리를 해대는 엄마에게 난 아무런 말도 못했다.

"말해봐, 이년아. 어떻게 쟤를 만났어? 어떻게 쟤를 만날 생각을 했어?! 말해?! 이 미친년아!"

대문 앞에서 분노로 치를 떨며 엄마는 확인했었다. 너 지금 누굴 만나는 거냐…… 라고 내게 물었다. 난 대답도 못하고 시선만 회피했다.

엄마는 심하게 부르르 하고 온몸을 떨더니, 따라 들어오라며 집 안으로 들어갔다. 내가 현관에 들어서자마자 엄마가 소금이 가득 담긴 바가지를 주방에서 들고 나와 귀신 씌인 년, 이라고 말하며 내리 던졌다. 굵은 소금이 아프게 얼굴을 쏘았다. 소금은 따끔거리는 살갗의 아픔을 동반하며 내 온몸에 박혔다.

내가 은성인지 몰랐다고 변명조차 하지 않자, 엄마는 알고도 은성을 만났다는 사실을 눈치챘다. 그래서 엄마는 더 분노했다.

"어디서 그런 놈과 어울려! 감히 내 집 앞에서, 니 오빠 집 앞에서 그놈과 쪽쪽거려! 이년아!"

골목 어귀를 들어서며 엄마는 나와 은성의 입맞춤을 봤다. 처음에 엄마는 낯선 남자의 등에 놀라고, 무뚝뚝하니 연애 한번 안 하던 내가 연애를 시작했다고 나름 흐뭇했었다. 그러다 몸을 돌려 차로 걸어가는 은성의 얼굴을 가로등 불빛으로 멀리서 희미하게 봤다. 낯익어서 처음엔 의아했지만 훤칠한 남자의 모습에 뿌듯하고 괜히 설레었다. 그리고 궁금증에 후진하는 남자의 얼굴을 보기 위해 차 안을 들여다보았다.

그리고 은성의 얼굴을 봤다. 몇 년 전에도 봤던 얼굴이었다.

군대에서 휴가를 나오는 길인지 군복을 입고 있었다. 지하철에서 나오던 은성은 엄마를 보고 반사적으로 인사를 했다. 여느 때와 마찬가지로 한껏 죄지은 듯 기죽어. 엄마는 그런 은성을 힐끗 쏘아보며 인사하지 마라. 넌 참 기억력도 좋다, 라고 했었다.

그 이후엔 보지 못했지만, 잊지 못할 얼굴이기에 찰나의 스침에도 알았다. 운전석의 남자가, 좀 전에 나와 마주 서 있던 남자가, 내가 열심히 배웅하며 손 흔드는 남자가 강민성의 동생 강은성이라는 것을.

"말해, 이년아! 말해! 무슨 작정으로 그놈을 만난 거야?!"

모질게 등을 후려치며 엄마가 흐느껴 울기만 하는 나를 다그쳤다.

"……나도…… 안 만나려고 했어."

겨우겨우 목구멍에서 새어 나오는 말을 토해냈다.

엄마가 거실 바닥에 축 늘어졌다.

"안 만나려고 했는데 왜 만났어?! 어떻게 저 녀석과 연애를 해?!"

"엄마…… 안 돼……. 안 되는 걸 어떡해……. 노력했단 말이야……. 그래도 안 되는 걸 어떡해……."

고달프게 픽 앉아 있는 엄마의 눈가에 눈물이 어렸다. 엄마에게 기어가 팔을 잡고 매달렸다.

"죽을 것 같았단 말이야……. 너무 많이…… 좋아한단 말이야……."

통곡 같은 울음이 쏟아졌다. 난 그제야 실토했다. 나도 그를 너무 많이 좋아한다는 사실을.

"그냥 오빠랑 상관없이…… 나는…… 나는…… 살고 싶어, 엄마……."

엄마의 무릎에 얼굴을 묻었다.

"엄마…… 미안해……."

그 순간, 엄마가 거칠게 나를 밀어버렸다. 난 그대로 거실 바닥에 미끄러지며 엄마에게서 떨어져 나갔다.

"오빠랑 상관없이?!"

엄마가 격하게 소리쳤다.

"엄마…… 그런 게 아니라…… 난 만나고 싶어……. 은성이 만나고 싶어, 엄마. 한 번만 봐주면 안 돼? 은성이 잘못이 아니잖아."

다시 매달리려는 나의 손을 탁 치며 엄마가 벌떡 일어났다. 엄마가 안방으로 터벅터벅 들어갔다. 그리고 항상 TV 장식장 위에 놓여 있는 액자를 들고 나왔다.

"이걸 보면서도 그 소리를 해, 이년아."

턱. 엄마가 던지듯 내 앞에 액자를 놓았다.

마치, 난 모든 걸 말했고 결정은 네가 하라는 듯 엄마는 그대로 안방으로 들어가 버렸다. 내 눈앞에는 항상 같은 표정으로, 항상 같은 교복 차림으로 단정하게 나를 마주 보고 있는 오빠의 얼굴이 놓여 있었다.

오빠…….

손가락을 뻗어 액자 유리 너머의 오빠의 얼굴을 매만졌다.

오빠도…… 용서가 안 돼?

굵은 눈물이 툭, 오빠의 얼굴에 떨어졌다.

나 한 번만 봐주면 안 돼?

내가 너무 못됐어?

그대로 얼굴을 액자에 파묻었다. 등을 들썩이며 주체할 수 없는 흐느낌을 쏟아내며 난 울었다. 휴대폰이 울렸다. 은성일 것이다. 그러나 전화를 받을 수가 없었다. 받질 못했다. 벌써 자요? 그의 문자가 왔지만 답도 못했다. 할 수가 없었다.

그렇게 그 아픈 밤이 지나갔다. 밤새 그 밤이 그렇게 아플 수가 없었다. 뜬눈으로 밤을 지새우고, 난 오빠의 액자를 끌어안은 채 절망에 빠지고 말았다. 그리고 결론을 내릴 수밖에 없었다.

그날을 생각하면 아직도 가슴이 먹먹해진다. 아직도 가슴 한편의 상처가 아물지 않았는지 아리다.

은성은 그날, 우리의 연애가 엄마에게 발각된 사실을 꿈에도 몰랐다. 아마도 지금까지도 그날 우리가 들켰다는 것은 모를 것이다. 하지만 눈치 빠른 그는 우리의 어긋남이 엄마와 연관 있음을 알고 있었다.

머리카락에 닿는 손길이 느껴졌다. 숙인 고개를 들었다. 허공에서 움찔하는 은성의 손가락이 시야에 들어왔다. 섬세한 그의 긴 손가락이 내 머리카락 끝자락에 머물러 있었다. 한때는 저 손가락이 내 머리카락을 부드럽게 매만졌었다. 한때는 저 손가락이 내 입술을, 내 뺨을 어루만졌었다.

"커피에 들어가려고 해서요."

민망한지 헛기침을 한 번하더니, 은성이 데이기라도 한 것처럼 손가락을 치웠다. 그리고 숨기듯 손을 테이블 밑으로 내렸다.

"다 마셨어."

무덤덤하게 말했다.

"그래요? 한 잔 더 가져올까요?"

그가 물었다. 다행인 건, 다 마셨으니 일어날까요? 가 아니었다. 아직은 좀 더 있고 싶다는 뜻이라 다행이었다.

"괜찮아."

난 희미하게 웃었다. 그의 배려에 고마웠다. 항상 내게 배려하는 그에게 미안하고 고마웠다. 그를 너무 아프게 한 나인데……

❖ ❖ ❖

나의 결정은 내게도, 은성에게도 가혹했다. 그 가혹함은 평생을 스스로를 자책하게 만드는 선택이었다. 밤을 꼬박 지새우고 맞이한 아침에,

[일어났어요? 아침부터 보고 싶네?]

라며 전화한 은성에게 엄마가 아파 못 나간다는 핑계를 대며 난 시간을 벌었다. 시한부 판정을 받은 중환자가 된 심정이었다.

며칠은 이런저런 핑계를 대며 넘어갈 수 있었다. 그러나 언제까지고 그럴 순 없었다. 은성은 이상함을 눈치챘다. 잠깐 얼굴만 보자고 집 앞에 찾아오기도 했는데, 너무 졸리고 피곤하다며 대문 앞조차 나가지 않는 나를 이상하게 여기는 것은 당연했다. 그러나 그는 서두르지 않았다. 겁먹은 것 같기도 했다. 자신이 예감하는 불안이 현실이 될까, 겁이 나서 내게 이유를 묻지도, 채근하지도 않았다.

한 번은 이미 잠들었다는 핑계로 전화도 받지 않는 나를 찾아와 대문 앞에 서 있는 은성을 어두운 방 안에서 창을 통해 내다보기도 했었다. 대문이 가로막혀 있어 그를 볼 수는 없었다. 다만 가로등 불빛으로 인해 드리워진 그의 그림자가 애달프게 문 앞을 서성이는 것을 봤다. 그림자가 잔뜩 움츠러든 듯 슬퍼 보였다.

괴로운 나날이었다. 무엇보다도 그리움에 사무쳐 몸부림치면서도 그를 보러 갈 수 없다는 현실이 고통스러웠다. 그냥 아무 일도 없다는 듯 잠깐 보고 오면 안 되나? 잠깐만 보면 안 되나? 라며 흔들리고 있을 때 엄마가 맞선 이야기를 꺼냈다.

"박 회장님이 주선한 자리야. 이번 주 일요일이니까, 그리 알아."

그날 이후, 엄마는 내게 냉혹하다 싶을 만큼 차가워졌다.

"박 회장님? 윤혜 아빠? 윤혜 아빠한테 부탁했어?"

소스라치게 놀라 되물었다. 윤혜와는 어려서부터 친구라 윤혜의 부모님은 날 끔찍이 아끼셨다. 그래서 오빠가 죽었을 때도 윤혜네 부모님은 가족처럼 가까이에서 많은 도움을 주셨다. 회장님인 윤혜의 아버지를 박 회장님이라고 부르며, 엄마는 언제나 그녀의 부모님을 깍듯이 대했다. 그래도 손 벌리거나 도움을 요청한 적은 단 한 번도 없었다. 그랬던 엄마가 내 선 자리를 윤혜의 아버지를 통해 받아오셨다.

"의사라더라. 병원도 이미 개업했고, 시어머니는 안 계셔서 돈 있는 집안인데도 그리 깐깐하지는 않다더구나. 나이가 좀 있지만, 너한텐 아까운 자리다."

나의 말 같은 건 무시하고 엄마가 말을 이었다.

"단정히 나가라. 회장님 체면이 있으니까."

"엄마……."

"안 나가면, 너와 더 이상 모녀지간으로 지낼 수 없어."

단호하게 내뱉으며 엄마는 날 보지도 않았다. 냉정하게 내리깐 엄마의 눈꺼풀이 파르르 떨리는 것이 보였다. 엄마도 쉽지 않음을 알고 있었다.

"선 같은 건 안 보고…… 그냥 정리하면 안 돼?"

냉장고에서 쪽파를 꺼내 다듬던 엄마의 손가락이 잠시 툭 처졌다. 그러나 이내 다시 기계적으로 빠르게 움직였다.

"정리할게……. 정리하기로 했어. 그렇게 결정했으니까……."

마른 입술을 혀로 축이며 빠르게 매달렸다.

"맞선 자리 나가서 괜찮으면 바로 결혼해라. 남자 쪽은 나이가 많아 빠르면 빠를수록 좋다더구나."

내 말을 자르며 엄마가 굽히지 않고 말했다. 난 더 이상 회유하는 걸 포기하고 방으로 돌아왔다. 방문에 등을 기대고 서서 난 이제 마지막이 왔음을 직감했다.

그리고 선을 보고 돌아오는 길에 난 결심을 실행에 옮기기로 결정했다. 망설인다면 못할 것을 알기에 독하게, 다부지게 마음을 먹었다. 그리고 은성을 놀이터로 불러냈다.

얼마 만에 만나는 것인가? 어떠한 상황이 닥칠지 뻔히 알면서, 그를 오랜만에 본다는 사실만으로도 설레었다. 설레고 아팠다.

그도 그런 모양이었다. 큰 도로변에서 친구들을 만나고 있던 그가 헐레벌떡 놀이터로 달려왔다. 달려오자마자 그는 아무것도 의식하지 않고 나의 어깨를 강하게 끌어안았다. 나만 보며 달려온 사람처럼.

"보고 싶어 죽는 줄 알았네."

은성이 여느 때보다도 더 환하고 기쁘게 웃었다. 그 모습을 보면서도 내가 마주 웃지 않자 그의 웃음에서 기쁨이 가셨다. 불안하다는 듯 그의 눈동자가 떨렸다. 그러나 그는 내색하지 않았다.

"어디 다녀와요? 오늘 왜 이렇게 예뻐?"

화사한 정장 차림의 나를 훑으며 능청을 떠는 그가 어색했다.

명치를 한 대 얻어맞은 양 복부가 쿡쿡 쑤셔왔다. 마른침을 꿀꺽 삼켰다.

"우리…… 그림자놀이는 그만해야겠어."

관자놀이가 지끈 아팠다. 결국 뱉고 말았다. 그에게 찰나의 쉴 틈도 주지 않고 뱉어낸 내가 원망스러웠다.

그의 입가에 떠올랐던 어색한 미소가 일순간 소멸됐다. 마치 예고했다는 듯, 그의 눈이 나를 불안하게 응시했다.

"왜…… 그래요?"

작게 숨을 몰아쉬더니 그가 물었다.

"지쳤나 봐."

담담하려 노력하며, 냉정을 잃지 않으려 연기하며 난 한숨까지 푹 쉬어댔다. 등이 쑤셨다. 커다란 바늘이 쑤시듯 등이 고통스럽게 아려왔다.

"갑자기…… 갑자기 지쳤어요?"

믿을 수 없다는 듯 되묻는 은성을 난 바로 보았다. 시선을 회피하지 않으며.

"감정이 그런 걸 어떡해? 어느 날 갑자기 이렇게 식을 수도 있는 감정이었는걸."

눈조차 떨면 안 된다. 손끝조차 흔들려선 안 된다. 난 평정심을 유지해야 한다. 그에게 들켜선 안 된다.

그가 내게 오만 정이 다 떨어져 나를 빨리 잊어야 하니까. 자기 최면의 효과는 컸다. 나는 한껏 냉랭했고, 한껏 악랄했다.

"식어버렸어요?"

허탈감에 젖은 듯 그가 신랄한 코웃음을 쳤다.

"어."

간명하고 짧게 대답했다.

다리에 힘이 풀린 듯 그가 벤치에 털썩 앉았다. 온몸의 나사가 빠진 병정로봇처럼 매가리가 하나도 없어 보였다. 그의 어깨를 끌어안고 위로해 주고 싶었다. 거짓말이야, 라고 외치고 싶었다.

하지만 나의 발은 처음부터 놀이터 블록 위에 박혀 있었다. 난 그 자리에 굳은 채 꼼짝도 하지 않았다.

"선을 보고 오는 길이야."

마지막까지 유보했던 쐐기를 박았다. 그의 어깨가 움찔했다. 그가 숙였던 고개를 들어 나를 올려다보았다. 엄마 잃은 강아지처럼 그렁그렁한 그의 눈동자가 시야에 들어왔다.

"좋은 사람인 것 같아."

"……결혼하고 싶어요?"

금방이라도 눈물이 떨어질 듯 그의 눈가가 젖어들었다.

"어."

흔들림 없이 바로 대답했다.

그가 다시 고개를 숙였다. 쏟아지려는 감정을 애써 억누르는 듯, 그의 목젖이 꿀꺽꿀꺽 움직였다.

"내가 잡아도 갈 거예요?"

"어."

"우리에겐 미래가 없나요?"

마음을 가라앉힌 듯, 그가 벤치에서 일어나 내 앞에 섰다. 허무함이 가득한 눈이었다.

"……애초에 없었어."

차디찬 나의 말에 그의 고개가 툭 떨어졌다. 그리고 잠시 후 그가 내게서 한 발 물러났다. 그가 떠날 준비를 한다는 걸 깨달았다. 심장이 오그라졌다.

"그럼…… 그렇게 해요."

그가 한 발 더 물러났다. 그가 먼저 떠나는 걸 볼 수는 없을 것 같았다. 지켜볼 자신이 없었다. 그의 등을 보는 순간, 난 이성을 잃고 달려가 그의 등을 안을 것이다. 가지 마. 가지 말라고 매달릴 것이다.

"갈게."

난 삐걱거리는 다리를 움직였다.

그는 나를 잡지 않았다. 땅을 보며 굳어 있는 그를 뒤로하고 그곳을 떠났다.

해가 지고 있었다. 붉은 해가 푸른 하늘 위에서 땅으로 꺼지고 있었다. 내 충혈된 눈동자처럼 하늘도 충혈되기 시작했다. 석양이 애달픔을 가득 담고 짙게 깔렸다.

그는 나를 뒤따라오지도 않았다. 이렇게 내가 쉽게 포기할 정도의 사람이었니. 손을 놓은 사람은 나인데 놓아주는 그에게 따지고 싶었다. 그러나 그럴 염치도 없었기에 묻지 못했다. 헤어지자 했으면서 버림받은 기분이었다. 하지만 더 이상 오열하지는 않았다. 눈물샘이 말라 버릴 정도로 난 참혹하게 굳어버렸다.

잔잔하고 조용하게 시간이 흘렀다. 역시 그와는 사랑까지는 아니었다고 최면을 걸며, 엄마의 뜻에 따라 최대한 빠른 날짜에 결혼 날을 잡았다. 감정 같은 건 중요치 않았다. 어디든 도피처만 있으면 되었다. 난 그것을 몇 번 만난 적도 없는 남자와의 결혼으로 결정했다.

남자도 어차피 빨리 결혼할 수 있는 여자만 있으면 되는 듯싶었다. 남자의 나이는 나보다 열세 살이 많은 불혹이었다. 학구파인 남자는 젊어서부터 지금까지 오로지 공부와 책에 빠져 사는 남자였다. 그래서 시기를 놓쳤고 집안의 성화에 못 이겨 결혼은 해야겠다고 결심한 남자였다. 그래서 적당히 괜찮은 배필만 있으면 충분했다. 원래 사랑 따윈 중요치 않는 조건이었다. 그것이 나에겐 오히려 빠른 선택을 하게 만들었다.

지루하고 지루한 몇 번의 데이트 끝에 결정한 결혼은 플래너의 지휘 아래 모든 것이 일사천리로 진행됐다. 바쁘게 신혼집을 보러 다니고, 바쁘게 혼수를 보러 다니고, 바쁘게 결혼식장을 보러 다녔던 친구들의 결혼 준비와는 달랐다. 플래너가 건네는 첫 번째 것으로 모든 것이 선택되었다. 플래너에게는 이보다 좋고 편한 고객도 없었을 것이다. 남편이 될 사람도 원체 관심이 없었기 때문에 뭐든 알아서 하라고 맡겼다.

그래도 바쁘긴 했다. 결혼 준비는 해도 해도 끝이 없었다. 혼이 빠질 정도의 정신없음은 오히려 다행이었다. 은성을 떠올리지 않아도 되었으므로. 그래도 문득문득 그의 그림자가 뇌리를 스쳐 지나가는 것은 어쩔 수가 없었다. 그럴 때마다 등이 아팠다. 폐가 쪼그라질 정도로 등이 아렸다. 하지만 금세 떨쳐 냈다. 언젠간 아물겠지? 날 조소하며.

그런데……

웨딩드레스를 골라 입어보던 날이었다. 목련 같은 순백의 드레스를 입고 거울 앞에 섰을 때였다.

그 순간, 불꽃처럼 은성이가 떠올랐다. 거울 너머 내 모습 뒤로 그가 흐릿하게 어른거렸다.

예뻐요, 하고 내게 웃어주는 환청도 들렸다.

은성아…….

내 어깨 너머 그가 웃었다. 거울 속에서 나를 보며 그가 슬프게, 아리게 웃었다.

심장이 쪼그라들었다. 쥐어짜는 통증이 느껴졌다. 이대로 심장이 수축이 되어 소멸될 것 같았다. 가슴에 주먹을 얹고 숨을 꿀떡꿀떡 삼켰다. 눈꺼풀이 따끔거렸다. 흔들리는 몸을 무릎이 지탱하지 못하고 드레스를 입은 채 푹 꺼졌다.

"왜 그래요?"

소파에 앉아 있던 남편 될 사람과 곁에 선 샵 매니저가 놀라 물었다.

"현…… 기증이 나서요."

거짓말을 했다. 시뻘게진 눈동자를 보이기 싫어 난 고개를 드레스에 묻었다. 화장품이 묻으면 안 된다고 샵 매니저가 한 소리 했다. 구겨지는데, 라고 덧붙이면서.

"그걸로 하면 되죠?"

남편 될 사람이 샵 매니저에게 퉁명스럽게 말했다. 매니저의 태도가 마음에 안 든다는 듯이. 결혼 준비하면서 그가 유일하게 내게 호의를 보인 순간이었다. 기계적인 사람인 줄 알았는데.

샵에서 나오는 내게 그는 안색이 좋지 않다며 정확히 어디가 아프냐고 물었다. 심장이요, 라고 말할 뻔했다. 튀어나오려는 말을 간신히 참고 괜찮다고 말했다. 그는 자주 어지럽냐고 의사다운 질문을 했다. 나는 개략적으로 요즘 결혼 준비로 피곤해서 그런다고 둘러댔다.

파도처럼 몰려와 일렁거리는 감정을 간신히 묻어두고.

집에 어떻게 왔는지 기억할 수도 없었다.

그의 자동차 보조석에 앉아 넋 나가서 집에 도착했다. 방에 들어서자마자 난 쓰러졌다.

사랑이었다. 사랑이라는 것을 깨닫고 말았다. 사랑의 자리는 곁에 있을 때보다 비어버린 후에 더욱 커진다고 말하던 윤혜의 말이 떠올랐다. 나도 지난 후에 깨닫고 말았다. 그가 내 사랑의 자리였다. 내 사랑이었다.

아팠다. 죽을 듯이 아팠다. 그가 보고파, 그가 그리워 아팠다. 며칠을 앓았다. 앓으면서 내내 뇌리 속으로 은성을 찾았다. 그러나 이제 그는 내 곁에 없었다. 찾고 싶어도 찾을 수 없었다.

사랑하는 은성을 두고서 다른 남자와 결혼하는 짓을 저지른 내가 끔찍했다. 그러나 결혼을 취소할 수는 없었다. 이미 청첩장까지 돌려진 상태를 되돌리기엔 용기가 없었다. 내게 등 돌릴 엄마의 모습도 무섭고 겁이 났다. 난 결국 미련스럽다며, 멍청하다며 자포자기했다.

일어났을 때는 내 심장도, 내 감정도 모든 것이 말라 버린 상태였다. 얼음에 갇혀 버린 것처럼 꽁꽁 얼어버렸다.

시간은 멈추지 않았다. 결혼식이 다음날로 다가왔다. 결혼식 때문에 지방에서 올라온 친지들이 많아, 좁은 우리 집에서 모실 수 없어 한 블록 떨어진 이모집으로 어른들이 모두 가고, 난 쉬겠다며 집에 혼자 있을 때였다.

쉴 새 없이 움직이는 시계초침 소리만 무섭게 들려왔다. 내일이 오는 시간이 공포였다. 공포의 밤이 소리 없이 가고 있을 때 은성이 나를 찾아왔다. 어두운 골목에 서 있는 그는 술에 취해 있지도,

흥분해 있지도 않았다.

"이렇게 늦은 밤에 불쑥 찾아와서 미안해요."

사뭇 담담한 어조로 말하는 그를 나는 애달프게 올려다보았다.

보고 싶었어, 은성아. 나, 너 너무 보고 싶었어. 그를 보면서 눈으로만 말했다.

그는 나를 보지 않았다. 내 눈길을 피하고 있었다.

"윤석이 녀석에게 들었어요. 얼마 전에 들었는데…… 바로 올 수가 없었어요."

"그랬니?"

울컥함을 참으며 억지로 대답했다.

"내일 결혼식에는 못 갈 것 같아요."

"어."

"축하한다는 말도 못할 것 같아요."

"어."

쏟아지려는 눈물을 참으며 난 어렵게 대답했다. 그의 음성이 젖어 있었다. 그의 눈동자가 젖어 있었다. 그의 물기 어린 눈동자가 내게 향했다.

"지금은 너무 늦은 거죠? 애초부터 잡아서도 안 되는 거였죠? 우리?"

그의 말에 참지 못하고 난 눈물을 흘렸다. 난 흐느낌이 나올 것 같아 손바닥으로 입을 막았다.

"가지 말아요. 가지 말아요, 누나. 나를 두고 가지 말아요."

그도 무너졌다. 그가 나의 어깨를 잡았다. 그의 손끝이 심하게 떨렸다.

"누나를 잃고 살아갈 자신이 없어요."

그의 손을 떨쳐 버릴 수가 없었다. 가능하다면 내가 그를 안고 싶었다. 손을 뻗어 그의 뺨을 보듬고, 그의 어깨를 와락 안고 싶었다. 하지 못함에 난 핏발이 서도록 주먹을 꾹 쥐었다.

"가지 않으면 안 돼요? 안 된다면 나와 도망가서 살아요. 우리에 대해서 아무도 모르는 곳에 가서 둘이 살아요. 그럼 안 돼요?"

그가 놓칠 수 없다는 듯 으스러지게 나를 안았다.

"누나가 없으면 안 돼요. 나 안 될 것 같아요. 숨을 쉴 수가 없어요."

"왜 이제 와서 이래?! 놔! 놔!"

그의 가슴을 주먹으로 때렸다. 아프도록 때렸다. 그러나 때리는 강도가 강해질수록 그는 더욱 나를 강하게 안았다. 부스러지게 안았다.

"처음부터 널 보는 게 아니었어. 널 만나는 게 아니었어."

그를 보며 원망에 가득 찬 말을 내뱉었다. 그의 품에서 안타깝게 떨며 난 흐느꼈다. 폭풍우 같은 서러움이 나를 덮쳤다.

"은성아……."

흐느끼며 그를 불렀다.

"미안해요…… 미안해요."

그가 울었다.

"은성아……."

"사랑해요. 사랑해요."

애달프게 그가 속삭였다.

내가 얼마나 기다렸는데, 내가 얼마나 널 기다렸는데.

사랑해. 나도 사랑해. 혀까지 올라온 말을 내뱉을 수가 없었다. 내뱉지 못하고 난 흐느끼기만 했다.

난 고개를 들었다. 시야가 흐려 그의 눈이 보이지 않았다. 눈물이 흘러내린 그의 뺨을 손바닥으로 더듬었다. 촉촉하고 뜨거운 그의 눈물이 하염없이 내 손가락을 적셨다.

입술을 찾았다. 그도, 나도 서로의 입술을 찾았다. 애타고 서글펐다. 모든 것을 담아 부서지듯 서로를 안고, 모든 것을 토해내듯 부서지듯 서로의 입술을 찾았다.

시간아, 시간아, 정지해 다오. 제발 이대로 멈추어다오. 그와 나를 한데 묶고, 이대로 멈추어다오. 다른 사람들은 몰라도, 우리만이라도 이대로 묻혀주련. 시간아, 시간아.

그를 잡았다. 그를 잡고 집으로 들어왔다. 그를 놓을 수가 없었다.

알고 있었다. 이것이 마지막이라는 것을, 진정 마지막이라는 것을. 이 사랑이 끝이라는 것을, 내 사랑이 끝이라는 것을.

누가 먼저랄 것도 없었다. 이성 같은 건, 현실 같은 건 이미 우리를 벗어나 있었다.

내 방으로 들어가자마자 우린 미친 듯이 서로를 안았다. 그의 뜨거운 입술이 내 입술에서 벗어나질 못했다. 봇물이 터지듯 뜨겁고, 거친 숨을 내뱉으며 그가 내 입술을 깊게 물며, 뜨거운 혀를 밀어 넣어 입안을 휘저었다. 난 두 손을 번쩍 올려 그의 양 뺨을 만지고, 그의 목덜미를 쓰다듬고, 그의 등을 안았다. 주춤대며 키스에 열중하던 그와 내가 쓰러지듯 침대에 드러누웠다. 내 위에 몸을 덮으면서도 그의 입술은 내 입술을 떠나지 않았다. 그의 뜨거운 손길이 내 몸을 움켜쥐듯 애달픈 손길로 매만졌다. 나의 손길이 그의 티셔츠 속으로 들어갔다. 그의 살갗이 손에 닿자마자 오롯한 전율이 휘감았다. 내가 자신의 맨살을 만지자, 은성이 상체를 일으켜 휙 티셔츠를 벗어버렸다. 그의 단단한 가슴팍을 손안에 가득 느끼며 쉴 새 없이 보듬었다. 그의 살갗의 보드라움이 짜릿할 정도로 좋았다. 그의 손도 내 옷을 잡았다. 주저 없이 그의 손길을 도와 난 모든 허물을 벗어버렸다. 순식간에 둘 다 맨몸이 되었다. 맨살이 닿는 순간, 사무치도록 그리웠음을 더욱 깨달았다. 애달프도록 서로에게 절실해졌다.

그의 수줍은 입술과 손길이 서툴게 나를 느꼈다. 내 턱 선을 타고 목덜미로 넘어오며 쇄골로, 가슴 아래로 내려갔다. 그의 입술이 지나가는 자리의 후끈함으로 짜릿짜릿한 전율이 흘러 전신이 어릿어릿해졌다. 옅고 거친 숨을 토해내며, 난 그의 부드러운 머리카락을 끊임없이 손가락으로 쓰다듬었다.

　조심스레 내 몸의 촉감을 느끼는 그에게 전부를 맡겼다. 부끄럽지도 않았고, 망설이지도 않았다. 우리가 함께하는 이 순간을, 우리가 같이 느끼는 이 시간을 벗어나고 싶지 않았다. 나의 서툰 손길도 그의 몸을 끊임없이 타고 만졌다. 그의 다부진 등을 쓰다듬다 손끝에 매만져지는 척추 뼈를 손가락으로 훑었다. 잔 근육이 톡톡한 팔뚝을 매만지고, 단단한 맨가슴을 손바닥 가득 쓰는 내 손길에 따라 그의 몸이 움찔움찔했고, 그의 숨이 더욱 거칠어졌다. 자신의 온몸을 만지는 나의 손길에 그가 대담히 내 위를 덮었다.

　그도 처음이었고, 나도 처음이었다. 서툴게 서로의 깊숙한 곳으로 연결이 된 순간, 서로에게 동시에 고통 가득한 애달픔과 전율이 전달되었다. 내게서 느껴지는 통증을 고스란히 전달받으며 그의 입술이 더욱 격렬하게 나를 찾았다. 숨이 멎도록 그와 뜨거운 키스를 하며 숨 막히도록 서로의 전부를 감싸 안았다. 우린 애절하게 가여운 서로의 마음을, 몸을 합쳤다. 지난 세월, 사람과 단절하고 감정과 단절하고 살았던 두 사람이 그렇게 하나가 되었다.

　"가."

　침대 가에 앉아, 바닥에 엉키듯 떨어진 옷을 집어 입으며 난 나직하게 말했다. 방금 전까지 놓지 않겠다는 듯 애절하게 안고 있던 내가 별안간 이성을 찾아 그에게 가라고 말했다.

그가 몸을 천천히 일으켰다.

"누나."

뒤에서 그가 나를 안았다.

"너무 늦었잖아, 우리."

입술을 축이는데도 바로 바삭 말랐다. 자꾸자꾸 축이는데도 바삭바삭 말랐다.

"늦지 않았더라도…… 우리, 안 되는 거잖아."

나의 말은 듣지 않겠다는 듯, 그가 내게서 떨어지지 않았다. 그대로 묶어버리겠다는 듯 강하게 끌어안았다.

"나는……."

그가 말했다.

"강은성 같은 건 버리고 살 수 있어요."

나의 눈에서 굵은 눈물이 떨어졌다. 나의 방울진 굵은 눈물이 허리를 안은 그의 손등 위로 떨어졌다.

"……나는 못 버려……."

나의 중얼거림에 설움의 흐느낌 소리가 들렸다. 끝내 그가 자제하지 못하고 어린아이처럼 흐느꼈다. 그가 얼굴을 내 어깨에 묻었다. 어깨가 하염없이 쏟아지는 그의 눈물에 젖어갔다. 온몸을 들썩이며 내 허리를 꽉 안고 그는 한참을 울었다.

이슥한 새벽녘, 그가 대문을 나서며 주춤 뒤돌아봤다.

"나 잊을 거죠?"

슬픈 말을 하면서도 그는 내게 웃어주었다. 피가 나오도록 입술을 이빨로 깨물며 난 고개를 끄덕였다. 그의 부드러운 손길이 머리카락에 와 닿았다. 그의 손바닥이 내 머리카락을 쓰다듬고 쓰다듬었다.

"그래요. 나 같은 건 잊고…… 꼭……."

그의 손길이 머리카락에서 떨어졌다. 숙인 그의 고개가 진저리를 치듯 미세하게 흔들렸다. 그의 어깨도 미세하게 떨렸다. 못내 아쉬운 듯 몇 번 흔들렸다.

흔들림이 멎었을 때, 그의 발이 한 발짝 뒤로 물러났다. 그가 등을 돌렸다.

"행복해야 해요."

넓은 그의 등에서 시선을 돌렸다. 입술을 깨물며 난 어두운 골목의 구석진 자리만 홀린 듯 노려보았다.

"……어."

행복해야 해요, 라는 말을 끝으로 그는 떠났다. 어둠 속으로 사라지는 그의 등을 볼 자신이 없어 난 황급히 대문 안으로 들어왔다. 보고 싶다고 찾아온 그를 매몰차게 보낸 그날처럼 대문에 기대어 멀어져 가는 그의 발자국 소리를 들었다.

한 걸음, 한 걸음 젖어 있는 그의 발자국 소리를.

희미하게 멀어지던 발자국 소리는 어느 순간 뚝 끊기기도 했다. 그러다 다시 들려오곤 했다. 몇 번의 끊김의 반복 후 발자국 소리는 영원히 들리지 않았다.

그가 간 것이었다, 완전히.

그리고 예정대로 내가 결혼하는 날이 밝아왔다. 햇살이 눈이 시릴 정도로 화사하게 내리쬐는 날이었다.

돌이킬 수 없는

여느 결혼식이나 그렇듯 내 결혼식 또한 화려한 소란스러움이
었다. 한복이나 정장을 멋들어지게 차려입고 식장에 나타난 인파
로 인산인해를 이뤘다. 친지들이 요란하게 깔깔거리면서 축하인
사를 했고, 내 신랑이 되는 사람은 인사하느라, 악수하느라 목과
손이 쉴 틈이 없었다. 신부대기실에 있던 나도 사진기사의 요구에
따라 포즈를 취하느라 넋이 반쯤은 빠져나가 있었다.

"신부님, 환하게 좀 웃어요. 무슨 신부가 팔려 가는 사람처럼
굳어 있어요?"

사진기사는 농담을 해댔다. 하지만 그 말에도 난 웃을 수가 없
었다.

"은령이 긴장했나 보네."

"아니야. 원래 시집가기 전에는 서럽잖아. 정말 팔려 가는 것처럼 말이야. 하지만 막상 결혼하고 나면 언제 그랬냐는 듯이 신랑밖에 모르지."

대기실을 살짝 들여다보던 친지가 한 소리에 다른 친지가 대꾸했다. 그 말에 근처에 있던 사람들이 뭐가 재미있는지 까르르 웃었다.

시집가는 거 많이 서러웠나 봐요. 신부화장을 할 때도 그 소리를 들었었다. 새벽까지 은성을 끌어안고 운 탓에 부은 눈을 가라앉히려 얼음찜질을 해주며 메이크업 담당자가 한 소리였다. 초연하려고 애썼지만 뜻대로 되지 않았다. 그런 나와는 상반되게 엄마는 자신이 시집가는 양 웃음꽃이 만발한 얼굴로 즐거이 하객을 맞이했다.

"그만 찍으면 안 돼요?"

"왜요? 힘드세요?"

눈을 렌즈에서 떼면서 기사가 물었다. 난 짧게 그렇다고 대답했다.

"그럼 마지막으로 친구들하고 사진만 한 장 찍읍시다."

대기실 앞에서 우르르 몰려 있던 친구들이 기사의 지시에 따라 안으로 들어왔다. 내 등 뒤로 친구들이 자리 잡고 서자,

"신부뿐이 아니라 친구분들이 다 미인이네요."

기사가 또 한 마디 농을 던졌다. 쓸데없이 말만 많은 사람이었

다. 피곤함이 더 밀려왔다.

"지쳤니?"

사진 촬영이 끝나고 나자 윤혜가 대기실로 들어와 물었다. 난 고개만 끄덕였다.

"혹시…… 은성이하고는 연락해 봤니?"

행여 신랑 쪽 사람들에게 들릴까 봐서인지 윤혜가 대기실 문을 닫으며 속삭였다.

"왜?"

"좀 전에 윤석이한테 전화 왔거든. 출발했다고. 그런데…… 은성이는 안 온다 했다더라. 녀석들은 이유를 모르니까 네가 혹시나 서운해하면 어쩌나 걱정하더라. 윤석이는 뭔가 눈치를 챈 듯하지만. ……이 말 안 전하려고 했는데. 오늘은 네 결혼식이잖니."

"오늘이니까 해줄래? 오늘이 지나고 나서 은성이 얘기 더 이상 듣고 싶지 않아."

내 말에 윤혜가 망설이던 말을 꺼냈다.

"은성이 너랑 헤어진 다음부터 내내 술만 마셔댔대. 친구들하고 어울리지도 않고, 혼자서 말이야. 술도 못 마시는 녀석이. 그러다 가끔 녀석들하고 어울릴 때면 인사불성이 될 정도로 마셔댔나 봐. 그리고 네 결혼 소식 듣던 날은 엄청 퍼마시고 완전히 고주망태가 돼서 옆 테이블 사람하고 싸움까지 했다더라. 은성이가 완전 돌았다고 윤석이가 말하더라고. 경찰서까지 갈 뻔했대. 다행히 중간에 잘 해결된 모양이지만."

은성이가 싸움을 했다는 소식은 충격이었다. 그가 망가져 가고 있었다. 나는 몰랐다. 어제 밤새 함께 있으면서, 그는 고달팠던 나날들을 내색조차 안 했었다.

"윤석이가 아주 눈치가 없는 녀석이 아니잖아. 그래서 어느 정도는 눈치챈 모양이더라고. 그냥 은성이가 너 짝사랑했다는 정도로 말이야."

얼마나 다쳤던 걸까. 다행인 건, 어젯밤의 그는 다친 상처 같은 건 없었다. 그러나 당장 어제 없었다고 해서 내일 없으리란 보장은 못 하지 않는가. 걱정스러웠다. 나는 어젯밤, 그에게 더 큰 상처를 준 것일지도 모르는데. 우리는 어젯밤, 평생 간직할 비밀을 주고받았는데. 그가 더 망가지면 어쩌지……? 무책임한 나로 인해 그의 삶이 망가질까 두렵다.

"나도 은성이는 한동안 못 봐서 그 녀석이 어쩌고 다녔는지 몰랐지 뭐야. 오늘 오면 보겠구나 했는데……."

"……안 온다 했었어."

"연락했어?"

"……잠깐 봤어."

거짓말을 했다.

"그래? 뭐래?"

그녀의 질문에 참고 있던 눈물이 왈칵 솟구쳐 입술을 굳게 악물었다.

"미안. 너 이러다 울겠다."

윤혜가 서둘러 핸드백에서 파우더를 꺼내더니 분첩으로 내 눈가를 두들겨 댔다. 난 괜찮다는 의미로 그녀의 팔목을 잡고 치웠다.

"이겨낼 거야. 걱정하지 마."

"너, 왜 이런 모진 선택을 한 거니?"

이번에는 윤혜의 얼굴이 울상이 되었다. 금방이라도 울음을 터뜨릴 듯 윤혜의 눈이 붉어졌다.

"나도, 이런 내가 싫어."

"후회하면 어떡할래? 너 나중에 후회하면 어떡해?"

"잘살 거야."

"잘살아야지. 너 못 살면, 은성이 불쌍해서 안 돼. 그러니까 넌 잘살아야 돼, 정말로."

윤혜는 끝내 이겨내지 못하고 눈가를 닦아냈다. 자신의 일처럼 속상해하는 윤혜에게 고맙고 미안했다.

"은성이는 너 잊으려고 유학까지 간다니까."

"유학? 유학이라니?"

어젯밤에 그런 소리는 듣지 못했다. 그가 유학을, 한국을 떠난다는 소리에 난 경악했다.

"가버린대. 형하고 고모하고 LA에 있다며. 예전부터 오라곤 했었나 봐. 그땐 한국 떠나기 싫어 안 갔다더라. 그런데 이번에 간다 했대. 한국이 싫단다."

은성이 유학을 가버리면, 같은 하늘 아래 있지도 못하는 건가? 정말 완연하게 각자만의 삶으로 돌아가는 건가. 욕심쟁이인 나는 다른 남자의 아내가 될 준비를 하면서도, 그가 떠나 버릴 거라는 소식에 서러움이 몰려왔다. 내가 초래한 일임에도 속상했다.

"신부님, 5분 남았습니다. 마음의 준비 해두세요."

웨딩 매니저가 노크를 하면서 문을 열더니, 전했다.

5분. 내 인생이 바뀌는 시간이 5분밖에 남지 않았다. 은성이를 버리고 다른 남자의 아내가 될 시간이 이제 5분 남았다. 마음의 준비, 정말 마음을 단단히 먹어야 할 시간이 다가오고 있었다.

윤혜가 불안한 듯 나를 보았고, 난 씁쓸한 미소를 머금었을 뿐이다.

결혼식은 짧았다. 신랑 입장에 이어 이모부 손을 잡은 신부 입장이 있었고, 지루한 주례사가 있었고, 딱딱한 결혼서약이 있었다. 떨리지 않는 결혼서약이었다. 감동은커녕 오히려 비참한 기분까지 든 서약에 난 무기력하게 예, 라고 대답했다. 그리고 반지 교환이 있었다.

내 남편이 되는 사람이 반지를 껴주는 순간은 현기증이 일어나 머리가 어지러웠다. 그 현기증이 신랑과 인척 관계에 있다는 성악가가 축가를 불렀을 때는 극도로 심해져 편두통까지 동반했지만,

신랑, 신부 퇴장이 있을 때까지 난 끈기 있게 버텼다. 폐백 때까지
만 참으면 되었다. 곧 끝나겠지. 신랑 쪽 친지는 몇 되지 않았다.
원래 단출한 가족이었다. 다행스러운 일이었다.

폐백은 금방 끝났다. 이제 남은 일정은 피로연뿐이었다. 그러면
이 지긋지긋한 결혼식도 끝이었다.

피로연을 위해 옷을 갈아입는데 윤혜가 살짝 내 귀에 속삭였다.

"은성이 왔어."

쿵. 덜컥, 심장이 움직였다.

오지 않겠다했던 그가, 새벽녘에 희망을 잃은 듯 공허함 가득한
눈으로 날 주시하고 떠나던 그가 왔다. 얼어 있는 심장이 윤활유
가 뿌려진 것처럼 빠르게 박동했다.

"어디?"

"밖에 있어, 후문 주차장에."

"혼자?"

윤혜가 고개를 주억거렸다. 난 벌떡 일어났다. 윤혜가 다급하게
은령아! 하고 외치며 잡으려 했지만 뿌리치고 대기실에서 나갔다.
뒤에서 윤혜가 안 돼, 은령아! 라고 소리쳤다. 들리지 않았다. 후
문으로 달려갔다. 그에게 달렸다.

하지만 후문 주차장에 도착했을 때 그는 없었다. 대신 뒤쫓아
온 윤혜가 은성이라면서 휴대폰을 내밀었다.

"어디야?"

[누나, 정말 눈부셨어요. 너무 예뻐서 아깝더라고요.]

잠긴 음성으로 농담을 하듯 그가 쓰게 말했다.

"어디야? 응?"

[지금, 예식장 밖이에요.]

그 말에 난 사방을 정신없이 둘러보았다.

"어디야?!"

이성을 잃고 난 소리쳤다. 보이지 않았다. 그가 보이지 않았다. 보이는 것이라곤 수숫대처럼 높은 건물들과 도미노처럼 줄지어 주차된 자동차들뿐이었다. 새하얀 색이던 은성이 차는 보이지 않았다. 닮은 차는 보였으나 낯익은 차는 보이지 않았다.

"어디냐고?!"

[행복해야 돼요.]

젖은 그의 음색이 전화기를 통해 들려왔다.

모래성처럼 난 무너졌다. 그 자리에 쭈그려 앉아 뜨거운 오열을 토했다. 이미 돌이킬 수 없는 끝점에서 난 후회했다.

정말 내가 왜 이러고 있는 거야……. 네 곁에서 그냥 웃으며 행복할 수 있었는데……. 이런 억지가 어디 있어…….

원망스러웠다. 엄마도, 죽은 오빠도, 그의 형도, 나도…….

"은성아…… 은성아……."

숨죽인 흐느낌이 들려왔다.

"망가지지 마. 다치지 마. 내가 미안해. 내가 잘못했어."

목이 잠기고, 눈물로 마스카라와 아이라인이 지워져 눈가가 시커멓게 물들었다. 그러나 봇물처럼 한번 터진 감정은 걷잡을 수 없었다. 그 누구도 말릴 수 없었다. 그가 손만 내민다면 난 그와 함께 도망이라도 쳤을 정도로 이성을 잃은 상태였다.

곁에 서 있던 윤혜가 손바닥으로 입술을 가렸다. 그녀도 흐느껴 울었다.

[미안해요.]

"은성아……."

가지 마……. 말하고 싶었다. 잡고 싶었다. 이곳에서 도망쳐 그에게로 가고 싶었다. 엄마도, 오빠도 다 버리고 그에게로 달려가고 싶었다.

[사랑해요.]

그가 말했다. 나에게 사랑한다고 말하며 흐느꼈다.

[나 같은 건 잊어요. 나쁜 인연이었다고 생각해요. 알았죠?]

"은성아……."

사랑해……. 목구멍까지 치밀어 오르는 말을 삼켰다. 부들부들 떨며 그 말을 끝내 삼켰다.

[꼭 행복해야 돼요.]

그 말을 마지막으로 전화가 끊어졌다.

"은성아!"

이미 끊긴 전화기에 소리쳤다.

"은성아!"

일어나 난 주변을 보며 그를 애타게 불렀다. 주차장 입구 가까이 세워져 있던 검정색 자동차가 거친 브레이크 소리를 내면서 밖으로 빠져나간 것은 그때였다.

은성이었다. 낯선 차였지만 알 수 있었다. 그가 분명했다.

"은성아!"

차를 쫓아서 몇 발자국 뛰었다. 은성을 쫓았다. 하지만 나를 보지 못한 듯 순식간에 차는 증발하듯 시야에서 사라졌다. 그가 사라졌다, 처음부터 없었던 것처럼.

윤혜가 내게 다가와 나를 껴안았다. 그녀의 품에서 난 그를 부르며 눈물을 토했다, 한참 동안.

그렇게 그와 나의 사랑이 끝났다.

그 후, 그를 본 적은 없었다. 결혼 후 2개월이 지났을 때 그가 LA로 갔다는 소식만 윤혜를 통해 들었을 뿐이다.

그리고 7년이 지난 지금 그 은성이, 내 애달프던 사랑이 눈앞에 앉아 있다.

목이 말랐다. 갈증이 느껴졌다. 입술이 바짝바짝 탔다. 커피잔도 비었고, 물도 없었다. 내 속을 읽기라도 한 듯 은성이 물을 가져와 내밀었다. 입모양으로만 고맙다 말하며 컵을 받았다. 마른 입술과 혀와 목을 축였다. 하지만 속안의 갈증은 해소되지 않았다.

"누나 소식을 진작 알았더라면 좀 더 일찍 돌아왔을 거예요. 한국과 단절하고 살았고, 윤석이나 친구 녀석들이 누나 소식을 전하지 않았고, 나도 묻지 않아서 몰랐어요."

자리에 앉자마자 결심한 듯 그가 말했다.

"내 소식으로 네가 일찍 돌아올 이유는 없었어. 네가 돌아오는 것과 그게 무슨 상관이라고."

단조로운 어조로 대답했다.

"그래도……"

그가 말끝을 흐렸다.

"미안해. 네 말대로 행복해지려고 노력했는데…… 네 말을 들어주고 싶었는데…… 뜻대로 되지 않았어. 그래서 미안해."

그의 말을 기다리지 않고 감정에 초월한 듯 무덤덤하게 말했다.

"누나 잘못이 아니잖아요."

"그 누구의 잘못도 아니야."

그의 말을 정정하며,

"남편은 좋은 사람이었어."

라고 덧붙였다. 은성의 눈동자에 윤기가 흘렀다. 그가 슬픈 듯 고요하게 웃었다.

※ ※ ※

　남편은 고지식한 학구파였지만 좋은 사람임은 분명했다. 단조로운 성격 탓에 말수도 없고 재미없는 사람이었다. 정확한 시간에 병원으로 출근하고, 정확한 시간에 퇴근해 책을 읽기 위해 서재로 갔다. 난 그가 채근하지 않아 좋았다.

　다행스러운 건, 그는 부부관계에도 관심이 없었다. 신혼여행 첫날밤에서도 내게 잘까요? 하고 등 돌리고 그대로 자버렸다. 신혼여행 내내 그랬다. 각오를 단단히 했기에 의아했지만 난 깊게 안도했다. 내 안에 묻힌 은성이의 체온이 사라지길 원치 않았고, 사실은 겁도 많이 났다. 같이 살기 시작한 지, 한 달이 넘어설 때까지도 그는 요구하지 않았다. 그러다 회식 자리에서 약간의 술을 마시고 온 날 밤, 내게 요구했다. 침대에서 잠들어 있다 불쑥 들어와 옷을 벗기려 하는 그의 행동에 난 당황했고, 무서웠다. 하지만 엄연히 난 법적으로 그의 아내였다. 내가 선택한 길이기에 빨리 끝나길 바라며 질끈 눈을 감았다. 그는 서두르듯 내 옷을 벗기고는 무턱대고 덤벼들었다. 그런데 쉽지 않았다. 그는 바로 포기하고 욕실로 들어갔다. 그가 왜 부부관계에 관심이 없는지 깨달았고, 그가 왜 결혼을 거부했었는지 알았다. 그것이 그의 처음이자, 마지막 요구였다. 그도 참 안쓰러운 사람이었다.

돌이킬 수 없는 *201*

그가 원하는 아내는 딱 나 같은 사람이었다. 있는 듯 없는 듯 먼지처럼 있어줄 아내. 그래서 우린 그저 한집에 같이 사는 서류상의 부부일 뿐이었다. 나에게는 행운과 같은 관계였다. 난 오히려 결혼 후 거치적거리지 않는 평온함을 느꼈다.

그와 나 사이는 처음부터 그리고 마지막까지 닿지 않는 평행선을 유지했다.

결혼하고 두 달쯤 되었을 때였다. 그가 내게 괜찮으냐 물었다. 신혼임에도 각방을 쓰며 살고 있는 부부생활에 대해서였다. 난 괜찮다 대답했다. 그러자 남편이 그럴 줄 알았다, 라고 말했다. 처음으로 그날 남편에게 물었다. 어째서요? 라고. 남편은 맞선 자리에서 그렇게 느꼈다, 라고 말했다. 그래서 당신과 결혼했다고 덧붙이며. 그리고 우린 더 이상 대화하지 않았다.

무료한 결혼 생활이었다. 무기력함과 공허함만이 전부였다. 지루하기도 하고 답답하기도 했다. 그럴 때마다 문득문득 후회하지 않을 자신 있어? 라던 윤혜의 말이 떠올랐다. 그러면 퍼뜩 고개를 흔들며 '자신 있어'라고 또 한 번 다짐했다. 사랑은 단념해. 사랑은 지워.

그런 나날이 계속되며 어느새 한 달이 세 달이 되고, 세 달이 여섯 달이 되고, 여섯 달이 아홉 달로 접어들었다. 매번 제시간에 퇴근해 제시간까지 서재에서 책을 읽다 제시간에 잠자리에 들던 남편이 귀가를 안 했다. 그날따라 매번 정확하게 본인의 자리를 지키던 남편의 부재가 허전했다. 늦은 밤 전화를 걸어 확인하니 병원 회식이라고 전했다. 회식 자리는 질색하던 사람이 웬일인가 싶었는데, 오른팔 같은 간호사의 결혼 축하 회식 자리라 어쩔 수 없다고 했다. 난 알았다 하고 전화를 끊고 잠자리에 들었다.

새벽녘, 전화벨이 귀청을 떨어뜨릴 정도로 불길하게 울려댔다. 경찰에게서였다. 과속으로 달리던 택시가 한강대교를 지날 때쯤, 남편의 차를 뒤에서 들이받았다는 것이다. 대리운전을 맡기고, 남편은 취기로 뒷좌석에 곯아떨어져 있었다. 남편은 다급히 응급실로 호송되었지만 이미 늦은 상태였다고 경찰이 전하는 말을 무기력하게 듣고만 있어야 했다.

결혼 9개월 만에 나는 미망인이 되었다. 남편이 죽은 후, 남편의 친가에서는 시집온 지 얼마 안 된 며느리에게 재산과 보험금을 나눠줄 수 없다고 발악했다. 엄마는 스물여덟 먹어 과부가 된 딸이 빈손으로 살아갈 수 없다며 악다구니를 썼다.

난 이도저도 다 귀찮고 공허했다. 남편의 친가에서 결정한 적당선의 분배로 마무리 짓고 끝냈다. 엄마는 불만스러워했지만, 난 고집을 꺾지 않았다.

남편이 죽은 후 친정집으로 들어온 내게 엄마는 기집애 팔자가 이게 뭐냐며, 허구한 날 눈물을 훔쳤다. 그 모습이 보기 싫어 친정집에서 나와 한동안 혼자 지방에서 보냈다. 윤혜에게도 나는 남편의 소식을 전하지 않았다. 그저 이런저런 핑계를 대며 만남만 회피했다. 윤혜가 내게 서운해하는 것도 그것이었다. 그러나 나는 혼자이고 싶었다. 철저히 혼자이고 싶었다. 동해 바닷가 근처에서 방을 얻어 글을 쓰며 보냈다. 글을 쓰다 무료해지면 바닷가로 나와 모래사장을 거닐었다. 그와 손을 잡고 걷던 그곳을 혼자 걸었다.

그렇게 남편이 남긴 돈으로 마음껏 정적인 생활을 즐겼다. 마음껏 은성일 그리워하며, 은성일 정리했다.

그리고 남은 돈으로 서울로 올라와 지금 살고 있는 11평 서민아파트를 구하고, 식당을 인수했다. 그제야 윤혜에게 소식을 알렸다. 벌써 2년 전 일이었다.

남편이 아니었으면 내가 이렇게 모진 팔자를 살지 않았을 것이라고 엄마는 가끔 한탄했다. 하지만 틀린 말이었다. 남편 덕분에 내가 잠시나마 숨통을 트고 살았다.

"고생스럽지는 않았어요?"

미망인이 된 이후를 묻는 것이었다.

"편하게 살았어."

난 잔잔히 웃었다. 내 미소가 자조적으로 보였는지 은성의 눈매가 깊어졌다.

"······혼자서 힘들지 않았어요?"

"힘들지 않았어."

너도 혼자였잖아. 타국 땅에서 7년이라는 세월 동안 혼자였잖아. 아닌가? 지금은 혼자가 아닌가? 혼자였을 거라고 단정 짓는 내가 우스웠다.

"저녁은 했니?"

화제가 무거워지는 듯해 난 말을 돌렸다.

"배고파요?"

"아니, 그냥 너 회사 끝나자마자 바로 왔을 테니까."

식당에 있었다면 아줌마와 저녁 장사를 거의 마무리 짓고, 늦은 저녁을 먹은 후 치우고도 남았을 시간이었다. 아줌마가 끓여주는 유자차나 커피 한잔 마시며 휴식을 취하고 있을 시간이었다. 보통 때라면 식사 시간을 훌쩍 넘겼으니 허기가 져야 했다. 그러나 지금은 허기는커녕 내가 숨을 쉬고 있는지조차 의심스러웠다.

"식사하러 갈래요?"

"네가 배고프지 않다면 난 괜찮아."

"저도 그럼 괜찮아요."

그는 여전했다. 내가 괜찮다 하면 자신도 괜찮다 했다.

"너 그런데 윤석이한테 가봐야 하지 않니?"

"일어날까요?"

"그래."

자리에서 일어났다. 그도 뒤따라 나왔다.

혼자 가겠다는 나를 그는 끝끝내 식당까지 바래다줬다. 운전하는 그의 옆모습을 7년 만에 흘끔거렸다. 주책없이 묘한 설렘이 솟아올랐다.

❖ ❖ ❖

식당 앞에 도착하니, 아직 테이블을 차지한 몇몇의 손님들 사이에서 분주하게 왔다 갔다 하는 아줌마의 모습이 보였다. 혼자서 전전긍긍하며 저녁 장사를 했을 아줌마에게 미안함이 커졌다.

"여기예요? 아직 손님이 있네요."

넌지시 넘겨다보며 그가 말했다.

"어. 가끔 늦게까지 있는 손님이 있어."

시간이 벌써 10시를 훌쩍 넘기고 있었다. 이 시각까지 자리를 차지하고 있는 손님 대부분은 저녁상에 소주 한잔을 기울이고 있는 주머니 사정 팍팍한 사람들이었다.

"바쁘면 내가 도와줄까요?"

예의상하는 말이겠지만, 뜻밖의 말이라 자지러지게 놀랐다.

"아니야."

식당 앞까지 그와 동반한 것도 내겐 큰 모험 같은 일이었다. 그에게 식당 전경까지 보여주고 싶지 않았다. 윤혜의 말처럼 구질구질할 테니까.

"바래다줘서 고마워."

행여 따라 들어올까 겁이 나서 난 서둘러 보조석에서 내렸다. 그 바닷가에서 다 정리했는데 난 다시 설레고 있었다. 설렘의 크기가 커지지 않도록 긴장해야 했다.

"누나."

그가 운전석에서 따라 내렸다.

"나중에 들러도 돼요?"

오래전처럼 매정하게 안 된다고 거절할 수가 없었다. 독하게 거절해야 하는데 난 예전의 신은령이 아니었다. 독기가 잔뜩 빠진 신은령의 빈껍데기였다.

"어."

무기력하게 승낙했다.

"그리고."

그가 슈트 안주머니에서 명함지갑을 꺼냈다.

"제 명함이에요."

저걸 받아서는 안 된다고 이성이 외쳤다. 새하얗고 심플한 명함은 그의 손에서 내게로 넘어왔다. 손바닥만 한 크기의 명함이 바윗덩어리처럼 무겁게 느껴졌다.

영문으로 써진 명함의 앞부분에는 낯익은 브랜드 로고가 눈에 띄었다. 로고만 봐도 알 수 있는 유명 외국 기업이었다. 좋은 데

취직했구나……. 다행이다. 그는 그래도 자신의 자리를 지켜서. 그리고 다른 것은 눈에 들어오지 않았다. 'KANG EUN SUNG' 이라는 그의 이름만 눈에 박히듯 새겨졌다.

"고마워."

간명하게 말했다.

그가 하고픈 말이 있는 듯 아주 잠시 입술에 힘을 줬다.

"……갈게요."

하지만 그는 몸을 돌렸다. 왔을 때처럼 차를 빙 돌아 운전석으로 돌아가는 그를 잠자코 지켜봤다. 운전석에 올라타며 그의 고개가 내게 돌려졌다. 그에게 난 어정쩡한 미소를 보내며 가볍게 손을 흔들었다. 그도 뜻 없이 옅게 웃었다. 미끄러지듯 부드럽게 그의 차가 떠났다. 그의 자취는 곧 사라졌다.

그러나 난 우두커니 서서 한참 동안 그가 남겨놓고 간 온기를 느꼈다.

소 주 한 잔

"사장! 언제 온 겨! 왔으면 언능 안 들어오고 멍청허니 거서 뭐
혀?"

창으로 나를 봤는지 아줌마가 쫓아 나왔다.

"들어갈게요."

화들짝 정신이 차리고 식당으로 총총히 발을 옮겼다.

"아이구, 선이라도 본 겨? 웬일로 꽃단장을 한 겨?"

극성스럽게 아줌마가 위아래로 나를 훑었다.

식당 안은 매콤한 제육볶음 양념 냄새와 시끌벅적하게 떠드는
손님들의 대화 소리로 부산스러웠다. 여덟 개인 테이블 중 세 개
가 꽉 차 있었다. 모두 학생 손님들이었다.

7년 전 은성이 나이만 한 또래들이었다. 내가 대학가의 이 식당

을 인수한 것이 그의 그림자에서 벗어나지 못해서임을 나는 알고 있었다. 과거의 그를 그리워하며, 과거의 그만한 나이 또래들을 보며 대리만족을 하는 걸 인정하진 않았지만, 알고 있었다. 내가 매일 은성 대신 그들에게 밥을 차려주고 있음을 알고 있었다.

아줌마 혼자서 진땀을 뺐을 것에 미안스러워 부리나케 주방으로 들어갔다. 주방 가까운 테이블에 앉아 있는 학생이 나에게 사장 누나. 와, 오늘 데이트 있었어요? 하며 짓궂은 농담을 했다. 누나, 누나, 하면서 잘 따르는 단골이었다. 이제 스물세 살, 딱 7년 전 은성과 같은 나이의 단골학생이었다. 민망함에 웃어만 주고 부랴부랴 재킷을 벗고 앞치마를 둘렀다.

"이러고 다녀. 보기 좋잖여."

그릇에 반찬을 담으며 아줌마가 말했다.

"맞아요, 누나. 10년은 젊어 보여요."

단골 학생이 맞장구를 쳤다.

"떼끼. 우리 사장 인제 슴살인데, 10년이 젊어 보인다 하면 열 살이란 소리여?"

아줌마가 한술 더 떴다.

학생들이 까르르 웃었다. 실없는 웃음을 흘렸다. 재킷에 넣었던 은성의 명함이 떠올랐다. 나와 너의 세계는 엄연히 다르다. 샤프한 와이셔츠에 멋들어진 넥타이를 매고 컴퓨터 앞에 앉아 하루 일과를 보내는 너와 시금치 다듬고 콩나물뿌리 따며 장사 준비를 하고, 소주에 취한 손님들 틈에서 웃는 나는 엄연히 다른 길이다. 음식 냄새가 머리부터 발끝까지 배어 있는 나와 상큼한 스킨 냄새가 풍기는 너는 다른 향이다. 우리는 이미 다른 세계 사람이다.

바늘로 찔린 듯 코끝이 시큰했다. 떨쳐내려 정수기에서 냉수를 한 컵 가득 따라 벌컥벌컥 들이켰다.

"짜게 먹고 온 겨?"

이상스럽다는 듯 보는 아줌마에게 난 웃었다. 넘기려는 듯 서툰 웃음을 흘리는 나를 아줌마가 뚫어져라 바라보았다. 그러나 다행스럽게도 그녀는 더 이상 묻지 않았다.

"여기 소주 한 병 주세요."

"네!"

대답하면서 난 냉장고에서 소주를 꺼내 손님에게 가져갔다.

여기가 내 공간이다.

"인자 대충 정리도 했응께 언능 들어가."

의자의 줄을 맞추며 정리하는 나에게 설거지를 끝내고 앞치마에 손의 물기를 닦으며 아줌마가 말했다. 자정이 가까워지는 시각이었다. 느지막이 배고프다고 찾아온 학생 때문에 보통 때보다 장사가 늦게 끝났다. 아줌마는 아무리 늦어도 밤 11시에는 술 마시는 학생들을 내쫓았다. 적당히 먹어야 내일 공부를 하지, 하며 내보내는 아줌마에게 기분 상하는 학생은 없었다.

언제나 인심 좋게 반찬도 그득그득 담아주고, 밥도 모자라면 수북이 퍼다 주는 식당을 학생들은 집 같다고 좋아했다. 하이힐을 신고 장사를 한 덕에 발이 지끈거리며 쑤셔왔다. 난 의자를 하나 당겨 앉으며 신발을 벗었다. 후끈거리던 뒤꿈치는 살갗이 벗겨지고 피가 맺혀 스타킹에 달라붙어 있었다.

"어이구, 살이 벗겨진 겨?"

아줌마가 놀라 다가와 내 발 밑에 쭈그려 앉더니 뒤꿈치를 들여다보았다.

"아프지 않았어?"

"괜찮았어요."

괜찮다고 만류하는데도 아줌마는 끝끝내 내 스타킹을 벗기더니 연고를 가져와 뒤꿈치에 발라줬다. 상처가 따끔거리며 아려왔다.

"무식하게 이러고 일한 겨."

걱정스러운 듯 아줌마가 잔소리를 했다. 행여 아플까 봐서인지 연고를 상처에 살금살금 바르는 아줌마의 손길이 한없이 따뜻했다.

"발이 놀랐어야. 근육이 뭉쳐서 딱딱하잖어. 사람은 자고로 신던 신을 신어야 허구먼. 안 그럼 이렇게 까지고 피 나고 하잖어."

연고를 테이블에 내려놓더니, 그녀가 내 발을 주무르며 마사지를 했다. 발아, 아팠지, 아팠지, 하듯이. 그녀의 손길에 정성과 애정이 담겨져 있었다. 아줌마의 별 뜻 없는 말이 가슴을 어릿어릿하게 만들었다. 맞지 않는 신발을 신으면 상처가 난다. 상처는 결국 자신이 입는 거다. 지금의 내게 맞는 신발은 운동화다. 그에게 보이려 차려 신은 멋들어진 하이힐이 아니다. 가슴이 저려왔다.

"아줌마."

"왜?"

대답만 하면서 그녀는 쉬지 않고 발을 주물렀다.

"아줌마."

"왜 그라?"

그제야 그녀가 눈을 들었다.

"우리, 술 한잔할래요?"

내 말에 아줌마의 얼굴에 잠시 뭔 일이다야, 라는 말이 스치고 지나갔다.

"술 먹고 잡어?"

"네."

"기당겨."

그녀가 몸을 일으켰다.

"제가 준비할게요."

"발도 그 모양이믄서, 뭘. 거기 꼼짝 말고 기당겨."

나를 저지시키며 아줌마가 주방으로 들어갔다. 이럴 땐 꼭 그녀가 친엄마 같았다. 은성의 일이 후 그런 결혼을 선택하고, 결국 9개월 만에 과부가 된 딸을 보면서 아직도 그 모든 것이 은성과 민성의 탓이라며 원망하는 엄마와 나는 서로 데면데면했다.

난 신발을 벗겨져 허공에서 대롱거리는 발로 시선을 돌렸다. 아줌마의 마사지 덕분에 발은 철쭉 같은 분홍색 혈색이 감돌았다. 절로 미소가 번졌다.

"고기가 좀 남았는디 우리도 손님맨치롬 고기 구우면서 먹어볼까?"

"그래요."

"어구, 우리 짠순이 사장이 웬일인 겨."

악의 없는 핀잔을 하면서 아줌마가 소주와 맥주 한 병을 가져왔다. 소주는 아줌마의 몫이었고 맥주는 내 몫이었다. 고단한 삶을 살아왔지만 아직까지도 소주 한 잔 입에 대지 못하는 내 몫이었다. 박복한 삶은 아닌 거여. 소주 먹을 팔자가 아닌 거니께. 소주를 못 마시는 내게 언젠가 아줌마는 그렇게 말했었다.

뜨겁게 달구어진 석판에 양념이 된 고기가 올라가자, 치지직거리는 소리와 식욕이 당기는 달짝지근한 냄새가 코를 자극했다.

"심란한 겨?"

"그래 보여요?"

글라스에 맥주를 따라주며 아줌마가 물었다. 난 소주병을 들어 아줌마의 잔도 채웠다.

"2년 가까이 사장이랑 있으면서 사장이 먼저 술 먹자고 한 적이 없응께. 맨날 내가 하자고 했지."

"내가 그랬어요?"

"사장이야 일하는 것밖에 모르는 사람이잖어. 놀 줄도 모르고 꾸밀 줄도 모르는 사람 같이롬."

씁쓰름하면서 시원한 맥주가 입술을 지나 혀를 축였다. 식도를 지나 가슴을 타고 흐르는 맥주의 시원함에 막힌 속이 뻥 뚫리는 듯했다.

"근데 오늘 보니 아니네. 우리 사장 이렇코롬 꾸며놓으니까 처녀처럼 이쁘구먼."

뭐가 좋은지 아줌마의 말에 뜻 없는 웃음만 흘렀다. 처녀처럼 이쁘다는 말이 마냥 좋은 것만은 아닌데.

"비님이 오시네."

투두둑거리는 소리가 들린다고만 생각하며 맥주를 홀짝대고 있는데, 아줌마가 중얼거렸다. 창밖으로 눈을 돌렸다. 밖은 어둠을 가진 밤이었다. 이 밤의 정복자는 시원하게 쏟아지는 빗줄기였다. 성난 것처럼 빗방울은 무섭게 하늘에서 바닥으로 떨어졌다. 거리의 전경이 빗줄기의 커튼에 가려 흐릿하게 흔들렸다.

"시원하게 쏟아지네."

소주를 들이켜더니 아줌마가 또 중얼거렸다.

"비가 인생에 끼치는 영향이 얼마나 될까요? 비가 쏟아져 거리의 먼지가 닦이는 것처럼 사람의 마음도 닦아주면 얼마나 좋을까요? 기억 같은 거 지워주면 살아가는데 편할 텐데."

"뭔 소리인지 모르겠구먼. 허지만 하나는 확실혀. 비가 내릴 때 먼지가 닦인다 해도 그치고 나면 또 다시 먼지가 쌓이는 거잖어."

아줌마가 고기에는 손도 대지 않는 내게 어여 먹으라며 접시에 담아주었다. 속이 비었는데도 허기지지 않았다.

맞았다. 비는 그친다. 영원히 그치지 않는 비는 없다. 보호하듯 막고 있던 그늘이 사라지면 여지없이 그 자리를 햇볕이 바늘처럼 쑤시고 들어온다. 아무리 염원을 담아 지워달라고 해도 지울 수 없는 기억은, 잊어도 소생하듯 되살아나는 기억은, 잘라낸다 해도 뿌리 깊숙이 잘라내지 못하는 기억은, 먼지처럼 보이지 않는 기억은 보이지 않을 뿐이지 소멸되지는 않는다.

"잊어버리고 싶은 거라도 있어?"

"네."

"뭔지는 알 것구먼. 근디 그게 억지로 되는 게 아닌 겨. 그 뭐여, 잊으려고 하면 할수록 징그럽게 달라붙잖어. 자다가도 벌떡벌떡 떠오르고, 밥 묵다가도 불쑥불쑥 튀어나오고……. 환장할 일인 겨."

아줌마의 빈 잔에 소주를 따라주었다. 입을 크게 벌려 고기를 넣고 질겅질겅 씹으면서 아줌마는 빙그레 웃었다. 아줌마가 자다가다 벌떡벌떡 떠오르는 것은 나쁜 기억일 것이다. 심장이 오그라들 정도로 무서웠던 기억일 것이다. 밥 묵다가도 불쑥불쑥 튀어나오는 것은 그리움을 동반한 서글픔일 것이다. 안타깝고 속상한 기억일 것이다. 그럼에도 그녀는 말하며 웃었다.

"아줌마, 나도 소주 한 잔만 줘봐요."

"이제 아주 별걸 다 할라 그러네."

간혹 손님이 젊은 사장이라면서 소주를 권할 때가 있었다. 질겁하고 거절하는 나를 잡고 손님은 질기게 소주를 권했다. 그럴 때마다 아줌마는 주방에서 나와 소주잔을 빼앗아 들고 나나 좀 따라줘, 했다. 손님이 쭈뼛거리며 소주를 따라주면 시원하게 들이켠후 아줌마는 우리 딸년한테 또 한 번 술 권하면 화낼 거구먼, 이라고 덧붙이고 돌아섰다. 손님 입장에서는 기분 상할 만도 한데, 오히려 시간이 지나면 그 손님은 아줌마에게 자연스럽게 소주도 권하는 단골이 되곤 했다.

"아줌마가 안 주면 내가 가져다 마셔요. 내가 못할 것 같아요?"

"어구, 소주 한 잔 때문에 공갈까지 치네."

기도 안 찬다는 듯 아줌마가 혀를 차면서 머리까지 가로저었다.

"나 진짜 가져다 마셔요?"

"그려. 한번 먹어봐. 내 속이 뒤집어지겠어, 사장 속이 뒤집어지지?"

소주를 쭉 들이켜며 잔을 비우더니 아줌마가 빈 잔을 내게 내밀었다. 내가 잔을 잡자 그녀가 소주를 따라주었다. 아줌마의 제지가 있기 전에 마실 양으로 빠르게 들이켜려는 순간, 톡 쏘는 독한향이 코를 찔렀다. 얌전하던 속이 울렁거렸다.

"거봐. 배짱만 있음 뭐 혀. 막상 마실라 하니 몸이 거부하는구면."

멈칫거리는 내게 아줌마가 고소하다는 듯 웃었다.

난 왜 소주를 못 마시는가. 냄새를 맡는 순간, 그 독한 향에 속이 뒤집히는 울렁거림이 나왔다. 참고 마신다 해도 목구멍을 넘기자마자 기다렸다는 듯이 욕지기가 쏟아졌다. 욕지기를 한 후에는 어김없이 나는 정신이 빠져나간 듯 해롱거렸다. 그 한 잔에 다 쏟아낸 주제에.

소주에 대한 선입견이야. 내가 가진 선입견이야. 다른 술이라 최면을 건다면 마실 수 있어, 라 생각했던 적도 있었다. 하지만 소주 하나에 최면까지 걸면서 마신다는 자체가 우스워 마시지 않는 쪽을 택한 나였다. 그러나 쏴하게 비가 쏟아지는 이 밤엔 독한 소주 한 잔이 내겐 절실했다.

난 숨을 크게 들이마신 후 소주를 쭉 들이켰다. 어구어구야. 아줌마가 자지러지게 탄성을 연발했다.

독한 액체가 식도를 지나자, 요동을 치듯 내장이 뒤틀렸다. 좌우가 바뀌려는 듯 울렁거리는 속을 난 입술을 악물고 참았다. 아줌마가 황급히 일어나더니, 정수기에서 냉수를 따라와서 내밀었다. 그녀가 내미는 물을 꿀꺽꿀꺽 마시고 나자, 그제야 소주의 진한 독함이 옅어지는 듯했다.

"못 먹는 술을 왜 그리 마시는 겨?"

"……독하니까."

소주 한 잔이 내 혀를 꼬이게 만들었다. 아줌마의 얼굴이 빙글빙글 돌았다. 허파에 구멍 난 것처럼 웃음이 흘러나왔다.

"아까 식당 앞에서 헤어진 사람 때매 그런 겨?"

봤던 모양이다. 아줌마는 은성을 본 모양이었다. 그러나 여태 묻지 않았던 것이었다.

"아줌마."

"그랴."

"……내가 아직도 그런가 봐요…….."

아줌마가 내게 손을 뻗었다.

"응?"

"다 잊은 줄 알았는데…… 까맣게 잊고 살았는데…… 아니었나 봐요."

"붙잡을 순 없는 겨?"

"네……."

그녀의 손바닥이 내 머리카락을 쓰다듬었다. 은성이가 내 머리카락을 쓰다듬으며 달랬듯이, 아줌마의 손이 나를, 내 머리카락을, 내 마음을 쓰다듬었다.

왈칵 눈물이 쏟아졌다. 난 손바닥으로 얼굴을 가렸다.

"단정 짓지 마러. 붙잡을 수 없는 인연이란 없는 겨. 사람일이란 모르는 법이니께. 인연이 닿으려면 아무리 찢어놓으려 해도 닿는 거."

나의 뜨거운 눈물은 멈추지 않았다. 아줌마의 손길도 멈추지 않았다. 내 머리카락을 쓰다듬는 아줌마의 손이 속삭였다. 괜찮다, 괜찮다 하듯이. 빗소리가 차츰차츰 잦아들었다.

소나기가 그쳤다. 비가 멎은 후 집에 돌아온 시각은 새벽 3시였다. 건성으로 씻고 잠자리에 누웠을 때 몸은 금방이라도 나락에 빠질 정도로 지쳐 있었지만, 정신만은 깨끗이 정화가 된 듯 맑아졌다. 불을 끄고 암흑으로 뒤덮인 방 안을 노려보다 눈을 감았다. 잠아, 오너라.

규칙적인 빗소리라도 들린다면 자장가를 듣고 있는 것처럼 잠에 빠져들 텐데……. 내 주위는 암흑과 숨 막히는 정적뿐이었다.

"휴."

말똥거리는 머릿속을 정리하지 못하고 결국 이불을 박차고 일어났다. 독한 소주 한 잔도 나를 잠재우지 못했다. 자명종 시계를 찾아 시간을 확인했다. 6시. 세 시간이나 이러고 있었다. 얼마 지나지 않은 것 같았는데.

아무런 생각 없이 누워만 있었다면 거짓말이다. 잠을 이루지 못함의 심정은 은성이가 한국에 왔다고 한 날과 비슷했다. 아니, 그때와는 조금 달랐다. 심장을 자극하는 두근거림이 동반하고 있었으니.

한 번 끊어진 끈은 연결되기 힘들다. 끈과 끈 사이를 묶어 매듭을 만들어야만 연결된다. 끈의 모양새도 그 매듭을 어떻게 엮느냐에 따라 변할 것이다. 그러므로 처음 같은 형태의 끈은 만들어지지 않는다. 물론 처음보다 모양새 좋은 끈의 형태가 나타날 수도 있지만, 그 확률이 몇이나 될지는 그 누구도 장담 못할 것이다. 문제는 확률이 아니다. 매듭 자체가 엮어질 수 있는지조차 의심스러운 것이 현실이니까.

암흑이 눈에 익었다. 안방의 한 면은 베란다로 나가는 유리문이 전체를 차지하고 있었다. 블라인드가 가리지 않는다면 낮이면 눈부신 햇빛이, 밤이면 어스름한 달빛이 유리문을 통해 안방으로 들어왔다. 블라인드 사이사이로 아파트단지에 세워진 가로등 불빛이 희미하게 새어 들어왔다. 단출한 가구들이 슬며시 나타났다.

안방 가운데에 털썩 앉아 집 안을 둘러보았다.

11평 아파트는 안방 겸 거실로 사용되는 방과 현관으로 연결된 복도 흡사한 주방과 초등학교 아이나 몸 담그고 씻을 만한 욕조가 놓인 욕실과 양팔을 벌리면 양쪽 벽에 손바닥이 닿을 정도로 작은 방 하나가 전부인 구조였다.

할 일 없이 앉아 있다 보니 어느새 동이 트고 있었다. 회색의 블라인드 사이로 으스름한 빛이 스며들어 왔다. 블라인드를 걷고 유리문을 열었다. 아직은 시린 아침 공기가 드러난 팔을 아릴 정도로 찔러댔다. 비둘기 빛 회색 기운이 감도는 아파트단지는 인적

하나 없는 탓에 쥐 죽은 듯이 조용했다. 생명체라곤 눈 씻고 찾을 수도 없어 아파트 전체가 텅 비어버린 듯했다.

성냥갑처럼 세워진 아파트 한 동, 한 동 안에는 주민들이 이산화탄소를 내뿜으며 깊은 잠에 빠져 있을 것이다. 그러나 그들의 속삭임이 들리지 않는 탓에, 그들의 온기를 느낄 수 없는 탓에 난 죽음의 도시에 홀로 남겨진 기분마저 느꼈다. 전쟁이 끝나고 난 후 폐허 속에 혼자 버려진 침울함과 비통함이 한꺼번에 몰려왔다. 새벽 공기의 싸늘함보다 정적에 따른 고요함이 나를 더욱 참담하게 만들었다.

베란다에서 나왔다. 훈훈한 온기가 남아 있는 방 안으로 돌아왔다.

귀에 거슬리는 초인종 소리가 들렸다. 이불을 뒤집어쓰면서 소리를 거부했다. 그러나 신경질적으로 울려대는 초인종 벨소리는 멈추지 않았다. 이불을 젖히고 일어났다.

동이 튼 후 온기가 도는 이불 속으로 들어가자마자 잠이 들었던 모양이다. 현관으로 나가며 습관적으로 시계를 보니, 규칙적인 시침이 오전 10시로 뚝딱거리고 있었다. 이렇게 이른 시각에 찾아올 사람은 없었다. 찾아와 봤자 지긋지긋한 외판원일 것이 분명했다. 아니면 하느님을 믿으라고 딱지만 한 종이를 내미는 여호와증인 정도일 것이다.

"누구세요."

심드렁하게 물었다.

"나야."

지친 듯 툭 던지는 낯익은 음성. 방문자는 윤혜였다.

아, 그렇군. 내가 어제 은성을 만났으니 만남의 이야기를 윤혜
는 오늘 들어야 했다. 그녀의 방문이 있을 거라 예상했기에 뜻밖
의 방문은 아니었다. 물론 이른 방문에 조금 당혹스럽긴 했지만.

"뭐 하느라고…… 잤니?"

잔소리를 줄기차게 늘어놓을 참이던 윤혜가 나의 몰골을 보더
니, 미간을 찌푸렸다.

"들어와."

"너, 식당 몇 시에 끝나는데 여태 자?"

"어제는 늦게 잤어."

"왜? 강은성을 만나고 오니, 가슴 떨려 잠이 안 오디?"

"놀리지 마."

샐쭉한 눈초리를 보내다, 윤혜의 손에 들려진 화분이 시야에 잡
혔다. 하나는 보라색 라일락 같은 모양새의 꽃잎이 민들레 홀씨처
럼 줄기에 매달려 있었고, 또 하나는 싱그러운 연두색의 심플하고
작은 잎이 곧은 줄기에 순서대로 달려 있었다.

손바닥에 딱 들어갈 만한 화분 두 개를 양손에 나란히 들고 있
는 윤혜의 행색이 왠지 어울리지 않아 재미있었다. 선글라스를 끼

고, 옷차림은 명품으로 휘감은 그녀가 풀꽃 냄새 풀풀 풍기는 작은 화분을 하나도 아닌 두 개를 양손에 각각 들고 있다니. 것도 시가 기백만 원 한다는 가방을 팔에 걸치고서.

"봤으면 좀 받지 그러니?"

선글라스를 끼고 있어 그녀의 눈은 안 보였지만, 입술은 퉁퉁 부어 있었다. 자신도 그런 화분을 들고 있다는 자체가 싫은 모양이었다.

"설마, 내게 줄 선물이야?"

"정답."

팔을 쭉 뻗으면서 윤혜가 본격적으로 화분 넘길 태세를 갖추었다. 얼른 받아야 했다. 내가 화분을 건네받자 그녀는 큰 짐을 덜은 듯 홀가분한 표정을 짓더니 선글라스를 벗었다.

"허브네?"

"응, 허브야."

"너 허브 키웠니? 취미가 고상해졌네?"

안으로 들어가며 물었다.

"내가 그런 걸 키울 정도로 한가한 줄 아니? 그리고 고상? 기껏 집 안에 꽃이나 키우는 일이 고상한 일이니? 촌스럽다."

"촌스럽다고 말하면서 이걸 왜 사들고 와?"

"산 거 아니야."

퉁명스럽게 내뱉더니, 윤혜가 안방으로 터벅터벅 들어섰다. 그녀의 발걸음이 워낙 또박또박해 혹시나 구두를 신고 들어가지 않았나 의심스러워 시선을 내리니, 다행스럽게도 커피색의 스타킹을 신은 그녀의 귀여운 뒤꿈치가 보였다. 발이 귀여운 윤혜였다. 발이 예쁘면 시집 잘 간다더라. 처녀 적에 윤혜가 발을 보여주며 한 말이 떠올랐다.

윤혜는 아버지의 뜻에 따라 조건에 맞는 비슷한 집안과 연을 맺었다. 남편도 재력가 집안의 2세로 젊은 나이에 임원으로 기업을 이끌고 있었다. 나를 이어 친구들 중 사랑 없는 결혼의 두 번째 주자이자 마지막 주자는 윤혜였다. 그러나 사랑이라는 감정을 여태 느껴보지 못한 여자가 바로 윤혜였다. 남성혐오주의자도 아니고, 레즈비언도 아니었다. 그런데 그녀는 남자를 사랑할 수가 없었다. 그저 인연이 닿는, 가슴을 타오르게 한 남자가 없었다. 운이 나빴다.

그녀는 자기본위 성향이 강했다. 그렇기에 사랑이라는 감정에 굽히고 들어가려 하지 않았을지도 모른다. 하지만 한편으로 그녀는 그만큼 외로웠을 것이다. 내가 처음으로 사랑했던 남자와 헤어졌을 때 사랑이라는 감정, 아예 몰랐으면 더 나았을 거야. 그럼 이렇게 아프지 않잖아. 라고 말하자, 아니, 사랑이라는 감정 평생 모르고 산다는 것이 더 불행하지 않을까. 나처럼 말이야. 나도 사랑이 뭔지 좀 해봤으면 좋겠다. 이론만으로 말고 말이야, 라고 대꾸하던 윤혜였다.

그녀의 결혼은 감흥 없이 시작된 만큼, 풍요로운 가운데 허전하고 따분한 생활의 연속이었다. 남편은 물질적으로 잘하는 편이었지만, 선천적으로 그녀에게 뭔가를 요구하는 성격이 아니었다. 우리 남편은 귀찮은 것은 딱 질색인 사람이야. 뭐든지 쿨한 것이 좋다고 우겨, 라고 남편을 정의하면서 덧붙인 말은 남편이 날 선택한 이유도 쿨이었대. 내가 쿨해 보여서. 웃기지 않니? 내가 쿨해 보이나? 나도 진득거릴 땐 진득거린단 말이야, 라고 빈정거리던 윤혜였다. 그녀는 쿨해 보이지만 잔소리를 심하게 할 정도로 무른 사람이었다. 내가 울면 자신도 따라 우는 그런 여자였다. 그런 그녀가 결혼 생활이 깊어질수록 그녀의 남편 말처럼 쿨해지고 있었다. 위태롭게 변해갔다.

"그럼 어디서 났어?"

"누가 줬어."

회피하는 눈치였다. 그녀는 재킷을 훌러덩 벗더니 방바닥에 아무렇게나 던졌다. 고급스러운 재킷이 싸구려처럼 방바닥에 널브러져 버림받았다. 재킷의 뒤틀린 모양새를 보면서도 귀찮다는 듯 외면하며 바닥에 철퍼덕 앉았다. 핸드백을 끌어당겨 뒤적거리던 그녀가 담배를 꺼냈다.

그녀는 솟아오르는 노염을 억지로 삭이고 있는 듯했다. 무엇이 그녀를 화나게 만들었을까? 남편이? 남편으로 인한 울화일 리는 만무했다. 감흥 없이 살아온 세월이 벌써 4년인데, 새삼스럽게 남편에게 화낼 일은 없을 것이다. 무엇일까? 무엇 때문일까? 묻고 싶었지만 물어봤자 버럭 소리칠 것이 뻔하고, 행여 화살이 내게로 박힐 우려가 있어 모른 척하며 베란다 문을 열었다.

"누가?"

"있어, 어떤 촌스런 남자."

남자라는 단어가 윤혜의 입에서 나왔다. 힘없이 흩뿌려지는 담배 연기를 내뱉으며 분명 남자라고 했다.

남자라……. 그녀는 촌스런 남자 때문에 화가 난 것일까. 도통 알 수 없는 일이다. 그녀 스스로 울분을 참지 못하고 쏟아내기 전까진 유감스럽지만 인내력이 필요했다. 화분을 대강 놓아두고 작은 접시를 가져와 그녀 앞에 재떨이 대용으로 쓰라는 듯 내려놓았다.

"은성이와의 재회는 어땠어?"

"뭘 묻고 싶은 거야? 혹시나 네 예상대로 은성이가 내 손 부여잡고 누나, 다시 시작해요, 라고 했을까 봐서?"

"어쩌 너, 오늘 날카롭다?"

"잠을 못 잔 탓이야. 하지만 너보다 날카롭지는 않아."

"재회의 순간이 자꾸 떠올라 잠이 안 온 게 맞나봐?"

그녀가 이죽거렸다.

"자꾸 이럴 거니?"

"좋아. 휴전하자."

의외로 그녀가 순순히 물러났다. 손을 흔들더니 담배만 빨아댔다. 난 화분을 들고 베란다로 갔다. 볕이 잘 드는 곳에 나란히 두 개의 화분을 놓았다. 그러고 보니 나를 제외하곤 이 집에서 살아 있는 생물은 없었다. 내가 외출하고 나면 버려진 집처럼 황량한 기류가 흐를 것이다. 이제 너희들이 이 공간을 숨 쉬게 해줄 거니?

"은성이 만나서 뭐 했어?"

"커피 마시고 헤어졌어. 그게 끝이야."

허브에게만 시선을 두고 난 무뚝뚝하게 대답했다.

"그래? 예상외로 시시하네? 그런데 은성이 시크해졌지? 근사해졌더라."

"그래. 다른 세계 사람이라는 거 통감하고 왔어."

"무슨 뜻이야?"

"네 말대로 난 구질구질한 궁상이고, 그 녀석은 한눈에 봐도 근사하고 멋지더라. 언감생심, 내가 감히 넘볼 수 없겠더라."

그녀를 향해 휙 돌아서 쏟아냈다. 소주 한 잔을 마시게 하고, 밤새 잠을 뒤척이게 한 이유일지도 모르는 말을.

윤혜가 놀란 듯 뚫어져라 응시하더니 입술을 바르르 떨며,

"니가 어때서? 장사 잘되는 식당 사장에! 작지만 이런 아파트까지 소유하고 있잖아!"

라며 언성을 높였다.

"언제는 지지리 궁상이라며."

"행색을 그러고 다니니까 그러지."

마저 한 모금을 깊게 빨더니, 윤혜가 접시에 담배를 짓이기듯 껐다. 주름을 만들며 담배가 재를 뿌리며 처참히 구겨졌다.

"식당 일 하다 보면 그게 편해."

"좋겠다, 편해서."

빈정거리는 윤혜를 보다 난 허브에게로 시선을 돌렸다.

"은성인 너보고 뭐래?"

"별말 안 했어."

"네 모습 보고 놀라디?"

"아니."

"답답해. 차근차근 얘기 좀 해주면 안 돼?"

"네가 이 허브 준 촌스런 사람에 대해서 말해주면."

싱그러운 연두색 허브 잎사귀를 손가락으로 섬세하게 어루만졌다. 까슬까슬한 감촉이 느껴졌지만, 잎사귀 자체에는 매가리가 없었다.

"너 그런 식으로 거래하지 마."

"나만 손해 보는 것 같아서 말이야."

"신은령, 장사하더니 수완이 많이 늘었어."

윤혜의 음성이 사그라졌다. 그녀가 한 발짝 물러선 듯해서 난 피식 웃으며 기다렸다.

"……고모리에 있는 허브농장 주인이야. 공허해질 때면 고모리 쪽으로 드라이브를 가곤 했거든. 혼자서 카페에 앉아 차나 마시고, 담배나 피우고, 어쩔 땐 책 한 권을 가져가 다 읽고 오고. 그러다 만났어."

"카페에서?"

고개를 돌려 윤혜의 표정을 유심히 살폈다. 감추려는 것처럼 무표정하니 감정이 실려 있지 않았다. 하지만 은근히 배어 있는 흥분을 간파할 수는 있었다.

"아니, 카페에서 돌아오는 길에 우연히 만났어."

"우연히?"

"그날, 스페어타이어도 없는데 타이어가 펑크가 났어. 이유도 없이 말이야. 길가에 세워놓고 보험회사에 전화하려는데, 걸어오던 그 남자가 멈추더라. 그러더니 걸어서 5분 거리에 자기 하우스가 있는데 거기가면 스페어타이어가 있다는 거야. 그래서 그 남자한테 맡겼지. 그 남자가 조심조심 내 차를 운전했고, 난 보조석에 앉아서 따라갔어."

그녀는 그날이라고 했다. 그렇다면 오늘이 아니라는 얘기였다. 지난 일의 회상이었다.

"처음 보는 사람인데?"

"순박하니 착해 보이더라. 사실은 나도 내가 왜 그랬는지 모르겠지만, 무턱대고 그 남자를 믿었어. 나쁜 사람이라곤 추호의 의

심도 안 했어. 보조석에 앉았는데도 불안하지 않더라고, 신기하
게."

윤혜가 담배를 하나 더 물었다.

"그리고 그 남자 말대로 허브하우스라고 써진 건물이 곧 나타났
어. 남자는 건물 마당에 차를 세우더니, 현관 옆에 있는 나무 벤치
를 가리키며 앉아 있으라 했어. 난 그대로 따랐지. 잠시 후 남자가
허브차라면서 유리잔에 차를 한 잔 내오더라. 마시면서 기다리라
고."

까다로운 윤혜가 곧이곧대로 남자의 말을 따랐다는 것이 도무
지 상상되지 않았다. 영상을 떠올리려 무던히 노력했지만, 화면은
잘못 끼워진 조각 퍼즐처럼 어긋났다.

"순순히 차를 마시면서 남자가 스페어타이어를 교체하는 것을
지켜봤어. 땀까지 흘리면서 열심히 교체해 주더라. 그리고 고맙다
고 인사하고 왔어."

"인사만?"

"응, 인사만 했어. 그래서인지 집에 돌아왔는데 고마움에 대한
표시를 단지 인사만으로 끝낸 게 왠지 미안하더라. 연고도 없는
내게 친절을 베푼 사람인데. 그래서 다음날 그 사람의 농장에 찾
아갔지."

다음날. 역시 오늘도 아니라는 얘기였다.

"점심을 대접하고 싶다는 내 말에 얼굴까지 빨개지는 거야. 서

른다섯은 족히 넘어 보이는 남자가. 웃기지?"

하나도 우습지 않는데 그녀는 공연히 웃음만 지었다.

"근처 고기집에서 밥을 먹고 나오는데 계산도 그 사람이 해버리는 거야. 밥은 내가 산다고 했는데. 그리고 농장에 잠시 들르자 하더라고. 전날처럼 허브차를 끓여 내왔어. 두 잔을 말이야. 나란히 벤치에 앉아 허브차를 마시며 그 사람이 말하는 허브 이야기를 들었어. 그리고 허브를 트렁크에 가득 넣어주더라. 거절할 수가 없어서 들고 왔지. 염치도 없이."

"그런데?"

"잘못 키웠는지 허브들이 죽어가는 거야. 시들시들 잎들이 까맣게 말이야. 난 나름대로 열심히 키웠어. 그 사람이 주면서 삼 일에 한 번 물을 주라고 해서 달력에 표시까지 해가면서 말이야."

섬세하지 못한 윤혜가 허브를 키우기 위해 달력 표시까지 했다면 상당히 필사적이었다는 의미였다. 별안간 갈증이 생겨 목이 탔다.

"하지만 뭐가 잘못되었는지 그 사람이 준 허브를 싸그리 다 죽이고 말았어. 미안하고 속상하고 그러더라. 그래서 그 남자를 찾아갔지, 오늘 아침에."

"아침부터?"

"답답해서 미치겠더라고. 허브를 죽였다는 죄책감 때문이었나?"

답답함의 원인을 죄책감이라 둘러대는 윤혜. 진정 그녀는 그 답답함의 원인을 모르는 것일까.

"아무튼 남편이 출근하자마자 고모리로 갔어. 그런데……."

말을 늘어뜨리는 그녀의 얼굴에서 긴 여운이 발견이 되었다. 아득하니 그 사람을 떠올리듯이. 갈증이 심해지면서 불안감이 치솟아 올랐다.

"그 사람, 벤치에 멍하니 앉아 있더라. 그 이른 시각에. 그러다 내 차를 보자마자 벌떡 일어나더니…… 세상에."

잠시 그녀는 마른침을 삼키며 숨을 돌렸다.

"환하게 웃더라, 입이 귀에 걸린 것처럼 바보같이. 난 남자가 그렇게 웃는 거 처음 봤어. 얼굴까지 빨개지면서 환하게 웃었다니까."

"그 사람, 너 기다렸대?"

"아니, 그런 말은 안 했어. 그냥 쑥스러운지 바지에 손을 비비면서 오셨어요, 하더라. 그래서 내가 미안하다고, 허브가 다 죽어버렸다고 했지. 그랬더니 또 허브를 그때만큼 줬어. 그러면서 허브는 흙이 마른 후에 물을 듬뿍 주는 거라고 하더라. 삼 일이라고 꼭 지킬 필요 없다면서 말이야. 자신이 제대로 가르쳐 주지 않아서 미안하다면서. 내가 다 죽인 건데 왜 자기가 미안해? 웃기지, 그 사람."

윤혜의 눈동자가 흔들렸다. 쓴웃음을 짓고 있는데 그녀의 눈동자만은 어둠 속에서 광명을 찾은 듯 빛나고 있었다. 그녀의 눈동자를 보고 있으려니 초조해져 난 허브로 시선을 돌렸다. 허브 화분에는 명패처럼 글자가 새겨진 종이가 꽂혀 있었다. 이름표를 들여다보았다.

싱그러운 연두색 잎이 곧은 줄기에 달려 있는 녀석의 이름은 애플민트였다.

"애플민트란 이름 예쁘다."

"흔들어서 코에 대봐. 사과향이 나. 그 사람이 그러는데 내가 사과 같대. 사과향이 느껴진다나? 그러니?"

그녀의 음색엔 은근한 설렘이 담겨 있었다.

"글쎄."

애플민트 화분을 들고 흔들어 봤다. 행여 잎이 다칠까 봐 조심스럽게. 코끝에 잎을 대니 정말로 단 사과 냄새가 희미하게 풍겨 왔다. 윤혜와 사과라……. 어울리는 듯 하면서도 어울리지 않았다.

갑자기 갈증과 불안감이 사라지면서 그 사람이 보고 싶어졌다. 어떤 사람일까. 윤혜를 사과 같다고 말한 사람이 어떤 얼굴을 하고 있을까. 얼굴까지 빨개지면서 웃는 남자. 궁금해졌다.

"헬리오트로프? 무슨 이름이 이렇게 어렵니?"

라일락 같은 꽃망울이 달린 녀석의 이름은 헬리오트로프였다. 꽃에서 달콤한 향이 올라왔다.

"나도 동감이야. 절대 귀에 안 들어오는 이름. 그런데 그 녀석에게 담긴 뜻을 듣고 네게 가져오고 싶었어. 다 주면 그 사람에게 미안해서 나 닮았다 하는 녀석 하나, 네게 주고 싶은 녀석 하나."

다 주면 그 사람에게 미안해서라는 말이 못처럼 귀에 박혔다. 이유 없는 미소가 입가에 얌전히 내려앉았다.

"뜻?"

헬리오트로프를 든 채 윤혜에게 고개를 돌렸다.

"사랑이여, 영원하라. 이런 뜻이 담겼다 하더라. 영원한 사랑을 기원한다면 그 녀석을 말려 품에 지니란다. 향도 황홀할 정도로 달콤해. 사랑이 달콤한 건가?"

"그런 꽃말을 가지고 있어서 내게 가져오고 싶었어?"

난 피식 웃었다.

"응. 나야 사랑이란 건 없으니까. 네게 필요할 듯싶어서."

쓸쓸한 듯 그녀가 내뱉었다.

"난 영원한 사랑을 기원하지 않아. 영원한 사랑은 존재하지 않으니까. 사람은 사랑이라는 감정에 비해 좀 더 현실적이니까."

담담하게 말했다.

"아니, 존재한다고 생각해, 나는."

"그래?"

"사랑을 꿈꾸는 자에게는. 물론, 막상 사랑하게 되면 그 꿈에서 깨겠지만."

윤혜의 말에 난 웃으며 헬리오트로프로 시선을 돌렸다. 영원한 사랑을 기원하는 식물을 품에 안는다 하여 존재하지 않는 영원한 사랑이 이뤄질까. 염원을 담는다면 기적이라는 것이 생길까.

"뜻에 비해 이름이 너무 어렵다."

"사랑을 담은 식물인데, 불리는 이름이 쉽겠니? 사랑 자체가 어려운 건데?"

"갖다 붙이면 무슨 의미인들 안 통하랴."

나의 대꾸에 윤혜가 쿡 웃었다. 헬리오트로프를 베란다 바닥에 내려놓고 난 그녀에게 다가갔다.

"허브라는 거 말이야, 흙이 마르면 물을 듬뿍 주는 거라 했지?"

"응, 그렇대."

"사람 인생같이 사는 식물이네. 위태롭게 곡예를 하듯이……. 뿌리를 내리고 지탱하고 있는 흙이 완전히 마를 때까지 버텨야지 비로소 갈증을 해소시키니 말이야. 죽음과 삶의 경계선을 매번 왕복하는 기분이겠어."

"기구한 운명이지."

"……그 사람 왜 허브를 키울까?"

"궁금하니?"

"응."

"그럼, 다음에 같이 갈래?"

기다렸다는 듯이 윤혜가 물었다. 그녀의 입술에 미소가 번졌다.

그녀에게 드디어 봄이 찾아온 듯했다.

난 잠시 그녀에게 찾아오는 봄을 막아야 되지 않느냐, 라는 이성적인 고민에 빠졌다. 그러나 그녀의 미소가 보기 좋았다. 마른 듯이 사는 그녀에게 찾아온 봄이었다. 그래서 위험한 결정이지만 난 그녀의 봄을 빼앗지 않기로 했다. 물론 내게 빼앗을 권리는 애초에 없지만.

"응, 같이 가자."

산책

　흐느적거리는 검은 천 위에 피어오른 다홍색 국화꽃이 또렷하
게 눈에 들어온다. 산등성이처럼 불쑥 솟은 배 위까지 다홍색 국
화가 어지럽게 그려진 검은 고무줄 바지를 치켜 올려 입은 할머니
머리 위로 적갈색 고무통이 얹혀져 있다. 세월의 깊이만큼 주름이
가득한 할머니의 낯빛은 겹겹이 고단함이 누르고 있는 듯 검붉다.
신호대기 중인 건너편 사람들 틈에 섞여 있는 할머니가 유독 나의
시선을 잡아끈다. 곁에 서 있는 인파들 중에서 할머니에게 관심을
갖는 이는 없다. 할머니는 버려진 아이처럼 외로이 신호를 기다린
다.
　신호가 바뀐다. 건너편 사람들이 우르르 횡단보도로 나온다. 할
머니의 적갈색 고무통도 위태롭게 흔들리면서 움직인다. 붉은 상

보가 뚜껑처럼 덮여 있는 고무통은 천근처럼 무거워 보인다. 고무통의 무게로 인해 할머니가 걸음을 움직일 때마다 땅속으로 내려앉듯 푹푹 꺼진다.

"어구, 이제 날씨가 제법 덥구먼."

문을 열고 들어서며 아줌마가 중얼거렸다. 창가 테이블에서 거리를 내다보던 나는 눈을 돌렸다.

"그래요?"

"벌써부터 짧은 팔 입은 애들도 꽤 되데. 젊음이 건강이라는 말이 맞는 겨."

시장에 다녀온 아줌마의 짐이 한 보따리였다. 그녀에게 다가가며 거리로 살며시 눈을 돌렸다. 고무통을 머리에 이고 건너오시던 할머니는 이미 사라진 후였다. 아줌마도 이 무거운 짐을 혼자 들고 오신 건가.

"다음부터는 저랑 같이 가요."

"왜 또 심술이여?"

"누가 심술을 부린다고 그래요?"

"내가 그랬잖어? 나는 혼자 이것저것 구경도 하믄서 장 보는 게 좋다고. 마실 겸 천천히 다녀오는 건디 그걸 막는 게 심술인 겨."

"억지 부리지 마세요."

장 보따리를 옮기면서 난 툭 던졌다.

"자꾸 그라믄 나도 파업이란 거 할겨."

"정말, 내가 못살아."

아줌마와 마주 보고 허허 웃는데 손님이 들어왔다.

젊은 부부와 초등학교 고학년 정도 됐을 법한 남자아이와 남자아이보다 한두 살 어린 여자아이였다. 여자는 들어서면서 외식하자면서 이런 데 와요? 라며 남자를 흘겼다. 남자는 동생 녀석이 그러는데 여기 제육볶음이 기막히게 맛있대, 라며 사람 좋은 웃음을 지었다. 기막히게 맛있다는 말에 아줌마는 이런 데, 라고 한 여자의 불평을 잊었다.

가족은 단란하게 창가 자리에 앉았다. 주문한 제육볶음이 나오자 부부는 열심히 음식을 떠먹었다. 하지만 아이들의 목적은 밥이 아닌 듯했다. 쉴 새 없이 떠들면서 아웅다웅했다.

오래전 오빠와 함께 상에 어울려 앉아 투덕거리며 밥을 먹던 생각이 났다. 두 살 차이밖에 안 나면서 오빠는 편식하지 말라고 먹는 내내 잔소리를 했었다. 문득 오빠가 그리워지는 순간이었다. 오빠가 생각나니 저절로 은성이 떠올랐다.

아줌마는 주방에 서서 흐뭇한 시선으로 아이들을 응시했다. 손자를 보듯이 정겹게.

제육볶음이 담긴 철판의 바닥이 드러나자 아이들은 본격적으로 숟가락을 놓고 끝말잇기를 시작했다. 시작의 단어는 우습게도 밥이었다.

"밥."

"밥? 밥그릇."

"릇? 릇…… 릇으로 시작하는 말이 어디 있어?! 이건 반칙이야!"

눈을 공처럼 크게 부풀려 뜨며 여자아이가 오빠를 흘겼다.

"누가 밥으로 하래?!"

"오빠가 나빠!"

"떠들지 마."

아이들의 언성이 높아가자 엄마가 엄한 표정을 지었다.

"다시 해, 그럼."

혼이 난 남자아이가 기죽은 얼굴로 동생을 보며 양보했다. 여자아이가 환해졌다. 샐쭉한 얼굴로 남자아이가 어서 시작하라며 재촉했다. 여자아이가 한다 하더니 크게 밥그릇! 하고 외쳤다. 이번엔 남자아이가 그런 게 어디 있냐면서 성질을 냈다.

아이들이 투덕거리면서 말다툼을 했다. 아줌마가 쿡쿡 웃으며 기집애가 여우네 하고 자그마하게 속삭였다. 곧 아이들은 싸우는 것을 멈추고 끝말잇기를 새로 시작했다.

철없던 연인 사이처럼 한때는 즐거웠던 추억이 아련히 떠올랐다.

❖ ❖ ❖

"왜 웃어요?"

늦은 여름 주말이었다. 가을이 다가오던 시점이라 짧은 소매의 옷이 조금은 썰렁한 그런 날이었다. 영화를 예매했다는 은성과 함께 극장으로 가던 지하철 안이었다. 나란히 앉아 건너편 유리로 비치는 그와 나의 모습을 바라보다, 뜬금없이 떠오른 생각에 쿡 웃어버린 나에게 은성이 물었다.

"내 이름이 성은이었으면 좋았을 텐데."

"왜요? 난 누나 이름 좋은데."

"넌 은성, 난 성은. 우리 이름 가지고 끝말잇기 하면 말이야. 은성, 성은, 은성, 성은 이렇게 우리의 끝말잇기는 영원히 안 끝나잖아. 은성, 은령은 앞 자만 같고 시작도 못해. 재미없어. 남매도 아니고."

"그러게. 누가 들으면 남매인지 알겠다."

은성이 말했다. 이름도 우리를 엮는 거라 말하듯 기분 좋게 웃으며.

"내가 령은으로 바꾸는 건 어때요?"

불현듯 떠올랐다는 듯 은성이 말을 이었다.

"령은? 그게 뭐야?"

"령은 동지! 어떠십네까?"

장난스럽게 북한 사투리까지 하는 은성을 보며 웃음을 참지 못하고 깔깔거렸다. 주위의 승객들의 시선 따윈 아랑곳하지 않고.

아니, 주변의 시선은 눈에 들어오지도, 인식도 못했다.

"재밌습네까? 은령 동지?"

"그만해, 유치하게."

깔깔거리며 그의 어깨를 툭 쳤다. 승객들의 시선이 아주 따가워졌다.

"그만 웃어요."

따라 웃으면서도 시선을 깨닫고 민망해졌는지 은성이 속삭이듯 말했다.

"어떡해. 나, 웃음보가 터졌나 봐."

눈물까지 흘러나왔다. 눈가를 닦으면서도 난 웃음을 멈추지 못했다.

"내가 멈춰줄게요."

은성이 팔을 들어 내 어깨를 감쌌다. 그러더니 반대 방향으로 나온 커다란 손으로 끝없이 웃음을 흘리는 내 입술을 틀어막았다. 그의 손바닥 온기가 따스했다. 그의 얼굴에 즐거운 웃음이 묻어나왔다.

그의 손에 막힌 웃음이 차츰 사그라졌다. 하지만 너무 오래 웃은 탓에 숨을 끅끅거리며 난 힘겨워했다.

내가 눈으로,

힘들어.

하고 보자, 은성이 달래듯 턱을 까닥거리며 다른 손으로 내 등을 쓸었다.

"우리 내려야 한다."

등을 쓸던 손으로 덥석 내 손을 움켜쥔 그가 열렸다 막 닫히려
는 문으로 달렸다. 후다닥 그에게 손을 잡혀, 아슬아슬하게 지하
철 승강장으로 내렸다. 그의 재빠른 행동이 뭐가 그리 재밌는지,
사그라졌던 웃음이 다시 살아났다.

"……나 어떡해."

"큰일 났네."

멈추지 않는 웃음 때문에 손으로 입을 가리며 내가 힘들어하자,
은성이 안쓰럽다는 듯 내려다보다 긴 팔을 휘둘러 내 어깨를 끌어
안았다.

"사람들 보잖아."

놀라서 떨어지려고 했다.

"나만 얼굴 팔리면 되잖아요."

내 뒷머리를 다른 손으로 지그시 누르며 은성이 말했다. 머리
위에서 들리는 다정한 말에, 영원히 멈추지 않을 것 같던 끅끅거
리는 웃음이 뚝 그쳤다. 그래도 그의 품에서 벗어나지 않았다. 내
뒷머리를 감싼 따스한 손이, 내 어깨를 안은 따스한 온기가, 넓은
가슴팍 아래 불끈거리며 뛰는 심장박동 소리가 좋아서.

❖ ❖ ❖

"사장, 손님 왔어."

즐거운 추억을 방해하는 아줌마의 말에 문으로 눈을 돌렸다. 문에는 아무도 없었다. 아줌마의 손가락은 창을 가리키고 있었다. 손가락을 따라가니 창밖 거리에 은성이 있었다. 방금 꿈꾸었던 추억 속에서 불쑥 은성이 튀어나왔다는 착각이 들었다. 시야를 어지럽히는 착시 현상에 난 잠시 동안 꿈을 꾸듯 멍하니 창밖의 손님을 응시했다.

"사장 손님 맞지?"

은성은 나와 눈이 마주치자 빙그레 웃었다.

그의 웃음을 보니 그제야 현실임을 깨달았다.

아줌마가 나가보란 듯이 등을 쿡쿡 찔러댔다. 그녀의 손가락 때문에 등이 아프다는 핑계로 난 발을 움직였다.

"어쩐 일이야?"

일주일 만이었다. 샐리의 카페에서 그를 본 지 일주일이라는 시간이 흘렀다. 저녁시간에 실내에서 본 그와 환한 봄볕이 내리쬐는 대낮의 그는 전혀 다른 사람 같았다. 그는 면바지에 깔끔한 체크무늬 남방을 걸쳐 입은 운동화 차림이었다. 7년 전의 은성이 내게 돌아온 듯했다. 그가 추억 속에서 튀어나왔다고 착각을 한 건 오롯이 그의 가벼운 옷차림 때문일 것이다. 아니면 나의 바람일지도.

"오랜만이에요."

7년 만에 봤을 때도 오랜만이라는 인사를 하지 않았던 그가 이번에는 오랜만이라고 인사했다.

"출근 안 했니?"

"금요일은 자유출근 복장이에요. 오전에 일하고 나왔어요."

슈트 차림이 아닌 이유를 설명하며, 그가 차를 여기에 세워도 되냐며 식당 귀퉁이를 가리켰다. 그렇다며 난 고개만 끄덕였다.

"바쁜데 내가 찾아온 건가요?"

창으로 충분히 식당 안이 보일 것이다. 그런데도 그는 천연덕스럽게 모른 척 물었다.

"점심시간이 지나 한가해."

나의 간단한 대꾸에 그가 웃었다.

"그럼 시간 괜찮겠네요?"

"응."

"산책할래요?"

오늘은 이상한 날이다. 7년 전으로 돌아간 듯 그가 내게 7년 전처럼 물었다.

은성의 말은 과거의 환상에 나를 사로잡히게 만드는 효력이 있었다. 난 그대로 넋을 잃고 말았다. 정신을 차렸을 때는 이미 은성과 식당 근처 대학 캠퍼스 정문을 들어서고 있었다. 그는 좋은 산책 코스가 있다면서 차로 이동하자고 했다. 그러나 나는 가까운 곳을 선택했다. 인근 지역에서 산책할 만한 공간은 대학 캠퍼스뿐이었지만.

"너 갑자기 어디서 튀어나왔나 했어."

"네?"

불쑥 내뱉은 나의 질문을 상념에 빠져 있었는지 은성은 다행스럽게도 못 들었다. 난 아무것도 아니라며 황급히 말을 접으며, 한심한 나를 욕하고 자학했다.

따스한 봄볕이 내리쬐는 오후라 캠퍼스를 배회하는 학생의 수가 꽤 되었다. 캠퍼스 안은 젊음이라는 신선한 공기가 흘렀다. 가벼운 옷차림의 그와 청바지 차림의 나는 그들의 시선을 받지 못했다. 시선을 받더라도 나이 든 학생쯤으로 여겨질 것이다.

노란 물이 든 별 같은 개나리꽃이 꽃망울을 터뜨리는 화단을 지나자, 고풍스런 고딕풍의 건물 앞으로 연분홍 물감에 살짝 담갔다가 빼낸 듯 고운 벚꽃이 만발한 길이 나타났다. 은은한 분홍의 꽃이 구름처럼, 하늘처럼 머리 위로 드리워졌다. 그와 나란히 길을 걸었다.

황홀경에 빠져들 정도의 달콤한 단 향이 코를 찔렀다. 꽃잎 하나가 바람결에 따라 사뿐사뿐 걸어 내려왔다. 반사적으로 손바닥을 뻗었다. 곱지만 심술궂은 꽃잎이 춤을 추듯 손가락을 비켜갔다. 떨어지는 벚꽃을 잡으면 사랑이 이뤄진대. 고등학교 때 친구가 교정의 벚나무 아래서 손을 하늘 높이 뻗어 떨어지는 벚꽃 잎을 잡기 위해 방방 뛰며 했던 말이 떠올랐다. 어긋나듯 비껴간 벚꽃은 바닥에 떨어져 뒹굴었다. 사랑을 놓쳐 버린 기분이었다.

"바빴어요."

내가 발을 멈추자, 은성이 입을 열었다.

"한 번쯤 찾아오고 싶었는데 바빠서 못 왔어요."

다정하진 않고 사뭇 담담한 어조였다.

좀 전에 다정히 웃던 은성은 사라지고 시크한 은성으로 돌아와 있었다. 일주일 전 7년 만에 재회한 그 순간에도 그랬다. 은성은 불쑥불쑥 스물세 살 은성처럼 다정하고 서글프기도 했고, 금세 이성을 차린 듯 무덤덤해 보이기도 했다. 그도 과거와 현실을 오락가락하며 헷갈리는지도 모른다.

"그랬니?"

난 시큰둥한 척했다. 서먹서먹한 기류가 흘렀다.

"음료수 마실래요?"

머뭇거리며 주변을 두리번거리던 은성이 물었다. 난 머리를 주억거렸다.

"여기서 기다려요."

그가 벚꽃나무 아래에 놓인 나무 벤치를 가리키더니 달려갔다. 벚꽃 길을 가는 그의 뒷모습을 멀거니 주시하다가 벤치에 얌전히 앉았다. 산들거리는 봄바람이 벚꽃 향을 실어왔다. 턱을 들어 가지가지마다 눈이 쌓인 듯 꽃잎이 매달린 나무를 응시했다. 꽃잎이 호기 어린 시선으로 나와 눈을 마주쳤다. 빙그레 웃는데, 음료수 캔 두 개를 든 은성이 나타났다.

"자판기가 생각보다 머네요."

캔 뚜껑을 따서 내밀며 은성이 가볍게 웃었다.

"고마워."

나는 웃었다.

은성이 벤치에 앉았다. 그의 기척을 옆선으로 느끼며 난 다른 방향으로 시선을 돌렸다. 벚꽃에 시선을 떼지 않고 음료수만 홀짝 거렸다. 시금털털하면서도 상큼하게 혀에 착 달라붙는 레몬 맛의 음료가 마른 입술을 시원하게 적셨다.

그도 음료만 홀짝거리면서 벚꽃을 응시했다.

지금의 분위기를 음미하듯 그와 나는 하늘 아래로 수놓아진 벚 나무 아래서 말없이 앉아 있었다. 침묵이 흐르지만 불편하지 않았 다. 억지로 대화할 필요는 없었다. 우리의 대화는 옹기종기 나뭇 가지에 달려 있는 어여쁜 꽃잎들이 서로를 비비며 대신 해주고 있 었다.

내 왼편에 그가 앉아 있다.

편안한 오후다.

난 깨달았다. 벚꽃나무 아래여서가 아니라, 달콤한 꽃 향 때문 이 아니라, 시원한 음료 때문이 아니라, 은성과 같이라 편안한 것 임을……

머리 위에서 속삭이던 꽃잎 하나가 무리에서 이탈하면서 허공을 떠돌았다. 음료수 캔을 들고 있는 내 손바닥으로 꽃잎이 수줍은 듯 얌전히 착지했다. 손안으로 들어온 꽃잎을 난 소중히 내려다보았다.

　사랑은 강제적으로 잡는다 해서 이뤄지는 것이 아니다. 사랑은 수줍은 듯 조심스럽게 눈치챌 새도 없이 어느 순간 곁에 와 있는 것이다. 아무리 염원을 담아도 안 되는 사랑이 있는가 하면, 거부하려 해도 붙들려 버리는 사랑이 있는 것이다. 이뤄질 수 있는 사랑은 소란스럽게 다가오지 않으며 자연스레 품속에 파고드는 것이다. 사랑의 인연이란 그런 것이다.

　입가에 미소가 떠올랐다. 난 오른편 벚꽃나무로 시선을 돌렸다.

　좋다, 은성아.

　이 시간이 말이야.

　마음이 소리 없이 말했다.

　네, 좋네요.

　오래전 그였다면 그렇게 소리 없는 대답을 했을 것이다. 지금의 그는 어떤 대답을 할지 모르겠다. 부드럽게는 보이지만 다정하게는 보이지 않는 그의 알 수 없는 표정에 조금은 자신 없고, 조금은 설렌다.

　담담히 다물어져 있던 그의 입가에도 미소가 띄워져 있을까……

서로를 보지 않고 정면을 보면서도, 우린 곁의 서로를 응시하고 있었다. 서로를 의식하고 있음은 확실했다.

오로라를 치듯 그와 내 주위를 감싼 꽃잎의 뺨이 부드럽게 선홍색으로 물들었다.

캠퍼스에서 걸어 나오기 전까지 내가 그에게 한 말은 갈래? 가 전부였다. 그도 네, 라고 대답만 했을 뿐이었다. 그도 나도, 먼저 말을 꺼내거나 침묵에 대해 질책하지 않았다. 우리는 단어 그대로 산책을 하고 돌아왔다.

"들어가요."

식당 앞에 와서 그가 말했다. 가벼운 미소였으나 눈은 웃지 않았다. 그가 도통 무슨 생각을 하는지 알 수가 없었다. 7년 전 그는 눈빛으로 모든 것을 말했는데. 서글서글하게 웃어주던 그 눈매가 그리웠다.

"그래."

그를 따라 미소로 답례했다. 은성은 천천히 발을 움직여 귀퉁이에 세워놓은 차로 걸어갔다. 그의 발걸음이 차분했다. 식당 안에서 아줌마가 손님에게 음식을 나르면서 곁눈질로 우리를 힐끔거리는 것이 보였다. 그러나 난 아줌마에게 고개를 돌리지 않았다. 운전석에 올라타는 은성에게서 시선을 떼지 못했다.

빨리 가. 내 속이 재촉했다.

그가 나에게서 빨리 떨어지길 바랐다. 지금의 감정이라면 그를 붙잡을지도 모른다. 나는 지금 뜨겁게 달구어진 불 판 위에 오른 듯 흥분해 있었다. 소용돌이치는 갈망을 언제까지 무시할 수 있을지 자신 없었다.

나의 바람과 달리 그의 자동차는 움직일 기색이 없었다. 거뭇한 차창이 가로막혀 있지만, 그의 시선이 느껴지는 듯했다. 그는 창 안에서 나를 볼까? 속이 두근거렸다.

은성아, 밥 먹고 갈래? 내 다른 속이 물었다.

"갈게요."

차가 움직여 내 곁에 섰다. 열린 운전석 창 너머로 간명하게 그가 말했다. 나는 묻지 못했다.

그리고 주저 없이 그가 내 앞을 떠났다.

그를 멀거니 보다 등을 돌렸다. 심장의 끄트머리가 살며시 아렸다.

식당으로 들어서는데, 테이블에 놓인 냅킨통이 빈 것이 눈에 들어왔다. 서랍에서 냅킨봉지를 꺼내며 곁눈질로 보니, 아줌마의 입가에 뜻 모를 미소가 맴돌고 있었다. 왜 웃으시냐고 물으려는 찰나, 전화벨이 울렸다.

[나다.]

전화기 너머로 찬바람이 불었다. 촉촉하게 윤기 나던 나의 입술이 삽시간에 메말랐다. 아줌마가 의아해하며 넌지시 봤다.

[여보세요?]

대답이 없자 짜증이 밴 음성이 물었다.

"말해요."

[넌 무슨 애가 그러니? 집에 오기는커녕 안부 전화 한 번 안 하니? 넌 낳아주고 키워준 애미가 걱정도 안 돼?]

속사포처럼 쏟아지는 말을 들으며 난 손에 쥐고 있는 비닐봉지만 조물거렸다.

"왜요? 무슨 일 있으세요?"

[넌 오빠의 기일도 잊은 모양이구나.]

냉랭한 엄마의 말에 끄트머리만 아렸던 심장이 쓰려왔다.

오빠의 기일…….

"……아직 일주일이나 남았잖아."

원망스러운 투로 소곤하게 중얼거렸다.

귀신처럼 엄마는 지금 전화해서 내게 오빠의 기일 이야기를 한다. 아직 일주일이나 남은 기일을…… 내게 확인한다. 엄마는 마치…… 마치…… 저 건너편에서 좀 전에 헤어진 그와 나를 지켜본 것처럼 내게 다시 한 번 오빠를 잊지 마라 경고한다.

[알면 됐다.]

엄마가 전화를 끊었다. 엄마와의 대화가 들렸는지, 아줌마가 달래듯이 어깨를 툭툭 쳤다. 그런 그녀에게 난 괜찮다는 듯 억지미소로 답례했다.

엄마, 안 거야? 은성이 온 거 안 거야?

창밖 너머 그가 멀어져 간 곳을 멀거니 응시했다.

　

금요일 장사는 언제나 그렇듯 혼이 나갈 정도로 바빴고, 지치게 했다. 집에 들어왔을 때는 몸보다는 정신이 지쳐 끝없이 노곤했지만, 나는 쉽게 잠들지 못했다. 가방에서 지갑을 꺼냈다. 지갑 안에는 곱게 접은 하얀 냅킨이 들어 있었다. 냅킨을 꺼내 조심조심 펼쳤다.

삼등분해서 접은 냅킨 속에는 분홍색이 아스라이 스며있는 벚꽃 잎이 있었다. 소리 없이 내 손안으로 떨어져 앉은 꽃잎이었다. 버릴 수가 없었다. 내게로 다가온 꽃잎을 그대로 그 자리에 두고 올 수가 없어, 난 은성이 눈치채지 못하게 손바닥에 몰래 쥐어 챙겨왔다.

화장대 위에 놓인 액자를 집었다. 윤혜와 다정히 팔짱 끼고 교정 아래 나무 그늘에서 찍은 사진이었다. 둘 다 중학교 교복을 입고 있었다. 나는 햇살처럼 웃고 있었다. 윤혜와 같이 입을 함박만하게 벌려 이빨이 드러날 정도로 환히 웃고 있었다.

그 사건이 일어나기 전 사진이었다. 내가 편안했던 그 시절, 내가 유일하게 좋아하는 사진이었다.

액자가 다시 화장대 위에 올라졌을 때는 유리와 사진 사이에 선명한 꽃잎이 놓여졌다. 꽃잎이 들어 있는 차가운 유리를 손가락으로 쓰윽 한 번 만져본 후에야 잠자리에 누웠다.

❖ ❖ ❖

청색 신호등이 깜빡거린다. 미처 건너지 못한 행인의 발걸음을
독촉하면서 어서 건너오라는 듯 깜빡거리는 청색 신호등의 동공
이 다급하게 움직인다. 정지선에 대기 중인 차량이 스멀스멀 앞으
로 넘어온다. 아직 황색 신호로 바뀌지 않았는데도, 횡단보도를
건너는 행인을 위협한다. 행인이 급기야는 뛰기 시작한다. 청색
신호등이 마지막 비명을 질러댄다. 황색 신호등으로 바뀌는 찰나,
마지막 주자가 아슬아슬하게 보도로 골인한다. 기다렸다는 듯이
자동차들이 쌩하니 차도를 점령한다.

은행에서 막 나와 바뀐 신호등을 보고 서둘렀지만, 나는 놓치고
말았다. 발 빠른 행인이 통과한 횡단보도를 건너지 못하고 발이
묶였다. 지루하고 초조한 마음이 드는 건 신호등이 막 바뀐 억울
함 때문이었다. 건넜다면 당장 몇 분은 단축할 수 있는 시간이기
때문이었다. 찰나를 놓친 시간의 아까움.

조급한 마음을 열고 느긋하게 하늘을 올려다봤다. 어스름하게
저녁이 다가오는 시간이라 빌딩 숲 너머 하늘이 불그스레하게 홍
조를 띠우고 있었다. 홍조의 하늘이 좋다, 나는. 괜스레 설렘을 동
반하는 그리운 홍색이기에.

입꼬리가 잔잔히 늘어났다. 건너편에 모퉁이에 위치한 식당이 또렷하게 보였다. 느긋한 오후라 식당 안도, 식당 앞도 한산했다. 보행자 신호로 바뀌었다는 신호음이 울렸다. 발길을 재촉하는 울림을 들으며, 막 도로로 발을 디뎠을 때였다.

낯익은 자동차가 미끄러지듯 보도블록 낮은 턱으로 넘어가 식당 앞에 들어서는 것이 시야에 들어왔다. 은성의 차였다.

횡단보도를 건너던 발이 우뚝 멈췄다. 심장이 멎는 것 같았다. 행인들은 바삐 길을 건너는데, 나만 도로 한가운데 멈춰 섰다. 그러다 퍼뜩 정신을 차리고 걸음을 옮겼다. 조신했던 심장이 두근거리기 시작했다. 능숙하게 내 공간에 주차되는 그의 차를 지켜보는 것이 이상했다. 낯선 그림이었다. 익숙한 내 공간이 그의 차로 인해 다른 그림을 그렸다.

운전석에서 여유롭게 내리던 은성의 눈길이 길을 막 건넌 내게 멈췄다. 정말 이상한 그림이었다. 마치 그가 내 공간에서, 나를 맞이하는 거꾸로 된 그림.

"어디 다녀와요?"

"……왔니?"

거리를 두고 동시에 물었다. 그의 눈꼬리가 잠시 웃는 듯 가늘어졌지만, 이내 평소 때의 눈매로 돌아왔다. 아니, 덤덤한 눈매라는 게 맞았다. 평소 때의 그의 눈매는 한없이 다정했으니까.

그의 발이 한 발 내게 다가왔다. 동시에 내 발도 그에게 한 발

다가갔다. 같은 동작을 하는 바람에 난 멈칫하고 말았다. 은성은 마저 걸어왔다. 몇 발자국 되지도 않은 그 뚜벅임이 아스라하게 느껴졌다.

"지나가는 길에 잠깐 들렀어요."

"어. 나는 은행에."

동시에 물었던 질문을 차근차근 대답했다.

산책을 하고 돌아온 날 이후, 일주일 만이었다. 또 일주일 만이었다. 자유복장 출근인 금요일인 탓에 오늘도 편안한 옷차림이었다. 그런데 새삼 그의 얼굴을 달라 보였다. 5일 전 벚꽃 아래서 보던 얼굴과 지지난주 봤던 얼굴과는 또 달랐다. 세 번째 보는 거라고 눈에 익은 탓일까? 그의 서글서글한 눈매, 반듯한 콧날, 다정한 입술. 꼼꼼히 바라봤다. 심장이 들떴다. 설렘이 일어났다.

"차…… 한잔 마실래?"

들뜬 가슴을 진정시키며, 난 서두르듯 입구로 몸을 틀었다.

"아니요."

그가 짧게 대답했다. 멈칫해서 그를 올려다봤다. 감정 없는 눈으로 내려다보던 은성이,

"……정말, 잠깐 들린 거예요."

덧붙이고,

"지나가는 길에."

강조했다. 내 들뜸과 설렘을 채찍질하듯.

"어. 그래."

별다른 말을 할 수 없었다. 난 멋쩍어 눈길을 내리깔았다. 다음 행동을 어찌해야 될지 몰라 우물쭈물하는 나를 은성은 지그시 내려다봤다. 오늘의 그는 어려웠다. 캠퍼스에 산책 갔을 때와는 사뭇 달랐다. 화난 사람처럼 보일 정도로 입매가 굳었다.

"갈게요."

그가 차로 몸을 돌렸다. 오래전 그날, 그의 마음을 알게 된 첫날, 봤으니까 됐어요. 했던 그날. 그를 붙잡았던 볼멘소리가 목구멍을 넘어와 입안에 맴돌았다. 하지만 입 밖으로 꺼내지 못했다.

"들어가요."

보도블록을 미끄러지다 멈춰 서서, 운전석 차창을 열고 그가 단조로운 어조로 말했다. 난 고개만 끄덕였다.

조심히 운전하라는 소리조차 못했다. 그럴 틈도 없었다. 그는 바로 핸들을 꺾더니, 도로로 빠져나갔다. 한 발 물러나 멀어지는 자동차 후미만 우두커니 봤다. 설레던 심장을 채찍질했다. 돌아서려는데 지끈 가슴골이 아렸다. 그 순간, 묻혔던 내 감정이 되살아나고 있음을 인지했다. 마른 침을 삼키고, 떨쳐내려 애쓰며 부리나케 식당으로 들어갔다. 그래선 안 되는 거다 각인시키며.

잠을 제대로 잘 수가 없었다. 그를 만나고 온 다음부터 생긴 불면증이었다. 그런데다 그를 만난 바로 당일은 불면이 더했다. 밤

새 몇 십 번 뒤척이다 어렵사리 잠이 들기 일쑤였다. 그러다 깨어
나면 환한 햇빛이 블라인드 사이사이로 침범하는 늦은 오전이었
다. 오전의 화려한 햇살을 맞이하며, 쓸쓸함으로 몸서리치는 나날
이었다. 외로움이 사무쳤다. 그와 헤어진 후, 가장 먼저 무뎌진 감
정이 외로움이었는데.

토요일 장사는 느지막한 오후에 시작하는데도 한가했다. 대학
생들이 주고객인 탓이었다. 일요일은 더했다. 그래서 작년 가을
부터는 일요일은 아예 장사를 하지 않는다. 물론 문을 열어놓으
면 근처 하숙하는 학생들이 간간히 오지만, 드문드문했다. 그렇
기에 종일 바쁘게 일하는 아줌마에게도 휴식을 주고 싶어 휴무
일로 정했다. 아줌마는 어차피 할 일도 없으니, 상관없다 했지
만.

나도 특별히 할 일이 있는 건 아니었다. 대부분의 시간을 집 안
에서 책을 읽거나 밀린 집안일을 하며 보냈다. 그래도 쉼의 여유
를 주고 싶어 고집을 꺾진 않았다. 각박한 삶이기에 시간조차 각
박하게 살고 싶지 않아서.

"어구, 비님이 오시려나, 뭔 놈의 날씨가 이렇게 끈적거리는
겨."

맞은편 의자를 당겨 앉으면서 아줌마가 중얼거렸다.

"손님도 없을 듯한데, 들어가서 쉬세요. 오늘은 일찍 문 닫아
요."

"그럴까? 오늘은 정말 손님이 없네. 날이 좋아 다들 놀러 갔나
벼."

벽걸이 시계를 힐끔거리며 아줌마가 말했다.

저녁 9시가 다가오는 시각임에도, 저녁 장사는 한가하다 못해
파리가 날릴 지경이었다. 역시 토요일인 탓이고, 날씨가 하루 종
일 화창한 탓이었다.

드르륵. 문이 열렸다.

"어서 오세요."

인사하던 나는 입을 다물었다.

산뜻한 색채가 은은하게 퍼져 있는 고풍스런 한복을 차려입은
윤혜였다. 꽈배기처럼 꼬아서 틀어 올린 업 헤어스타일 사이에 진
주 같은 구슬이 꽃처럼 박혀 있어 윤혜의 긴 목선을 돋보이게 했
다. 고급스런 초록의 색이 빛나는 저고리에 철쭉 같은 연분홍 치
마가 새색시 한복처럼 화사했고, 들꽃이 그려진 새하얀 고무신구
두의 코가 걸음을 뗄 때마다 수줍은 듯 살짝살짝 비쳤다. 너무나
도 멋스럽고 우아한 윤혜의 자태에 아줌마의 입도 넋을 잃고 크게
벌어졌다.

"뭘 그렇게 보니?"

두 사람이 어안이 벙벙해서 자신을 훑자, 쑥스러운지 윤혜가 곧
바로 역정을 부렸다.

"너무 예뻐서 감탄하는 거야."

연분홍 치마는 그녀가 발을 뗄 때마다 사각사각 기분 좋게 울었다. 그녀는 불편한 기색이 역력했지만 의자에 앉으면서 한복치마를 야무지게 여몄다.

"괜한 소리 하지 말고, 소주나 한 병 가져와."

명령조인 윤혜가 불만스러운지 의자에 먼지가 묻은 것도 아닌데, 아줌마는 엉덩이를 손바닥으로 툭툭 털며 일어나더니,

"술값은 주고 갈 겨?"

라고 퉁명스럽게 물으며 주방으로 들어갔다. 그런 아줌마의 뒷모습을 윤혜가 흘겼다.

"어디 갔다 오니?"

"시아버지 칠순 잔치였어."

아줌마가 쟁반에 소주 한 병과 소주잔 하나만 달랑 윤혜 앞에 놓고 갔다. 윤혜가 한 소리를 하려는 듯 입을 벌렸다.

"안주 뭐 해줄까?"

서둘러 그녀에게 물었다.

"간단한 걸로 가져와. 귀찮게 뭘 챙겨 먹니? 아님 시켜. 식당으로 시켜도 되는 거지?"

별로 재미있지도 않은 표정인데 윤혜가 억지로 킬킬 웃었다.

"그리고 너도 마셔. 네 잔도 가져와."

"장사해야지. 사장이 장사하다 말고 술을 마시면 쓰겄어?"

주방에서 아줌마가 핀잔을 던졌다.

"아줌마! 무슨 억하심정으로 이러세요? 저한테 감정 있으세요?!"

끝내 못 참고 윤혜가 버럭 언성을 높였다.

"내가 틀린 소리한 겨?"

"평소 매출 얼마니? 내가 줄게."

"어구, 돈이 좋은 세상이라고 친구한테까정 돈으로 해결하는구면."

"그럼 아줌마는 대체 뭘 원해요?"

심통을 부리는 윤혜의 눈썹이 꿈틀거렸다.

"그만해, 윤혜야."

난 그녀와 아줌마를 만류하고 주방으로 가서 아줌마를 잡았다. 아줌마, 왜 그러세요? 살짝 아줌마에게 속삭이니, 사장을 허구한 날 무시하니께, 라는 답이 되돌아왔다.

"아니에요. 말만 그렇게 해요."

난 겸연쩍음에 변명했다.

"두 사람, 거기 서서 무슨 모의해?"

윤혜가 아줌마와 나를 번갈아 보며 눈을 매섭게 번득였다. 난 아줌마에게 그만 들어가서 주무시라고 등을 떠밀었다. 아줌마는 내키지 않는 듯 언짢은 낯빛이 되었지만, 토 달지 않고 방으로 들어갔다.

윤혜 앞에 안주거리를 가져다 놓고 식당 간판 전원을 내렸다. 문을 걸어 잠그고 조명을 낮췄다. 밖의 어둠이 잠식되듯 식당 안으로 물들었다.

"자, 이제 우리 둘만 남았다."

윤혜가 혼자 술잔을 기울일 리는 만무했기에 난 냉장고에서 맥주 두 병을 가져왔다. 그사이 윤혜는 소주 한 잔을 비웠다.

"기분 안 좋아?"

그녀가 클러치백에서 담배를 꺼냈다. 라이터와 재떨이를 가져와 그녀 앞에 놓으면서 물었다.

"칠순 잔치였어. 오죽했겠니?"

윤혜가 비뚤게 입술을 일그러뜨리며 조소하듯 피식했다. 그녀의 말뜻을 난 바로 이해했다. 결혼한 지 4년째인데 아직 아이가 없다고 시댁 어른들은 그녀에게만 질책했을 것이다. 각방 쓴 지 꽤 된 것을 알 리 없는 시댁 어른들이었다.

"술은 먹고 싶은데, 이 꼴로 갈 데가 없더라."

긴 담배 연기를 내뿜는 그녀의 시선이 창밖의 거리로 꽂혔다. 그리움이 가득한 눈빛이었다. 그녀의 초점 없는 시선은 거리가 아니라, 도시 끄트머리의 무언가에게 고정되어 있는 듯했다.

우린 한동안 각자만의 상념에 빠져 술을 기울였다. 윤혜는 연신 깊은 한숨만 쉬며 소주를 연속해서 들이켰다. 그녀가 뱉는 한숨의 이유를 묻고 싶었지만, 침묵을 원하는 듯해 내버려 두었다.

어느새 소주 한 병을 다 비운 윤혜가 술을 더 가져오라며 소주병을 잡더니 흔들었다.

"너, 그렇게 소주병을 흔드니까 요정 마담 같다."

무거운 분위기를 깨려 난 냉장고로 가며 농담을 던졌다.

"선술집 작부 같진 않고?"

윤혜가 젓가락까지 들고서 나무 테이블을 두들겨 댔다.

"선술집이라기엔 한복이 너무 고급이야."

콧소리를 앵앵거리면서 작부 흉내를 내다 윤혜가 크게 웃어젖혔다. 냉장고에서 소주병을 꺼내다 말고 나도 웃음을 터뜨렸다.

"너는 어떠니?"

웃음을 멈춘 윤혜가 별안간 진지한 음성으로 중얼거렸다.

"뭐가?"

"은성이, 정말 아무렇지 않니?"

언젠가는 받게 될 질문이었다. 하지만 경고 없이 찾아온 질문에 그제야 출발 신호를 받은 듯 심장이 후끈거리며 시동을 걸었다.

"뭐가 있니? 잠깐 재회한 것뿐이 더 있니?"

그녀에게 둘러댔다. 캠퍼스의 산책도, 잠깐 식당 앞에서의 조우도 말하지 못했다.

"은성이 어젯밤에 불쑥 윤석이한테 찾아왔어. 마침 윤석이네 있어서 볼 수 있었어."

어젯밤이라면 식당 앞으로 잠깐 들린 후일 것이다. 화난 것처럼 굳게 다물었던 그의 입매가 또렷이 떠올랐다. 유유히 내 시야에서 사라지는 자동차 후미까지 생생하게.

"그래?"

"오랜만에 같이 한잔했어. 저번에 봤을 땐 스치듯 본 거라 얘기도 못했었거든."

윤혜가 담배를 물었다. 빨리 얘기해 달라고 채근하고 싶었다. 혓바닥의 물기가 바짝바짝 말라 갈증이 났다. 맥주 한 잔을 쭉 들이켰을 때서야 윤혜가 다음 말을 이었다.

"그 녀석, 많이 변했더라. 은성이 정말 어른 같아. 올 가을이면 애아빠가 되는 윤석이도 아직 애 같은데, 은성이는 다른 느낌이야. 좀 더 다른 어른."

"응?"

"냉정해졌다고 해야 하나? 어렵더라, 은성이. 어두워 보이진 않는데, 접근하기 쉽지 않은 벽을 쌓아놓은 사람 같았어. 가식적으로 거부하진 않았지만, 폐쇄적인 느낌이 났어. 그만큼 마음을 닫아버린 건가?"

재떨이에 하얗게 타버린 담뱃재를 털면서 그녀가 말을 이었다.

"아무튼 떠보려 유도심문을 해도 요리조리 잘도 빠져나가는 능숙함까지 생겼더라. 그 녀석, 약점이나 생각 같은 건 아예 읽히지 않는 법을 완전하게 터득하고 온 사람 같아. 이 복잡한 세상을 살아가기엔 딱 좋은 능력이지. 단련이 된 건가?"

벽. 그랬다. 벽이었다. 문득 7년 전 그대로인 은성이었다가 문득 그가 예전과 같지 않음은 그와 나 사이에 가로막힌 벽이 있어서였다. 어제 난 그걸 느꼈음에도 인지 못했었다.

"세월은 어쩔 수 없는 거잖아."

빈 잔에 맥주를 따라 마시면서 난 시큰둥하게 넘겼다.

"답답해서 온 것 같았는데…… 나 혼자 기대했나?"

윤혜가 흘리듯 쓸쓸하게 혼잣말처럼 중얼거렸다. 별안간 그녀
가 입술을 삐죽거리더니 담배를 재떨이에 비벼 껐다. 그리곤 큰기
침을 한 번했다.

"너…… 혹시 은성이 결혼 얘기 들었니?"

그녀의 큰기침은 긴장해서였다. 어렵게 꺼낼 말 때문이었다.

"결혼?"

싸한 전율이 등골을 타고 목덜미까지 올라왔다.

벼락을 맞은 심정이었다. 은성이 결혼한다는 말인가? 듣지 못
했다. 아니, 상상조차 못했다.

"못 들었니?"

전기 충격을 당한 것처럼 눈앞이 어질어질하면서 뇌리엔 뎅뎅
뎅 종소리가 울려댔다. 현기증을 참기 위해 난 눈을 부라리며 윤
혜에게 시선을 떼지 않았다.

왜 단 한 번도 그와 결혼을 연관시키지 않았을까. 그의 나이가
벌써 서른인데, 왜 결혼은 은성과 별개라 생각한 것일까.

"그 얘기를 하려고 온 건지…… 참나…….."

윤혜가 다시 담뱃갑에서 담배를 꺼냈다.

"당장 한다는 건 아니고, 집안에서 준비하나 봐. 은성이 유학 가 있는 동안 부모님이 며느리감으로 점지해 놨던 아가씨라더라. 피아노인지 첼로인지를 전공한 아가씨인데, 올해 스물여섯이라나? 젊지 않니? 스물여섯이라니……. 나도 그런 시절이 있었나?"

스물여섯 아가씨? 나와는 여덟 살 차이고, 은성에게는 네 살 차이 나는 아가씨였다. 어른들이 궁합도 안 본다는 네 살 차이. 나 거꾸로 네 살, 그 아가씨와는 옳게 네 살.

젊은 아가씨, 윤혜의 말처럼 나에게도 그런 시절이 있었는지 까마득한 나이인 아가씨. 그와 나란히 선다면 잘 어울릴 법한 나이인 아가씨. 아마 둘이 나란히 다닌다면 보기 좋은 커플 그림이 나오겠지.

"올해 한다니?"

태연한 척 미소를 지었지만 입꼬리가 바르르 떨렸다.

"그런 얘기는 안 했어. 내가 있어서 그런 건지, 털어놓기 싫어선지 자세히 얘기는 안 하더라. 그래서 은성이가 밉더라."

"왜?"

"그렇지 않니? 7년 만에 돌아와서 널 찾았던 녀석이야. 그런데 결혼이라니? 널 왜 찾았다니? 지금 누구 놀리니? 결혼할 예정이니까, 지나간 첫사랑이 그리워졌다니? 뭐니?"

흥분한 윤혜가 소주잔을 쾅 거칠게 내려놓았다. 소주가 밖으로 흘러 넘쳐 그녀의 손등을 적셨다. 그녀가 낀 비싼 다이아반지에 소주가 튀어 난 부랴부랴 냅킨을 꺼내 닦아주며 변명하듯 반문했다.

"왜 그래? 그냥 네 말대로 오랜만에 인사한 정도야. 이제 그 녀석하고 난, 오래전 알고 지냈던 누나, 동생밖에 안 돼. 세월이 얼마인데?"

"정말 그런 거니? 너 정말 이제 은성이 봐도 아무 감정 없어?"

"그럼."

심장이 오므라드는 것처럼 조여들었다. 그러나 나는 미소를 지우지 않았다.

"너도 그렇고, 만약 은성이도 그렇다면 난 왜 이러니? 왜 내가 이렇게 화나고 속상하니? 나 혼자 기대했나 봐. 난 배신당한 기분이란 말이야."

울화가 치민다는 듯 그녀가 급하게 소주를 들이켰다.

그녀가 탁 소리가 울리도록 소주잔을 내려놓으며,

"은성이 결혼하면 너 어떡하니?"

라고 물었다.

난 대답하지 않았다.

해주고 싶던

"나 사실……."

은성의 결혼 이야기 때문에 윤혜와의 대화가 서먹해졌다. 무거운 침묵이 감돌았다. 난 갈피를 잡을 수 없는 혼란스러움 때문에 화제를 돌릴 생각도 못하고 넋 놓았다. 그때 윤혜가 천천히 입을 열었다.

"오늘 가고 싶은 곳이 있었어."

"가고 싶은 곳?"

어렵게 말을 꺼내는 윤혜에게 차분히 물었다.

그녀가 창밖의 어두운 거리로 고개를 돌리며 깊게 담배를 빨았다. 그녀의 음성이 누그러졌다.

"어디?"

허브농장.

"허브하우스."

그녀의 입과 내 뇌가 동시에 한곳을 지목했다.

"한복을 입고 갈 수는 없잖아. 시아버지 칠순 잔치했다고 못 박
을 수 없어서…… 못 갔지. 아마…… 이 모습 보면 예쁘다고 호들
갑떨 거야."

담담하게 말하던 그녀가 그리운 듯 씨익 웃었다.

그녀가 응시하는 거리의 끝엔 그 남자가 자리 잡고 있을 것이
다. 그 거리의 끝엔 그 남자가 그녀를 응시하고 있을 것이다. 그녀
와 마주 보고 있을 것이다.

"윤혜야."

"네가 지금 나를 부르는 의미 알아, 그래."

그녀가 그 남자에게서 눈을 떼고 내게 시선을 돌렸다.

"나 위험해. 이젠 알아."

그녀의 눈동자가 그동안 얼마나 많은 번뇌를 했는지 말해주듯
텅 비어 있었다.

"정말이니?"

놀라 물었다.

"그래. 나 그 촌스런 남자에게……."

재떨이에 담배를 비벼 끄며 윤혜가 깊은 한숨과 함께 실소했다.

"그 사람은?"

"네 말이 맞았어. 그 남자 벤치에서 나 기다린 거야. 그 남자는 첫눈에 아, 이 여자다 했대. 웃기지? 거짓말하지 말라 했어. 근데 진짜래. 유부녀인지도 모르고."

쓴 소주를 단숨에 들이켜더니 윤혜가 빈 술잔을 손가락으로 빙빙 돌렸다.

"처음엔 농담인 줄 알고 얼마나 웃었는지 아니? 정말 오랜만에 깔깔거렸어……. 그런데……."

안주엔 손도 대지 않고 소주만 마시는 윤혜에게 오이를 내밀었다. 윤혜는 오이를 받아 들기는 했지만, 입으로 가져가진 않았다.

"진심이더라. 헬리오트로프가 그 남자의 소망이래, 내게로 향한. 난 너 주려는 생각만 했는데, 그 남자는 자신의 소망을 담아서 준 거야."

헬리오트로프. 사랑이여, 영원하라.

그런 꽃말을 가진 허브였다. 라일락 같은 보라색 꽃이 탐스럽게 피어 있는 향이 달콤한 식물이었다. 윤혜와의 영원한 사랑을 꿈꾸는가, 그 사람은.

"키스를 하면 영원한 사랑이 이루어지는 벤치래요."

문득 날 자신의 학교로 데려가 산중턱 산책로 벤치에 앉혀놓고 속닥이며 달콤한 키스를 해주던 은성의 말이 떠올랐다. 은성이도 내게 영원한 사랑을 말했었다.

"그 남자, 그 순박한 남자, 결혼도 안 한 총각이야. 나이는 나보다 한 살이나 많은 주제에 무슨 배짱으로 여태 결혼도 안 했는지⋯⋯. 난 유부녀인데, 그래도 날 사랑한다더라. 웃기지? 정말 우스운 농담이야."

쿡 웃더니 그녀가 말을 이었다.

"그 남자 내게 강요 안 해. 그저 지금처럼 가끔 내가 들려주는 걸로 만족한대. 그것만으로 행복하대. 정말 대책 없는 남자지."

뭐라 대꾸할 수가 없었다. 난 할 말을 잃고 맥주를 홀짝거렸다.

"⋯⋯사랑이라는 거, 이렇게 간단한 감정이었니? 너무 간단해서 믿어지지 않아."

"간단하니?"

"응. 못 견디게 보고 싶어. 못 견디게 같이 있고 싶어. 너무 간단하잖아. 보고 싶으면 보면 되고, 같이 있고 싶으면 같이 있으면 되니까."

힘든 일임을 알고 있는 그녀였다. 그러나 간단하다 말하는 그녀였다.

"어쩔 건데?"

"결정해야지."

"너⋯⋯ 설마."

위험 경보가 머릿속에서 울렸다.

"응."

소주 한 병의 마지막 잔을 비우며 그녀가 입을 열었다. 눈에 확고한 결의가 담겨 있었다.

"이혼할 거야."

"윤혜야."

진정하라는 듯 그녀를 불렀다.

"당장은 아니야."

"윤혜야."

"준비 중이야. 그 사람, 기다린다 했어. 난 천천히 준비해서 날 기다리는 그 사람에게 가면 돼."

"윤혜야."

"그만 불러. 내 이름 닳겠다."

"순간적인 감정이면 어떡할래? 쉽게 타오르는 불꽃이 쉽게 꺼진다 했어. 너 이거 한순간의 열정이면 어떡할래? 후회하면 어떡해?"

"순간적인 감정이면 어때? 평생 죽은 듯이 허하게 살아가는 것보단 낫지 않겠니? 잠시라도 불타오르는 감정을 느끼는 게 낫지 않니? 후회? 사랑의 실패로 후회하면 어때? 후회할 것이 두려워 포기하니? 넌 사랑이 두려워 발발 떨지만, 난 달라. 내가 어떻게 느낀 감정인데? 서른네 살이야, 나."

그녀의 눈동자가 불안한 듯 흔들렸다.

"지금까지 한 번도 이런 감정 느낀 적 없어. 지금까지 없었는데, 앞으로는 있을 것 같니? 내가 지금 이걸 포기하면? 난 어떻게 될까? 그러니까 난 더더욱 못 버려."

"하지만…… 너……."

"설령, 내가 착각을 하고 있는 거라도 상관없어. 난 두렵지 않아. 난 잡을 거야. 난 망설이다가 모든 걸 포기하기 싫어. 그리고 무엇보다도 나 그 사람이랑 살고 싶어. 단 하루라도 그 사람이랑 살고 싶어."

그녀는 절실했다.

왈칵 눈물이 쏟아지려고 했다. 그녀는 내 앞의 거울이었다.

나도 그랬어. 윤혜야…… 나도 단 하루라도 살고 싶었어. 같이 살고 싶었어.

근데 난 네 말대로 겁쟁이라서…… 눈꺼풀을 다급하게 깜빡이며 눈물을 억지로 참았다.

"네 남편이 널 이해해 줄까?"

"쿨하게 헤어져 줄 거야. 사실 남편에게도 여자가 있는 눈치니까. 부부가 맞바람으로 난리지?"

그녀가 신랄하게 웃었다.

"정말 바람피우는 거였어? 물어봤어?"

"아니, 안 물어봤어. 구질구질하게 묻는 것 자체가 우스워서. 다만 이혼을 언뜻 내비치는 꼬락서니가 아무래도 그런 것 같아. 원래 여자관계는 많았던 사람이야. 짧게 엔조이 정도로. 지루한 결혼생활의 일탈이지. 난 상관 안 해. 그런데 이번엔 좀 달라. 그 쿨한 사람이 이혼을 언급하는 거 보니까 지금 그 여자완 이혼하고 싶을 만큼 빠진 듯해."

윤혜가 두 번째 담배를 물었다.

"남편은 두 개 사이에서 방황하지 않는 성격이야. 확실하게 선을 그으면서 하나를 선택하는 남자지. 그 점에선 아주 다행이야. 만약 여자가 없다 해도 날 깨끗이 놔줄걸."

"내가 나쁜 거니, 아니면 네 말에 설득력이 있는 거니? 나도 다행이라는 생각이 든다."

"내 말에 홀린 거야."

눈썹을 찡그리면서 오만한 표정을 짓는 윤혜를 보다 쿡 웃음이 나왔다.

정말 홀린 것 같다.

나라면…… 아마 윤혜처럼 당당하게 결단을 내리진 못했을 것이다. 난 또 도망쳤을 것이다. 윤혜가 나였다면 은성을 그렇게 보내지 않았겠지?

잃을 것에 대한 두려움보단 갖고 싶은 걸 당당하게 선택하는 윤혜가 부러웠다.

나도…… 포기하고 싶지 않았어, 윤혜야.

나도 갖고 싶었어.

여느 때보다도 화려한 제사상이다. 변함없는 건 액자에 담겨 있
는 오빠의 모습뿐이었다. 상에 놓을 자리도 없을 만큼 빼곡한 제
사 음식은 기겁할 정도였다. 언제 이 많은 걸 혼자 한 건지, 혀를
내두르며 익숙하게 제사상을 차렸다.

내가 향을 피우고 재배를 하는 동안, 엄마는 돌아앉아서 보지
않았다. 엄마는 제사상만 차려놓고는 언제나 뒤돌아서 먼 허공만
쳐다봤다. 차마 제사상 받는 오빠를 볼 수가 없는 모양이었다.

제사를 끝내고 무거운 침묵 속에 늦은 저녁을 먹었다. 오랜만에
모녀가 마주앉아 식사하는데, 남보다도 불편했다. 윤기가 바르르
흐르는 찰진 밥이 까슬까슬하게 입안에서 겉돌았다.

엄마가 화장대 서랍장에서 사진 한 장을 꺼내 내밀었다.

"작년에 이혼했다는구나. 나이는 너보다 두 살 많아."

감정 없는 음색으로 엄마가 말했다.

억지로 들고 있던 수저를 내려놓았다.

"엄마, 또 왜 이래?"

답답함에 한숨만 나왔다.

"언제까지 혼자 살려고? 박복한 팔자 그만 티 내고 재혼해."

돌아앉으며 엄마가 엄하게 말했다.

"그냥 나 좀 내버려 둬요."

찬찬히 나직하게 부탁했다.

"너…… 설마, 아직도 그놈 때문에…… 네 인생 망친 놈 때문에……."

고개를 획 돌린 엄마가 눈을 가늘게 뜨고 날 노려봤다.

"누가!"

순간, 그동안 참아왔던 인내의 끈이 끊어졌다. 부들부들 떨며 앙칼지게 소리를 질렀다.

"누가 내 인생을 망쳐놔!"

"너!"

경악한 엄마의 동공이 커졌다.

"그만 좀 해요! 내 인생 이렇게 된 게 왜 은성이 탓이야?!"

모든 걸 토해내듯, 남은 힘을 모두 쏟듯 엄마에게 악다구니를 썼다. 야속했다.

"사고였잖아! 오빠 사고로 죽은 거잖아. 민성 오빠가 일부러 그런 게 아니잖아?!"

"……너……."

단 한 번도 높은 목소리를 내어본 적이 없었다. 특히 엄마에게는 더더욱. 나의 격렬한 반응에 엄마가 충격을 받고 입만 벙긋거렸다.

"은성이가 무슨 죄야?! 민성 오빠 동생이란 것밖에 없잖아?! 내 인생을 왜 걔가 망쳐놔?! 내가 망친 거지?! 왜 걔가 망쳐?! 오빠한테도 안 미안해! 미안한 일 아니잖아! 그냥 우리가 사랑하는 게,

죽은 오빠한테 미안한 거 아니잖아?!"

난 울부짖었다.

"엄마만 용서해 줬으면 됐잖아! 엄마가 한 번만 봐줬으면……
내가…… 포기하지 않았으면……."

"……나 때문이란 거니?"

충격에서 벗어난 엄마가 치를 떨 듯 파르르했다.

"그만 좀 해요. 은성이 탓도, 민성 오빠 탓도 그만 좀 해. 그냥
살자……. 그냥 살아."

지쳐 버린 나는 흐느끼며 고개를 숙였다.

"……너…… 그놈이 뭐라고……."

엄마가 어처구니가 없다는 듯 한숨을 내쉬었다.

"……살고 싶었어. 도망가서라도 같이 살고 싶을 만큼 좋아했
어……. 포기하고 싶지 않았어. 보내고 싶지 않았어."

방바닥에 은성의 얼굴이 어른거린다. 그렁그렁한 눈으로 나를
애틋하게 보던 그 눈이, 나 잊을 거죠? 하고 묻던 그 절실한 눈이
어른거린다.

"아직도…… 아직도 가슴이 아파……. 한쪽 심장이 도려내진
것처럼 아파."

난 그대로 방바닥에 얼굴을 파묻었다.

"……나 좀 내버려 둬요……. 그냥 이렇게 살다 죽게……."

엄마가 깊은 숨을 내뱉으며 돌아앉았다.

"내버려 둬……."

나의 흐느낌이 조용히 묻혔다.

❖ ❖ ❖

아무리 괴롭고 고되더라도 일상은 계속된다. 멈추지 않는 다람쥐 쳇바퀴처럼 시간은 돌고 돌아 오늘이 지나고 내일이 오고, 내일이 밝으면 오늘이 된다. 어제의 나는 울었지만, 오늘의 나는 다시 씩씩하다.

"여기, 소주 한 병이오."

"네!"

나의 일상에서 나는 씩씩하다.

"어이구, 오늘따라 왜 이렇게 정신이 없는 겨."

밤 10시가 넘어서는 시각, 한 테이블의 손님을 제외하고 모두 계산을 치르고 식당을 나갔다. 좀 전까지 숨 돌릴 틈도 없이 바빴다가 약속이라도 한 듯 한꺼번에 빠져나간 손님들 덕분에 겨우 한숨 돌릴 수 있었다.

"어여 싸게싸게 먹고 가셔요. 우리 문 닫을 시간이여."

마주 앉아 소주잔을 기울이는 남자 손님들에게 아줌마가 한 소리했다.

"방금 시켰잖아……."

40대 중반으로 보이는 남자가 소주병을 흔들어대며 아줌마에게 반말을 했다. 울컥했지만, 아줌마가 손사래를 쳤다.

드르륵.

끝없이 펼쳐진 광활한 대지의 끝, 지평선에서 들리는 것처럼 문 열리는 소리가 유난히 아득하게 들렸다.

"어서 오……."

고개를 돌리는데, 어둠을 등지고 훤칠한 남자가 들어섰다.

은성이었다.

손님이 나가고 난 빈 테이블을 치우던 손을 허공에 멈추고 난 그 자리에서 얼었다.

"들어가도 돼요?"

은성이 낮은 저음으로 물었다. 낯설게 느껴질 정도로 메마른 표정이었다. 며칠 전, 잠깐 들렀다며 날 보던 무표정한 표정보다 더 건조했다.

"사장, 뭐 혀?"

굳어있는 나의 등을 아줌마가 팔꿈치로 쿡 찔렀다. 그제야 난 정신을 차리고,

"잠, 잠깐만……."

그가 앉을 만한 창가 자리를 부리나케 치웠다. 아줌마도 호들갑스럽게 와서 테이블을 닦고 또 닦았다. 은성은 바지주머니에 손을 꽂고, 우리를 무미건조하게 주시했다.

"앉아."

아줌마가 반짝반짝 윤이 날 정도로 닦아댄 테이블을 가리키며 난 그의 눈치를 살폈다.

"배고파서 왔어요."

의자에 앉으며 은성이 툭 내뱉었다. 훅 술 냄새가 풍겼다.

"술 마셨니?"

"……밥은 안 되고, 술만 되나?"

내 말은 무시하고 건너편 손님들의 테이블을 힐끔하며 은성이 빈정거리듯 말했다. 그가 좀 달라 보였다. 내가 알고 있는 은성이 아니었다. 화를 삭이는 것처럼도 보였고, 공허해 보이기도 했다.

"아니……."

머뭇거리는 내게 그가,

"밥 줄래요? 술 줄래요?"

날카롭게 물었다. 술을 잘 못하던 녀석이 술을 마시고 와서는 내가 아는 은성이 아닌 것처럼 말했다. 난 위압감에 적응하지 못하고 계속 어긋나게 우물쭈물했다.

"밥 먹어, 밥. 배고파서 왔다며."

내가 당혹감에 우두커니 있자 아줌마가 불쑥 끼어들었다. 슬며시 보는 내게 아줌마가 어여 와서 밥 차리라, 는 시늉으로 손짓했다.

"어, 밥 줄게."

멍청하니 대답하고 서둘러 주방으로 들어갔다.

은성은 의자에 등을 턱 기대고는 무표정한 눈동자로 나를 뚫어져라 주시했다.

"기분이…… 안 좋은가 벼."

주방에 들어서자 아줌마가 속닥거렸다. 난 그를 훔쳐보듯 곁눈질로 살폈다.

처음 재회를 했을 때처럼 그는 세련된 슈트 차림이었다. 넥타이에 꽂아진 심플하고 고급스러운 타이핀이 눈에 띄었다. 여자에게서 받은 것 같았다. 여자의 지문이 묻어 있는 것도 아닌데 난 여자에게 선물 받은 타이핀임을 확신했다. 결혼할 그녀에게 받은 건가…….

근사한 슈트 차림을 한 그가 이곳에 있는 것이 어울리지 않았다. 그러면서도 그가 술을 마시고, 나를 찾아왔다는 사실에 나는 은근히 설레고 있었다.

평소대로라면 손님에게 물도 떠다 주고, 반찬도 챙기고, 너스레를 떨 듯 말도 한마디 던졌을 아줌마가 주방 구석에서 멀뚱하니 있었다. 이상한 일이었다.

"황태해장국 해줘요."

술을 마신 은성이 걱정되어 내 마음대로 메뉴를 정했다.

"사장이 직접 혀."

일언지하에 아줌마는 거절했다. 손수 음식 챙겨주길 좋아하는 아줌마가 일을 완강히 거부했다. 의외의 거절에 내가 당황하자 아줌마가 덧붙였다.

"배고프다고 사장 찾아온 손님인께 사장이 혀."

그때서야 아줌마의 뜻을 간파했다.

그를 위한 식사. 단 한 번도 차려주지 못한 식사.

처음으로 나는 그가 먹을 밥을 준비했다. 차려주고 싶었던 밥을 만들었다. 식사를 준비하는 내내 긴장감에 손끝이 부들거렸다. 식당을 처음 개업했을 때의 초짜처럼.

은성은 창밖의 거리를 보지도, 식당을 두리번거리지도 않았다. 그 자리에서는 잘 보이지도 않을 텐데, 주방에서 분주한 내 등만 좇고 있었다. 경계하듯 팔짱을 끼고 내 움직임을 놓치지 않겠다는 듯.

등에 가시가 박히는 듯 콕콕 쑤셔왔다. 이러다간 오늘 밤 잠자리에 눕지도 못할 정도로 등에 상처를 입을 것 같았다.

"아줌마, 정말 손 하나 까딱 안 할 거예요?"

혼자 반찬을 준비하는 탓에 손이 늦어 원망에 찬 눈으로 아줌마를 보며, 행여 은성이 들을까 무서워 나지막하게 쏘았다. 아줌마는 뜬금없이 냉장고 정리를 하며 아예 내 말을 무시했다. 할 수 없이 마저 준비를 서둘렀다.

손님용 반찬 그릇을 집었다가 내려놓고, 찬장 구석에서 오래전 지나는 길에 충동적으로 구매한 어여쁜 사기그릇을 꺼냈다. 정성껏 씻어내고 닦아 반찬을 소박하게 담아냈다.

반찬을 테이블에 깔아놓는데도 은성은 반찬엔 시선조차 두지 않았다. 박힌 듯 나만 또렷이 좇았다. 그의 시선이 불편해 반찬을 놓는 손이 쭈뼛거렸다.

심장이 총을 맞은 듯 따끔했다.

뚝배기에 담겨진 황태가 소용돌이치듯 빙그르르 돌면서 보글보글 올라왔다. 집게를 집으려는데, 손 놓고 있던 아줌마가 별안간 부리나케 다가와 뜨겁다며 뚝배기를 판에 담아 나갔다. 그리곤 은성이 앞에 가져다놓고는 황급히 주방으로 돌아왔다.

밥도 사기공기에 담아냈다. 그의 식탁에 가 조심스레 밥을 놓고, 수저와 젓가락도 나란히 놓았다.

그는 여전히 차려진 밥상은 눈길도 주지 않았다.

"배고프다며, 먹어."

그제야 그가 눈을 내리깔았다.

그의 시선이 잠시 꽃잎이 수놓아진 새 그릇에 담긴 밥과 반찬에 머물렀다.

시원하고 얼큰한 맛을 내라고 넣은 청량고추와 붉은 고추가 꽃을 띄운 듯 뚝배기 안에서 맴돌았다.

그가 말없이 수저를 드는 것을 보고 난 뒤돌았다. 속에서 뜨거운 것이 왈칵 올라왔다. 방금 내간 뜨거운 국물을 한입 떠먹고 바로 삼킨 양 속이 데인 것처럼 뜨거웠다. 뒤돌아보지 않아도 그가 수저에 국물을 떠서 입으로 가져가는 것을 알 수 있었다.

7년 만에…… 가장 해주고 싶었던, 못해줘서 가장 아쉬웠던 일이 이루어졌다.

떨리는 입술을 꾹 다물고 태연한 척하며 주방으로 들어왔다.

그는 서두르지 않고 천천히 밥을 먹었다.

술자리 손님들이 있었지만 나의 눈엔 보이지 않았다. 내가 해준 밥을 먹고 있는 은성만이 내 시야를 전부 차지했다. 그는 고개를 들지 않고 밥을 다 먹었다. 어떠한 액션도 하지 않고 차분히 밥 한 공기를 다 비웠다. 천천히 들고 있던 수저를 테이블에 놓는 그에게 종이컵에 담긴 커피를 내놓았다.

그가 고개를 들어 나를 보고 커피를 보았다.

그의 무표정한 눈동자가 흔들렸고 그의 목젖이 움직였다.

그의 입이 열리려는 순간,

"물 좀 줘요, 물."

건너 테이블 손님이 불렀다.

"네."

나는 재빨리 대답하고 냉장고로 다가갔다. 주방 내 의자에 앉아 있던 아줌마가 벌떡 일어나는 것을 보고 내가 하겠다며 눈짓했다. 냉장고에서 생수병과 컵을 꺼내 손님 테이블에 놓았다.

"근데?"

남자 손님이 내 팔목을 덥석 잡았다.

"아가씨야? 아줌마야?"

취기가 오른 손님이 소주 냄새를 풍기며 나를 올려다보았다.

"왜 이러세요?"

당황한 내가 남자의 손을 뿌리치려는데 남자가 더 강하게 끌어당겼다.

"아줌마치곤 너무 곱고, 아가씨치곤 이런 데서 일하는 게 이상하고."

은성이 자리에서 벌떡 일어나 성큼성큼 다가왔다. 주방에서 아줌마가 나와 아이고…… 왜 이러셔요, 했다.

"뭐 합니까? 지금."

은성이 확 나의 팔을 낚아채며 견제하듯 엄하게 말했다. 남자의 손이 그의 힘에 풀렸다.

"당신 뭐야? 남편이야?!"

손님이 인상을 쓰며 은성에게 달려들듯 험악하게 일어났다. 손님이 행패를 부려 은성을 다치게 할까 덜컥 겁이 났다. 난 급하게 은성에게 잡힌 팔목을 풀고,

"아니에요. 아는 동생이에요. 앉으세요."

라며 손님의 어깨를 손바닥으로 살살 밀었다.

"……아! 아는 동생! 아는 동생 주제에……."

손님이 불쾌하다는 듯이 중얼거리며 일으킨 엉덩이를 다시 붙였다.

"죄송해요."

사과를 하는데 돌연 은성이 나의 팔을 획 잡아당겼다.

우악스러운 힘에 몸이 휘청거리며 그에게 돌려졌다. 화들짝 놀

라 올려다보니, 그의 눈동자가 매섭게 일그러져 있었다.

"아는 동생?"

그가 신랄하게 내뱉더니 나의 팔을 잡아당기며 몸을 돌렸다. 그에게 팔이 잡힌 채 밖으로 끌려 나갔다.

"은…… 성아."

힘없이 끌려가며 불렀지만, 그는 꿈쩍도 하지 않았다. 잡힌 팔이 아팠다.

밖으로 나간 그가 식당을 휘돌아 뒤편의 어두운 곳으로 성큼성큼 걸어갔다. 그리고 도착하자마자 거칠게 나를 던지듯 벽 쪽으로 밀었다. 나의 등이 탁 하고 벽에 세게 부딪쳤다.

"아는 동생? 이젠 내가 당신한테 아는 동생 정도밖에 안 되나?"

그가 솟구치는 노염을 억누르는 듯 벽에 붙은 내게 몸을 숙이면서 낮은 숨을 뱉어냈다.

"은성아."

거친 은성의 행동에 난 어쩔 줄 모르고 떨기만 했다.

"나는 당신한테 뭐지? 내가 이것밖에 안 돼요?"

그의 얼굴이 확 다가왔다.

"나는 당신한테 뭐야? 대체?"

"……너답지 않게 왜 이래……."

당혹스러워 나는 도망치고 싶었다. 그에게서 떨어져 뒤로 물러나려 했으나, 벽이 닿아 도망칠 곳이 없었다.

"나다운 거? 나다운 게 뭔데? 그 병신 같은 7년 전 강은성 찾아요?"

비뚤게 입술을 일그러뜨리며 은성이 격앙된 어조로 내뱉었다.

"은성아……."

"……너무 병신이라서, 자기 여자 다른 놈한테 시집보내고 도망친 강은성?!"

그가 내 어깨를 잡았다. 아프게 잡았다.

"내가 얼마나 미칠 것 같았는데. 누나가, 당신이, 다른 남자랑 산다는 생각만 해도 진저리가 쳐질 정도로 끔찍했어요. 그래서 다 버리고 살려고 했어요. 나도 형처럼 영원히 안 돌아올 생각이었다고."

나의 양어깨를 잡은 그의 손아귀의 힘이 강해졌다. 아팠다. 옴짝달싹 못할 정도로 아팠다. 그런데 그의 말이 창살이 되어 내 가슴을 무참하게 찔러댔다. 갈비뼈 사이를 찌르는 통증이 더 고통스러웠다.

"근데 당신 뭐야? 행복하게 살기로 했잖아. 근데 이 꼴이 뭐야? 이렇게 싸구려 작부처럼 살려고 나 보낸 건가? 저런 놈들한테 손목이나 잡히며?!"

그가 나의 어깨를 마구 흔들어댔다. 그가 폭발했다. 나에게 화가 나서, 지금의 내 모습에 화가 나서 소리쳤다. 눈시울이 뜨거워져서 금방이라도 눈물을 쏟아낼 것 같았다. 입술을 악다물며 참았다.

"미…… 미안해……."

겨우 뱉어냈다.

"뭐가 미안해?! 이 꼴로 살아서? 이렇게 밖에 못 살아서?!"

그가 날 밀쳐 내며 떨어졌다. 치밀어 오르는 분노로 그의 몸이 바들바들 떨렸다.

"……그러지 마…… 은성아, 너 안 같아……."

"왜? 내가 예전의 강은성 같을 줄 알았나? 그래 보였나? 내가 아직도 그 병신일 거라 착각했어? 아니면."

그의 얼굴이 훅 다시 가까이 다가왔다.

"내가 다시 와서 당신에게 잡아달라고 매달릴 거라 기대했어?"

그의 입술이 비꼬듯 일그러졌다.

그가 고개를 숙였다. 그의 입술이 내 귀에 닿았다. 그가 나직하게 속삭였다.

"지금의 당신에게 내가 아직도 흔들릴 거라 생각하나? 이런 몰골로?"

냉소적으로 뱉어낸 그가 나를 밀치듯 탁 놓으며 떨어졌다.

참고 있던 눈물이 또르르 떨어졌다.

그가 냉담하게 내게 등을 돌렸다.

그리고 걸어가 버렸다.

멀어져 가는 그의 등을 보면서 숨도 못 쉬고 헐떡이며, 눈물도 닦지 못하고 벽에 기대어 흐느꼈다. 멀어져 가는 그의 등보다 그 앞에서 당당해질 수 없는 내가 너무 초라해 눈물이 났다. 그의 분노보다 그에게 미안함이 커서 눈물을 참을 수가 없었다.

그때였다.

크게 성큼성큼 멀어지던 그가 우뚝 그 자리에 발을 멈췄다.

그러더니,

"빌어먹을!"

크게 욕설을 내뱉는 것이 들렸다. 그의 앞을 지나치던 사람이 화들짝 놀라 미친 사람을 보듯 그를 쳐다봤다. 주변의 시선은 아랑곳하지 않고 그가 몸을 휙 돌리는 것이 보였다. 그리고 빠르고 큰 걸음으로 내게 다가왔다.

순식간에 그와의 거리가 좁혀졌다고 느낀 순간, 그의 팔이 공중으로 휙 올라왔다. 눈앞에 다가온 그의 손이 나의 어깨를 지나 뒷목덜미를 잡고 끌어당겼다.

"정말 당신한테는 안 되겠다."

그렇게 토해내듯 뱉으며 그의 입술이 거칠게 내 입술에 겹쳐졌다.

소나기

거칠고 포악한 키스였다. 그가 내 온몸의 세포를 갈기갈기 찢듯 거칠게, 내 온몸의 혈액을 전부 빨아들이려는 듯 포악하게 내 입술을, 내 혀를 빨아들였다. 내 뒷목을 잡고 있는 그의 손아귀 힘이 강해 난 벗어날 수도 없었다. 아니, 벗어날 생각도 못했다.

그의 거친 키스를 받으며 난 숨만 몰아쉬고 있었다. 나의 눈에 머물던 굵은 눈물이 흘러내려 그의 입술에 닿았다. 그의 자유로운 한 손이 내 뺨에 닿았다. 눈물로 젖은 내 뺨을 보듬듯 그의 손이 부드럽게 감쌌다.

목덜미를 잡은 손아귀 힘이 풀렸다. 그의 입술이 떨어졌다.

거친 숨을 몰아쉬며 그가 나를 내려다보았다. 얕은 숨을 헐떡이며 나는 눈을 떴다.

눈물이 젖은 시야 때문에 그의 얼굴이 잘 보이지 않았다. 흐릿하게 보여 그의 얼굴에 무엇이 담겨져 있는지 볼 수 없었다. 그가 두 손을 들어 내 양 뺨을 잡았다. 그의 손가락이 눈가의 눈물을 닦았다. 그의 얼굴이 보였다. 애틋함이 가득한 그의 눈이 보였다. 그의 얼굴이 다시 숙여졌다. 그의 입술이 나의 아랫입술에 닿았다, 부드럽게 천천히.

좀 전의 거친 키스에 사과하듯, 나의 눈물을 위로하듯 그의 입술이, 그의 혀가 한없이 부드럽게 나의 입술을 벌렸다. 벌어진 입 안으로 그의 혀가 들어와 나의 혀에 와 닿았다. 아깝고 아깝다는 듯 조심스럽게.

긴장해서 딱딱하게 굳어 있던 온몸의 힘이 빠져나갔다. 그리고 애타게 나의 혀를 찾는 그를 받아들였다. 허공에 툭 떨어져 있던 팔을 들었다. 팔을 들어 손바닥으로 그의 등을 감싸 안았다. 그러자 은성의 몸에 힘이 들어갔다. 그의 한 손이 나의 허리를 끌어안으며 강하게 끌어당겼다. 일방적인 키스가 순식간에 서로를 탐하는 격렬한 키스로 바뀌었다. 7년의 세월을 훌쩍 넘어 그동안 참아왔던 감정이 폭발했다. 내 몸의 모든 것을 주겠다는 듯, 너의 몸의 모든 것을 빨아들이겠다는 듯 그도 나도 간절했다.

애틋함이었던 키스가 격렬하게 바뀌고, 격렬했던 키스가 애틋함으로 바뀌었다. 그렇게 거칠고 얕은 숨을 토해내며 그와 난 7년이라는 시간을 나누었다. 그리고 그의 입술이 내 아랫입술을 부드럽게 포개며 천천히 떨어져 나갔다. 그리고 다른 손으로 나의 뒷머리를 잡으며 나를 안았다. 난 그대로 그의 어깨에 얼굴을 묻었다.

"······내가······ 자만했어요."

내 귓가에서 그가 나직하게 입을 열었다.

"······당신을 만나도 아무렇지 않을 거라고······ 그냥 보는 것뿐이라고."

그의 품에 안겨 난 숨죽이고 떨었다.

"그런데 당신, 나한테 잘못했어요. 그러고 나오면 어떡해?"

나를 안은 그의 손끝이 희미하게 떨렸다.

"예전의 독기는 다 빠져서, 그렇게 비 맞은 새처럼 매가리가 하나도 없으니까 내가 화가 나잖아. 나한테 화가 나서 미칠 뻔했어요. 당신을 그렇게 보내는 게 아니었는데······ 내가 보내서 당신이 이렇게 사는구나, 싶어서······."

"······아니야."

겨우 대답했다.

"그래도 난 내가 예전의 강은성이 아니니까 누나하곤 다신 안 엮이겠다, 결심했었어요. 그냥 누나로 받아들이자 했어. 그런데······ 왜 어쩔 수 없게 만들어······."

그가 더 강하게 나를 안았다. 그의 고개가 숙여져 그의 따뜻한 입술이 내 목덜미에 닿았다.

"……왜…… 내가 당신을 지켜주고 싶어서 참을 수 없게 만들어……."

참기 힘들다는 듯 그가 뱉어내듯 속삭였다.

나의 머리카락을, 나의 허리를 안은 그의 손아귀 힘이 강해졌다. 절대 놓을 수 없다는 듯 강해졌다.

흐느낌이 나오려고 해서 입술을 악다물었다. 난 눈을 질끈 감았다.

그렇게 우린 한참을 숨죽이고 서로를 안으며 감정을 참았다.

불이 모두 꺼져 어두컴컴한 빌딩 앞 화단에 앉아 있는 내게 은성이 편의점에서 사온 캔커피를 내밀었다. 내 차가워진 속을 달래줄 따뜻한 커피였다. 세심하게도 캔 뚜껑까지 따져 있었다. 새삼 그의 배려에 피식 웃음이 나왔다. 내 옆에 앉으며 그가 의아하다는 듯 봤다.

"……그냥, 고마워서."

변명하듯 캔을 들어 보이며 웃었다. 그가 알아듣고 피식 웃었다. 따뜻하고 단 커피가 입술을 적시고 혀를 적시며 목구멍에 넘어갔다. 우린 잠시 커피를 마시며 검은 도시를 응시했다. 자정이 가까워지는 시각이라 도로는 벌써 차량이 뜨문뜨문했고, 보도블록도 인적 없이 한산했다.

"……미국에 가서 2년 동안 친구들과 연락을 끊고 살았어요."

그는 다시 7년 전 은성으로 돌아와 있었다. 차분하고 조용하게 그는 그늘이 드리워진 눈꺼풀을 내리깔고 말을 시작했다.

"나를 보내고 떠난 누나가 원망스러워 그냥 다 잊고 살고 싶었어요. 잊으려고 노력했고요. 그렇게 시간을 보내고 윤석이한테 연락했을 땐 누나 소식은 묻지도 듣지도 않았어요. 그래서 몰랐어요."

그가 커피를 한 모금 더 마셨다.

"누나가 계속 혼자였다는 걸……."

그가 깊은 숨을 토해냈다.

"작년에서야 들었어요. 윤석이 결혼 소식을 들을 때야 묻혀 있던 질문을 꺼냈죠. 잘사느냐고……. 처음엔 충격이 너무 커서 미쳐 버리는 줄 알았어요. 그러다 누나가 원망스러웠던 것보다 누나를 떠나보낸 내가 한심스러워서 화가 났다는 걸 깨달았죠. 그래서 누나가 날 보냈구나 싶었어요, 이렇게 못나서."

그의 말을 들으며 난 마른침만 삼켰다. 갈증이 나서 남은 커피를 마저 마셨다.

"그래서 돌아왔어요. 그렇게 한심했던 나니까, 누나의 삶에서 지워졌겠구나 싶어서. 그걸 확인하기 위해."

그는 말했다. 내가 자신을 지우길 바랐다고.

"그런데…… 7년 전보다도 훌쩍 약해진 누나를 만나고 돌아가는 길이…… 어렵더라고요."

그는 말하고 있다. 내가 지우는 것에 실패함을 눈치챘다고.

"돌아와서는 더 화가 났어요. 내가 이렇게 만들었구나 싶어서. 내가 끝까지…… 포기하지 않았다면……."

"네 탓이 아니야."

다급하게 그의 말을 잘랐다. 그가 자책할 일이 아니다.

"난 더 잘살 수 있었어. 더 편하고, 남이 보기 근사하게. 근데 내가 편해서 이러고 사는 거야, 내 마음이 편해서."

시댁에 거의 다 넘겼다 해도 남편이 남긴 재산은 상당했으므로 난 좀 더 근사한 돌싱으로 살 수 있었다. 그런데 은성이 보듯, 윤혜가 보듯 내가 이렇게밖에 못사는 이유는 정말 진심으로 편해서였다. 그랬던 나인데…… 지금은 후회스러웠다. 은성을 이렇게 자책하게 만들 모습이었다면, 근사한 돌싱을 선택할 걸 그랬다.

"난 불편해요. 그래서……."

그가 고개를 내게 돌렸다.

"내가 흔들려요. 정말 난 죽도록 잊으려고 노력한 7년인데, 냉정하려해도 날 흔드는 누나 때문에 7년 전 나로 자꾸 돌아가서. 내가 노력한 7년이 모두 물거품이 되는 것 같아서."

쓴웃음을 지으며 날 보는 그의 눈길을 피해 고개를 숙였다. 그도 내게서 시선을 떼고 바닥으로 돌렸다.

"그런데 어쩔 수 없네요. 난 여전히 강은성인데."

은성이 피식 조소를 흘렸다.

그가 눈꺼풀을 들어 시선을 다시 내게 돌리며,

"난 여전히 누나에게 매달리고 싶은 강은성입니다."

라고 장난치듯 가벼운 투로 말했다. 그의 입가에 어쩔 수 없다는 미소가 띄어졌다.

부담 갖지 말라는 듯 가볍게 매달리고 싶다고 말하는 그에게 이대로 무너져 내가 매달리고 싶었다. 그런데 나는 알고 있었다. 내가 한없이 주춤거리고, 망설이고, 약해진 이유를. 이렇게 초라한 내가 그에게 어울리지 않다는 것을 통감했기 때문이라는 걸.

어차피 예전의 나도 그와는 안 될 운명이었다. 그런데 지금의 나는 가중처벌 되듯, 안 되는 항목을 더 추가시켰다. 사고 피의자 동생인 은성이 만나선 안 될 피해자 동생에, 네 살 많은 누나에, 미망인. 과부까지 되어버린 나였다.

그는 이제 서른. 얼마든지 더 괜찮은 여자와 미래를 꿈꿀 수 있는 건강한 나이이다. 이제 시작인 나이다. 그런데 내가, 과부까지 되어버린 내가 그의 발목을 잡아서는 안 되었다. 그건 너무 과욕이었다. 어차피 엄마도 받아들일 수 없는 관계이므로, 어차피 그의 부모도, 형도 인정할 수 없는 관계이므로 우린 더 이상 서로를 묶어서는 안 되었다. 나는 이미 뼈저리게 그걸 깨닫고 인정하고 있었다.

아마…… 그도 알 것이다, 우리의 고약한 운명을.

"결혼한다며."

시선을 회피하며 눈을 내리깔고 입을 열었다. 최대한 감정을 담지 않고 무던하게.

날 보던 그의 눈길이 느껴졌다.

"……얼마 전까진 나와 상관없는 일이었어요."

지금은 상관있다는 말이었다.

"누나를 만나고 돌아와서 마음이 바뀌었어요. 그냥 해버릴까? 싶기도 했어요. 누나에게서 벗어나고 싶다는 욕망이 컸어요. 그래서 할 수 있겠구나 싶었죠. 그런데……."

그가 혀로 마른 입술을 축였다.

"내가 자꾸 누나에게 돌아오네요. 내 발이 자꾸 누나에게 향하네요. 그리고 누나를 잡고 싶다는 욕망이 더 크다는 걸 깨달았어요."

그가 손을 뻗어 나의 빈손을 잡았다. 난 눈을 들었다. 그와 눈이 마주쳤다.

"이제 내 곁에 와요."

빨려들 것처럼 그윽한 그의 눈빛에 나의 치아가 약하게 떨렸다. 그대로 난 그의 손을 맞잡고, 그의 곁에 있겠다고 말하고 싶었다. 난 이를 아프게 악다물었다.

"나는 이제 예전의 나약한 강은성이 아니에요. 이제 누나를 지킬 수 있어요."

내 손을 잡은 그의 손에 힘이 가해졌다. 믿음이 가는 힘이었다.

기대고 싶은 힘이었다.

악다문 이를 떼고 겨우 입을 열었다.

"……결혼해."

"누나."

그의 눈썹이 신랄하게 치켜떠졌다.

"마음이 바뀌었었다며. 그렇다는 건 그 아가씨도 괜찮다는 거
잖아."

난 억지로 희미하게 웃었다. 그에게 괜찮다고 위로하듯.

"그러니까, 원래 선택했던 대로 가. 다시 과거로 돌아가지 마."

"누나."

"넌 네 길이 있어. 그 길로 가면 돼. 나도 마찬가지고."

그가 나의 손을 잡아끌었다. 난 슬며시 손을 빼어냈다.

"나도 과거에서 벗어나고 싶어서 그래."

결심했다. 이제 떠나야 할 시간이다.

"우리 그러자."

씁쓸하지도, 쓸쓸하지도 않게 말했다. 속삭이듯 조용히, 다정하
게 말했다. 화단에서 몸을 일으켰다. 일순간 어깨가 푹 꺼져 버린
은성을 난 짐짓 여유로운 척 내려다보았다.

"나중에 세월이 흘러흘러서 둘 다 백발노인이 되면 그때 만나
친구처럼 지내자."

훗날을 기약하자는 상투적인 말로 난 이 모든 상황을 종료했다.

그와의 나의 관계를 종료했다.

이거면 충분하다. 훗날을 기약하는 것만으로도 충분하다. 왜 드라마에서, 왜 소설에서 훗날을 기약하며 이별하는지 알 것 같다. 사랑의 마지막 보류로 남겨놓는 희망이라는 것을. 난 이제 이 희망으로 살아갈 수 있을 것 같다. 그에게 말했으니, 그가 들었으니.

난 발을 돌렸다. 그에게 멀어지려 발을 움직였다.

그가 손을 뻗어 내 팔을 잡았다.

"왜 항상 밀어내기만 해요?"

그가 나를 올려다보았다. 그의 찌그러진 눈이 안타까웠다. 하지만 난 물러나지 않았다.

이게 옳은 거니까. 이래야 하니까.

"……네가 원했던 것처럼 난 정리했어. 정말이야. 그래서 널 만나러 갈 수 있었던 거야. 만약 정리하지 못했다면, 못 만나러 갔을 거야."

난 웃었다. 자조적도 아니고, 슬프게도 아니고 그저 환하게. 그에게 보여줄 마지막 미소를.

"그걸 확인하고 싶었다며. 그러니까 된 거야. 난 지금의 삶을 만족해. 너나 윤혜가 말하는 난 구질구질한 식당 아줌마지만, 행복해. 잘살고 있어."

나의 팔을 잡은 그의 손끝이 파르르 떨렸다. 난 더 크게, 화사하게 웃어주었다.

"힘이 빠진 게 아니라, 여유로워진 거야. 독기가 빠진 게 아니라, 편안해진 거야. 그러니 걱정하지 마. 난 내 자리를 찾았어. 그러니 너도 너의 자리를 찾아."

그가 스르르 내 팔을 놓았다. 난 물러났다.

"내가 이 말을 너한테 못해서 내내 마음이 걸렸었어."

한 발 더 물러났다.

"행복해야 돼."

몸을 돌렸다. 등 뒤에서 은성이 깊은 숨을 토해내는 것이 들렸다.

그리고…… 사랑해.

망설이지 않고 걸음을 옮겼다.

그에게서 떠났다.

후끈하게 도시를 달구던 태양은 끝내 구름을 자극하여 눈물을 흘리게 만들었다. 예고 없이 닥친 소나기에 거리가 어수선해졌다. 평화롭게 거리를 활보하던 사람들은 다리를 바삐 움직이며 비에게서 도망쳤다. 이놈의 비, 하며 욕설을 퍼붓듯이 붉으락푸르락 얼굴을 찡그리고 뛰어가는 학생, 멋들어지게 차려입은 옷이 행여 젖을까 간이가판대로 부리나케 달려가 우산을 사는 아가씨, 신문지를 우산 대용으로 머리에 덮고 가는 양복 입은 중년남자, 까짓 것 비가 대수냐 하듯이 같은 보폭으로 슬슬 걷는 청년…….

식당 앞을 지나치는 사람들 중에 손님은 단 한 명도 없었다. 아줌마가 소나기가 오니 장사가 안 되겠다는 말을 중얼거리면서 주방에서 나왔다.

난 초점 없는 시야로 하릴없이 거리만 응시했다. 빗줄기가 강해졌다.

어젯밤의 일이 환상이었는지, 꿈이었는지 헷갈린다.

그가 잘 돌아갔는지, 어디로 갔는지, 어쩌고 있는지 모르겠다. 나의 현실이 지금 여기인데, 내가 지금 여기 있는 건지 없는 건지 모르겠다. 난 정말 모르겠다.

난 대체 왜 이 모양인지…….

창가에서 떨어져 나왔다. 거리에서 떨어져 나왔다.

이러고 있으면 뭐 해, 그에게 말했듯 난 내 자리에서 행복하게 살아야지. 그래야지.

이미 다 치워놓은 테이블을 정리해 놓고 주방으로 들어섰다.

"어이구, 벚꽃 잎도 다 떨어지겠구먼. 뭔 놈의 빗줄기가 우박처럼 떨어지는 소리가 요란한 겨."

뒤에서 들린 아줌마의 말에 발걸음이 우뚝 멈추어졌다.

하늘 아래서 잔치를 하듯 펼쳐졌던 연분홍 꽃잎의 영상이 떠올랐다. 그들의 화려한 외출이 이제 끝이 나는 건가.

"저 나갔다 올게요."

난 앞치마를 풀어 던져 놓고 서둘러 밖으로 나갔다.

"사장! 우산 들고 가야지!"

아줌마의 다급한 외침이 들렸으나, 홀린 사람처럼 빠르게 걸었다. 찬물이 확 몸을 덮었다.

몸을 때리는 빗줄기가 제법 강했다. 걷다 무작정 뛰었다. 뛰고 또 뛰었다. 바닥과 부딪치는 비가 물보라를 치듯 하얗게 일면서 이리저리 튀었다. 굵고 빠른 빗줄기로 시야가 흐려졌다. 틀어 올리지 않고 반만 묶어, 자연스럽게 흘러내리게 했던 머리카락이 젖어 얼굴에 달라붙었다. 아무리 쓸어 넘겨도 급속도로 떨어지는 빗줄기를 이겨내지 못했다.

대학 캠퍼스 정문은 소나기로 인해 인적 없이 텅 비어 있었다. 난 달리는 것을 멈추지 않고 정문을 통과했다. 그리고 목표 지점에 도착했다. 숨이 턱까지 차올라, 호흡을 가쁘게 내뱉으며 난 흐린 눈동자를 돌렸다.

벌써 수많은 연분홍 꽃잎이 폭격을 맞고 바닥에 시체처럼 널브러져 있었고, 여러 개의 꽃잎이 비명을 지르며 둥지에서 떨어져 나가고 있었다. 비의 밧줄을 이용해 조심스레 바닥으로 착륙하는 꽃잎도 있었고, 허공에서 곧바로 바닥으로 추락하는 꽃잎의 철푸덕 소리가 들려오는 듯했다.

벤치에 털썩 주저앉았다. 은성과 나란히 앉았던 벤치에.

머리 위에 펼쳐진 벚꽃이 지붕처럼 비를 막아주긴 했지만, 빗물이 벚꽃 사이사이를 뚫고 간간이 내려와 나를 적셨다. 야속한 비는 계속 내렸고, 죽음의 행렬은 계속되었다. 난 손을 뻗지도 못하고 처연히 바라만 보았다. 꽃잎을 하나하나 일으켜 세울 수도 없었다.

돌이킬 수 없는 일이었다. 인력으로 되지 않는 일이었다. 운명 앞에서도 마찬가지일 것이다. 난 힘없이 받아들이거나 포기할 수밖에 없을 것이다. 그것이 살아가는 법칙이다.

"은성아."

젖은 몸에 한기가 느껴졌다. 입술이 바르르 떨렸다. 떨리는 입술 사이로 그의 이름을 나직하게 불렀다. 알고 있다, 그가 내 곁에 없다는 사실을. 하지만 기다렸다. 돌아오는 대답은 없었다. 뼈저리게 다시 한 번 그의 부재를 확인했다.

눈물이 나왔다.

찬 빗줄기와 상반되게 눈에서 흐르는 눈물은 데일 정도로 뜨거웠다.

"……은성아."

곧바로 토해내듯 울음을 터뜨렸다.

죽어 있는 벚꽃 잎이 애처롭게 나를 올려다보았다.

내 울음소리가 떨어지는 빗소리에 묻혔다.

❖ ❖ ❖

　고요한 적막을 깨며 초인종 소리가 들렸다. 망치가 사정없이 관자놀이를 두들겨 댔다. 늪에 빠진 듯 몸이 밑으로 밑으로 가라앉았다. 초인종 소리는 멈추지 않았다. 초인종 소리가 한 치의 양보도 없이 멈추지 않고 울려댔다. 초대하지 않는 손님은 고집불통인 성격임이 분명했다.

　이불을 걷는데도 한참 걸렸다. 거뜬히 걷어내던 이불이 천근처럼 무거웠다.

　고집불통인 방문자는 예상대로 윤혜였다. 문 앞에서 백화점 쇼핑백을 들고 있는 그녀의 낯빛이 창백했다.

　"괜찮니? 너?!"

　나의 몰골을 보고 기겁한 듯 그녀가 자지러지게 소리쳤다. 그녀의 외침에 관자놀이가 더 지끈거렸다. 난 허우적대듯 발을 질질 끌며 방으로 돌아갔다.

　"식당에 갔더니 아줌마가 너 몸살 걸렸다고 하더라. 뭐라도 먹었니? 완전 폐병환자처럼 너 파리해."

　"네 얼굴이 더 창백하다."

　말할 기운도 없어 모기만 한 소리로 중얼거렸다.

　"얼마나 놀랐는지 아니? 1년 열두 달 사시사철 아프지 않던 네가 식당에도 나가지 못할 정도로 앓아누운 일이 보통 일이니?"

윤혜가 이불 속으로 굼벵이처럼 기어들어 가는 내게 다가와 손등으로 이마를 짚었다.

"이마가 불덩이다. 약은 먹었니? 약국에서 대충 사왔는데, 해열제 먹으면 나으려나? 너 병원 가야 하는 거 아니니?"

그녀가 쇼핑백에서 약봉지와 죽을 꺼냈다. 불현듯 나는 7년 전 대문 앞으로 이동했다. 그가 날 걱정해 사다 준 죽과 드링크······ 오래전 일인데 어제의 일처럼 선명했다.

"오는 길에 죽도 사왔어. 죽 먼저 먹고 약 먹어."

대답도 듣기 전에 그녀가 포장을 뜯더니 내밀었다.

먹기 싫다고 고개를 가로저어 봤자 어림없는 몸짓일 뿐이었다. 윤혜의 고약한 잔소리를 듣지 않으려면 차라리 순응하는 게 났다.

난 간신히 누웠던 몸을 일으켜 그녀가 내미는 일회용 수저를 받아 죽을 떠먹었다. 고소한 전복의 맛이 배어 있는 맛깔스런 죽이었지만, 입안이 까슬까슬한 탓에 맛을 음미할 수 없었다.

윤혜는 내가 죽을 비울 때까지 차분히 기다렸다. 그녀의 차분함이 더욱 강요적이고 억압적으로 느껴졌다. 하지만 아무리 애써도 반 이상을 비울 수가 없었다. 내가 힘겨워하자, 윤혜가 한발 양보해 물러났다. 그녀가 주방에서 물을 가져와,

"죽 먹었으니까 식후 30분 같은 건 안 지켜도 될 거야."

라며 약봉지에서 쌍화탕 뚜껑과 캡슐을 뜯어 윤혜가 내밀었다. 그녀는 내가 받을 때까지 내밀고 있을 심사인 듯했다.

"쌍화탕 다 식었겠다. 데워왔는데……."

하는 수 없이 쓰디쓴 쌍화탕과 캡슐을 입에 넣었다.

"이제 한숨 자라."

자유 명령이 떨어졌다. 난 안도하며 다시 이불 속에 드러누웠다.

"너 어제 비 맞아서 아픈 거라며?"

윤혜에게 등을 돌렸다. 대꾸하기도 싫었고, 구구절절 설명하기도 귀찮았다.

"아줌마가 그러는데, 너 별안간 우산도 없이 빗속으로 뛰어갔다며? 그리고 한참 만에 물에 빠진 생쥐 꼴로 홀딱 젖어 들어왔다며?"

한숨 자라 했음에도 윤혜는 심문하듯이 연속적으로 질문을 퍼부었다. 고문 같았다. 난 눈을 질끈 감았다.

"미친년, 어디를 그리 급하게 가서 우산도 못 챙겼어?"

내가 대답이 없자, 윤혜가 성질을 부렸다.

"윤혜야…… 나 머리 아파."

"미안, 어서 자."

그제야 포기한 듯 윤혜가 입을 다물었다. 등 뒤로 부스럭거리는 소리가 들리더니, 잠시 후 베란다 문 열리는 소리가 들렸다. 담배를 피우러 나간 모양이었다. 시야 앞의 전경이 한들한들거렸다. 난 스르륵 감기는 눈꺼풀을 주체하지 못했다. 암흑이 삽시간에 나를 뒤덮었다.

거치적거리는 뭔가가 몸을 감쌌다. 갑갑하고 불편했다. 벗어나려고 몸을 움직였다. 그러나 피해도 거머리처럼 악착같이 달라붙었다.

숨이 막힐 지경인지라 난 가까스로 눈을 떴다.

이불을 침범하고 내 몸을 감싸고 있는 거머리의 정체는 다름 아닌 윤혜였다. 어느새 내 옆에서 잠이 든 모양이었다. 그러다 딱딱한 방바닥의 불편함을 느꼈는지 잠결에 이불이 필요한 그녀는 내이불로 굴러왔고, 베개가 필요한 그녀는 내 베개로 고개를 들이밀어 빼앗다시피 3분의 2를 차지한 것이다. 그녀는 떡하니 팔을 내가슴에 올려놓고 늘어지게 잠들어 있었다.

어이없는 웃음이 흘러나왔다. 병자를 간병하러 온 것인지, 괴롭히려고 온 것인지 진의를 알 수가 없었다. 하지만 그녀 덕분에 몸이 한결 가벼워지긴 했다. 억지스런 간병이 효험이 있었던 모양이다.

윤혜는 내가 식은땀으로 젖은 몸을 씻고 나왔을 때서야 부스스한 머리카락을 매만지며 깨어났다. 자신이 나를 내쫓았다는 것은 꿈에도 모를 그녀였다.

"멀쩡하네?"

"네가 사다 준 약이 감지덕지해서."

"당연하지. 누가 사다 준 약인데."

어깨를 으쓱하며 윤혜가 거만을 떨었다. 난 옷장으로 다가가 외출복을 꺼냈다. 지켜보던 그녀가 눈살을 찌푸렸다.

"너 설마 가게 나가려는 건 아니지?"

"할 일도 없잖아."

"할 일이 없으면 쉬면 되지! 방금 전까지 앓아누워 있던 애가 일어난 지 얼마나 됐다고 일하러 가니?!"

흥분해서 윤혜가 목소리 톤을 올렸다.

"나 귀 안 먹었어."

"너 지금 내가 소리 지른다고 타박할 심사면 관둬!"

"근래 들어 쉬어본 적이 없어서 어떻게 쉬는지도 잊어버렸다. 할 일 없이 쉬는 법 좀 가르쳐 줄래?"

"그럼 나와 드라이브 가자."

7년 전처럼 드라이브 가자고 제안하는 윤혜에게 묻고 싶었다. 그러면 중간 지점에서 은성이 오는 거야? 하지만 말하지 못했다. 쓸데없는 망상이다.

그녀는 헝클어진 머리를 매만지고 화장을 깔끔히 고쳤다. 멀뚱거리면서 그녀가 치장하는 것만 지켜보는 나에게 윤혜가 잔소리를 했다. 듣기 싫어 나도 그녀를 따라 화장을 했다.

그녀와의 드라이브는 신나는 음악이 동반했다. 그녀는 10대처럼 최신유행 가요를 틀어놓고 흥얼거리면서 운전을 했다. 선글라스를 끼고, 핸들에 댄 손가락을 끊임없이 까닥대는 그녀를 훔쳐봤다. 아직도 20대 같아 보였다.

"누가 널 서른넷으로 보겠니."

"나 서른넷이나 먹었니? 스물넷이 아니고?"

윤혜가 킥킥거렸다.

"철 좀 들어, 아줌마."

"알았어, 과부야."

그렇게 서로 내뱉은 후에 누가 먼저랄 것도 없이 웃어버렸다. 오랜만에 깔깔대며.

어디로 향한다고 알려주지 않았어도 난 그녀의 목적지가 어디인지 알 수 있었다. 이 드라이브는 그녀의 그 촌스런 남자로 향하고 있었다. 처음부터 정해진 것이었는지도 모른다. 식당 문을 열고 들어오면서 그녀는 나를 끌고 그에게 갈 심사였는지도 모른다.

"그 남자 보고 놀라지 마."

"왜?"

"완전 촌스럽거든."

촌스럽다고 말하는 그녀의 입가에 한없이 부드러운 미소가 지어졌다. 그녀는 한껏 들떠 있고, 한껏 설레고 있었다. 그 사람에게 간다는 자체만으로 즐거운 듯했다. 그녀가 보기 좋았다. 나의 입가에도 절로 미소가 떠올랐다.

차창 밖으로 멀리 『허브하우스』라는 간판이 서서히 나타났다.

나무에 불로 달구어진 펜으로 써넣은 듯 그을린 자국으로 허브하우스라고 써진 간판이 문지기처럼 길가에 세워져 있었다. 이집트 사막 풍경을 재현하곤 할 때 그리곤 하는 선인장 모양의 나무 간판이 특이하면서도 앙증맞았다. 나무 간판 옆에는 하얀색의 우체통도 세워져 있었다. 두 친구가 단란하게 수다 떨듯 나란히 있었다.

　차는 나무 간판을 지나치자마자 우회전했다. 길 양옆에는 돌담이 쌓여져 있었다. 차곡차곡 쌓아놓은 돌담은 한적한 시골의 정겨운 풍경을 자아냈다. 나무로 지은 듯 토속적인 집이 나타났다. 입구에 세워놓은 나무 간판과 같은 필체로 새겨진 커다란 간판이 지붕 위에 있었다. 허브하우스. 그녀가 오고자 했던 곳에 도착했다.

　길은 짧았다. 곧 앞마당이 나타났다. 앞마당 왼편에 트럭이 하나 세워져 있었다. 윤혜는 익숙하게 트럭 옆에 주차했다. 서둘러 운전석에서 나가는 그녀를 따라 내렸다.

　현관문 오른편에는 나무로 만들어진 2인용 벤치가 놓여 있었고, 앞마당 오른편에는 낮은 나무 울타리가 둥그렇게 빙 둘러져 있었다. 둘러진 울타리 안에 오렌지색, 연보라색, 분홍색 등등 형형색색의 아름답고 화려한 꽃들이 심어져 있었다. 허브정원이었다.

　윤혜는 그 사람과 저 벤치에 앉아, 허브차를 마시며 맞은편에 보이는 허브정원에서 풍겨오는 향긋한 꽃 냄새를 맡으면서 정답

게 얘기를 주고받았을 것이다. 상상만 해도 정겨운 전경이었다.

"이상하네?"

운전석 문을 닫지 않고 윤혜가 고개를 갸우뚱거리며 현관 쪽만 응시했다.

"왜?"

"차 소리를 못 들었나?"

그녀가 상체를 차 안으로 쑥 집어넣었다.

빠앙!

귀청이 떨어져 나갈 정도로 커다란 클랙슨 소리가 주변의 고요함을 무참히 짓밟았다. 현관으로 가면 될 걸 그녀는 고집스럽게 클랙슨을 눌러댔다.

잠시 후 현관문이 활짝 열렸다.

흙이 잔뜩 묻은 장갑을 낀 남자가 헐레벌떡 뛰어나왔다. 남자는 떠나가라 클랙슨을 눌러대는 불청객의 정체를 문을 열기 전부터 알았던 눈치였다. 남자의 입가에는 이미 함박웃음이 담겨 있었다. 그리고 윤혜를 보자 남자는 더 크게 웃었다.

놀라울 정도로 화사한 웃음이었다. 기분 좋은 미소였다. 보고 있는 사람까지 마음이 놓이고, 즐겁게 만드는 웃음을 가진 남자였다. 윤혜가 왜 남자를 밖으로 불러냈는지 그제야 알았다.

윤혜가 운전석 문을 닫았다. 남자가 다가왔다. 보통 남자였다. 그녀가 말한 대로 순박해 보이긴 했다. 하지만 촌스럽진 않았다.

"내가 이제야 그 사람을 만난 이유가 뭔지 아니?"

허브하우스에 가까이 왔을 때쯤 윤혜가 물었었다. 모른다고 하
자 그녀는,

그 사람이 너무 흔하게 생겨서 내가 미처 발견을 못했던 거야,
라고 했었다.

그녀의 말대로 그는 평범한 남자였고, 눈에 띄지 않는 인상이었
다.

"왔어?"

"바빠?"

둘이 동시에 물었다. 그녀와 그가 눈짓으로 미소를 보냈다. 익
숙하고 자연스러웠다.

"내가 말했지? 은령이."

윤혜가 내 팔을 잡았다. 그가 먼저 허리를 깊이 숙여 꾸벅 인사
를 했다. 나도 따라 목례를 했다.

"둘이 지금 뭐 해? 상견례라도 하는 거야?"

재미있다는 듯이 그녀가 깔깔거리더니,

"정말 촌스럽다니까."

라고 덧붙였다.

남자가 안으로 들어가자는 듯 손짓을 했다. 윤혜가 남자와 발걸

음을 맞추었다.

뭐 하고 있었어? 모종 옮겨 심고 있었어. 오늘 안 오는 줄 알았어. 왜? 내가 와서 싫어? 싫을 리가 있나. 주문받은 거 배달해 주러 서울에 갈 참이었어. 그래서 오늘만큼은 내가 가려고 했지. 매일 자기가 오잖아. 누가 오든 어때, 보는 게 중요하지. 안 그래? 그래.

안으로 들어서면서 대화를 주고받는 그들을 난 말없이 뒤따랐다. 그들은 편하게 대화했다. 서로를 어려워하지도 않았고 거리감도 없었다. 오래된 친구처럼, 연인처럼, 부부처럼 다정하게 말하고, 웃고, 바라보았다.

"은령아, 여기 둘러볼래? 여길 다 이 사람이 꾸민 거다."

자신의 공간인 양 윤혜가 문을 활짝 열었다. 짐짓 자랑스러워하는 몸짓이었다. 그 안은 허브의 천국 같았다. 비닐 천장 아래서 수많은 허브가 살아서 수줍게 속삭이고 있었다. 그들의 숨겨진 이야기가 들려오는 듯했다. 나무 바닥을 밟으면서 나는 와 하고 무의식중에 탄성을 내질렀다.

뿌듯하다는 듯 윤혜가 그런 나를 보았다. 곧 이 공간을 나도 같이 공유할 거야. 그녀의 눈빛은 그렇게 말하고 있었다. 남편과 이혼을 기다리는 여자. 처음 찾아온 사랑을 지키려 하는 여자. 위험스런 선택이지만 불안에 떨지 않는 당당한 그녀가 부러웠다.

"헬리오트로프가 유난히 많네요. 꽃이 정말 예뻐요."

한구석에는 보라색, 연보라색, 하얀색 꽃을 피우고 있는 헬리오
트로프가 가득 채우고 있었다. 다가가니 달콤한 향이 코를 찔렀
다.

　"보통은 6월에 개화하는데, 기온이 높아져서인지 올해엔 꽃이
빨리 폈어요."

　남자가 설명했다.

　"날 만난 후에 많이 늘렸어. 헬리를 많이 아껴. 얼마나 정성을
쏟는지 몰라."

　그녀는 헬리오트로프를 줄여서 헬리라고 불렀다. 친구처럼 아
이처럼 다정하게.

　"밖으로 나가자. 벤치에서 차 마시면 기분이 더 상쾌해."

　헬리오트로프에서 시선을 떼지 못하는 나를 윤혜가 잡아끌었
다. 그녀와 나란히 벤치에 앉았다. 남자는 허브차를 두 잔 가져다
주고는 모종 나누기를 더 해야 한다면서 자리를 피해주었다.

　"어떠니?"

　"향이 좋다."

　마주 보이는 허브정원의 풍경이 좋았다. 허브차의 향이 코를 간
질이듯 은은히 퍼지며 다가왔다.

　"누가 차 향 물었니?"

　샐쭉한 얼굴로 윤혜가 말했다.

　난 쿡 웃었다.

"알 것 같아."

"뭘?"

날 보는 그녀의 눈빛은 기대와 불안이 교묘하게 교차했다. 좋은 이야기를 원할 것이다. 물론 좋은 답이 돌아갈 것은 당연했다. 남자는 그녀와 잘 어울렸고, 생각보다 더 괜찮은 사람이었으니까.

"네가 왜 저 사람에게 끌렸는지……."

"왜 끌렸는데?"

"편하더라."

"그러니? 너도 그러니?"

"걱정 마, 넘보진 않을게."

농담을 던지자 윤혜가 들뜬 미소를 지었다.

"여기 오면 난 행복하고 편해. 사실 나 이렇게 마음 편하게 있으면 안 되는 입장이잖니. 난 유부녀니까. 저 사람하고 나, 사랑이라는 이름으로 감싸고 있지만, 사실은 불륜이잖아."

씁쓸한 말을 내뱉으며 윤혜가 아깝다는 듯 차를 홀짝거렸다.

"그래도 여기서 저 사람을 만나면 아무런 걱정이 안 돼. 모든 것이 잘될 것 같은 확신이 생겨. 신뢰라고 해야 하나?"

잔잔한 그녀의 미소엔 행복이 담겨 있었다.

"남편하고는 어때?"

"얘기했어."

"저 사람에 대해서?"

빠른 진도에 난 깜짝 놀랐다.

"응. 자존심을 건드리지 않으려고 애썼는데, 조금은 상한 것 같더라."

"그리곤?"

"서류정리하자고 하더라. 역시나 간단한 사람이야."

어깨를 으쓱하며 그녀가 대수롭지 않다는 표정을 지었다.

"다른 건 없었어?"

"뺨 한 대는 때릴 것 같아 각오를 했는데, 역시나 아무것도 없었어. 정말 말 그대로 쿨. 하긴, 우악스러운 감정싸움도 애정이 있어야 하는 거니까. 내가 너무 기대했나 봐."

"조금은 서운하지 않니?"

"서운했지. 그래도 4년을 살았던 사람인데, 이렇게 쉽게 물러설 수 있나……. 어쩜 저렇게 태연한 얼굴일까…… 라는 생각이 들더라. 이런 내가 우습지?"

"아냐. 사람이란 원래 그런 거잖니."

"그래. 욕심이 많은 탓이지."

"욕심보다는 허무일 것 같다. 4년을 살아온 남편인데, 아내가 바람이 났는데 반응 없이 바로 이혼해 준다면 정말 허무하겠다."

"바람날 만하지?"

그녀가 자위하듯 킥킥 웃었다. 남편과 살았던 세월의 후회가 가득 담긴 웃음이었다. 저 사람을 만나지 않았다면 그녀는 어떤 인생을 살았을까. 허허벌판에 홀로 버려진 듯, 그렇게 외롭고 쓸쓸하게 일탈만 꿈꾸며 살았을까. 아마도 그랬을 것이다. 그러나 그녀의 인연은 여기 있었다. 이 자리에, 이곳에.

"넌 어떠니? 은성이가 욕심나지 않아?"

"아니라고 말하면 거짓말이겠지."

허브차를 마셨다. 차게 식어버린 상태라 쌉싸래함이 묻어 나왔다. 허브 향을 실은 바람이 산들거리며 뺨을 스쳤다. 허브정원의 꽃들이 바람결에 따라 기분 좋게 몸을 흔들어댔다.

"그 녀석하고 속 얘기 좀 해봐."

"해서?"

"만약 아직도 네게 마음이 남아 있다면 잡아."

"잡아서 뭘 어떻게 하니? 우리의 미래는…… 그의 부모는 날 어떻게 볼까? 큰아들의 인생을 바꿔놓은 결정적 사고 피해자의 동생에 과부인 날. 우리 엄마는 둘째 치고, 그의 부모는 날 받아들일 수 있을까?"

"네가 아직 덜 아프구나."

윤혜가 비판하듯 딱딱하게 말했다.

"아직도 그의 부모, 네 엄마의 입장을 생각하는 걸 보면 네가 아파도 덜 아파."

난 대꾸도 못하고 속으로만 중얼거렸다.

아니야, 아파. 그래서 더 아파. 나로 인해 힘겨워질 모두 때문에 아파. 그래서 많이 아파.

"그냥 마음 가는 대로 하면 안 돼? 우겨도 보고, 싸워도 보고, 부딪쳐 보면 안 돼? 왜 항상 먼저 겁먹고 도망가?"

"은성일 불행하게 만들면 어떡해……."

"신은령, 너 바보지?"

내 말에 그녀가 안쓰럽다는 듯 혀를 찼다.

"행여나 미래에 불행해질까 무서워 시작도 못하니? 그런 바보 천치가 어디 있니?"

"……하지만 은성인 순탄하고 평범하게, 더 좋은 사람 만나서 살 수 있는걸. 나만 아니면."

"너와는 왜 그걸 꿈꾸지 못해? 오빠 때문에? 네가 과부라서? 딱 까놓고 네가 과부니? 과부인데 처녀잖아? 너?"

불쑥 윤혜가 비꼬듯 이죽거렸다. 그녀의 말에 가라앉았던 마음에 찬물이 끼얹어져 정신을 확 차렸다.

"뜬금없이 무슨 소리야? 너?"

얼굴이 화끈 달아올랐다.

"야, 말해놓고 보니까 진짜 웃긴다. 과부인데 처녀라니. 이게 무슨 아이러니니?"

윤혜가 깔깔대며 자지러졌다. 민망함에 양 뺨이 불타올랐다. 그와의 그날 밤이 뇌리를 스쳐 지나갔다. 윤혜는 모른다. 그날 밤의 일을, 우리의 비밀을.

"근데 솔직히 죽은 네 남편한테는 미안한 말이지만, 진짜 너무한 거야. 어떻게 그런 상태면서 결혼을 하니? 양심이 있니? 되지도 않으면서? 부부관계에 그게 얼마나 중요한 건데?"

깔깔대던 웃음을 멈추고 윤혜가 신랄하게 비판했다.

"그만해, 죽은 사람한테."

화가 나서 정색했다.

"알았다. 말해서 뭐 하니? 근데 은성이가 알면 좋아하겠네. 과부인 줄 알았더니 처녀라고."

비아냥거리듯 덧붙이더니, 윤혜가 그 말을 하며 다시 킥 실소했다.

"너, 그만하랬지?!"

결국 난 버럭 일갈하며 그녀를 노려봤다.

"그러니까 도망가지 마, 멍청아! 네가 용기만 낸다면 극복할 수 있을 거야. 네가 꿈꾸지 못하는 건 네가 겁먹고 포기해서야. 사랑하면 잡아. 사랑하니까 보낸다는 그런 노래가사 같은 소리는 집어치우고, 사랑하면 잡으라고. 사랑하면서 상대에게 상처 주는 것보단 둘이 아프며 사랑하는 게 나아."

"······그러다 지치고 식어버리면 어떡해?"

두려움에 중얼거렸다.

"설사, 결론이 진흙탕이라 하여도 미리 건너보지도 않고 되돌아서는 것보단 낫지 않겠니? 그런 건 한 번으로 족하지 않니?"

윤혜의 말을 따라 긴 담배 연기가 흘러나왔다. 대꾸하지 못했다. 그녀의 말이 여운을 남기며 공기 속으로 소멸되었다.

바람이 불어온다.

바람이 곁에 온다.

그 오후의 거리

봄이 침울해한다. 따스하고 맑은 햇볕이 내리쬐던 어제와는 다른 날씨다. 우중충한 흐린 하늘엔 회색 구름이 가득 깔려 있다. 시어머니에게 혼이 난 며느리의 파리해진 낯빛 같은 하늘이다. 봄이 무르익은 지 한참인데, 초겨울처럼 쌀쌀한 공기가 집 안으로 침범하면서 한기를 돌게 만든다. 내 마음에 도는 한기인지 밖에서 들어오는 한기인지 분간이 되지 않는다.

칙칙한 공기가 가득한 집 안을 깨끗이 정리하다 베란다로 나갔다. 윤혜가 헬리라고 친근하게 줄여서 부르는 친구가 시들시들 죽어갔다. 잎은 황색으로 퇴색되었고, 보라색 꽃이 시꺼멓게 말라가며 꽃잎이 안으로 말려들어갔다.

며칠 전부터 헬리는 죽어갔다. 아무리 애를 써도, 정성을 다해도 헬리는 시큰둥하니 일어설 줄 모른다. 어제 허브하우스에서 본 헬리오트로프는 화사한 밝은 빛처럼 웃고 있었다. 사랑의 기원을 이뤄주듯 그렇게.

하지만 내 헬리는 암울하고 어둡다.

속상함에 깊은 한숨이 새어나왔다.

그렇게 하루가 갔다.

또 다른 하루가 시작되었다.

나의 음울한 심정을 아는지 가게는 파리가 날릴 정도로 한산했다. 창밖을 지나치는 사람이 모두 손님처럼 보였지만, 정작 문을 열고 들어오는 사람은 없었다. 중간고사 기간이 다가와서 그런지 저녁에 밥을 먹으러 내려오는 학생이 간간이 있을 뿐, 술 마시러 들르는 단골학생들의 코끝 하나 보이지 않았다.

어스름하게 어둠이 깔리는데도 손님이 없자 아줌마는 근처 미용실로 가셨다. 오늘만큼은 스카프로 머리를 말고 오지 말라고 신신당부를 한 덕에 꼼짝 못하는지 한 시간이 지났는데도 아줌마는 미용실에서 오지 않고 있었다.

난 턱을 괴고 밖을 내다보았다.

보도블록을 걸어가는 사람들, 발을 까닥거리며 신호등을 기다리는 사람들, 붉은색이었다가 푸른색으로 바뀌는 신호등, 신호등을 건너는 사람들, 헤드라이트를 부릅뜨고 도로를 달리는 자동차들……. 거리는 한산한 듯하면서 분주하다. 인산인해를 이루는 것은 아니지만, 걷고, 뛰고, 기다리고, 동동거리며 거리는 바삐 숨을 쉰다.

햇볕이 내리쬐는 오후의 거리와 밤의 거리는 다르다. 오후의 거리는 수다 떨며 경쾌한 발걸음을 움직이는 교복 입은 학생 행렬이라든지, 병아리 짹짹 옷을 입고 유치원에 다녀오는 꼬마들의 앙증맞은 모습이라든지, 벌써 선글라스로 눈을 가리고 짧은 소매 옷을 입고 지나치는 아가씨의 모습 등 볼거리가 많다.

어두워진 밤의 거리는 나이를 한층 더 먹어버린다. 정장을 입은 행인의 수가 늘어난다. 하루 종일 성냥갑 같은 빌딩에 박혀 온갖 스트레스와 업무에 치여 있던 직장인들이 밤의 거리로 쏟아져 나온다. 낮의 거리가 경쾌함이라면 밤의 거리는 피곤함이 섞인 활기다.

신호등이 푸른색으로 바뀌었다. 내 쪽에서 등을 돌리고 있던 사람들은 앞으로 나갔고, 횡단보도 건너편에 서 있던 사람들은 차도로 내려서며 내 방향으로 걸어왔다.

약속 시각에 늦었는지 건너면서도 손목시계를 흘끔거리는 남자, 오늘 일과가 고단했는지 터덜터덜 느리고 힘겨운 발걸음을 옮기는 아저씨, 통화에 열중해 있는 학생, 긴 머리카락을 바람에 날리듯 흔드는 아가씨…….

각기 다른 인생을 사는 사람들이 같은 횡단보도에서 교차하면서 지나친다.

그들도 알까. 수많은 인구가 사는 지구에서 5천만 명이 된다는 대한민국에서 같은 공간, 같은 횡단보도에서 마주치는 인연이 얼마나 대단한지를. 사람이 사람을 만나 인연으로 키워가는 일을 확률로 따지면 얼마가 될까. 바로 옆을 지나쳐도 몰라볼 만큼 인구가 많은 이 세상에서 인연이 닿아 사랑까지 하게 될 확률을 계산해 보라고 누군가가 말한다면 그 까마득함에 진저리가 쳐질 것이다.

사랑의 확률로 따지자면, 마지막에 죽는 순간까지 당신을 사랑했소, 하는 사랑을 만날 일은 그 확률이 어마어마할 것이다. 그래서 마지막 죽는 순간까지 사랑하오, 는 허상이 되었을 것이다.

왜 영원한 사랑은 허상이 되었을까. 금방이라도 날아갈 듯 위험스런 존재가 되었을까. 설사 허상이라고 해도 부딪치고 겪고 하며 살아가는 게 영원한 사랑일까…….

왜 영원한 사랑은…… 왜 내 사랑은…….

신호등이 붉게 변했다. 그때 나의 시야에 횡단보도 건너편에 있는 남자가 잡혔다. 낯익은 체형을 가진 남자. 잘못 본 것이 아닌가 싶어 뚫어져라 응시했다.

맞았다.

내가 생각하는 남자가 맞았다.

은성. 그가 횡단보도 건너편에 있었다.

잔잔한 호숫가에 별안간 돌이 던져졌다. 물결처럼 일어나는 파장이 가슴속에서 요동쳤다. 건너편에 있는 은성은 내가 자신을 발견한지 알까. 그는 꼼짝도 하지 않고 있었다. 붉은 신호등이 언제 바뀔까. 나는 신호등과 그를 번갈아 보며 초조해했다.

신호등이 보행자 신호로 바뀌었다. 미동하지 않던 사람들의 발걸음이 빨라졌다. 그러나 은성만은 그대로 멈춰 있었다. 전부 움직이는데 그만 굳어 있었다. 그는 바지주머니에 손을 찔러 넣고, 하염없이 이쪽만 응시하고 있었다.

보행자를 재촉하는 듯 삐리릭거리는 소리가 빨라졌다. 건너오지 않는 그가 답답해 애가 탔다.

붉은 신호등으로 다시 바뀌었다.

몇 분이 흘렀을까. 멀고 어두운 탓에 그의 눈동자와 얼굴이 보이지 않았다. 신호등 옆에 세워져 있는 가로등의 불빛이 그에게 드리워져 있었지만, 얼굴은 어스름한 그림자로 가려져 있었다.

아니? 내가 널 보고 있다는 걸?

은성아.

나는 안다. 네가 날 보고 있는걸.

신호등이 다시 푸른색으로 바뀌었다. 역시 그 자리에 붙은 듯 은성은 움직이지 않았다.

난 자리에서 일어나 거리로 나갔다.

성질 급한 신호등은 금세 붉은색으로 바뀌었다. 붉은 신호등을 사이에 두고, 그와 내가 마주 섰다. 가로막고 있는 횡단보도와 도로를 빠르게 달리는 차들 사이로 그와 나의 눈이 마주쳤다.

보행자 신호로 바뀌었다.

그가 도로로 내려왔다.

그리고 횡단보도를 건너왔다.

내게로 다가왔다.

전율이 설레게 심장을 간질이면서 수줍게 흘렀다.

그가 다가온다. 한 걸음, 한 걸음 그와의 내 거리가 좁혀졌다. 짧은 횡단보도의 길이가 무한히 길게 느껴졌다. 나도 다가가고 싶었다. 그러나 난 기다렸다. 그가 내게로 오기를 기다렸다. 가슴에 맺힌 응어리가 수동적인 태도라며 원망하지만, 어렵사리 외면했다. 응어리는 종양처럼 까맣게 죽어갔다. 눈가가 시리지만 참았다. 흐트러져서는 안 된다 다짐하고, 흔들리지 말자 결심했다.

그가 내 앞에 섰다.

"왜 나왔어요."

내게 묻는 질문은 아니었다. 원망에 가까운 어조로 혼잣말처럼 그가 되뇌었다. 나오지 말았어야 했는데, 내가 나와 돌아서지 못했다는 듯 나를 원망했다.

"차 한잔할래?"

어색한 기류가 싫어 헛기침을 한 번하고 물었다.

"그러면 달라지나요?"

그가 빈정거렸다.

"날 정리한 당신이, 사실은 날 정리한 것이 아니라고 말해주나요? 그런 희망이 있나요?"

꼿꼿하게 서서 그는 질책하듯 나를 내려다보았다.

"은성아……."

"결혼은 안 할 거예요. 생각해 보니 당신과 같은 전철을 밟게 되더라고. 당신을 포기하기 위해 결혼 같은 걸로 도망가진 않을 거예요. 그런데 말이야, 그러고 나니 난 할 게 없는 거야."

대수롭지 않다는 듯 어깨를 으쓱하더니 그가 내 어깨를 스치고 지나쳤다. 그가 내 등 뒤로 터벅터벅 걸어가 식당 안으로 들어갔다.

난 몸을 돌렸다. 신랄한 등이다. 식당으로 들어서서 그는 관찰을 하듯 식당 안을 휘휘 둘러보았다. 내가 안으로 들어서자 그가 고개를 돌렸다.

"여기가 편하다고? 여기가 당신 자리라고?"

그의 눈동자에 공허함이 가득 차 있었다.

"그럼 나는? 어디로 가면 되지? 여기에 앉으면 되나?"

그가 휙 의자를 하나 빼더니 거기에 탁 앉았다. 그리고 날카로운 눈빛으로 날 똑바로 올려다보았다.

"은성아……."

"내가 오면 되잖아요, 당신 자리."

냉랭하게 내뱉곤 있지만, 말은 아팠다.

"그렇죠? 내가 올게요, 당신 자리로."

냉랭함이 절실함으로 바뀌었다. 난 대답하지 못하고 시선을 돌렸다.

"난 안 되겠어. 도저히 안 되겠어요. 그러니 누나가 나를 잡아요."

그가 의자에서 일어나 내게 다가왔다.

안타까운 아픔이 심장을 찔렀다.

안다. 그가 이러는 이유를 안다. 하지만 외면할 수밖에 없다. 난 그를 잡아선 안 된다.

"난 버릴 수가 없어요. 내가 버림받았는데, 내가 버린 것 같단 말이야."

은성의 손이 내 어깨를 잡았다. 아프도록 강하게 움켜쥐었다.

"누나가 날 잡아요. 여기 있잖아, 내가 이렇게. 그냥 손만 내밀면 되잖아."

그가 애원하듯 내 손을 잡아 자신의 가슴에 대었다. 격렬하게 고동치는 그의 뜨거운 심장의 움직임이 손바닥을 타고 이어져 내 심장에 닿았다.

"……자신이 없어."

겨우 뱉었다.

"……정말, 자신이 없어."

고개를 흔들며, 고개를 숙였다.

"정말…… 답답해서 미쳐 버리겠다!"

그가 내게서 떨어져, 격하게 손바닥으로 테이블을 내려쳤다. 쾅하고 크게 비명을 지른 테이블이 심하게 흔들렸다.

"당신은 왜 이런 여자야?! 도대체 왜?!"

그의 눈동자가 물들어가듯이 더욱 붉어졌다. 몸을 흔들리며 떨던 그가 고개를 돌렸다.

"……나, 이제 7년 전의 그 녀석이 아닌데……. 사랑하는 사람을 보낼 만큼 나약한 녀석이 아닌데……. 왜 또 나를 보내려 해요? 내가 가면 정말 편하겠어요?"

지친 듯 힘없이 털썩 의자에 다시 앉더니 그가 입술에, 눈에 힘을 주며 창 쪽으로 머리를 돌렸다. 눈물을 참으려 애쓰는 그가 안쓰러워 볼 수 없었다. 난 그가 돌린 반대 방향으로 시선을 돌렸다. 견디려 했지만 눈가는 이미 뜨겁게 달구어져 있었다. 서글픔으로 자극된 눈은 뜨거운 눈물을 흘렸다.

"나 이번에 가면 안 와요."

창밖을 보는 그의 눈가에 이슬이 맺혔다. 붉어진 그의 눈동자에 고인 이슬이 형광등 빛을 받아 시리게 빛났다.

난 고개를 주억거렸다.

"……정말 안 올 거예요."

맺혀 있던 이슬이 처연한 소리를 내며 애달프게 떨어졌다.

난 고개만 주억거렸다.

그가 팔꿈치로 기대 세워 마주 잡은 주먹에 이마를 기댔다. 숨죽인 흐느낌이 들려왔다.

그의 어깨가 들썩였다.

난 입술을 깨물었다.

사랑해도 보내는 오만한 짓거리는 하지 말라는 윤혜의 충고에도 불구하고, 난 결국 그를 보낸다. 그를 잡고 싶은 욕심보다 그를 보내야 한다는 이성의 결론이 더욱 컸기에, 난 7년 전의 전철을 또 한 번 밟는다.

세상은 나를 욕할 것이다, 답답하고 비겁한 여자라며. 그래도 하는 수 없다. 난 이런 사람이다. 이렇게 못난 사람이다.

"사장, 나 왔어."

문이 드르륵 열렸다. 머리를 숙이고 있던 은성이 벌떡 일어나 가게를 나가 버렸다. 길을 잘못 찾은 사람처럼 아줌마는 주춤주춤 입구에 섰다. 난 벽을 향해 고개를 돌리며 급하게 눈물을 훔쳤다.

그가 가는 걸 보지도 못했다. 그가 떠나는 걸 보지도 못했다.

그는 이제 오지 않을 것이다.

정말 그는 갔다.

며칠 동안 내내 떠오르는 사념을 분산시키려 노력했지만 도저히 되지 않았다. 온통 내 뇌와 가슴을 휘젓고 지나치는 아련한 아픔은 사라지지 않았다. 심장에 구멍이 뻥 뚫린 듯 허전하고 쓸쓸했다. 간혹, 심장병에 걸린 환자처럼 가슴 언저리가 콕콕 쑤셔오는 고통도 맛봐야만 했다.

파마하고 무턱대고 돌아온 탓에 은성과 나를 방해했다고 생각하는지 아줌마는 내 눈치만 살살 살폈다. 그러지 말라고 달랠 여유도 없어 난 그러려니 하며 시간을 죽냈다. 차라리 몸이라도 바삐 움직인다면 넋 놓을 시간도 없을 텐데, 운명은 심술궂었다. 뜨문뜨문 오는 식사 손님을 제외하곤 식당은 지루할 정도로 한산했다. 그 덕에 난 사념에서 벗어나지 못하고 시달렸다. 일이 없는 만큼 턱을 괴고 창가에 앉아 있는 시간이 늘어났다. 뚜렷한 초점도 없었다. 그저 망연하니 거리만 관찰했다. 여느 때처럼 횡단보도를 응시했다. 그러다 문득, 은성이 건너편에 있는 듯한 착각이 일었다. 그러면 나도 모르게 벌떡벌떡 일어나곤 했다. 그리고 착각이고 환상이라는 것을 깨닫고 나면 허무함과 서글픔이 밀려와 한꺼번에 나를 몰아세웠다. 시간이 갈수록 모든 것이 무료했고 난 점점 공허해졌다.

그렇게 시간이 흘렀다.

"사장."

넋 놓고 거리를 보는데 아줌마가 조용히 맞은편에 앉았다. 난 아줌마에게 시선을 돌렸다.

"내가 참견할 일은 아니지만서두…… 몇 날 며칠 이러고 있으니께 그 꼴이 베기 싫어서 한마디 해야겠구먼."

큰 결심을 한 듯 아줌마가 심호흡하더니 말을 이었다.

"사장, 세상은 말이여…… 혼자 살 수 있으면 혼자서도 살 수
있는 세상이긴 혀. 그렇지 않겠어? 혼자서라면 귀찮은 일도 없지,
억지 쓸 일도 없지, 싸울 일도 없지……. 얼마나 편하고 좋겠어."

대꾸할 기력도 없어 난 차분히 듣기만 했다.

"하지만 말이여. 그런 것은 아니구먼. 혼자 살아가면 귀찮은
일, 쓰잘데기 없는 일 없지만서두 살아가는 맛이 없는 겨. 사람이
왜 이렇게 징글징글하게 많은 사람들 틈에 태어났는지 아는 겨?
다 부딪쳐 가면서, 아옹다옹하면서 살아가라고 이런 데 뚝 떨어진
겨. 그게 삶이라는 거여. 그렇게 살아야 하는 거구먼."

아줌마가 손을 쭉 뻗어 내 손을 잡더니 달래듯 토닥거렸다.

"혼자 되지 말어."

"나 혼자 아니에요. 아줌마가 있잖아요."

고장 난 눈물샘에서 또 눈물을 떨어뜨릴 전조가 시작되었다. 하
지만 인내심 있게 눈물을 가라앉혔다. 더 이상 눈물을 흘리고 싶
지 않았다.

"사장은 내 딸이구먼. 사장은 어떻게 생각할지 몰라도, 난 사장
이 열 달 동안 품다가 낳은 내 자식 같어. 내 피붙이 같혀."

아줌마가 내 손등을 부드럽게 쓸었다.

"그러니까 하는 소리여. 딸내미가 억지로 마음 접으려 하는 꼴

이 베기 싫어서 하는 소리여. 잊으려 해도 그게 쉽게 잊혀지간디. 사장, 제발…… 독하게 마음먹지 말어. 평생 한이 된다니께."

내가 눈물을 흘리기도 전에 아줌마가 흐느꼈다. 눈물, 콧물 흘리며 아줌마가 서럽게 우셨다. 그런 그녀를 다독거렸다. 내 자신을 달래듯 토닥토닥.

내게 무작정 오라고 명령해 놓고는, 날 앞에 앉혀놓고 엄마는 돌아앉아서 안방만 빤히 응시하고 있었다. 엄마의 시선 끝에 자리 잡은 것이 오빠의 사진이 담긴 액자라는 건 굳이 확인하지 않아도 알 수 있었다.

무슨 어려운 말을 하려고 뜸을 들이는 건지 알 것도 같았다. 내가 먼저 이제 안심하라고 엄마를 위안해야 할 것 같았다. 엄마는 아무래도 내가 다시 은성을 만날까 노심초사하는 듯싶었다.

절대 만날 일은 없다고 말하려는 찰나,

"그렇게 해라."

엄마가 입을 열었다.

엄마의 시선은 여전히 오빠에게 꽂혀 있었다.

무엇을 그렇게 하라는 것인지 뜻을 몰라, 난 멀뚱하니 엄마를 바라보았다.

"……그래도 난 못 본다. 저 매정한 녀석이 먼저 가고 너 하나 남았다고 내가 너한테 질 것 같으냐. 너도 죽었다 생각하면 된다."

무슨 말인지 갈피를 잡지 못했다.

"네 맘대로 해라. 그 녀석을 만나고 싶으면 만나고, 살고 싶으면 살아라. 이미 늦었다면 할 수 없는 거고, 아직 늦지 않았다면 살아라. 더 이상 말리진 않겠다, 대신."

예상치 못한 말에 난 놀라 입도 벙긋거리지 못했다.

"오진 말아라. 보고 싶진 않다."

엄마의 측은한 눈길이 보였다. 측은지심이라고 했던가. 마침내 엄마가 나를 불쌍히 여겨 내 마음을 받아줬다.

"엄…… 마."

고맙다는 말도, 미안하다는 말도 나오지 않았다. 난 그저 고개만 떨어뜨리고 그렇게 있었다. 엄마도 오빠만 바라보며 그렇게 있었다.

"Hello……. This is Mr. Kim from System Development Department."

사무적인 남성의 음성이 들려왔다. 입술을 깨물며 수화기를 손바닥으로 막았다. 도둑질을 하는 것처럼 심장이 울렁거렸다.

"여보세요? 시스템개발부 김시우입니다."

상대가 침묵하자 남자가 언어를 바꾸었다.

"……죄송하지만, 강은성 씨 부탁드립니다."

"강은성 씨는 현재 LA 출장 중입니다. 메모를 남겨 드릴까요?"

난 대답도 못하고 부리나케 전화를 끊었다. 들키지 않으려는 듯 손에 들고 있던 명함을 얼른 지갑에 넣었다.

그리곤 허탈감이 들어 의자에 앉았다.

그는 지금 한국에 없다. 출장이라고 했으니 돌아올 것이다. 돌아오게 되면 내가 그에게 갈 수 있을까? 내가 가면 그는 받아줄까? 너무 늦어버린 거면 어떡하지?

선글라스를 낀 여자가 식당 문을 열고 들어섰다. 전화기에서 떨어져 그녀에게 다가갔다.

"아줌마는?"

"시장 가셨어."

"아, 나 시원한 물 한 잔 줘. 여름이 벌써 오려나 보다. 더워."

"점심은? 먹고 갈래?"

유리 글라스에 냉수를 떠다 주며 물었다.

"고모리 가야 돼."

활짝 그녀가 웃었다.

"법원에서 오는 길이야."

물을 꿀꺽꿀꺽 다 비우고 나더니 윤혜가 말했다. 법적 절차를 끝냈다는 의미였다.

"그러니?"

"응. 시원섭섭하네."

"남편은?"

"친구처럼 악수하고 헤어졌어. 힘든 일 있으면 언제든지 연락하란다, 성심성의껏 도와주겠다고. 지금 당장은 아니더라도 나중엔 남편하고 친구처럼 지내게 될 것 같아. 그는 남편보다 친구로서가 더 멋질 거야. 우리 정말 쿨하지 않니?"

유쾌한 미소를 짓는 그녀가 커다란 짐을 벗은 듯 홀가분해 보였다. 다행이었다. 이제 그녀는 사랑만 곁에 두면 되었다.

"보고하려고 들른 거구나?"

"그런 것도 있지만, 네게 할 얘기도 있어."

"할 얘기?"

의아한 눈으로 보는데, 윤혜가 차근히 얘기하자는 듯 손을 잡아 끌어 날 의자에 앉혔다.

"너 정말 은성이하고 끝냈니?"

스쳐 지나간 생각은 은성이었다. 역시나 그녀는 은성의 일을 물었다.

평온한 척하려, 전화기로 향하기 전에 통에 넣으려 꺼내놓은 냅킨을 접었다.

"은성이 출장 갔대. 장기 출장이라 한 달 넘게 걸린다더라."

방금 나와 통화한 직원도 그렇게 전했었다. 그가 출장 간 장소는 LA였다. 7년 동안 있던 자리로 돌아갔다. 그래도 출장이라고 분명히 말했으니, 한국으로 돌아온다는 의미였다. 영원히 떠나지는 않았다는 의미였다. 그것만으로 난 안도했다.

"그런데 정리한다고 했대, 한국."

충격적인 발언이었다.

툭. 정리하던 냅킨을 떨어뜨렸다. 냅킨은 맥없이 소리도 못 내고 테이블에 떨어졌다.

"출장이긴 한데, 안 돌아오겠다고 했대. 윤석이한테 그랬대. 그냥 거기서 살겠대. 연락 못 받았니?"

"……어."

늦었다. 내가 너무 늦어버렸다.

"정말 답답하다. 한심하고, 답답해. 너."

"……그렇구나."

정말 갔다.

이젠 오지 않는다. 이젠 은성이가 내게 오지 않는다.

이젠 그 그윽한 눈도, 그 부드러운 미소도 보지 못하겠지. 그의 다정다감한 음성을 듣지 못하겠지. 내가 조금만 더 일찍 용기를 냈다면, 우린 달라졌을까? 내가 그를 붙잡았다면, 우린 돌아갈 수 있었을까?

한 번만, 한 번만 더 내게 기회를 준다면, 다시 한 번만 내게 시간을 준다면, 나는 달려갈 텐데. 그에게 달려가 매달릴 텐데. 내가 단 한 번도 하지 못했던 사랑한다는 말도 할 수 있을 텐데. 너를 붙잡고 사랑한다고 말해주고 싶었는데…… 나는 어쩌면 좋지…… 내가 어째야 하지……

은성아.

내가 너무 늦은 거지. 내가 늦어버린 거지…….

"너, 괜찮니?"

푹 꺼지는 나를 윤혜가 걱정스레 쳐다봤다.

난 힘없이 인위적으로 고개를 끄덕였다.

"……힘들면 잡아, 이 답답아. 지금이라도."

윤혜가 말했다. 난 고개를 흔들었다.

내가 그가 선택한 길을 어떻게 막아…….

내가 어떻게…….

내가 이렇게 한심해.

며칠 동안 침울해하던 봄이 아파했다. 매가리 없이 시들시들하
며 안타까움을 자아내던 나의 헬리는 끝내 흙으로 돌아갔다. 나의
무책임함에 자책하며 축 늘어진 날갯죽지를 어찌지 못했다. 한참
을 헤맸다. 내가 어디로 가는 건지, 내가 무엇을 찾아야 하는 건지
갈피를 못 잡고, 나는 길 잃은 어린 양처럼, 갈 곳 없는 이방인처
럼 헤맸다.

자다가도 문득문득 덮치는 그리움에, 걷다가도 불현듯 다가오
는 외로움에 사무쳤다. 두 눈을 질끈 감아도 보이는 환영에, 두 귀
를 막아도 들리는 환청에 진저리를 치며 돌아보고 돌아봐도 보이
는 것은 허상뿐이었다.

나는 잃었다. 이렇게 못난 내 스스로 전부를 잃었으니 이대로 못난 나의 전부를 버리고 싶었다. 그러나 그러지도 못하는 한없이 초라한 겁쟁이뿐임을 통탄하며, 하루를 버티고 또 버텼다.

봄이 가려 했다. 침잠함에 빠져 허덕이던 봄이 질려하며 가려 했다.

아무리 발버둥 쳐도 나는 나일 뿐이었다. 내가 당당하게 외쳐대는 내 자리는 이곳이며, 내가 자신하던 내 삶의 몫은 이것이었다. 그럼에도 스스로를 발목잡고, 스스로를 포기했으므로 내가 미워 치떨었다. 그러다 또 아파할 자격도 없다고 몸서리쳤고, 그러다 또 아프게 해서 미안하다며 나를 동정하는 모순덩어리였다.

그뿐이었다. 내가 할 수 있는 건 그것뿐이었다.

나를 원망했다 용서하고, 나를 용서했다 원망하는 것뿐이었다.

그러면서 나는 점점 무뎌졌다.

그렇게 굳어졌다.

그리고 소리 없이 봄이 가고, 잠잠히 여름이 왔다.

"감사합니다."

은행 여직원이 친절하게 웃었다. 수고하세요, 하고 습관적으로 인사하고 창구에서 통장을 챙겨 은행에서 나왔다. 에어컨이 시원하게 돌아가는 은행과 달리 밖의 거리는 찌는 듯이 무더웠다. 7월의 태양은 불볕처럼 뜨겁게 도시를 달구었다. 거리의 사람들은 모두 작렬하는 태양 아래 한 꺼풀 꺾여 있었다.

터덜터덜 식당으로 향하는데, 지하철 입구 앞에 초라한 행색으로 쪼그리고 앉아 있는 할아버지가 눈에 띄었다. 할아버지는 그나마 그늘에서 어두운 낯빛으로 꾸벅꾸벅 졸고 계셨다. 제대로 허기를 채우지 못하시는 듯 할아버지는 뼈와 심줄이 보일 정도로 핼쑥했다. 난 할아버지에게 다가갔다.

"할아버지."

나긋하게 부르니 할아버지가 무거운 눈꺼풀을 떴다.

"식사는 하셨어요?"

기운 없다는 듯 할아버지는 머리만 가로 저었다.

"저기 앞에 식당이 있는데요, 제가 대접할 테니 그리 가실래요?"

나의 친절이 부담스러운지 할아버지는 괜찮다는 듯 연신 손만 흔드셨다. 그런 그를 가까스로 일으켜 식당으로 갔다. 시원한 냉기가 흐르는 식당 안으로 들어서자 숨통이 트였다. 아줌마는 내가 모셔온 할아버지를 단골손님처럼 반갑게 맞이했다.

할아버지를 자리에 앉히고 맛깔스런 식사를 대접했다. 할아버지는 연신 고맙다면서 허겁지겁 식사를 하셨다. 난 창가 자리에 앉아 맛있게 식사를 하는 할아버지를 지켜봤다. 새삼 감회가 새로 웠다.

그가 한국을 떠난 지 벌써 한 달이 넘었다. 흘러 버린 시간만큼 나는 깨어나 일상으로 돌아왔다.

그는 이제 돌아오지 않는다. 난 자신의 자리를 찾아간 그에게 나의 곁으로 되돌아오라 할 자신이 없었다. 무엇보다 그에게 무수히 주어질 많은 기회를 놓치게 하고 싶지 않았다.

그가 그의 자리에서 남은 인생을 빛나게 살아가길 바라며, 난 다시 혼자가 되었다.

하지만 이제 난 혼자서 살지 않기로 결심했다. 나를 버리려 했던 시간을 보내고, 아줌마의 말처럼 혼자서는 살아갈 수 없는 세상임을 받아들이기로 했다. 그래서 난 주변에 홀로 남겨진 사람들을 돌보며, 아줌마처럼 정을 나눠주며 세상과 타협하고 살아가는 방법을 택했다.

이렇듯 살면 된다. 뜨거운 사랑은 못해도, 따뜻하고 평온하게 살면 된다.

시선을 다시 창밖으로 돌렸다. 여름을 맞이한 오후의 거리는 금방이라도 파열할 듯이 뜨거웠다.

태양열이 후끈거리는 거리를 지나치는 아저씨의 이마에 송골송골 땀이 맺혔다. 손수건으로 땀을 닦는 아저씨는 뜨거운 입김을 후후 내뱉었다. 파랑색 선글라스를 낀 멋쟁이 아가씨는 더운 날씨에도 끄떡없는 듯했다. 부채질을 연신 하는 학생은 원망하듯 뜨거운 태양을 노려봤다.

그때였다.

차 한 대가 식당 앞으로 미끄러지듯 들어왔다. 환영이라 생각하며 초점 없이 지켜보는데, 눈부신 태양이 내리쬐는 창문 앞에 자동차가 멈췄다. 환영이 아닌 낯익은 자동차의 등장에 놀라 의자에서 일어났다.

운전석 문이 열리며 거리로 남자가 내렸다.

뜨거운 오후의 거리로 내리는 은성이 보였다.

창문 밖 거리에, 내 앞에 그가 섰다.

여느 때처럼 나를 향해 부드럽게 웃었다.

그리고 그의 눈이 말했다.

돌아왔어요.

라고.

나는 웃었다.

그를 보고 웃었다. 그가 돌아왔다. 포기했던 그가 내게 기회를 준다.

난 눈으로 대답했다.

왔니? 라고.

그가 식당 입구로 걸어왔다. 나도 식당 입구로 걸었다. 그가 내 앞에 섰다. 나는 그를 맞이했다. 그와 내가 마주 보고 섰다. 서로의 눈을 보고, 서로의 입을 보며.

"배고파요."

그가 빙그레 웃었다. 난 알았다는 듯 고개를 끄덕였다. 내가 뒤돌아서자 그가 뒤따라 들어왔다. 울컥, 등 뒤의 그를 느끼며 눈가가 시큰해졌다. 벅찬 감동이 전율을 타고 온몸을 휘감았다.

그가 창가 자리에 앉는 것을 보고, 주방으로 들어서려는데 아줌마가 그냥 앉아 있으라는 손시늉을 했다. 난 그의 맞은편 자리에 앉았다. 그가 내 앞에 있다. 그가 나를 본다.

대화가 없었지만 대화하듯 그렇게 우린 서로를 봤다.

아줌마가 정성껏 차려온 식사가 그의 앞에 놓였다.

그가 수저를 들어 밥을 떴다. 난 말없이 젓가락을 들어, 그의 밥 위에 반찬을 올려놓았다. 그가 눈을 들어 나를 봤다. 난 눈을 숙이고 있었지만 알 수 있었다. 그가 나를 보고 웃는 걸.

"계산해야 돼요?"

밥을 다 먹은 후 아줌마가 타다 준 커피를 마시며 은성이 농담조로 말했다. 난 피식 웃으며 고개를 흔들었다. 그가 아줌마에게 잘 먹었다고 인사하고 식당 입구로 걸어 나갔다.

난 아줌마를 흘낏 봤다. 아줌마가 어여 가, 하며 머리를 주억거렸다. 목에 두르고 있던 앞치마를 풀고 그가 서 있는 밖으로 나갔다.

그가 나를 봤다. 앞치마를 벗은 나를 보았다.

"……산책 갈래?"

난 그를 보고 말했다. 그의 서글서글한 눈매에 웃음이 번졌다. 그가 고개를 끄덕였다.

우린 미소 지으며 길을 걸었다.

오후의 거리는 여름의 청명함으로 싱그러웠다.

가로수 가지마다 풍성하게 달려 있는 초록의 잎들이 여름의 볕을 받아, 빛나는 보석처럼 반짝거렸다.

"……내게 오라고 전화한 거죠?"

그가 조용히 물었다. 고개를 들어 그를 올려다보았다. 그가 알아요, 하는 듯 그윽한 시선으로 나를 내려다보았다.

"응."

괜스레 짝사랑하다 들킨 열여덟 소녀처럼 부끄러워지는 마음에 고개를 숙였다. 그의 입가에 잔잔한 미소가 떠올랐다.

"……자신이 좀 생겼어요?"

그가 낮게 물었다.

"아니."

눈꺼풀만 내리깔고 보도블록을 보며 대답했다. 반듯반듯 서로 잘 맞닿아진 블록의 모양새가 새로웠다. 오래전부터 걸어온 길인데, 마치 새 길을 걷는 양 설레었다.

"여전히 자신은 없어."

나의 말에 그가 걸음을 멈추며 나를 향해 몸을 돌렸다. 난 천천히 고개를 들며 그와 마주 보고 섰다.

"그래도…… 곁에 있고 싶어."

심장이 조심스레 부르르 떨며, 내게 뜨거움을 전달했다.

"같이, 있고 싶어."

마주 보고 선 그의 눈길을 피하지 않고, 난 속삭이듯 조용히 말했다.

그의 눈에 눈부시도록 환한 웃음이 번졌다.

"그거면 됐어요."

그의 입술이 여름의 햇살처럼 화사하게 웃었다.

"그거면 충분해요."

우린 서로의 눈을 보며 웃었다.

서로를 보고 웃었다.

그리고 누가 먼저랄 것도 없이 다시 걷기 시작했다.

그가 조심스레 손을 내밀었다. 그의 빈손을 보며 난 빙그레 웃었다. 그리고 수줍게 그의 손에 내 손을 올려놓았다. 그의 섬세한 손가락이 나의 손을 부드럽게 감쌌다.

7년 만에 우린 다시 손을 잡고 걸었다. 서로의 온기를 느끼며, 서로의 마음을 전하며.

언젠간 내가 먼저 네게 손을 내밀 거다.

언젠간 내가 먼저 손을 잡고 네게 말할 거다.

고맙다고, 미안했다고, 그리고 사랑한다고.

거리 햇살이 뜨거움이 아닌 따스함으로 포근히 감싼다.
그와 함께 걷던 7년 전 여름의 햇살처럼 따스하다.
빛과 같은 따스함 속에 그와 내가 나란히 길을 걷는다.
나란히 같이 걷는다.

은성

—아홉 살, 은성

화이트와 분홍색으로 장식된 생일파티에는 클래식한 플룻과 첼로 연주자들의 잔잔한 선율이 흘렀다. 난생처음 보는 가든파티가 은성의 눈엔 마냥 신기했다. 반면 파티가 익숙한 윤석은 지루함에 몸을 배배 꼬았다.

"엄마, 우리 나갈래. 나가서 놀래. 지루하단 말이야."

윤석은 화려한 엄마의 드레스 자락을 흔들어대며 연신 졸라댔다. 한 걸음 뒤에 물러서서, 친구를 지켜보던 은성은 테이블에 놓인 과자를 집으며 심심함을 달랬다.

누군가 툭 어깨를 치고 지나갔다.

"어, 미안."

어린 은성보다 키가 훌쩍 큰 여자아이였다. 여자아이가 은성에게 환하게 웃으며 지나쳐 갔다. 윤혜 누나의 친구인 듯싶었다. 그렇다는 건 6학년이라는 소리였다. 여자아이의 얼굴을 빤히 주시했다. 여자아이는 드레스를 입고 있는 윤혜에게 다가가 웃었다. 은성의 입가도 절로 미소가 떠올랐다.

"은성아, 엄마가 허락했어. 나가자."

윤석이 다가와 마음 급한 듯 팔을 잡아끌었다.

"저 누나, 예쁘다."

은성이 중얼거렸다. 윤석은 듣질 못했는지 빨리빨리를 외치며 재촉했다. 여자아이에게서 눈을 떼고 은성은 몸을 돌려 윤석과 그곳을 나갔다.

─열두 살, 은성

"너 가."

냉랭한 목소리에 고개를 들어보니, 중학생 정도인 여자아이였다. 굵은 비가 시야를 자꾸 가려 얼굴이 잘 보이지 않았다. 눈꺼풀을 빠르게 깜박이며 올려다봤다. 얼굴이 낯이 익었다.

"한 번만 봐주세요. 네? 제가 뭐든 할게요. 용서해 주세요."

무턱대고 쏟아냈다. 지금은 이것밖에 못하는 무기력한 자신이 미웠다. 그래도 할 수밖에 없었다.

"가."

중학생 누나가 차갑게 말하고 대문을 쾅 닫고 들어가 버렸다.

그제야 떠올랐다, 지금 들어간 누나가 누구인지. 3년 전 더 어린 나이의 자신이 우연히 봤던, 처음으로 이성에 대해 예쁘다 생각했던 누나란 것을.

빗속에서 은성은 고개를 숙였다. 기다렸다. 그러나 아무도 나오지 않았다.

—열다섯 살, 은성

음료수를 하나 사들고 편의점에서 나오는데, 낯익은 아줌마와 마주쳤다. 은성은 흠칫 놀랐지만 반사적으로 고개를 숙여 인사했다.

"너 봐도 인사하지 말랬지?"

앙칼진 아줌마의 소리침에 움찔 기가 죽어 뒤로 비켜섰다.

"니네 집은 돈도 있는 집이면서 왜 이사를 안 간다니?"

아줌마의 말에 죄지은 사람처럼 고개를 들지 못하고 숨죽였다. 아줌마 옆에는 고등학생쯤 되는 여자가 있었다. 스치듯 그녀가 옆을 지나갔다. 눈을 들었다. 흘끗거리는 여자의 눈과 마주쳤다.

그 누나다.

눈이 마주치자 누나가 화들짝 놀라 후다닥 시선을 돌렸다.

은성은 눈을 돌리지 않았다. 멀어져가는 그녀의 모습을 뚫어지게 주시했다.

—열여덟 살, 은성

"스타나 한판 하러 가자. 어?"

버스에서 내리는데, 윤석이 어깨에 팔을 올리며 졸라댔다. 은성이 귀찮다는 듯 고개만 흔들었다.

"너 저번에 이겼다고 너무 거만한 거 아니냐?"

윤석이 장난스럽게 팔로 목을 감았다. 길을 건너려 횡단보도에서 신호를 기다리는데 윤석이 갑자기,

"은령이 누나!"

버럭 소리를 질렀다.

건너편에서 급하게 지나가던 대학생 정도의 여자가 고개를 획돌리며 소리의 출처를 확인했다. 은성이 여자의 얼굴을 봤다. 그녀다.

"어디 가?!"

윤석이 귀청 떨어질 정도로 크게 소리를 질러댔다. 시끄러운 자동차 소음과 거리 소음 때문에 들리지 않는지 그녀가 웃으며 손만흔들었다.

은성은 그녀를 눈으로 쫓았다. 지하철역 입구로 그녀가 사라졌

다. 그녀의 이름이 은령이었다.

"우리 누나 친구. 너도 한 번쯤 보지 않았나?"

신호가 보행자 신호로 바뀌었다. 윤석이 설명했다.

"예쁘지? 아, 누나 친구만 아니면……. 아닌가? 그래도 안 되나? 네 살이나 많으니까, 좀 그런가? 근데 연상연하 많잖아? 안 그래? 내가 한번 대쉬하면 누나가 받아줄까? 누나 나 완전 좋아하는데."

윤석의 능글맞은 말에 은성이 움찔했다.

"야! 안 예쁘냐구?"

은성이 대답이 없자 윤석이 재촉했다.

"……별로."

시큰둥하게 은성이 대답했다. 길을 건넜다. 슬쩍 곁눈질로 그녀가 사라져간 지하철역 계단을 보면서.

—열아홉 살, 은성

늦은 시각, 도서관에서 나와 세 정거장 건너 있는 집에 가기 위해 버스에 올라탔다. 뒤쪽 오른편에 빈자리가 보였다. 피곤한 탓에 앉고 싶어 걸어가는데, 바로 옆 왼쪽 좌석에 앉아있는 여자의 얼굴이 보였다. 여자의 눈은 피곤한지 눈꺼풀이 축 처져 있었다. 여자는 멍한 시선을 창밖에 두고 있었다.

그녀다, 은령이라는 이름의 그녀.

은성은 오른편 자리에 앉아 곁눈질로 왼편 그녀를 보았다.

졸린지 그녀의 눈꺼풀이 끔뻑 닫혔다. 곧 내려야 할 정류장일 텐데, 자꾸 잠이 오는 모양이었다. 감겼던 그녀의 눈꺼풀이 화들짝 떠졌다. 그러나 금세 그녀의 눈꺼풀이 다시 끔뻑 닫혔다. 지켜보던 은성의 입가에 자신도 모르게 미소가 떠올랐다.

그녀가 내려야 할 정류장이다. 무거운 눈꺼풀을 이기지 못하고 감고 있던 그녀가 안내방송을 듣고 깜짝 놀라 깼다. 그녀가 뒷문으로 부리나케 갔다. 은성은 집에 가려면 다음 정류장에서 내려야 했다. 그런데 얼떨결에 그녀의 뒤를 따라 내렸다.

집으로 그녀가 걸어갔다. 편의점을 지나고 모퉁이를 돌았다.

은성은 그녀의 집을 알고 있었다. 그녀를 멀거니 따라 모퉁이를 돌았다.

그녀는 단 한 번도 뒤돌아보지 않았다. 앞만 보고 걸었다.

은성이 멀찍이 떨어져 그녀 뒤를 따랐다. 뒤따르는 은성의 키가 그녀보다 한 뼘은 더 컸다. 아홉 살인 은성보다 훌쩍 컸던 열세 살 그녀가 어느새 은성보다 작아졌다.

그녀가 골목으로 들어갔다.

골목 어귀에서 은성이 골목의 끝 초록색 대문으로 들어가는 그녀를 물끄러미 지켜봤다.

초록색 대문을 쓸쓸히 봤다.

역시……

안 되는 건가.

은성이 몸을 돌렸다.

—스물한 살, 은성

은성이 군대에서 휴가를 나오니, 면제인 윤석이 제일 신났다. 공익인 친구 녀석들과 모였다며 술집으로 빨리 오라고 성화였다. 옷을 갈아입고 녀석이 말한 술집으로 들어서는데, 윤석 옆에 앉아 있는 여자의 얼굴이 보였다.

그녀다, 은령.

은성은 무심결에 술집 기둥 뒤로 몸을 숨겼다.

다행히도 윤석은 그를 발견하지 못했다. 슬그머니 고개만 움직여 그녀의 얼굴을 훔쳐봤다.

윤석이 무슨 농담을 했는지 그녀가 웃었다. 그녀 옆에 앉아 있던 윤혜가 손을 들어 윤석의 뒤통수를 갈겼다. 윤석이 손을 들어 윤혜 앞을 휘휘 저었다. 윤혜가 다시 팔을 들어 윤석을 때리려고 하니, 윤석이 손바닥을 치며 방어했다. 중간에 낀 그녀가 둘의 행동을 제지하며 즐거운 듯 웃었다.

내가 한번 대쉬하면 누나가 받아줄까? 누나 나 완전 좋아하는데. 오래전 윤석이 했던 말이 떠올랐다.

그런가.

자리로 가서 인사할 자신이 없다. 은성은 쓸쓸함을 담고 술집에
서 나왔다. 문득 쓸쓸함이 올라왔다.

—스물세 살, 은성

"신은령! 신은령이가 왔다."

윤석과 당구장에 있다가, 기분이 아주 꿀꿀하다며 동생을 불러
낸 윤혜로 인해 술집에 잡혔다. 은성은 술을 잘 못하는 탓에 술자
리를 좋아하지 않았지만, 어쩔 수 없이 그 자리에 붙박이처럼 앉
아 있었다.

그때, 윤혜 누나가 은성의 등 뒤를 향해 손을 들었다.

신은령. 은령. 그녀의 이름이다.

반사적으로 고개가 뒤로 돌아갔다. 그녀의 얼굴이 맞았다.

다시 고개를 제자리로 돌리곤 그녀를 기다렸다.

소란스러운 술집의 소음을 뚫고 다가오는 그녀의 걸음 소리가
들리는 듯했다.

등이 긴장된 듯 딱딱하게 굳었다.

그녀가 가까이 왔다.

"너 취했어?"

윤혜를 보며 그녀가 살짝 미소 지었다.

맞은편 자리에 그녀가 앉았다.

맞은편에 앉은 그녀를 보았다.

그녀를 만났다.

―그리고 서른 살의 은성

"강은성, 정말 돌아갈 거야?"

김 선배가 자판기에서 커피를 뽑아 내밀며 물었다.

"……인수인계 때문에 돌아온 거예요. 다시 LA로 되돌아가려면, 우선 한국 지사로 와서 인수인계를 해야 된다고 해서."

커피 한 모금을 마시며 은성이 무덤덤하게 대답했다.

"아쉽네. 오랜만에 손발이 맞는 파트너가 있어서 좋았는데 말이야. 팀장님한테는 보고했어?"

김 선배가 휴게실 의자에 앉으며 서운한 웃음을 흘렸다.

"팀장님 오후 출근이잖아요. 곧 출근하실 테니 오시면 바로 보고하려고요. 몇 달 있지도 않았는데, 정리할 것도 많네요. 빨리 정리하고 가려고요."

은성이 무표정하게 말하며 자판기에 살며시 몸을 기댔다.

"아, 근데 휴대폰 로밍 안 해갔어?"

돌연 생각났다는 듯 김 선배가 물었다.

"……안 가져갔어요. 특별히 한국에서 전화 받을 일 없어서. 왜요?"

씁쓸하게 은성이 물었다.

"아니, 우리 부서는 LA 쪽 아니면 직접 찾는 전화가 잘 오지 않잖아? 근데 너 LA 갔을 때 부서로 너 찾는 전화 왔었어. 흔한 일이 아니라 기억이 나서. 여자던데⋯⋯."

"여자요?"

은성이 기대고 있던 자판기에서 몸을 일으켰다.

"어, 메모 남기냐 하니까 끊어버리더라?"

김 선배의 말에 들고 있던 커피를 쓰레기통에 버리고, 은성이 급한 걸음으로 사무실로 향했다.

"야! 강은성!"

뒤에서 김 선배가 불렀지만, 그대로 은성은 사무실로 걸었다. 걷다가, 뛰었다.

자신의 자리로 뛰어 돌아온 은성이 황급히 서랍을 열고 OFF 되어 있는 휴대폰을 꺼내 전원을 켰다. 잠시 후 부재중 전화가 있다는 메시지가 여러 개 오기 시작했다. 윤석도 있었고, 윤혜도 있었다. 어머니에게 온 것도 있었다. 그러나 그녀의 번호는 없었다.

아닌가.

실망한 은성이 털썩 의자에 기대어 앉았다.

낯선 일반 번호가 하나 있었다. 본 듯한 번호인데, 기억이 잘 나지 않는다.

무심히 기계적으로 통화버튼을 눌렀다.

[여보세여.]

몇 번의 신호음 후, 들어본 사투리 억양이 들렸다. 심장이 덜컥했다.

"······식당입니까?"

의자 등받이에 기대었던 허리를 일으키며 은성이 물었다.

[예에. 식당은 맞는디, 우린 배달 안 혀요.]

건너편에서 들려온 아줌마의 말에 대답도 못하고 부리나케 은성이 슈트 재킷을 들고 사무실을 나갔다. 엘리베이터로 뛰어가는데 걸어오는 김 선배가 소리쳤다.

"강은성, 너 어디 가? 무슨 일이야?!"

"선배, 나 나가요. 남은 일은 밤에 철야할게요."

엘리베이터 버튼을 다급하게 누르며 은성이 말했다.

"언제 들어오는데? 팀장님한테 보고는?"

곁에 김 선배가 섰다. 은성이 열린 엘리베이터에 탔다.

"안 가요, 선배. 팀장님한테 한국에 남을 거라고 전해줘요."

망설임 없이 은성이 대답했다. 엘리베이터 문이 닫혔다.

그녀가 기다리고 있는 그녀의 자리로 향했다.

그래서 그들은

　모니터 화면을 가득 채운 복잡하게 나열된 영문 텍스트를 보면서도 괜스레 즐거워 자꾸 피식 웃음이 나왔다. 키보드를 다다닥 두들겨 대며 언어를 넣고 있음에도 머릿속에는 다른 언어가 춤을 춘다.

　"강은성, 서버 들어가서 확인했어? 오류가 어디서 났나?"

　"네, 하고 있어요."

　김 선배의 질문에 개략적으로 대답하며 은성은 다시 히죽댔다.

　쓰윽 바닥을 발돋움을 하더니 김 선배가 의자에 앉은 자세로 미끄러지듯 곁으로 왔다.

　"강은성, 너 지금 일하는 거냐?"

의심스러운 눈초리로 김 선배가 은성을 봤다. 은성이 무심히 김 선배에게 고개를 돌렸다.

"매일 철야만 하면 뭐 하냐? 머릿속은 온통 다른 생각뿐인데? 요 며칠 아주 건성이다, 너. 예전 같지 않게."

"할게요."

은성은 다시 건성이었다.

"너 진짜 요즘 왜 그러냐? 무슨 일이야? 좋은 일 생겼어?"

"네."

피식 은성이 웃었다.

"이 자식 보게."

은성의 눈에는, 귀에는 김 선배의 타박이 보이지도, 들리지 않는 듯했다.

김 선배가 어처구니없어 하더니 포기하고 웃었다. 궁금했지만 말해줄 것 같진 않다.

그래도 미국 가기 전에도, 갔다 온 후에도 세상의 전부를 잃은 양 허망해 보이던 눈동자가 요즘 들어 생기 있다. 밀린 업무로 며칠 동안 철야작업을 하면서도 은성은 즐거워 보였다. 특히 오후에 잠시 나갔다 오곤 했는데, 그 후에는 한껏 더 생생하게 살아났다.

이렇게 행복감에 젖은 것을 보니 그를 가장 괴롭히던 일이 해결이 된 모양이었다. 김 선배는 솟아오르는 안도감에 은성의 등을 한 번 툭 쳐대고, 다시 의자를 발돋움했다.

시간이 새벽 2시를 향해 달리고 있다.

어둠이 완전히 잠식한 창밖을 보며 은성은 창문에 비춰지는 자신의 얼굴을 보았다. 자신의 눈을 보았다. 눈이 살아났다. 7년 동안 죽어 있던 눈이 되살아났다.

가만히 어둠을 보던 은성이 슈트 재킷을 들고 일어났다. 의자 등받이를 뒤로 젖혀놓고 잠든 김 선배를 흘낏 보고 사무실에서 나왔다.

어둡고 고요한 도로를 달렸다. 막힘없이 달리는 도로가, 가는 길이 너무 멀게 느껴졌다. 그래도 나쁜 기분은 아니다. 7년 전 호프집에서 그녀가 맞은편에 앉던 순간처럼 설렌다.

그녀의 아파트 주차장에, 동이 보이는 곳에 차를 세우고 밖으로 나왔다. 차에 기대어 길쭉한 아파트를 올려다보았다.

이곳 어딘가에 그녀가 잠들어 있을 것이다.

편히 그녀가 잠들어 있길 바라면서도, 그녀가 아직 자고 있지 않길 바란다.

끝내 참지 못하고 휴대폰을 들었다.

[아직도 일이 안 끝난 거야?]

다행히 그녀는 잠들어 있지 않았다.

"누나 집 앞이에요."

은성의 말에 은령이 약간 놀란 듯했지만 이내,

[잠깐만 기다려.]

했다.

그녀의 편안한 목소리를 듣자 다시 한 번 안도감이 들었다. 진짜, 그녀가 이젠 곁에 있다. 기다리라고 말한다. 내 곁에 온다고 말한다.

"잠든 거 내가 깨웠어요?"

얼마의 시간이 지난 후 그녀가 현관문에서 나왔다. 은성은 자동차에서 떨어져 그녀에게 다가갔다. 둘이 마주 보고 섰다.

"안 자고 있었어."

은성의 물음에 은령이 웃었다. 은은하게, 수줍게.

"다시 회사에 들어가 봐야 해요."

"오늘도 철야야?"

"일이 좀 많이 밀렸어요."

피식 웃으며 은성이 말을 이었다.

"잠깐 보고 싶어서 왔어요."

은성이 손을 올렸다. 그리고 은령의 뺨에 손을 대었다. 그녀가 진짜 앞에 있다. 이렇게 만질 수 있다, 나의 그녀를.

"들어가요. 갈게요."

은성이 몸을 돌렸다.

은령이 주춤했다.

그러더니 용기를 내듯 은성의 팔을 슬며시 잡았다. 은성이 그녀에게 몸을 다시 틀었다. 은령이 입술을 오물거렸다. 무언가를 망설이는 듯, 그를 올려다보면서 미적거렸다.

은성은 기다렸다.

잠시 후, 은령이 용기를 내었다. 그녀가 뒤꿈치를 들었다. 그의 입술에 그녀의 입술이 살짝 스치듯 지나갔다. 너무 순식간이라 닿았는지조차 모를 정도로 짧은 순간이었다.

"조심해서 가."

후다닥 떨어지더니 은령이 몸을 돌렸다.

은령이 그를 되돌아보지도 않고, 그대로 도망치듯 현관으로 사라졌다. 은성은 멈춰 버린 심장을 느끼며 그 자리에서 굳었다. 그녀가 사라지고 나서야 멈췄던 심장이 다시 팔딱거리며 정신없이 뛰었다.

씩 웃음이 흘렀다. 그는 몸을 돌려 주차된 자동차로 걸음을 옮겼다. 걷던 은성이 우뚝 걸음을 멈췄다.

그리고 휴대폰을 들었다.

"몇 호예요?"

은성이 묻자 은령은 당황했다. 은성은 차분히 답이 오길 기다렸다. 은령이 조곤하게 호수를 전했다. 은성은 몸을 획 돌려 성큼성큼 큰 걸음으로 아파트 현관으로 들어서 엘리베이터를 탔다.

6층. 엘리베이터가 6층에서 멈췄다.

거침없이 엘리베이터 밖으로 나온 은성은 그녀가 알려준 호수로 빠르게 걸어갔다. 그리고 그 앞에 서서 심호흡조차도 안 하고 문을 두들겼다.

짧은 시간 후 조심스럽게 문이 열렸다.

은령, 그녀가 안에서 놀란 눈으로 은성을 올려다보았다.

은성이 성큼 안으로 들어섰다.

문을 닫고, 은성은 가만히 그녀를 내려다보았다.

"이젠 도망 못 가요."

은성이 그녀의 팔을 잡고 끌어당겼다. 그리고 주저 없이 한 손으로 그녀의 뺨을 잡고, 그녀의 입술에 뜨겁게 입술을 겹쳤다.

현관문을 두들기는 소리가 낮게 들렸다. 심장박동이 숨 가쁘게 빨라졌다. 바짝 마르는 입술을 축이고 현관문으로 다가갔다. 심호흡을 한 번 하고, 조심스럽게 열었다.

문이 열림과 동시에 은성이 보였다. 설렘으로 들뜬 상기된 얼굴의 은성. 그의 표정을 보자 뛰던 심장이 부르르 떨렸다.

그가 성큼 안으로 들어섰다. 그의 등 뒤로 문이 조용히 닫혔다. 그의 그윽한 시선이 나를 내려다보았다. 눈앞이 아찔할 정도로 숨이 막혀왔다.

그 순간,

"이젠 도망 못 가요."

은성이 강하게 내뱉더니 내 팔을 잡고 끌어당겼다. 그의 한 손이 주저 없이 나의 뺨을 잡고, 그의 입술이 내 입술에 뜨겁게 겹쳐졌다. 순식간에 그의 뜨거운 숨이 입안으로 들어옴과 동시에 그의 뜨거운 혀가 나의 혀에 맞닿았다. 소름끼치는 뜨거운 전율이 가슴골을 타고 흘러 온몸에 퍼졌다. 그의 한 팔이 나의 허리를 감으면서 강하게 끌어당겼다. 나의 상체가 그에게 밀착되었다. 그의 키스가 뜨거워졌다. 나의 입안을 훑는 키스의 격렬함에 겨우 숨을 내뱉으며 난 고개를 뒤로 젖혔다. 나의 뺨을 잡은 그의 손이 나의 귀 뒤로 훑듯이 넘어가 뒷덜미를 움켜쥐었다.

격렬한 그의 키스가 부드럽고 다정해졌다. 후끈거리는 열기가 뺨에서 온몸으로 퍼졌다.

길고 긴 키스를 끝내며 은성이 강한 팔로 나의 어깨를 끌어안았다. 그의 어깨에 이마를 대고 얕은 숨을 헐떡였다.

"……나…… 당신, 안고 싶어요."

머리 위에서 은성이 허스키한 음성으로 토해내듯 속삭였다. 심장이 미친 듯이 뛰었다. 나의 가슴과 맞닿은 그의 심장도 미친 듯이 뛰었다. 그의 심장박동이 그대로 내 온몸에 전달되었다. 그의 다정한 손가락이 내 머리카락을 쓰다듬었다.

그의 목젖이 참아 넘기듯 크게 움직였다.

"······갈게요. 쉬어요."

이내 그가 내게서 떨어지며 나를 지긋하게 봤다. 그를 올려다보는 내 입술이 부르르 떨렸다.

"······들어와."

난 떨리는 목소리로 겨우 작게 속닥거렸다. 은성이 눈썹이 움찔했다. 난 마른 입술을 꽉 다물며 용기를 내어 그의 손을 잡았다. 나에게 손이 잡힌 그의 손이 희미하게 떨렸다. 내가 천천히 손을 이끌자 그가 신발을 벗고 안으로 올라섰다.

나를 내려다보는 은성의 눈동자가 거친 파도가 일 듯 흔들렸다.

심장이 조이듯 긴장의 침묵이 흘렀다.

은성의 손이 공기를 타고 흐르듯 느리게 올라왔다. 그의 따스한 손이 내 뺨에 닿았다. 그의 따스하고 포근한 온기가 뺨에 전해졌다. 그의 목젖이 들썩이고 그의 가슴이 크게 들썩였다고 생각한 순간, 그의 손이 미끄러지듯 내 귀 뒤로 넘어가 뒷덜미를 움켜쥐듯 잡더니 끌어당겼다.

동시에 그의 뜨거운 입술이 내 입술을 다시 덮쳤다. 그의 깊고 뜨거운 키스를 받으며 손을 뻗어 그의 등을 끌어안았다. 심장이 금방이라도 터질 것 같았다. 그의 강한 팔이 내 허리를 끌어안고 잡아당겼다. 그의 두근거리는 심장과 내 몸이 맞닿았다. 나의 고개를 뒤로 젖히며, 그의 입술이, 혀가 내 입술과 입안을 열렬하게 훑었다. 그의 키스를 받기만 하던 나도 용기를 내어 반응했다. 내가 반응을 하고, 자신을 한껏 받아들이자 은성의 숨이 더욱 뜨거워졌다. 그리고 호흡하듯, 진정하듯 그의 입술이 내게서 떨어졌다. 거칠고 뜨거운 숨을 몰아쉬며, 그가 나를 내려다봤다. 나도 얕은 숨을 몰아쉬며 그를 올려다봤다.

그 순간, 그의 팔이 나를 번쩍 안고 방 안에 깔아뒀던 이부자리로 걸음을 옮겼다. 그가 안전하게 나를 이불 위에 눕히며 몸을 기울였다.

"……불……."

켜진 형광등 불빛의 부끄러움으로 난 속삭이듯 말했다. 은성이 몸을 일으켰다. 그가 스위치를 끄자 아파트단지를 비추는 가로등 불빛이 베란다 창밖을 통해 들어왔다.

그가 다가와 내게 몸을 기울였다. 그의 떨리는 손이 내 옷을 조심스럽게 벗겼다. 어둑해진 공간에서도 은성의 뜨겁게 일렁이는 눈동자가 보였다. 속옷만 입은 나의 실루엣이 희미하게 새어 들어오는 가로등 불빛으로 드러났다. 은성의 뜨거운 입술이 다시 겹쳐졌다. 그가 내게 격렬한 키스를 퍼부으면서, 손을 들어 자신의 셔츠 단추를 풀더니 망설임 없이 벗었다. 그의 드러난 단단한 상체가 나의 몸에 기울이지며 닿는 순간, 오소소한 전율이 피부 전체에 퍼졌다.

내게 잠시도 입술을 떼지 않고 뜨거운 키스를 퍼부으면서, 그의 손이 부드럽게 내 몸을 매만졌다. 그의 다정한 손길이 나의 맨 어깨를 지나, 나의 등을 지나, 나의 허리를 안았다. 나의 수줍은 손길도 그의 단단한 어깨를 쓰다듬고, 그의 단단한 등을 안았다.

그의 뜨거운 입술이 내 입술에서 떨어졌다. 그리고 그림을 그리듯 느리게 나의 턱 선을 지나 나의 목덜미로 내려왔다. 불에 덴 것처럼 그의 입술이 스치고 지나가는 자리에 붉음의 기운이 번졌다. 부르르 떨리는 전율이 등줄기를 타고 올라와 어깨를 지나고 가슴골을 내려가며 갈비뼈를 스치듯 흩어져 몸을 휘감았다. 정신이 아찔해졌다.

그가 나의 나머지 속옷을 벗겼고, 자신도 걸치고 있던 나머지 옷을 벗었다. 그리고 은성이 나를 꽉 안은 상태로 멈췄다. 머리 위에서 그가 속삭이듯 열었다.

"……내내 그리웠어요. 못 견디게 그리웠어요."

나도 그랬다는 말을 하고 싶었지만, 입이 벌어지지 않았다. 그저 얕은 숨만 꼴딱거렸다.

"당신이 보고 싶어 미치는 줄 알았어요."

그가 고개를 들어 나를 보았다. 어둠 속에서 은성의 눈동자가 애틋하게 떨리는 것이 보였다. 목젖이 꿈틀대며 그의 입술이 떨렸다.

"……그날…… 돌아선 걸 얼마나 후회했는지……."

나의 심장이 들썩거렸다. 결국 뜨거운 눈물이 참지 못하고 솟아올랐다. 팔을 번쩍 들어 그의 목을 꽉 감으며 잡아당겼다. 그의 얼굴이 내 목덜미에 묻혔다.

"미안해."

얕게 흐느끼면서 말했다. 나의 목덜미에 얼굴을 묻은 은성의 어깨가 바들바들 떨렸다.

"……미안해."

은성이 고개를 들었다. 그의 눈가도 촉촉하게 젖어 있었다. 그가 손가락을 뻗어, 눈물을 흘리는 내 눈가를 닦았다.

"내가 잘못했어요. 당신을 그렇게 놓고 오는 게 아니었어."

"아니야…… 내가 미안해…… 미안해."

고개를 흔드는 나를 은성이 들썩이는 숨을 내뱉으며 내려다보다 고개를 숙였다.

"사랑해요."

나의 입술에 입술을 대며 그가 속삭였다.

그의 입술이 내게 키스를 퍼부었다. 그의 감정이 고스란히 담겨진 애틋한 키스였다.

그리고 그와 내가 천천히 하나로 겹쳐졌다. 순간, 격렬한 통증이 전해졌다. 참을 수 없는 통증으로 나의 가슴이 크게 들썩거렸고, 절로 허벅지의 힘이 가해졌다. 7년 전 그날의 통증과 같은 통증이었다. 그날 이후 처음 겪는 맺음이었으니 당연한 것임에도 눈앞이 아찔할 정도로 아파 나도 모르게 저절로 아픔의 신음을 헐떡이듯 토해냈다. 나의 반응에 은성이 움찔했다.

그가 당황한 듯 동작을 멈추었다. 그가 나를 내려다보는 것이 느껴졌다. 부끄럽지만 질끈 감았던 눈을 떴다. 그의 눈동자가 심하게 흔들렸다.

"은성아……."

"아파요?"

그가 당혹감에 가득 찬 목소리로 낮게 물었다. 난 하는 수 없이 인정했다. 나의 끄덕임에 그가 내게서 떨어졌다. 그의 온몸에서 어째서라는 질문이 풍겨져 나왔다. 미망인인 나에 대한 의아함임을 알기에, 난 이불을 끌어당겨 맨몸을 가리며 허리를 일으켰다.

은성은 나에 대한 배려로 조급하게 묻지 않고 기다렸다.

조용한 침묵이 흘렀다.

"그게…… 사실은…… 남편하고는……."

고개를 숙이고 어렵게 말을 꺼냈다. 마른 입술을 혀로 축였다. 은성의 몸이 움찔하는 게 느껴졌다.

"……같이 잔 적이 없어…… 단…… 한 번도……."

"그게…… 말이 돼요?"

믿을 수 없음으로 가득한 그의 목소리가 약하게 떨렸다.

"……그러니까……."

설명을 해야 하는데 말이 잘 나오지 않았다. 무슨 말을 어떻게,

어떠한 단어를 꺼내야 할지 몰라 우물쭈물하는데, 갑자기 은성이,

"당신."

툭 내뱉었다. 피했던 눈을 드는데, 그의 눈동자가 부르르 떨렸다. 그와 눈이 마주친 순간, 그의 거친 손이 내 뒷덜미를 잡으며 그의 상체가 나에게 기울어졌다.

"정말…… 사람을…… 이렇게 미치게…….."

그의 입술이 내게 거칠게 겹쳐졌다. 숨 막히는 그의 뜨거운 키스를 받으며 그의 안전한 손길과 함께 드러누웠다. 나에게 뜨거운 키스를 퍼붓는 그의 눈동자가 희미하게 젖어갔다. 그러다 감정이 격해지는지 뜨거운 숨만 헐떡이며 내 입술에 입술을 포갠 채 키스를 멈춘 그의 몸이 바들바들 떨렸다.

"……은성아…….."

떨어지는 그의 입술 사이로 나도 떨었다.

"당신…… 신은령…… 신은령…….."

그가 결국은 감정을 참지 못하고 내 어깨에 얼굴을 묻었다. 그의 몸이 더 떨렸다. 지난 자신의 애달팠던 세월을, 지난 내 애달팠던 세월을 절실히 깨달으며, 절실히 느끼며 그가 내 어깨에 얼굴을 묻고 바들거렸다. 내가 다른 남자의 아내로 사는 상상을 하며 괴로워했던 지난 고통을 되새기듯, 그렇게 떨었다. 그의 떨림을 느끼며 울컥거리는 감정을 주체하지 못하고 나는 쏟아지는 눈물

을 참지 못했다.

"……미안해."

나는 다시 조용히 사과했다. 내 어깨가 그의 눈동자에서 흘러나오는 물기로 젖었다.

"신은령……."

그가 토해내듯 내 이름을 불렀다.

약하게 흘러나오는 흐느낌을 참으며 나는 두 팔을 들었다. 그의 어깨를, 그의 머리를 지그시 안았다.

지그시 꽉 안았다.

깊어가는 새벽녘.

지난 7년을, 지난 그리움을 안았다.

서로 맞닿은 심장이 부들부들 떨며, 서로의 그리움을 달랬다.

"문자가 왔어."

욕실에서 나오는 은성에게 휴대폰을 내밀었다. 젖은 머리를 수건으로 털며, 목욕타월로 하체만 가리고 나온 그가 휴대폰을 받아 문자를 확인했다.

[강은성, 너 나만 남겨두고 새벽에 어디 간 거야? 너 집에 간 거 아니지?]

김 선배의 문자를 확인하는 은성의 입가에 웃음이 흘렀다.

"나 큰일 났다."

"응?"

영문을 몰라 눈썹을 치켜뜨는 나를 보며 은성이 피식 웃었다. 그러더니 고개를 숙여 내 입술에 입을 가볍게 맞췄다.

"철야도 땡땡이, 완전 지각."

흘끔 오전 9시가 넘어가는 벽시계를 보면서 은성이 킥킥거렸다.

"어떡해?"

잔뜩 걱정스러워하는 나를 보면서 그가 긴 팔을 움직여 내 허리를 감고 끌어당겼다.

"그런데 어떡하지? 지금도 가기 싫은데……."

그의 눈이 눈꼬리를 길게 늘이며 웃었다. 그의 입술이 가까이 다가왔다.

그때, 초인종이 울렸다. 그와 난 동시에 흠칫 놀라며 현관문을 바라보았다. 불현듯 이른 아침의 방문객이 누군지 안 봐도 뻔하다고 생각한 순간,

"신은령, 문 열어!"

아니나 다를까, 현관문을 콩콩 두들기는 윤혜의 커다란 외침이 들렸다. 난 화들짝 놀라 은성에게서 떨어졌다. 은성도 깜짝 놀란 듯 나를 내려다봤다.

'어떡해……'

혹여 밖에서 들을세라 입모양으로 말하는 나를 보며, 잠시 당황했던 그가 웃었다. 애정이 가득 담긴 눈으로.

"야! 아직 자?!"

성질 급한 윤혜가 주먹으로 문을 쾅쾅 두들겨 댔다. 기분이 무척 안 좋은 목소리였다. 빨리 열지 않으면 문을 부수고 들어올 기세라 발을 옮기려는 찰나, 은성의 벗은 몸을 깨달았다.

'옷…… 옷.'

그의 맨가슴을 손바닥으로 밀며 다급히 속닥거렸다. 은성도 깨닫고 방으로 들어가, 내가 곱게 개켜놓은 옷을 서둘러 입기 시작했다. 난 미닫이문을 닫고는 윤혜의 씩씩거리는 숨이 다 들리는 현관으로 갔다.

"너 잤어?"

문이 열리자마자 짜증으로 미간이 잔뜩 찌푸려진 윤혜의 얼굴이 보였다.

"……아니…… 씻느라고……."

얼버무리는 나는 신경조차 쓰지 않는다는 듯 윤혜가 불쑥 안으로 들어섰다. 그녀의 고급스러운 힐이 현관 바닥에 놓인 은성의 구두를 건드렸다. 난 흠칫했다.

"뭐니?"

역시 윤혜는 은성의 구두를 놓치지 않았다. 그녀의 눈이 게슴츠

레하게 가늘어졌다.

"……윤혜야……."

말을 잇지 못하고 우물쭈물하고 있는데, 윤혜의 눈동자가 번뜩이며 반짝였다.

그녀가 힐을 던지듯 벗더니, 닫힌 안방으로 곧바로 향했다. 그리곤 주저 없이 미닫이문을 벌컥 열어젖혔다. 바지를 입고 황급히 와이셔츠 단추를 채우던 은성이 깜짝 놀라며 고개를 돌렸다.

"아하."

윤혜가 고개를 크게 끄덕이며, 짧은 탄성을 냈다.

"……누나."

은성이 민망한 웃음을 지었다.

"미국에 간 게 아니라, 여기서 살림 차렸었니?"

비난이 섞인 그녀의 음성에 나는 은성이 돌아왔다는 말도, 우리가 시작했다는 말도 여태 하지 못함을 후회했다. 부끄러운 마음도 있었고, 고모리에 있는 윤혜와 만나게 되면 마주 보고 말할 계획만 갖고 있었다. 전화로 먼저 알렸어야 했는데…….

은성도 윤석에게 아직 왔다는 소식을 전하지 않았다. 우리는 지난 일주일 동안, 서로를 보는 것만으로 행복감에 젖어 주변을 신경조차 쓰지 못했다.

"……지난주에 왔어요."

은성이 어색한 미소를 지었다.

"아하."

윤혜의 두 번째 탄성이 나왔다. 그녀의 날카로운 눈이 내게로 돌아왔다. 그녀의 매서운 눈초리가 내 심장에 그대로 꽂히며 아프게 찔러댔다.

"……저는 갈게요."

비겁하게 은성이 이 자리에서 도망가려, 그녀와 나 사이의 공간을 스치고 현관으로 걸어갔다. 나의 눈동자가 구원의 요청을 하듯 그를 좇았다. 은성이 어쩔 수 없다는 듯 미안한 표정을 지으며, 빙그레 웃었다.

"너, 어디 가는데?"

윤혜가 은성에게 신경질적으로 물었다.

"회사 들어가야 돼서……."

"아하…… 여태 회사도 안 가고 이러고 계셨군."

다시 한 번 윤혜의 신랄한 탄성 소리가 나왔다. 그러더니 성가시다는 듯 은성에게 어서 가라는 손짓을 했다. 은성이 현관문을 열며 나를 봤다. 그리고 입모양으로 '미안해요. 전화할게요'라고 하더니 다정하게 웃으며 현관문을 닫았다.

"……신은령."

닫힌 현관문을 노려보던 윤혜가 낮게 불렀다. 어제 새벽, 은성이 불렀던 내 이름과 사뭇 다른 서늘함이 섞인 부름이었다. 그녀의 입술이 비뚤게 움직였다. 난 봐달라는 듯 어설프게 웃었다. 윤혜가 죽일 듯이 노려보더니, 이내 어이없다는 듯 코웃음 쳤다.

"과부가 처녀딱지 뗐네? 나한테 보고도 없이?"

은성이 씻는 사이에 내가 곱게 개켜놓은 이불을 힐끔 보더니 윤혜가 비아냥거렸다.

"윤혜야……."

"너, 신은령. 진짜……."

민망해하는 날 보며 윤혜가 입술을 이죽거렸다.

"미안해……."

"정말, 내가 싸우고 여길 오는 게 아니었는데…… 이 꼴을 보자고…… 내가……."

그녀가 미간을 잔뜩 찌푸리며 깊은 한숨을 쉬어댔다.

"싸웠어? 왜?"

"몰라! 갈 거야."

윤혜가 성질을 내며 현관으로 걸음을 옮겼다. 그런 그녀의 팔을 부리나케 잡았다.

"왜 그래? 왜 싸웠는데?"

"임신했다, 나."

툭. 그녀가 넘기듯 빠르게 말했다.

"윤혜야!"

놀람과 반가움에 나의 입술이 크게 벌어졌다.

"너무 축하해. 그런데 왜 싸웠어?"

"나 이혼한 지 이제 2개월 좀 넘었다. 그런데 뭐니? 임신이라니. 4년 동안 안 되던 게…… 이게 말이 되니? 창피해서 죽을 것 같아."

"그래서 싸웠어? 현진 씨 탓 아니잖아."

퉁퉁거리는 윤혜의 표정이 귀엽고, 임신 소식에 반가워 절로 웃음이 흘러나왔다.

"몰라. 미워. 괜히 미운 거 있지?"

그녀를 난 팔을 크게 둘러 안았다.

"축하해, 윤혜야. 정말 축하해."

나의 말을 듣는 그녀의 심장이 두근두근 기분 좋게 뛰었다.

"너도 축하해, 신은령. 처녀딱지 뗀 거."

그녀의 놀리는 말에 난 피식했다. 여전히 7년 전의 비밀을 가슴속에만 간직하고, 은성이 입단속을 단단히 시켜야겠다고 생각하며.

"그리고 둘이 만난 거."

덧붙이는 그녀의 따스한 말에 나의 입술이 늘어났다.

"고마워. 그리고 정말 축하해, 윤혜야."

그녀와 나는 서로에게 고마워하고 서로를 축하했다.

신호등이 바뀌었다. 사람들이 하나둘 건너오고 건너갔다. 얼마 전까진 거리의 사람들을 보는 것이 쓸쓸하고 암울했다. 지금, 오늘의 나는 거리의 사람들에게서 빛을 보고 있다. 사람들이 전부 반짝임으로, 웃고 있지 않음에도 즐거워 보임으로 입술에 저절로 미소가 떠올랐다.

[나 오늘은 시간이 안 돼서 못 가요. 이따 밤에 가도 되나? 새벽쯤 될 것 같은데.]

조금 전 그가 보낸 메시지만으로도 설레고 행복했다.

빙그레 웃으며 답장버튼을 터치했다. 문자를 잘 보내지 않은 탓에 자꾸 오타가 나고, 누르는 속도가 느렸지만, 한 자 한 자 쓰는 순간에도 심장이 수줍게 뛰었다.

[괜찮아, 언제든.]

많은 글자를 쓰는 것도 아님에도 오래 걸렸지만, 그 오래 걸림도 행복했다.

이것이었는데, 이것이면 되었는데.

"사장, 그리 좋아?"

아줌마가 테이블 맞은편에 앉으며 배시시 웃었다. 놀리는 듯 눈을 게슴츠레 뜬 아줌마 표정에 난 눈을 살며시 내리깔고 웃기만 했다.

"이리 좋으면서, 사람 애간장을 그리 태우고……."

아줌마가 쑥 손을 내밀더니 테이블 위에 걸치듯 놓았던 내 손을 덥석 잡았다. 그리고 잘됐다는 의미로 내 손등을 다정하게 쓸었다.

"이제 편안하지?"

그녀가 한없이 다정한 눈길로 내게 물었다. 난 쑥스러운 웃음을 흘리며 고개를 주억거렸다.

"이제부턴 절대 혼자되려 하지 말어. 알았지?"

"네."

조용히 대답하는 나를 보며 아줌마가 입술을 벌리며 환하게 웃었다. 그녀의 웃음에 나도 더 크게 미소 지었다. 그녀의 웃음만큼이나 화사한 햇살이 창을 통해 쏟아져 들어와 그녀와 내 곁에 머물렀다.

조용한 오후가, 다정히 흘렀다.

뜨거운 밤이다. 열기가 가득한 밤이다. 새벽의 공기가 뜨겁다.
열대야 속에 묻힌 도시가 후끈거린다고 아우성을 쳤다. 아파트

층층마다 달려진 에어컨 실외기에서 내뿜는 열기로 도시의 새벽이 더 뜨겁게 달궈졌다.

날갯짓 소리조차 내지 않고 돌고 있는 선풍기 바람을 맞으며, 투명한 베란다 창을 통해 어둠의 아파트단지를 물끄러미 지켜봤다. 새벽 2시가 넘어가는 시각이라 건너편 아파트 동의 창문 대부분은 어둠에 묻혀 있었다. 불이 켜진 곳은 손가락으로 짚어 셀 수 있을 정도로 적었다.

오지 못하나.

기다림을 포기하고 방의 불을 끄려 스위치로 다가가는데 문자가 왔다는 울림이 들렸다. 후다닥 휴대폰을 확인했다.

[지금 가도 되나? 30분 좀 걸릴 것 같은데, 자요?]

은성이었다. 자동으로 입가에 웃음이 올라왔다. 괜찮다고, 조심히 오라고 답을 하고 휴대폰을 얌전히 내려놓았다. 그러면서 문득 집으로 올 건지, 밖으로 마중 나갈 건지를 묻지 않았음을 깨달았다. 그래도 혹시 집으로 온다면, 더운 방 안의 공기인 채로 맞이하고 싶지 않아 베란다 창문을 닫고 에어컨 전원을 눌렀다.

냉방이 시작되는 에어컨을 보면서 피식 웃음이 나왔다. 그러면서 방 안을 가득 채운 커다란 침대로 시선을 돌렸다. 다시 웃음이 픽 나왔다. 윤혜의 오지랖이다.

바쁜 점심시간이 지나고 겨우 한숨을 돌리고 있는데 연락이 온 곳은 백화점에서였다. 에어컨과 침대를 설치하러 가도 되느냐는 질문이었다. 황당함에 부랴부랴 전화하니,

"뜨거운 여름날, 깊은 밤을 편히 보내시라고. 과부가 처녀딱지 뗀 기념 선물이야. 나 위자료 많이 받은 거 알지?"

라며 윤혜는 까르르 웃음을 터뜨렸다. 처음엔 돌려보낸다 했지만, 그녀의 성질을 이길 수는 없었다. 하는 수 없이 식당에서 나와 기사들이 설치하는 에어컨을 달고, 커다란 침대를 방 안에 들여놓을 수밖에 없었다. 방바닥의 빈 공간이 거의 없을 정도로 큰 킹사이즈 침대가 좁은 11평 아파트 안방을 가득 채웠다.

좁은 방 안에 설치된 에어컨에서 흘러나온 냉기는 금세 뜨거움이 가득했던 공간을 차갑게 식혔다. 뺨까지 보송보송해지는 차가움에 빙그레 웃음이 나왔다. 윤혜에게 내일은 고맙다 말해야겠다. 생각해 보니 고맙다는 말은 하지 못했다.

두근거림의 시간이 수줍게 흘러가고 있을 때 은성에게 전화가 왔다.

[올라가도 돼요?]

심장이 불끈거리며 뛰었다.

"응."

목소리가 약하게 떨렸다.

그가 주차장에서 내려, 아파트 현관문을 지나, 엘리베이터를 타

고, 복도를 지나, 내 공간의 현관문을 두들기는 순간을 기다리는 그 짧은 시간 동안 심장은 터질 것처럼, 밖으로 튀어나올 것처럼 뛰었다. 너무 심하게 뛰는 심장을 진정시키려 냉장고에서 물을 꺼내 마시는데, 현관에서 노크 소리가 들렸다. 떨림으로 하마터면 물컵을 놓칠 뻔했다.

"덥지?"

현관문을 열면서 서서히 나타나는 은성의 얼굴을 보며 희미하게 웃었다. 문이 열리며 나타난 나를 내려다보며 은성도 다정하게 웃었다.

"그러네요."

그가 안으로 들어섰다. 시원한 공기와 맞닥뜨리자 조금 의아한 듯 봤다. 저번에 왔을 땐 분명히 없던 냉기였으므로. 난 모른 척, 태연한 척 먼저 등을 돌리고 냉장고로 갔다.

"배는 고프지 않아?"

"괜찮아요."

냉장고에서 문을 열고 음료수만 꺼냈다. 혹시나 은성이 오게 되면 시원하게 마실 것을 준비한다고 사다 놓은 음료수. 이 음료수를 사면서도 괜스레 설레었다. 그를 위해, 그가 왔을 때를 대비해 음료수를 미리 사두는 것 자체만으로도 감격이었다.

"아……."

안방으로 들어서려던 은성이 방에 가득 찬 큰 침대를 발견하고 저절로 탄성 소리를 냈다. 그가 천천히 나에게 고개를 돌렸다.

"누나…… 의외로 노골적인 면이…….."

"아니야."

놀리듯 중얼거리는 은성의 말에 놀라 황급히 잘랐다. 양 볼이 후끈하며 달아올랐다.

"……윤혜가…….."

얼버무리듯 작게 변명하는 나를 은성이 내려다보았다. 그의 눈꼬리가 길게 늘어났다. 그의 손이 쓱 다가와 내 허리를 끌어안으면서 조심스럽게 당겼다.

"윤혜 누나한테 한턱 크게 쏴야겠네. 고마워서 어떡하지?"

머리 위에서 장난치듯 은성이 기분 좋게 말했다. 그의 고개가 숙여졌다. 그의 따스한 입술이 차가워진 내 입술에 조심스럽게 포개어졌다. 그의 다정한 키스를 받으며 난 고개를 뒤로 젖혔다. 그의 손이 내 뒷목을 부드럽게 잡았다. 그의 입술과 혀가 내게 속삭이듯 부드럽고 달콤하게 그의 감정을 전달시켰다. 나의 허리를 안은 그의 팔의 힘이 가해졌다.

"아쉽지만…… 개시는 다음에…….."

그의 입술이 천천히 내게서 떨어지면서 그가 속삭였다.

"늦었지만, 산책 갈래요?"

나를 지그시 보며 은성이 부드럽게 물었다. 그의 길게 늘어나는 서글서글한 눈꼬리를 보며 나도 길게 웃었다. 그리고 고개를 끄덕였다.

은성이 내 허리를 감았던 팔을 풀고 손을 잡았다.

바람 한 점조차 없는 열대야에 싸인 공원은 고요했다. 늦은 새벽이었지만 열대야를 못 견디고 나왔는지, 공원 한편에 돗자리를 깔고 앉아 있는 중년부부가 있었다. 그들은 커다란 나무 아래에 자리를 잡고 있었다. 중년의 아내가 돗자리에 길게 누워있는 남편에게 연신 부채질을 해주고 있었다.

공원 돌길을 은성과 나란히 손을 잡고 걸으며 부부를 천천히 지나쳤다.

"나는 내가 해줄 거야."

중년부부를 완전히 지나쳤을 때, 은성이 내 귀 가까이 입술을 대고 속닥거렸다. 그의 말에 킥 웃음이 나왔다. 난 턱을 들어 그를 올려다보았다.

"정말?"

나의 물음에 은성이 다정히 웃으며 고개를 끄덕거렸다.

난 웃음을 감추지 못하고 쿡쿡거렸다. 손을 들어 그에게 새끼손가락을 내밀었다. 나의 행동에 은성도 크게 입술을 벌리고 웃었다. 그가 손을 뻗어 내 손가락에 새끼손가락을 걸었다. 서로의 손가락을 걸고 우린 동시에 킥 하고 환하게 웃었다.

손을 풀고서 은성이 길게 팔을 뻗었다. 그의 다정한 팔이 내 어깨를 감쌌다.

"좋다."

은성이 밝게 웃으며 말했다.

우린 다시 다정히 걸음을 옮겼다.

난 눈을 살짝 내리깔고 발이 내딛는 어둠의 길을 내려다봤다. 길이 두근거린다. 수줍은 심장과 함께 길도 두근거린다. 두근거림을 더 이상 감추지 않고 입을 열었다.

"은성아."

나의 목소리가 아득하게 들릴 정도로 작게 속삭이듯 나왔다.

그는 이어질 말을 잠자코 기다렸다. 우리의 발은 두근거리는 길을 계속 걸었다.

"사랑해."

여전히 길을 보며 속삭였다.

우뚝.

은성이 걸음을 멈췄다. 나도 걸음을 멈췄다. 그가 내게 몸을 돌렸다. 나는 고개를 들었다. 촉촉하게 흔들리는 그의 눈이 나를 봤다. 부드럽게 반짝이는 내 눈이 그를 쳐다봤다. 그의 입술이 희미하게 떨렸다.

"다시 한 번 말해줘요."

그가 조용히 부탁했다.

"사랑해."

그의 눈을 피하지 않고 대답했다. 그의 그윽한 눈이 깊어졌다. 나의 어깨에 닿아있던 그의 손이 움직였다. 그의 강한 팔이 나의 어깨를 감싸고 끌어당겼다. 따스한 그의 품에 안겼다.

빠르게 두근거리는 그의 심장박동이 그대로 내 심장에 전달되었다.

말을 하지 않아도, 심장이 전했다.

내게 하는 그의 속삭임을 심장이 대신했다.

사랑해요, 라고.

우린 서로의 체온을 느끼며, 서로의 심장박동을 전하며 한참을 있었다. 그의 품에서 떨어지며, 눈을 마주치며 빙그레 웃었다. 오던 길을 되돌아가기 위해 몸을 돌렸다.

나무 아래에서 돗자리를 펴고 있던 중년부부가 부스럭거리며 일어났다. 아내가 챙긴 돗자리를 남편이 빼앗아 들고 앞장서 걸어갔다. 뒤늦게 쫓는 아내를 투덕거리며 빠르게 걸어가던 남편이 발을 멈추고 기다렸다. 곧 그들이 나란히 길을 걸어 공원을 빠져나갔다.

은성이 손을 내밀었다. 그의 손을 잡고 중년부부가 지나갔던 길을 밟았다. 그 길을 밟으며 우리의 길로 돌아왔다.

"운전 조심해서 가."

아파트 주차장에 도착했을 땐 새벽 3시가 넘어가고 있었다. 자동차 앞에서 인사하는 내 뺨을 잠시 어루만지더니, 은성이 운전석 문으로 몸을 틀었다.

"저기⋯⋯."

"누나⋯⋯."

동시에 난 입을 열었고, 그는 몸을 틀며 나를 불렀다. 그리고는 둘 다 쿡 웃고 말았다.

"말해요."

"⋯⋯먼저 말해."

말하기 민망해 우물쭈물하며 그에게 순서를 떠넘기려 했다. 하지만 은성이 턱을 약하게 흔들며 거부했다. 주저하다가 난 결심하고 입을 열었다.

"시⋯⋯ 간도 늦었는데⋯⋯ 밤길운전은⋯⋯."

"자고 가도 돼요?"

눈치를 살피며 내가 더듬더듬하자, 은성이 씩 웃으며 물었다. 볼에 화끈거리는 열기가 올라오는 듯했다. 눈을 살며시 내리며 턱을 끄덕거렸다. 은성의 입술이 더 벌어졌다. 쑥스러워서 아파트 현관으로 몸을 돌려 먼저 걸음을 옮겼다. 내 곁으로 큰 보폭을 움직여 다가온 은성이 내 허리를 팔로 감았다. 훅 강하게 끌어당겨 내가 화들짝 놀라자, 그가 소리 내어 크게 웃었다.

"새벽 3시야."

당황한 나를 보며 은성이 알았다는 듯 고개를 끄덕거렸다. 아직

은 그와 나란히 엘리베이터를 타고, 같이 같은 공간에 들어서는
게 낯설고 어색했다.

내가 집 안으로 들어가서도 쭈뼛거리고 어찌해야 될지 몰라 안
절부절못해도 은성은 재촉하지 않았다. 자연스럽게 윤혜가 사준
에어컨도 확인하고, 침대도 바라봤다. 그가 침대를 지그시 내려다
보니 부끄러움이 더 올라왔다. 난 태연한 척하며 냉장고 앞에서
물 한 컵을 느릿느릿 비우면서 선뜻 안방에도 못 들어가고 어슬렁
거렸다. 심장의 두근거림은 시원한 물이 조금 가라앉혔지만, 속에
가득 찬 화기는 끄지 못했다.

침대에서 돌아서던 그가 화장대로 다가갔다.

"언제예요?"

그가 화장대에 놓인 액자를 집었다. 윤혜와 나란히 교복을 입고
찍은 사진이었다. 그의 곁으로 다가가 섰다.

"중학교 2학년 때. 윤혜 예쁘지?"

이빨이 보이도록 환하게 웃는 나와 윤혜의 해맑은 얼굴을 은성
이 뚫어지게 쳐다봤다. 내 가슴 쪽 부분엔 색이 퇴색된 벚꽃잎이
들어있었다. 그와 산책하던 길에 가져온 벚꽃잎. 내 손에 들어온
사랑. 벚꽃잎을 보는 내 입가에 흐뭇한 미소가 머물렀다.

"누나가 더 예뻐요."

액자를 내려놓으며 은성이 혼잣말하듯 낮게 중얼거렸다. 그가
내 쪽으로 몸을 틀었다.

"이렇게 활짝 웃기도 했구나."

조금은 안쓰럽다는 듯 그윽하게 날 보며, 그의 손이 올라와 내 뺨을 감쌌다. 미동도 못하고 그를 조용히 올려다봤다.

"내가 더 활짝 웃게 해줄게요. 이건, 진짜 약속."

그의 말에 내 눈꼬리가 가늘어졌다. 입술을 슬며시 벌리며, 난 고개를 끄덕였다. 그의 고개가 숙여졌다. 난 눈을 지그시 감았다. 그의 입술이 내게 닿았다. 서로의 입술을 포개었다.

뺨에 와 닿는 촉촉함에 눈꺼풀을 들었다. 부드러운 아침햇살이 창을 투과하여 방 안 가득 침범했다. 햇살 속에 눈부시게 반짝거리는 은성이 부드러운 미소를 지으며 날 내려다봤다.

"좀 더 자요."

다정한 은성의 말에 뿌연 눈을 마저 떴다. 옷을 차려입은 그를 그제야 인지했다.

"몇 시야? 출근하는 거야?"

이불로 맨몸을 가리며 서둘러 몸을 일으켰다.

"이제 7시. 집에 들러서 옷 갈아입고 출근하려고요."

"철야하면 늦게 출근하지 않아?"

"오전에 회의가 있어요. 잠 얼마 못 잤으니까, 더 자요."

침대의 빈 공간에 앉으며 다정히 말했다.

"나 깨우지. 피곤해서 어떡해?"

"난 하나도 안 피곤해요. 그런데 나 옷 몇 벌 갖다놔도 되나?"

넌지시 묻는 그의 말에 난 킥 웃으며 수줍게 고개를 끄덕였다. 그가 머리를 숙여 내 입술에 짧고 달콤한 입맞춤을 했다.

"짐을 다 챙겨오면?"

"어서 가. 회의 있다며."

은근슬쩍 이불 속으로 쓱 손을 넣는 그의 가슴을 슬며시 밀었다. 그의 커다란 손이 부드럽게 내 맨 등을 쓰다듬듯 타고 올라왔다. 그의 손바닥이 힘을 줬다. 그의 끌어당기는 힘에 그대로 그의 품에 안겼다.

"김 선배한테 전화할까?"

"응?"

"갑자기 일이 생겨서 못갈 것 같다고."

내 맨 어깨에 입술을 대며 그가 웅얼거리며 농담했다. 난 킥킥거리며 어서 가라며 몸을 비틀며 빠져나왔다. 은성이 입술을 벌리고 웃더니 몸을 일으켰다. 맨 몸이라 배웅도 못하고, 손만 흔드는 내게 그가 이따 봐요, 라고 속닥이듯 말하고 서둘러 나갔다.

내 공간에서 출근하는 그를 배웅하는 행복감에 한껏 취하며 다시 침대에 드러누웠다. 몸을 덮는 푹신한 이불에 그의 체취와 온기가 남아있었다. 빙그레 웃으며 이불로 전신을 감싸며 눈을 감았다. 그의 품속 같은 포근함이 날 안았다.

❖ ❖ ❖

맑은 날이다. 늦여름의 무더위가 기승을 부리는 와중에도 하늘
은 말간 청색이었다. 뭉실하게 피어있는 새하얀 구름은 미동 없이
그림처럼 정지해있었다. 바람 한 점 없는 탓이었다.

"여기 좋네요."

내비게이션이 목적지에 도착했습니다, 하고 안내를 종료하자
선인장 모양 간판의 옆길로 꺾어져 들어가며 은성이 말했다. 난
고개를 주억거리며 동조했다.

"신은령!"

마당에 주차하고 내리자마자, 윤혜가 허브하우스 문을 활짝 열
며 호들갑스럽게 불렀다. 그녀 뒤로 듬직한 현진이 따랐다. 은성
이와 현진이 마주서서 악수하며 인사했다.

"입덧이 심해? 얼굴이 핼쑥해졌어."

"얼마나 성질이 못된 녀석이 나오려고 이런다니? 나 너무 힘들
어, 은령아."

벤치 모양의 식탁 의자에 나란히 앉은 윤혜가 내 어깨에 뺨을
비비적대며 칭얼거렸다. 요리 솜씨가 좋은 현진이 준비한 먹음직
스러운 허브비빔밥이 메인인 점심 식사를 즐거이 하는 와중에도,
윤혜는 물에 밥만 말아서 먹었다. 양념이 들어간 것을 먹으면 바
로 입덧을 해서 힘들다며.

"너 닮았나 보다."

"신은령."

내 중얼거림에 그녀가 나를 흘겼다. 난 쿡쿡 웃었다.

"이번 주말부터 휴가라며? 휴가가 늦었네. 언제까지인데?"

"다음주 말까지요."

"너 가게는?"

"가게도 휴무하기로 했어."

학생들 방학 시작쯤부터 장사가 시원찮았다. 아줌마는 고집스럽게 문을 열었지만, 괜스레 기운만 빼는 듯해서 은성의 휴가 날짜에 맞춰서 가게도 휴가 기간을 가졌다.

아줌마는 휴가 동안 오랜만에 고향에 간다고 했다. 자식들에 대한 그리움이 사무쳐 떠난 자리엔 오랜 지인들이 있었다. 아마도 그녀는 오랜 지인들과 오래된 이야기를 한 움큼 풀다, 진한 그리움을 가슴에 담고 올라올 것이다. 그리고 남겨진 삶을 여느 때와 마찬가지로 바삐 살아갈 것이다.

"그럼 어디 좋은 데 가니?"

"글쎄요. 아직 계획 없는데…… 누나, 어디 가고 싶은 곳 있어요?"

윤혜의 질문에 은성이 눈을 반짝이며 내게 물었다. 난 빙그레 웃으며 고개만 흔들었다.

"근데 둘이 호칭은 언제까지 그럴 거야?"

"왜요?"

"이상하잖아. 남자가 누나라고 부르며 존댓말하고, 여자는 반말하고. 남들이 이상하게 안 봐?"

"그래요?"

은성이 빙그레 웃었다. 나도 웃으며 윤혜에게 고개를 돌렸다.

"그냥 자연스럽게 지내기로 했어."

그와 난 뭐든 자연스럽고 편안하게 공유하기로 했다. 무엇이건 억지로 하지 않고, 무엇이건 바꾸려 하지 않고, 그저 있는 그대로 받아들이며, 서로에게 충실하기로 했다. 우린 그것만으로도 충분했다.

"그래도 이왕이면 애칭을 불러. 그럼 얼마나 유대감이 생기는데. 그치? 자기야?"

"응, 자기."

마주 보고 있는 현진에게 윤혜가 코맹맹이 소리를 내며 애교를 떨었다. 현진이 너털웃음을 흘리며 대답했다. 은성이 미간을 좁히며 눈을 가늘게 떴다.

"왜 그렇게 봐?"

그의 눈초리를 눈치챈 윤혜가 쌜쭉하니 물었다.

"……너무 안 어울려서."

"뭐?!"

은성의 정색한 농담에 윤혜가 버럭 성질을 냈다. 현진이 '임산

부가 성질내면 안 된다' 며 자중을 시켰고, 은성이 입을 벌리며 호탕하게 웃었다. 나도 소리 내어 웃었다. 결국 넷이서 웃음을 터뜨리고 말았다.

점심 식사를 끝내고, 윤혜와 나란히 앞마당 벤치에서 시원한 허브차를 마셨다. 은성은 농장일 남았다는 현진을 도와주겠다고 따라나섰다. 두 남자는 오늘 첫 대면인데도 크게 어색해하지 않았다. 곧 좋은 관계가 될 듯했다.

"그래도 여긴 선선한 느낌이야."

"아니야. 오늘 날씨가 그래. 더울 땐 여기도 무진장 쪘어. 허브들이 얼마나 허덕거렸는데."

"허브차 마셔도 돼?"

얼음이 동동 띄워져 있는 시원한 허브차를 한 모금 입안에 넣으니, 쌉싸래한 달콤한 향이 입안에 퍼졌다.

"응. 허브엔 카페인이 없어서 괜찮대."

"아, 녹차랑 다르구나."

고개를 끄덕이며 이해했다.

"휴가라면 자고 가지 그러니?"

"은성이가 어디 가야 한다던데? 그리고 너 입덧 심해서 컨디션도 안 좋잖아."

"그래? 계획 없다면서 사실은 좋은 데 계획하고 있나 보네? 좋니?"

"너는?"

은밀하게 묻는 윤혜의 뜻을 알기에, 난 쑥스러운 웃음만 흘리고 반문했다.

"난 힘들다니까. 틈만 나면 속이 울렁울렁 거려. 전날 술 진탕 마시고 아침에 숙취로 매슥거리는 느낌이야. 너무 안 좋아. 그런 데 신기한 게 뭔지 아니? 임신 딱 했다니까 술도, 담배도 전혀 생각이 안 나는 거 있지?"

"그래? 정말 신기하네."

"진짜 이상해."

벤치 등받이에 깊숙하게 기대며 그녀가 먼 하늘을 응시했다.

"내 안에 생명이 자라고 있다는 게 경이롭고 이상해. 뭔가 제대로 된 삶을 살아야할 것 같은 책임감 비슷한 거? 아무튼 흐뭇하고 좋아. 너희는 계획 좀 세웠니?"

"글쎄……."

모호한 웃음을 흘리는 나를 윤혜가 갸웃하며 봤다.

"우린…… 함께 있다는 것만으로도 좋아. 그게 전부야."

그것도 못하던 시절을 보냈으니까.

내 대답에 그녀의 입가에도 미소가 올라왔다.

"여름도 거의 다 갔나 보다."

"그러게."

윤혜가 다시 먼 하늘로 시선을 올렸고, 나도 따라 눈길을 올렸

다. 화창한 오후 하늘에 가득한 흰 구름은 여전히 바람 한 점 없는
탓에 움직임 없이 평화로웠다. 평온한 오후였다.

"여보세요."

윤혜네 허브하우스에서 나와 운전하는 은성이와 단란한 대화를
나누며 이동하던 중에 전화가 왔다. 내가 반사적으로 그의 손을
놓으며 긴장해서 전화를 받자, 은성은 힐끔 곁눈질하다 모른 척
운전에 열중했다.

"너희들 마음대로 하라 했는데, 왜 자꾸 그 녀석을 보내는 거
냐?"

엄마였다. 조금은 날카로운 어조로 묻는 엄마의 질문을 이해할
수 없었다.

"내가 분명 보고 싶지 않다고 했는데 가게까지 와서 무릎 꿇고
사정한다고 내가 봐줄 성 싶더냐?"

"무슨 말이에요?"

조용히 되물었다.

"넌 모르고 있었냐? 그 녀석이 너랑 허락해 달라고 벌써 몇 번
이나 다녀갔는데……. 어제 저녁에도 왔다 가고."

엄마의 말에 놀라 고개를 은성에게 돌렸다. 운전에 열중하던 은
성이 영문 모르고 눈썹을 슬며시 올리며 천연한 미소를 지었다.
갈비뼈 안쪽이 울컥울컥했다.

"내 분명히 말하려고 전화했다. 다신 오지 말라 해라. 너희들 사는 건 너희들 알아서 해. 어차피 시집가면 그 집 귀신 되는 거 아니냐. 그쪽 식구들한테나 잘하고 살아라."

어투는 분명 퉁명스러움이 가득했다. 그러나 말에 내포된 뜻이 고스란히 전달되었다. 엄마의 마음이 누그러졌다. 아직 전부는 아니지만, 그를 받아들인 것이 분명했다.

전화를 끊고 시큰해지는 눈가에 힘을 주고 손을 뻗어 그의 빈손을 잡았다. 그가 내게 미소를 보냈다. 나도 미소를 보냈다.

"커피 마시고 싶어?"

포천에서 서울로 돌아온 은성이 나를 데려간 곳은 집 근처 번화가에 위치한 2층 카페였다. 카페 앞마당에 주차하고 내리는 그를 따르며, 난 다정히 물었다. 은성이 대꾸 없이 손만 내밀며 웃었다.

그와 손을 잡고 카페에 들어섰다. 분위기가 차분한 카페는 한가로웠다. 2층으로 올라간 그는 사람을 찾는 양 안을 둘러봤다. 의아함에 그를 살피는데, 그가 창가 자리로 날 데리고 갔다. 창가 자리 테이블에 남자 혼자 있었다.

"형."

은성이 남자에게 다가갔다. 난 깜짝 놀라, 그가 형이라고 부른 사람에게 눈을 돌렸다. 남자가 자리에서 일어났다. 얼굴이 낯익는 건, 은성과 닮은 인상 덕분이었다. 어려서 몇 번 본 적은 있지만, 잊은 탓에 생김새가 세세하게 기억나진 않았다.

"안녕하세요."

그가 날 보고 약하게 미소 지었다. 강민성. 은성의 형이며, 오빠의 친구인 사람을 만났다.

너무 놀라서 어깨가 움츠러들었다. 어렵기도 했고 두렵기도 했다. 그가 혹시나 날 거부할까 싶어서. 긴장을 잔뜩 하며 고개를 숙여 인사했다.

선 채로 소파에 앉는 날 잠자코 지켜보던 은성이 내게,

"형하고 둘이 얘기해도 되죠?"

하고 물었다. 어리둥절했지만 난 고개를 끄덕였다.

"나 차에서 기다릴 테니까 얘기 끝나면 전화 줘, 형."

"그래."

민성이 가볍게 대답했다. 자리를 비켜주는 은성의 등을 주시하다 찬찬히 민성에게 눈을 돌렸다.

"내가 은성이한테 둘이만 얘기하겠다고 부탁했어요. 불편하게 해서 미안해요."

민성의 눈가엔 깊은 주름이 있었다. 눈빛도 침잠하게 짙었다. 오랜 세월 고뇌가 많은 삶을 살아온 것이 역력히 담겨져 있었다.

"……아니에요."

나직하게 대답했다.

"난 두 사람 관계를 오래전부터 알고 있었어요. 녀석이 7년 전에 뉴욕으로 왔을 때, 힘들어하다 털어놨었거든요."

"……네."

죄스러운 마음이 솟구쳤다.

"몇 달 전에도 출장차 뉴욕에 왔을 때, 한국 가기 전보다 더 힘들어 보여서 물어보니 사실대로 털어놓더라고요. 지켜보는 내가 미안하고, 안쓰럽고 그랬어요."

민성은 어투가 조심스러운 사람이었다. 조금은 기죽은 듯 나직한 어투였다. 그래도 선한 눈빛이 보는 사람의 마음을 차분하게 만들었다.

"그러다 얼마 전, 두 사람 다시 시작했다는 얘기를 전해 듣고 내가 들뜨고 좋아서, 은령 씨가 너무 보고 싶더라고요. 그래서 무작정 한국에 왔어요. 은령 씨 만나고 싶어서."

조곤하게 말하는 그의 입매가 웃음기가 번졌다.

"한국은 오랜만에 와서 그런지 낯설고 이상해요. 이제 내가 LA 시민이 된 건지, 어색하고 그래요. 그래도 오길 잘했다는 생각이 드네요. 은령 씨라고 불러도 되죠?"

"……편히 부르세요."

"조금 지나면…… 제수씨라고 부르게 되겠죠?"

민성의 말에 난 가슴골이 따끔했다. 그는 나를 인정해 주고 있었다.

"난 은령 씨에게 우선 미안하다는 사과부터 하고 싶어요. 영훈이 몫까지. 그리고 두 사람이 나 때문에 힘들었던 것도."

"아니에요."

재빨리 대꾸하는 나를 보며 민성이 빙그레 웃었다.

"그리고 고맙다는 말도 하고 싶어요. 난 은성이 상대가 은령 씨라서 감사해요. 내가 영훈이한테 진 빚을 조금은 갚을 기회가 생긴 것 같아서. 내가 은령 씨한테 잘하면, 영훈이가 조금은 날 용서해주지 않을까하고. 그래서 은령 씨 도망 못 가게 하려고요. 내가 은령 씨 발목 잡을 거예요."

농담하듯 픽 웃더니 민성이 말을 이었다.

"은령 씨, 은성이 잘 부탁해요."

따끔하던 가슴에 뜨거움이 번졌다. 눈가가 아릿하게 달구어져 난 아랫입술을 살짝 깨물며 참았다.

"사실 은성이는 서두르고 있는데, 조금 걸리긴 할 거예요. 아버지는 두 사람을 허락한 상태지만, 어머니는 아직 마음을 열지 않았어요. 하지만 걱정하지 마세요. 내가 설득할 거니까. 그게 내 몫인 것 같아요. 그러니까 은령 씨, 무슨 일이 있어도 우리 은성이 포기하지 말아요. 은성이 곁에서, 저한테는 제수씨로 저희 형제잘 부탁드릴게요. 제가 최선을 다해서 제수씨로 잘해드리고 싶어요. 그렇게 해줄 거죠?"

그의 말에 감격스러워 대꾸도 하지 못하고, 무릎에 올려놓은 두 손만 맞잡았다. 그리고 천천히 고개를 끄덕거렸다.

"고마워요."

내가 고마운 건데, 그는 내게 계속 고맙다는 말을 읊조렸다. 그가 짊어진 과거의 무게가 조금은 홀가분해질 날이 왔으면 좋겠다. 그 홀가분함이 그가 말하듯 오빠 대신 내게 빚을 갚는 것이라면, 나도 최선을 다해 그의 곁에서 지켜야겠다는 생각이 들었다. 그래서 그가 조금은 가벼워지길 바란다, 진심으로.

은성은 아침에 일어나자마자 내게 갈 곳이 있다면서 서둘러 준비했다. 휴가 기간이 아까운 탓이라 여기며 난 그의 뜻에 따랐다. 그에게 무엇을 할 건지, 어디를 갈건 진 묻지도 않았다. 그저 그가 하고자 하는 것이, 나도 하고자 하는 것이기에.

"여긴……."

그런데 그가 도착한 곳은 동해바다였다. 그와 나의 추억이 담긴 곳.

내가 놀란 기색으로 바닷가에 서자, 그가 웃으며 곁에 섰다. 바닷가는 늦여름인 탓에 피서객이 많진 않았지만, 한산하지도 않았다. 늦은 오후인 탓에 바닷물이 찬지 물속에 들어간 사람은 없었고, 모래사장에서 여유로운 휴가를 즐기는 사람이 태반이었다.

"다시 오고 싶었어요, 당신하고."

내 허리를 팔로 감싸 안으며, 은성이 먼 수평선을 바라봤다.

"LA에서도 내내 생각나던 곳이고, 한국에 돌아와서도 생각나던 곳이니까."

나도 그의 시선을 따랐다. 수평선의 바다색은 짙었다. 거의 남색에 가까운 바다색을 품은 수평선이 평온해 보였다.

"나…… 사실…… 누나 결혼식 끝나고 혼자 왔었어요. 그런데…… 그때 바라봤던 느낌이 아니라 후회했죠. 괜히 왔네, 하고."

7년 전, 그의 이야기에 내 심장이 벌렁거렸다.

그가 혼자 이 바닷가에, 그것도 내 결혼식이 끝난 후에 왔었다는 말은 미안함에 아련함까지 겹쳐 내 가슴속에 파고들었다.

"그게 이 바닷가에 대한 마지막 기억이라, 씁쓸하게만 남겨져 있어서 꼭 다시 오고 싶었어요. 행복한 기억을 가져가고 싶어서."

침잠해지는 분위기를 바꾸려는 듯 그가 씩 웃으며 내려다봤다.

"그런데 많이 변했다. 건물도 많아지고. 화려해졌어요. 7년이나 흘러서 그런가?"

동조하듯 고개를 끄덕이며 그와 나란히 모래사장을 걸었다. 하늘은 점점 밤을 맞이할 준비를 하고 있었다. 수평선 끝의 하늘이 뉘엿뉘엿 해가 지려는지 흐린 회색으로 변해갔다. 바다는 7년 전 그와 함께 했을 때처럼 바다 비린내를 동반한 선선한 상쾌함이 가득했다.

그와 얼마 동안 걷다, 방파제 근처에 다다랐다. 난 방파제 맞은편에 위치한 주택가들이 즐비한 골목길을 묵묵히 바라봤다. 여기까지 왔는데, 그냥 돌아갈 수는 없을 듯해 결심하고 걸음을 멈췄다.

"나 잠깐 갈 데가 있는데……."

의아해하는 그를 이끌고 주택가로 걸어갔다. 굽이굽이 골목길을 지나, 아직도 빨간색인 대문 앞에 걸음을 멈췄다. 오래전과 마찬가지로 여전히 빨간 대문은 잠겨 있지 않고, 쓰윽 밀면 열렸다. 비릿한 내음이 가득한 널따란 마당이 나타났다. 마당에는 빨래줄 같은 줄들이 가득 연결된 가운데, 오징어들이 묶여져 자연건조 되고 있었다.

"그동안 안녕하셨어요?"

마루에서 말린 오징어를 엮고 있는 낯익은 아줌마를 보며 난 환하게 웃었다. 무심한 시선을 돌리던 아줌마가 나를 발견하고 반색하고 벌떡 일어나 맨발인 채로 마루에서 내려왔다.

"아이고, 우리 작가 선생. 이게 얼마 만이야?"

"그렇게 부르시지 마시라니까요. 저 작가 아니에요."

내 손을 덥석 잡는 아줌마에게 민망한 웃음을 흘렸다.

"무슨 소리야? 우리 연지 얘기 들어보면, 작가 선생 소설이 제일로 재미있다는데. 아이고, 이렇게 보니 정말 반갑다. 한 번을 안 오더니. 그래도 어째 연지 대학 입학하는 건 알고 선물을 보냈어?"

"연지가 가끔 문자 보내며 안부인사해요. 방학인데 안 내려왔어요?"

"이제 곧 방학도 끝나니까, 다시 기숙사로 들어갔어. 알지? 강릉에서 학교 다니는 거."

그녀의 말에 고개를 끄덕였다.

"그런데 신랑?"

아줌마의 눈이 뒤에서 멀뚱거리는 은성에게로 갔다. 그제야 반가운 나머지 그녀와 대화하느라 잠시 잊은 은성에게 고개를 돌렸다. 은성이 그녀에게 허리 숙여 인사했다.

"아이고, 신랑이 아주 훤칠하니 잘생겼네. 휴가라 놀러 온 거야?"

"잠깐 들렀어요."

"밥은 먹었어? 인제 저녁 때니까 아직 안 했겠네. 잠깐 기다려. 내가 후딱 차려줄게."

"아니에요. 괜찮아요."

급하게 손사래를 쳤지만, 그녀는 거절하면 서운하다고 한 소리했다. 그러면서 은성의 팔을 잡아끌고 가까이 데려왔다.

"온 김에 자고 가라. 작가 선생 머물던 방은 아직 그대로야. 뭐, 누가 와서 지낼 일이 있나? 연지도 대학 들어가면서 집에 없으니까……. 연지는 그래도 집에 오면 꼭 그 방에 들어가서, 작가 선생이 넘기고 간 소설 읽는 재미로 있어. 몇 번을 봐도 그렇게 좋다네."

난 쑥스러워하는데, 은성은 신기하다는 듯 연신 아줌마와 나를 번갈아 봤다.

"잠깐 기다려. 금방 저녁 챙겨다줄게."

"괜히 번거롭게 해드려서 죄송해요. 식사하셨어요?"

"죄송하긴, 뭘. 난 벌써 먹었지. 새벽에 일어나야 하니까, 안 그래도 이제 자려고 했어."

아줌마는 새벽같이 어시장에 나가기 때문에 보통 저녁 6시면 식사를 하고 일찍 잠자리에 누웠다. 홀로 딸 하나 키우는 아줌마는 언제나 푸근하고 인심이 좋았다. 그녀와 이제 스무 살 대학생이 된 연지 덕분에 이곳의 생활이 평온하게 길어졌던 나였다.

얌전히 마루에 앉아서 은성은 내게 질문하는 눈빛을 보냈다. 난 설명하지 않고 잔잔한 미소만 지었다. 솜씨 좋고, 손 빠른 아줌마는 금세 오징어가 한 상인 맛깔스런 저녁상을 차려왔다. 우린 마주 앉아 단란한 저녁 식사를 했다.

식사를 끝내자마자, 아줌마는 대학 입학할 때의 연지 사진을 가져왔다. 사진을 보며 도란도란 연지의 학교생활을 한참 들었다. 늦은 밤이 되어 일어나려는 우리를 잡으며, 아줌마는 이렇게 왔는데 잠도 안 자고 가면 섭섭하다면서 새 이불을 꺼내 와 문간방에 깔아주었다.

아줌마의 호의를 거절할 수 없어 우리는 그녀의 말을 따랐다.

문간방은 아줌마 말마따나 그대로였다. 내가 마지막 머물렀던 3년 전과 별반 달라지지 않았다. 작은 장롱이 있고, 좌식책상이 놓인 위로 창이 있었다. 창으론 바닷바람이 들어왔다. 책상 옆에는 기다란 책장이 있었는데, 한편에 서울로 떠나기 전 연지가 달라고 졸라 넘겨줬던 내가 유일하게 마무리 지었던 소설이 프린트되어 꽂혀 있었다.

　　"어떻게 된 거에요?"

　　방으로 들어와 둘러보던 은성이 물었다.

　　"사실은……."

　　난 그에게 사실대로 말했다. 이곳에서 한동안 머물며 글을 썼다고. 내 말에 그의 동공이 놀라 커졌다.

　　"얼마나?"

　　"2년 정도……."

　　"……혼자 계속 여기 있었어요?"

　　나의 끄덕임에 그가 잠시 말을 잇지 못했다. 그의 눈길을 피해 몸을 돌리며 책장에서 바인더를 빼내었다. 표지를 열었다. 첫 장에 나타난 제목을 오랜만에 읽었다.

　　『그 오후의 거리』

　　빙그레 웃으며 한 장 넘기려는 순간, 은성의 팔이 뒤에서 날 와락 안았다. 꽉 힘줘서 안는 그를 느끼며 난 멈췄다. 등에 닿는 그의 가슴이 오르락내리락 거렸다. 빠르게 뛰는 그의 심장박동이 내 등에 전해졌다.

그가 날 돌려세웠다. 한없이 애틋하고 안쓰러움이 담긴 그의 눈이 나를 들여다봤다.

"이러면서 날 보내고, 당신 혼자 어떻게 살려 했어요?"

조금은 원망의 투로 그가 말했다.

난 그저 웃었다. 그렇게밖에 대답할 수 없어서. 그의 고개가 숙여지며 부드러운 입술이 포개어졌다. 키스는 곧 깊어졌다. 내 손에 들려있던 바인더가 스르륵 떨어지려고 했다. 그가 입술을 잠시 떼어, 내 손에서 바인더를 받아 책상 위에 올려놓았다. 그리고 날 그대로 안다시피 이불 위에 눕혔다. 그의 손길에 따랐다. 그가 방 안의 불을 끄고 내 위를 덮었다. 그의 뜨거운 손놀림이 내 옷을 헤집고 들어와 벗겨냈고, 나도 그의 옷을 벗겼다.

이젠 서로에게 익숙했다. 서로의 몸 구석구석까지 알기에 서로의 몸에 닿고 보듬는 것이 익숙하고, 서로의 체온을 느끼는 순간이 자연스러웠다. 서로가 함께임이 이젠 자연스러웠다. 그가 그 여느 때보다도 더 뜨겁게 나를 안았다. 이 방 안에서 그를 그리던 내 지난 시절을 보상해 주듯, 혼자였던 날 달래듯. 그렇게 이 바닷가에서 혼자였던 둘이, 뜨겁게 하나가 되었다.

이슥한 새벽녘, 옆자리에 허전함을 느끼며 눈을 뜨니 이부자리
엔 나 혼자 있었다. 이불로 몸을 감싸며 부스스 일어나니 은성이
스탠드만 켜고 좌식 책상 앞에 앉아 있었다.

"안 자고 뭐해?"

내 말에 그의 고개가 돌려졌다. 그의 손에 쥐어진 것이 눈에 들
어왔다. 내 소설이었다.

"깼어요?"

그가 소설을 놓고 내게로 다가왔다. 그리고는 지그시 나를 바라
봤다.

"그걸…… 왜……."

부끄러움에 웅얼거리며 눈치를 살폈다. 그가 팔을 돌려 내 등을
안았다.

"상상도 못했어. 호기심에, 궁금해서 읽어봤는데……. 내가 얼
마나 벅찼는지 알아요? 당신, 이런 마음이면서…… 그렇게 모질
게 마음먹고……."

머리 위에서 들리는 그의 목소리에 물기가 어려 있었다. 그가
내 몸에서 떨어졌다.

"가끔 야속해했던 거 미안해요."

난 고개를 저었다.

"혼자 오래 있게 만들어서 미안해요."

참으려고 했는데 눈가가 시큰해졌다. 그가 다시 날 안았다. 그

의 부드러운 손길이 내 머리카락을 쓰다듬었다. 그의 몸이 기울어졌다. 그가 조심스레 날 눕혔다. 내 위에 몸을 겹치고, 내 얼굴을 손가락으로 쓰다듬으며, 그가 짙은 눈으로 하염없이 내려다봤다. 나도 손을 올려 그의 얼굴을 매만졌다. 그의 고개가 숙여졌고, 난 눈을 감았다.

새벽녘에 다시 잠드는 바람에 일출 시간을 놓치고 말았다. 어시장에 벌써 나간 아줌마에게 인사도 못하고, 일찍 문을 연 슈퍼에서 과일만 사다 마루에 놓고서 밖으로 나왔다. 다음을 기약하며.
"아쉽다. 이번에도 일출을 못 봐서. 다음엔 꼭 봐요, 우리."
"응."
바닷가로 걸어가며 은성이 손을 내밀었다. 난 입술을 늘리며 그의 손을 잡았다. 그의 커다란 손안에 내 손이 쏙 들어갔다. 모래사장엔 이른 아침인 탓에 인적이 없었다.
그와 바람을 맞으며 황금색의 모래사장을 걸었다. 나란히 같이 걸었다. 상쾌한 아침 바닷바람이 우리 곁으로 다가와 소곤하게 맴돌았다.
은성아, 고마워.
내 곁으로 돌아와 줘서.
난 그에게 소리 없이 말했다.
나도, 고마워요.

내 곁에 있어줘서.

그가 내게 소리 없이 대답했다.

우리가 걷는 걸음 뒤편으로 네 개의 발자국이 줄 맞추어 따라왔다. 심술궂은 파도가 간간히 와서 지우기도 했지만, 우리의 발자국은 오래오래 모래사장에 깊게 패어 남았다.

7년 전, 홀로 걷던 그의 발자국이,

4년 전, 혼자 걷던 나의 발자국이,

이젠, 서로의 발자국과 함께였다.

평온한 모래사장엔 네 개의 발자국이 남았다.

같이 걷고, 나란히 걷는.

The End

　사랑은 사람과 사람을 묶는 절대적인 감정의 매개체라는 생각
이 듭니다. 하지만 실제 사랑의 현실은 그리 녹록지 않습니다.
　일반적인 로맨스의 영원한 사랑, 순수한 사랑은 현실에서는 꿈
같은, 환상 같은 것입니다.
　그렇기에 드라마에 빠지고, 로맨스소설에 빠지며 대체 충족하
며 살아가게 됩니다. 그러면서 참으로 사랑이란 어려운 것이었구
나를 새삼 깨닫습니다.
　사랑에 회의적이 되고, 사랑이 현실과의 타협으로 소멸되는 것
을 느끼게 되는 거죠.
　은령은 답답한 현실 여자입니다.
　가족의 뿌리 같던 오빠를 잃은 후, 감정이 닫힌 은령인 유일한
가족인 엄마의 뜻을 감히 거스르지 못하는 자존감 약한 사람입니

다. 그렇기에 적당히 현실과 타협하며 살아가는 수동적인 여자이지요.

때론 답답하고, 때론 한심하기도 한 모자란 사람입니다.

그런 그녀에게 은성이 다가옵니다. 뿌리 같던 오빠의 사고와 연관이 된 은성도 하나의 묶음입니다. 둘은 헤맵니다. 그런데 외면하기엔 마음이 큽니다. 그러나 마음을 생각하기엔 현실이 두려운 젊은 20대였습니다. 그래서 은령은 현실과 타협합니다. 어미 뻐꾸기가 넘겨주는 먹이를 먹듯, 엄마의 뜻에 순응하며 자신의 욕심을 버립니다.

그렇게 은령은 편한 현실의 타협점을 찾아 도망가고, 욕심을 포기하며 적당히 삽니다. 우리네 삶이 적당히 현실에 타협하며, 적당히 살아가다 뒤돌아본 것에 대한 미련으로 후회하는, 그리고 다시 반복되는 삶을 살며, 실수를 되풀이하며 후회하는 일반적인 우리들의 모습 그대로입니다.

그런 그녀에게 그가, 사랑이 다시 다가옵니다. 다시 한 번 고뇌에 빠집니다. 다시 한 번 변화와 안정이라는 선택의 기로에서 헤맵니다. 그러나 현실이 녹록지 않고 불확실한 미래가 보장된 변화를 선택하기엔 용기가 나지 않습니다. 그래서 결국 현실의 은령은 안정을 선택합니다.

그래서 은성이 외치죠. 당신은 왜 이런 여자냐고 은령에게 소리칩니다. 그렇습니다. 은령은 그런 여자입니다. 그래도 하는 수 없죠. 은령은 그런 여자이기에 그렇게 살아가는 겁니다. 은령이 그런 여자이기에 은성이 사랑하는 것처럼요.

숨겨진 이야기에서 은성의 말 중 은령이 예쁘다는 말이 있습니다. 그러나 은성이 은령을 사랑하는 것이 예뻐서는 아닐 겁니다. 실제론 은령은 예쁜 것이 아닌, 은성의 눈에는 예쁜, 윤석이 말하는 그냥 예쁜, 적당히 일반적으로 봐줄 만한 외모의 평범한 여자입니다. 그러나 은성의 눈에는 예쁜 은령입니다. 그런 은령한테만은 안 되어 자꾸 발목이 잡히는 은성입니다.

그러나 결국 은성은 포기합니다. 벽 같은 현실에 숨어 용기를 내지 않는 은령에게서 돌아섭니다. 그렇습니다. 우리가 용기 내지 않는다면 그 자리를 굳건히 지키고 있을 희망은 없습니다. 결국 소멸되고 맙니다.

그런데 은령에게 뒤늦은 희망이 생깁니다. 그래서 용기를 내어 보지만 역시 늦었습니다. 우리가 때늦은 후회를 하지만 이미 되돌아가기엔 너무 늦은 것처럼.

소설에서는 은성이 완전히 돌아설 찰나에 은령의 용기를 알게 됩니다. 그리고 다급하게 되돌아옵니다. 그리고 은령과 은성은 불확실한 미래를 꿈꾸게 됩니다. 같이 함께할 길을 꿈꾸게 됩니다. 그것만이 전부인데, 그것조차 못했던 지난 세월을 보내며.

현실이라면 은성은 영원히 은령의 찰나의 용기를 모르고, 그녀를 묻어버린 채 새로운 현실을 만나 살아가게 될 것입니다. 또 다른 현실에서는 은성도 현실과 타협하여, 은령의 용기를 알아도 선뜻 되돌아오지 못할 것입니다. 현실의 사랑은 그런 것입니다. 곁에 내 운명이 있음에도 모르고 스쳐 지나가는 것이 현실이고, 곁에 내 사랑이 있음에도 현실과 타협하느라 놓쳐 버리기 일쑤입니다. 그리고 함께하더라도 사랑의 기억은 잊고 현실적이 되어갑니다.

'그 오후의 거리'는 사랑과 현실에서 우리가 선택할 수 있는 사랑의 길을 말하고 싶었습니다. 이성의 은령과 감정의 은성이 만나 충돌하다, 결국 그럼에도 우리에게 희망이 있는 현실의 사랑을 그리고 싶었습니다.

여자는 꿈꿉니다. 은성 같은 남자를 꿈꿉니다. 당신은 내 눈에 예쁘다고 말해주는 남자, 내가 밀어내도 나를 잡아주는 남자, 답답하고 한심하고 모자란 당신이 한없이 사랑스러운 남자, 그리고 당신만을 처음부터 사랑해 왔노라, 말해주는 남자를 꿈꿉니다.

그런 남자가 현실에서는 얼마나 될까요? 꿈에서나 나올 법한 남자입니다.

그래서 여자인 본인은 오늘도 사랑을 꿈꿉니다.

사랑을 선택하는 데 있어 현실에 타협하지 않고, 현실을 이겨내어 하나만 보는 사랑을 꿈꿉니다.

그 오후의 거리는 그런 사랑을 꿈꿉니다.

그래서 로맨스입니다.

'그 오후의 거리'를 출간할 기회를 주신, 도서출판 청어람에 진심으로 감사의 인사를 드리며, '그 오후의 거리'가 출간되도록 응원해 주신 우리 멤버님들의 무한한 응원과 사랑에 대해 깊은 감사의 말씀을 드립니다. 성원해 주신 멤버님들, 격하게 애정합니다.

2014년 01월 15일
Young_ 박지영.